KB166069

이 재 복
문학평론집

내면의 주름과 상징의 질감

이재복 李在福

한양대학교 국어국문학과를 졸업하고 동 대학원에서 『이상 소설의 몸과 근대성에 관한 연구』(2001)로 박사학위를 받았다. 1996년 『소설과 사상』 겨울호에 평론이 당선되어 등단했다.

『쿨투라』, 『본질과 현상』, 『시와 사상』, 『시로 여는 세상』, 『오늘의 소설』, 『오늘의 영화』 편집·기획위원을 역임했다. 고석규비평문학상, 젊은평론가상, 애지문학상(비평), 편운문학상, 시와표현평론상을 수상했다.

현재 한양대학교 한국언어문학과 교수 겸 한양대 미래문화연구소장으로 재직하고 있다. 저서로 『몸』, 『비만한 이성』, 『한국문학과 몸의 시학』, 『현대문학의 흐름과 전망』, 『한국 현대시의 미와 숭고』, 『우리 시대 43인의 시인에 대한 헌사』, 『몸과 그늘의 미학』, 『내면의 주름과 상징의 질감』 등이 있다.

역락비평신서 28

내면의 주름과 상징의 질감

초판 1쇄 인쇄 2018년 12월 20일
초판 1쇄 발행 2018년 12월 28일

지은이 이재복
펴낸이 이대현

책임편집 박윤정 | **편집** 권분옥 홍혜정
디자인 안혜진 홍성권 김보연 박민지 | **마케팅** 박태훈 안현진
펴낸곳 도서출판 역락 | **등록** 1999년 4월 19일 제303-2002-000014호
주소 서울시 서초구 동광로46길 6-6(반포4동 577-25) 문창빌딩 2층(우06589)
전화 02-3409-2060(편집부), 2058(영업부) | **팩시밀리** 02-3409-2059
e-mail youkrack@hanmail.net | **홈페이지** http://www.youkrackbooks.com

ISBN 979-11-6244-234-0 04800
978-89-5556-679-6(세트)

■ 정가는 표지에 있습니다.
■ 잘못된 책은 교환해 드립니다.

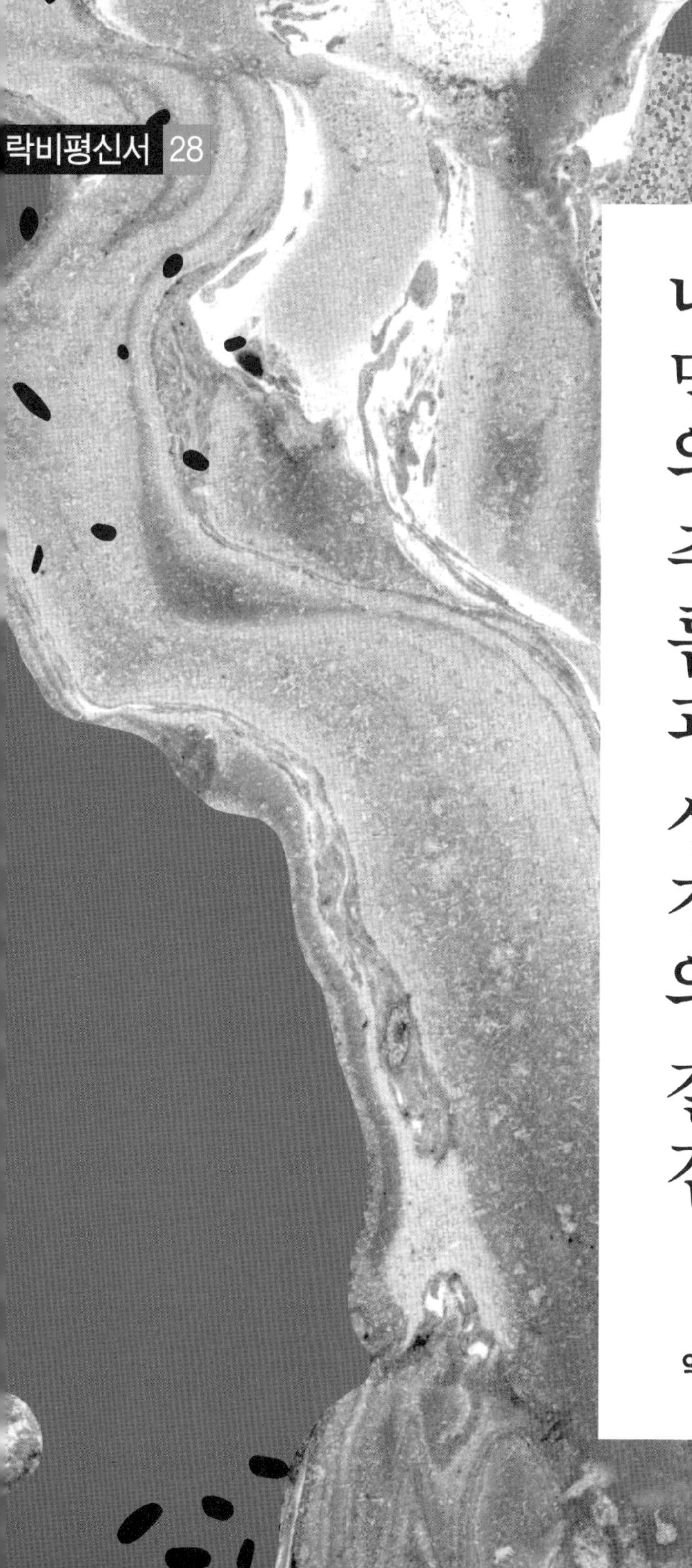

락비평신서 28

내면의 주름과 상징의 질감

이재복 문학평론집

역락

책머리에

참으로 궁핍한 시대다. 모든 것들이 차고 넘치는 시대에 다시 궁핍에 대해 이야기한다는 것이 아이러니하다. 한 끼 때울 끼니를 확보하지 못해 늘 불안에 떨던 우리 시대의 슬픈 자화상은 이제 아득한 기억 속에서 로맨틱하게 빛날 뿐 그 처절한 실존적 상처를 상실한지 오래다. 오랜 일제의 강점과 6·25 전쟁으로 인해 겪게 된 실존적 궁핍 상황은 오늘의 물질적 풍요를 향유하는, 그러한 실존적 궁핍 상황과의 거리 유지를 통해 자신의 물질적 풍요의 안락함과 안정감을 소비하는데 하나의 배경으로 혹은 도구로 작동하고 있다. 가령 요즘 이 시대를 배경으로 한 드라마나 영화의 경우에도 당대의 궁핍한 현실에 초점을 맞추기보다는 지금, 여기에서 소비되는, 현실의 실존적 고통과 불편함이 탈각된 로맨틱하고 거짓 화해로 가득 찬 이미지와 감각에 초점을 맞춘다.

우리는 식민지 시대의 궁핍을 누구보다도 핍진하게 그려낸 김유정의 소설에서 실존적 고통과 불편함을 체험한 바 있다. 자신이 피땀 흘려 지은 것을 지주와 일제에 거의 모두 바쳐야 하는 구조 속에서 그가 할 수 있는 일은 자신이 지은 것을 자신이 훔치는 것(「만무방」) 또 자신의 아내가 몸을 팔러 가는 것을 알면서도 돈 2원을 받기 위해 그 아내를 예쁘게 단장시켜 보내는 이야기(「소낙비」)는 우리를 몹시 고통스럽고 불편하게 한다. 식민지 시대의 궁핍과 관련하여 이 소설들은 우리에게 상처(트라우마)로 존재한다. 이 상처는 사라지는 것이 아니라 끊임없이 덧나면서 우리를 괴롭힌다. 우리는 이 소설들이 존재하는 한 이것들을 매개로 하여 식민지 시대의 궁핍과 만나게 되고, 이 과정에서 모순과 부조리로 가득 찬 현실에 분노하고 저항하면서 자신과 시대에 대한 성찰과 반성을 행하게 된다. 문학은 시대와의 불화와 부정의 산물이라고 할 수 있다. 시대에 대한 어설픈 긍정과 거짓 화해는 그 시대의 이면을 온전히 드러낼 수 없다.

지금 이 시대의 궁핍은 이러한 이면에 대한 성찰의 부재에서 비롯된다고 볼 수 있다. 이면이 아닌 외형에 초점이 놓이게 된 데에는 내면성과 신비성이 결핍되어 있거나 부재한 지금, 여기에서의 문명의 속성과 깊이 연관되어 있다. 디지털 테크놀로지의 발달은 속도의 감각화 혹은 감각의 속도화 뿐만 아니라 감성의 외설화를 촉진시켜 내면의 깊이를 앗아가 버렸다. 내면의 깊이가 확보되지 않은 감각이 사회, 문화 전반을 가로지르면서 깊이를 추구해온 양식들은 상대적으로 소외되기에 이른다. 문학이나 예술의 전제 조건이 내면의 깊이인 것은 아니지만 그것이 부재한 경우 우리는 '미(美)'를 가능하게 하는 절대적인 한 원리와 조건을 잃게 되는 것이다. 미에서 내면을 배제한다면 문명과 문화는 욕구나 감각 그 자체에 만족하면서 그것을 즐기는 표피적이고, 통속적인 방향으로 흘러갈 것이다. 내면으로부터 인류 문명과 문화를 추동할 진정한 욕망이 생겨난다는 점을 상기한다면 그것의 배제와 상실은 문명과 문화의 퇴보와 쇠락을 초래할 수 있다.

인간의 내면은 투명하고 명료하게 그 크기와 깊이를 헤아릴 수 없다. 이것은 인간의 내면을 이해하고 판단하는 일이 불가능할 뿐만 아니라 섣불리 그것을 규정하고 개념화하는 일이 얼마나 위험천만한 일인가를 잘 말해준다. 인간의 외형과 달리 내면은 불투명하고 모호한 세계라고 할 수 있다. 이 내면에 무엇이 어떻게 은폐되어 있는지 온전히 알 수 없으며,

그것을 이해하는 것 역시 제한적일 수밖에 없다. 그것은 개념화된 도구적 연관성을 거부할 뿐만 아니라 오랜 역사적 주름으로 인해 단선적이고 선형적인 논리로는 그것의 형상을 담지할 수 없을 만큼 두텁고 복잡하다. 내면의 주름 혹은 주름진 내면의 존재(존재성)를 드러내기 위해서는 그 불투명하고 모호한 것을 직접적으로 만나는 것이 중요하다. 어떤 이성의 투명한 논리나 개념화된 도구를 통해 만나는 것이 아니라 가공되지 않은 직접적인 의식의 상태에서 그것을 만나야 한다. 어쩌면 이것은 가공되지 않은 감각의 덩어리인 존재를 몸의 최초의 느낌으로 만나는 것과 다르지 않다고 할 수 있다.

이렇게 불투명하고 모호한 감각 덩어리인 내면을 몸의 최초의 감각으로 만나는 일이 어떻게 가능할까? 이 내면의 어두컴컴함 속으로 몸을 던져 그것이 은폐하고 있는 세계를 들추어내려는 강한 욕망을 가진 자가 바로 예술가이다. 이들에게는 일반화되고 개념화된 도구가 아니라 자신만의 직접적인 의식이 투영된 매개 혹은 매개물이 존재한다. 화가에게 그것은 색(빛)이고, 음악가에게 그것은 소리이며, 문학가에게 그것은 언어인 것이다. 예술의 양식에 따라 각각 매개물은 다르지만 이것들은 모두 내면이라는 불투명하고 모호한 감각 덩어리를 향해 열려 있는 존재들이다. 문학가에게 언어가 내면을 탈은폐하는 중요한 매개물이라면 시에서의 언어 역시 그러하지만 다른 문학 장르에 비해 시는 한층 더 그 불투명하고 모호한 감각 덩어리인 내면에 근접해 있다고 할 수 있다. 시의 언어는 그 내면을 향해 언제나 민감하게 열려 있다.(열려 있어야 한다.) 시의 언어가 다른 장르의 언어에 비해 모호하고 불투명하며, 메타포와 상징으로 이루어진 이유가 바로 이 때문이다.

좋은 시는 시인의 내면으로부터 온다. 시인은 이 내면을 깊이 있게 들여다 보아야 한다. 어두컴컴한 감각의 덩어리로 존재하는 내면을 향해 시인은 자신의 가공되지 않은 최초의 의식을 직접적으로 투사해야 한다. 이러한 과정 없이 개념화된 도구를 통해 내면과의 연관성을 쫓다보면 그 어두컴컴한 감각의 덩어리는 본연의 모습을 잃고 변질되게 된다. 이렇게 되면 시인은 내면의 심연으로부터 오는 신비하고 도저한 세계를 예감하거나 드러낼 수 없게 된다. 내면으로부터 오지 않은 시, 다시 말하면 그 언어는 내면과의 연관성이 차단된 단순한 외피로서의 기능밖에 할 수 없다. 이 언어는 내면의 불투명하고 모호한 감각의 덩어리가 부재하기 때문에 투명하고 명료하지만 이것은 무엇인가를 지시하고 전달하는데 효과적일 뿐 시적 상상과 표현에는 오히려 독이 된다. 투명함과 명료함은 시적 상상과 표현의 무한한 확장을 차단하고 방해한다. 시의 언어가 불투명함과 모호함을 속성으로 한다는 이야기는 많았지만 그것이 시인의 내면으로부터 온다는 이야기는 상대적으로 적은 편이다.

시인의 내면이 언어의 전제 조건이라면 그것의 표현 형식이 되는 상징이나 메타포 역시 그러해야 한다는 것이다. 시에서 상징이나 메타포가 단순한 형식 논리에 의해 탄생하는 것으로 인식되는 것은 이러한 발생론적인 과정을 간과한 데서 온 결과이다. 좋은 상징이나 메타포는 내면의 불투명하고 모호한 감각의 덩어리의 현현으로 볼 수 있다. 내면으로부터 온 상징이나 메타포는 쉽게 인습화되거나 개념화되지 않는다. 가령 송찬호의 시에 드러나는 '흙', '의자', '동백', '고양이' 등은 인습적이고 상투화된 차원으로 전락하거나 함몰되지 않는다. 그것은 이 각각의 질료들이 '사각형의 기억', '얼음 속 불꽃(부재의 실존)', '붉은 눈', '비린내와 궁기' 등과 같은 시인의 내면으로부터 오는 낯설고 새로운 상징을 은폐한 채 하나의 세계를 이루고 있기 때문이다. 내면으로부터 길어 올린 상징은 부피감, 무게감, 밝음, 어두움 같은 질감의 차원에서 그것과의 연관성이 차단된 단순한 외피의 차원에서 만들어진 상징과는 구분된다고 할 수 있다. 내면으로부터 온 상징의 질감은 의식 자체의 직접적인 투사를 통해 이루어지기 때문에 낯선 미적 충격을 드러낼 수밖에 없다. 상징은 강렬하면 강렬할수록 좋다.

그러나 우리는 망각해서는 안 된다. 이 상징의 강렬함이 시인의 내면으로부터 온다는 사실 말이다. 텅 비어 있는 것처럼 느껴질 정도로 크고 깊은 어두컴컴한 감각의 심연이 만들어내는 내면의 주름과 그것이 은폐하고 있는 세계의 드러남인 상징 사이의 관계 혹은 긴장이야말로 시(시의 언어)가 자리하고 있는 지점이라고 할 수 있다. 내면의 주름이 만들어내는 상징의 질감이 시 혹은 시의 언어인 것이다. '그 시는 내면의 주름이 깊다'거나 아니면 '그 시는 상징의 질감이 미묘하다'거나 하는 말은 시에 대한 기본을 이야기한 것인 동시에 좋은 시에 대한 조건을 드러낸 것으로 볼 수 있다. 내면과 상징, 주름과 질감 사이에서 발생하는 미묘한 긴장은 미를 드러내는 한 징조이다. 이 안에는 떨림이 있고, 질적 도약과 열린 지평이 있다.

어려운 시절이다. 그러나 우리에겐 시가 있다. 내면의 주름이 하나 더 늘어난 느낌이다. 이 주름의 심연에 빠져 이번 겨울이 조금 따뜻한 질감으로 기억되기를 바란다. 어려운 부탁임에도 선뜻 내 청을 들어준 도서출판 역락의 이대현 대표와 식구들께 감사하며, 선생의 글을 꼼꼼하게 읽어준 제자 김세아, 박송희, 양진호, 이민주, 이중원에게 고마움을 전한다.

2018년 12월

서울숲 胥山齋에서 저자 씀

차 례

제 2 부 그늘과 악공의 프락시스

제 3 부 언어와 내면의 발견

제 4 부 실존의 허기와 생의 감각

제5부 의식의 지향과 초월의 형식

제 1 부

미와 은폐된 지평

상징의 발견과 미의 복원

– 송찬호의 『분홍 나막신』

1. 심미적 투사와 발견의 감각

송찬호의 시에는 고전적인 품격이 내재해 있다. 이 품격은 시의 토대를 이루는 말 혹은 언어와 존재 일반에 대한 깊이 있는 모색의 결과물이다. 시에서 말이나 언어에 대한 모색은 다른 많은 시인들의 경우에도 드러나는 일반적인 현상이지만 그것이 모두 존재 일반에 대한 깊이 있는 모색의 결과라고는 볼 수 없다. 언어와 존재 일반에 대한 문제는 단순한 기교나 형식 논리의 차원을 넘어 의식과 대상, 발견과 탈은폐, 소여(所與)와 전망, 형상과 질료, 상상과 표현, 상징과 이미지 등과 같은 미학적인 차원을 아우르는 모색의 과정이다. 시에서 언어의 형식이나 원리에 집중하여 시 일반에 대한 논의가 이루어지면서 존재의 집으로서의 언어나 시에 대한 논의는 생경한 철학의 문법을 그대로 노출하거나 아니면 철학과 문학 사이의 애매한 경계에서 허우적거리다 보다 선명하고 진일보한 방향으로 나아가지 못한 채 변죽만 울리고 있는 형국이다.

시에서 언어의 문제는 오롯이 철학의 영역에서 다루어질 수 있는 것도 아니고 또 문학의 영역에서 다루어질 수 있는 것도 아니다. 어쩌면 그것은 철학과 문학 사이에 일정한 긴장의 형태로 존재하는 것인지도 모른다. 이런 점에서 시에서의 언어의 문제는 미학의 관점이나 방식으로 해석할 수 있는 많은 여지를 지닌다고 할 수 있다. 바움가르텐에 의한 미학의 정립이 시에 관한 철학적 성찰을 통해 이루어졌다는 점을 고려한다면 이 미학 내에서 시의 언어와 존재의 문제를 모색하는 것은 그 세계의 의미와 미적 조건을 드러내는 데에 반드시 필요한 과정일 수 있다는 것을 말해준다. 하지만 이 미학의 관점과 방식으로 시를 들여다볼 때 한 가지 염두에 두어야 할 것은 '과연 그 시가 그것을 견딜만한 미학성을 지니고 있느냐' 하는 점이다. 미학의 조건이나 미학성을 제대로 갖추지 못한 시를 이러한 관점과 방식으로 이해하고 판단하는 것은 해석의 공허함을 불러일으킬 수 있다. 어떤 시가 좋은 시인가? 하는 문제를 이 미학의 관점과 방식의 차원으로 들여다보면 시의 차이는 물론 가치 역시 보다 분명하게 드러날 것이다.

우리 시사에서 혹은 최근 우리 시단에서 이러한 미학의 조건과 미학성을 견딜만한 시인이 얼마나 될까? 요즘 우리 시단은 미학적인 자의식이 아닌 과도한 자기만족이나 자기결핍 같은 심리적인 자의식이 팽배해 있어 미학적인 논쟁과 투사가 그 장 속으로 뚫고 들어가기가 쉽지 않다. 미학에 대한 자의식이 희미해지거나 소멸하는 것만큼 불안하고 불행한 일이 어디 또 있을까? 어느 때보다 양과 질의 이율배반이 우리 시단을 지배하고 있는 상황에서 송찬호의 시는 이 모순에 대한 긍정적인 전망의 가능성을 내재하고 있다는 점에서 우리가 줄곧 주목해 왔고 또 앞으로 주목해야 할 중요한 텍스트라고 할 수 있다. 그는 지금 우리 시단에서 이러한 미학의 조건과 미학성을 견딜만한 시를 쓰는 몇 안 되는 시인 중의 하나이다. 그의 시의 궤적은 곧 미학의 조건과 미학성에 대한 모색의 과정이라고 해도 과언이 아니다.

첫 시집인 『흙은 사각형의 기억을 갖고 있다』(1989)와 두 번째 시집인 『10년 동안의 빈 의자』(1994)에서 보여주고 있는 말 혹은 언어의 존재와 실존에 관한 세계는 그의 시의 문제의식이 의식 주체(시인)와 대상(현실) 사이의 불화에서 오는 치열한 존재론적인 고통을 말이나 언어를 통해 미적으로 승화하는 데에 있다는 것을 의미한다. 한 편의 시가 의식 주체와 대상 사이의 관계 속에서 발생하는 것이라는 점에서 보면 그의 두 시집에 대한 이러한 의미부여는 다른 시인의 그것과 차이가 드러나지 않을 수도 있다. 하지만 여기에서 우리가 주목해야 할 것은 의식 주체가 대상을 어떻게 인식하고 그것을 표현하느냐 하는 점이다. 그의 시에서 의식 주체는 대상을 인습적이고 상투화된 형식 논리나 의미의 구조 속에서 받아들이는 것이 아니라 대상과의 불화와 충돌을 낯설고 돌발적인 차원에서 받아들임으로써 새로운 상징과 미적 질서를 창출하게 된다. 이것은 미학의 조건과 미학성을 이루는 토대이면서 그것의 깊이를 가늠하는 시적 태도이기도 하다. 다른 시인의 시와 그의 시가 드러내는 차이가 여기에서 비롯된 것이라는 사실은 그의 시에서 무슨 특별한 비법을 기대한 이들에게는 실망스러울 수 있지만 그 비법이 기본의 깊이에서 온다는 것을 이해한다면 어느 정도 수긍이 갈 것이다. 이런 점에서 그의 시의 미학은 '고전적(classical)'이라고 할 수 있다.

송찬호 시의 미학의 고전적인 깊이는 세 번째 시집인 『붉은 눈 동백』(2000)에 와서 좀 더 선명한 이미지와 실체를 통해 형상화되기에 이른다. 이 시집은 미가 세계 속으로 침투해 들어갈 때 발생하는 존재론적이고 실존적인 사건을 '동백'과 '사자' 그리고 '산경'이라는 질료를 통해 정중동의 차원에서 선명하게 그려낸 수작이다. 하나의 사건이 정의 차원에서 동의 차원으로 이동하면서 세계의 은폐된 역동성과 생명성이 낯선 상징과 이미지를 발생시켜 그것이 강렬한 미적 감각을 환기한다. 미적 감각이 강렬하면 강렬할수록 미 자체가 견고한 것이라면 『붉은 눈 동백』은 여기에 해당된다고 할 수 있다. 미 자체에 초점을 두고 그것을 어느 일정한 경지까지 끌어올린 시인의 시적 태도의 이면에는 미의 전일성이 아니라 유연성과 다양성이 진제되어 있다는 사실을 인식할 필요가 있다. 그의 미의 이러한 성격이 네 번째 시집인 『고양이가 돌아오는 저녁』(2009)에 와서는 동화적 상상력을 통한 자연과 문명 사이의 불화와 새로운 화해의 가능성에 대한 모색으로 이어진다. 동화적 상상력이 위악적인 문명의 현실과 만나면서 발생하는 여러 사건들을 통해 우리가 살고 있는 지금, 여기의 현실이 동화 같지 못함을 역설적으로 환기한다. 시인이 드러내는 이 역설은 온건한 시적 태도로 보일 수 있다. 하지만 이 온건함 속에는 이미 문명에 의해 점령당한 일상과 현실의 세계를 자연의 순수하고 신화적인 세계와 충돌시켜 그것을 회복하려는 급진적이고 변혁적인 상상력과 의지가 투영되어 있다.

의식 주체와 대상과의 긴장의 정도에 따라 여기에서 만들어지는 세계는 인습화된 상투성의 차원을 드러내기도 하고 또 낯설고 새로운 존재의 차원을 드러내기도 한다. 그의 시에서 이 차원은 주로 상징의 방식으로 제시된다. 그의 상징은 어떤 생경한 시적 대상을 통해 이루어지지는 않는다. 그의 시의 표제가 된 '흙', '의자', '동백', '고양이' 등은 우리에게 친숙한 시적 대상들이다. 이 사실은 그의 시의 상징이 인습적이고 상투화된 차원으로 전락하거나 여기에 함몰될 수도 있다는 것을 의미한다. 하지만 이 친숙한 시적 대상들은 '사각형의 기억', '얼음 속 불꽃(부재의 실존)', '붉은 눈', '비린내와 궁기' 등과 같은 낯설고 새로운 상징을 은폐한 채 하나의 세계를 이룬다. 우리가 그의 시를 읽고 여기에서 인습적이고 상투화된 상징 논리가 아닌 혹은 어떤 개념이나 도구적인 연관성을 통해 매개되거나 해석되지 않는 낯선 상징 논리를 체험하게 되는 것은 그만의 이러한 상징의 방식과 존재성 때문이다.

이번 시집 역시 그의 이러한 상징 논리가 잘 드러나 있다. 언제나 미의 세계와 현실의 세계 사이에서 일정한 균형과 긴장을 유지해온 그의 시적 태도가 보이는 차원은 물론 보이지 않는 차원을 아우르면서 하나의 독특한 상징 세계를 구현하고 있다고 할 수 있다. 그의 시의 상징은 낯설고 새로운 세계를 표상하고 있지만 그것이 생경하고 난해하게 느껴지거나 인식되지는 않는다. 이것은 시인의 시작 태도가 이 세상 어디에도 존재하지 않는 어떤 새로운 것을 만들어 내야(창조해 내야) 한다는 강박으로부터 비롯된 것이 아니라 이미 이 세계 어딘가에 은폐되어 있는 것을 발견해 내야(탈은폐 해야) 한다는 의지로부터 비롯된 것이라고 할 수 있다. 창조의 주체가 신이냐 인간이냐 하는 그런 복잡하고 난해한 논쟁의 차원을 넘어 무에서 유를 만들어내는 창조보다는 이미 존재하는 것에서 그것을 찾아내는 발견의 논리와 의미가 의식의 주체와 대상 사이의 긴장을 전제로 시의 실체의 구현이 가능하다는 것을 고려한다면 발견이 좀 더 논의에 현실적인 개연성을 지닐 수 있다. 이때 여기에서 말하는 발견은 눈에 보이는 드러난 차원보다는 눈에 보이지 않는 드러나지 않는 차원을 전제로 하기 때문에 그것에 대해 논하는 것은 비개념적이고 도구화되지 않는 미지의 낯선 영역을 들추어낸다는 점에서 시적 상징의 본래의 의미를 탐색한다는 것에 다름 아니다. 우리가 그의 시적 궤적의 의미 혹은 그의 시의 시사적인 의미를 찾는다면 그것은 바로 이러한 상징의 발견에서 찾아야 할 것이다.

2. 상징 혹은 형상과 질료의 주름

송찬호 시의 상징이 발견에서 비롯된다는 것은 그만의 독특한 시각과 방식을 전제하고 있다는 것을 말해준다. 발견의 의미가 어떤 개념이나 도구적 연관성을 배제한 상태에서 이루어지는 행위를 내재하고 있기 때문에 어쩌면 이러한 전제는 당연한 것인지도 모른다. 이런 점에서 어떤 시를 평가하고 해석할 때 발견이라는 범주에서 그것을 해명하는 경우는 흔치 않다. 어떤 시가 발견의 범주가 내포하고 있는 의미를 견딜만한 충분한 조건을 갖추고 있지 않다면 그것을 발견의 차원에서 해명하는 일은 공허한 것이 될 수밖에 없다. 진정한 발견은 세계에 은폐되어 있는 의미를 개념이나 도구적인 연관성 없이 탈은폐하는 행위라고 할 수 있다. 이 말은 시인의 의식이 개념이나 도구 같은 인습화되고 고정관념화된 세계로부터 벗어나 있어야 한다는 것을 말한다. 개념이나 도구는 주로 사유를 통해서 가공되어진 틀이나 체계를 가리키는 것으로 이렇게 되면 인간의 의식은 간접화되며, 이 상태에서는 의식이 세계에 은폐되어 있는 의미를 발견할 수 없다.

은폐된 세계와 만나기 위해서는 시인의 의식 자체가 직접적이어야 한다. 이렇게 개념과 도구에 의한 사유를 통해 가공되지 않은 직접적인 의식을 '소여(所與)'라고 한다. 우리가 이 소여의 상태에서 어떤 존재를 만날 때 은폐된 세계가 탈은폐되며 이러한 존재론적인 사건이 바로 발견인 것이다. 진정한 세계의 의미란 소여의 상태에서 드러나는 것으로 이 내재적인 사건(질료)이 없으면 어떤 낯설고 새로운 형상을 짓는 것은 불가능하다. 직접적인 의식의 투사로 인해 어떤 형상이 가능하다면 여기에는 발견의 과정이 내재해 있는 것으로 볼 수 있으며, 이 발견의 유무와 발견의 방식과 성격이 시의 미학성을 결정짓는 주요한 요인이 되는 것이다. 은폐되어 있는 세계는 의식 주체의 상태에 따라 탈은폐의 여부가 결정된다고 할 수 있다. 시인의 의식이 직접적인 소여의 상태에 놓여 있으면 세계에 은폐된 의미가 미적 형상을 짓지만 그것이 간접적인 상태에 있으면 불가능하다. 이런 점에서 세계는 창조하는 것이 아니라 발견하는 것이다.

멀리서 보니 그것은 금빛이었다
골짜기 아래 내려가 보니
조릿대 숲 사이에서
웬 금동 불상이
쭈그리고 앉아 똥을 누고 있었다

어느 절집에서 그냥 내다 버린 것 같았다
금칠은 죄다 벗겨지고
코와 입은 깨져
그 쾌변의 표정을 다 읽을 수는 없었다

다만, 한 줄기 희미한 미소 같기도 하고 신음 같기
도 한 표정의 그것이
반가사유보다 더 오래된 자세라는
생각이 잠깐 들기는 했다
가야 할 길이 멀었다
골짜기를 벗어나 돌아보니 다시 그것은 금빛이었다[1)]

하나의 발견이 직접적인 의식의 과정을 통해 이루어고 있음을 잘 보여주고 있는 시이다. 의식의 주체는 시적 대상인 '불상'을 어떤 개념이나 도구와의 연관성 속에서 드러내지 않고 순수한 지각의 차원에서 그것을 드러내고 있다. 이것은 '불상'이 하나의 고정된 형상으로 드러나지 않는다는 것을 의미한다. 시 속의 '불상'은 '멀리서 보면 금빛'으로 드러나고 가까이 가서 보면 '금칠이 죄다 벗겨진' 모습으로 드러난다. 또 그것은 '쾌변의 모습'으로 보이기도 하고 '희미한 미소나 신음 같은 표정'으로 지각되기도 한다. 이 다양한 형상은 '불상'이 지각의 상황과 방식에 따라 다르게 나타

1) 송찬호, 「금동반가사유상」, 『분홍 나막신』, 문학과지성사, 2016, p.9.

날 수 있다는 것을 말해준다. 이때의 지각은 직접적인 의식의 산물이라는 점에서 그 안에 무언가로 만들어질 수 있는 가능성, 곧 질료를 지니고 있다고 할 수 있다. 형상은 이 질료로써 만들어지며, 질료가 내재하고 있는 가능성 속에 형상은 이미 깃들어 있는 것이다.

시 속의 다양한 형상은 '불상'의 존재를 희미하게 하거나 분산시키지 않고 내적 응축의 양상을 보인다. 비록 형상은 다양하게 드러나지만 그것을 솟구치게 하는 힘은 '금빛'으로 수렴된다. 형상의 다양함이 내적으로 응축된 질료에 의해 이루어진다는 논리는 의식 주체가 '금빛'에 끌릴 수밖에 없는 이유를 잘 말해주고 있다. 의식 주체가 '금빛'에 끌리는 데에는 관념이나 개념에 의해서라기보다는 순수한 지각 혹은 지각의 순수함에 의해서라고 할 수 있다. 왜 의식 주체가 '금빛'에 끌렸을까? 이 물음에 대해 '금빛'의 원래 관념을 따지는 것은 무의미해 보인다. 이 시에서의 '금빛'은 원관념과의 관계성(유사성)으로 해명될 성질의 것이 아니라 그 자체로 강렬한 존재성을 드러내는 차원에서 해명되어야 한다. 이런 점에서 '금빛'은 하나의 상징이다. 상징으로서의 '금빛'은 그 자체로 강렬한 존재성을 드러내기 때문에 애매하고 모호할 수밖에 없다. 하지만 이 애매함과 모호함은 의식 자체의 직접성 혹은 직접적인 의식에 의한 지각장의 풍부함을 의미한다.

이렇게 상징은 지각장의 풍부함 속에서 그 존재성을 잘 드러낸다. 이 사실은 지각장이 허약하거나 약화되면 상징 역시 제 기능을 상실하게 된다는 것을 말한다. 인습화된 상징의 경우가 좋은 예이다. 인습화된 상징은 의식 자체의 직접성이 사라지고 그것이 내재한 관념이나 개념을 통해 의식의 간접화가 이루어지기 때문에 지각의 풍부함은 약화될 수밖에 없다. 하지만 시 속의 '금빛'은 이러한 것과는 거리가 먼 낯설고 새로운 미적 충격을 강하게 환기하고 있다. 상징은 강렬하면 강렬할수록 미적 충격의 정도가 크다. 그의 시는 이와 같은 상징으로 이루어진 지각장이다. '금빛'에서처럼 그의 시 속의 상징은 애매하고 모호하면서도 낯선 충격을 준다. 그의 시 속에서 상징을 드러내는 형상은 우리에게 널리 알려지거나 친숙한 것들이다.

그러나 이 형상들은 시인에 의해 낯설고 새로운 상징으로 거듭난다. 가령 '나막신'은 친숙한 시적 대상이지만 시인에 의해 그것은 '맨드라미 즙이 문질러진 분홍 나막신'(「분홍 나막신」)으로 바뀌면서 상징성을 획득하게 된다. '나막신'은 단순한 재료이지만 '분홍 나막신'은 의식 주체의 미적 지각이 깃든 질료이다. 하나의 재료를 미적 질료로 바꾸는, 이 질적 도약의 과정을 통해 '맨드라미 즙이 문질러진 분홍 나막신'이라는 상징물이 탄생한 것이다. 재료와 질료의 차이에 대한 의식 주체의 인식은 '여우털목도리'를 '뜨거운 불'(「여우털목도리」)로 바꿔놓고, 지극히 일상적이고 인습화된 '장미'를 이 세상에 하나밖에 없는 '천둥을 머금은 장미'(「장미」)로 바꿔놓기에 이른다.

나는 천둥을 흙 속에 심어놓고
그게 무럭무럭 자라
담장의 장미처럼
붉게 타오르기를 바랐으나

천둥은 눈에 보이지 않는
소리로만 훌쩍 커
하늘로 돌아가버리고 말았다

…(중략)…

언젠가 다시 창문과 지붕을 흔들며
천둥으로 울면서 돌아온다면

가시를 신부 삼아
내 그대의 여윈 목에
맑은 이슬 꿰어 걸어주리라2)

낡고 인습화된 '장미'의 의미를 어디에서도 찾아볼 수 없을 만큼 의미 지평이 열려 있다. 그만큼 이 시에 무언가를 만들어낼 수 있는 가능성이 은폐되어 있다는 것이다. 의식의 직접성이 '천둥'과 '장미'의 인습화된 의미의 장벽을 해체하고 '천둥을 머금은 장미'라는 새로운 상징을 발견해낸 것이다. 개념화되고 도구화된 '장미'의 틀 속에서 보면 그 '장미'는 사랑이나 정열과 같은 낡은 의미의 생산으로 귀결되지만 이렇게 의식의 직접성이 살아있는 열린 지평의 차원에서 보면 그것은 온갖 모순과 역설의 의미조차도 아우르는 무한한 가능성을 머금은 하나의 상징물이 된다. '천둥을 머금은 장미'의 형상이 은폐하고 있는 세계를 발견하는 것은 이런 이유로 우리의 지각을 활짝 열게 하는 일이 된다. 의식 주체의 지각이 활짝 열리기 위해서는 눈에 보이는 차원뿐만 아니라 눈에 보이지 않는 차원이 전제되어야 한다. 의식 주체의 지각은 눈에 보이지 않는 차원을 향할 때 의미 지평이 더욱 확장된다. 이런 맥락에서 볼 때 '천둥을 머금은 장미'의 형상이 가능한 것이 어쩌면 '눈에 보이지 않는 소리로만 훌쩍 커 그것이 하늘로 돌아가버렸기' 때문인지도 모른다.

'눈에 보이지 않는 소리'는 그것이 눈에 보일 때 발생하는 관념의 차원으로부터 자유로울 수 있다. 눈에 보이는 것에 의식이 고정되어버리면 그 이면에 은폐되어 있는 눈에 보이지 않는 크고 깊은 세계를 지각할 수 없다. 의식이 이곳을 향할 때 '소리'에 이르는 직접성은 커지게 되고 그것이 만들어내는 가능성 역시 커지게 된다. 그의 시 속의 의식의 주체는 눈에

2) 송찬호, 「장미」, 위의 책, p.13.

보이지 않는 '귀신'의 존재조차 지각한다. 의식의 주체는 「귀신이 산다」에서 '그는 가끔 누구와 이야기 하는 듯이 혼자 중얼거렸다'고 말하기도 하고 또 '어깨 위 허공으로 바나나와 사과를 건네기도 하였다'고 말하기도 한다. 의식의 주체가 눈에 보이지 않는 '귀신'의 존재를 지각하는 것은 그가 놓여 있는 지각장의 세계가 얼마나 확장 가능한지를 가늠할 수 있는 좋은 예이다. '귀신'이 지각으로 드러난다면 이미 그 '귀신'은 부피감과 실체감을 지닌 형상에 다름 아니다.

'귀신'의 경우처럼 시 속의 의식의 주체는 눈에 보이지 않는 세계의 이면까지 섬세하게 드러낼 수 있는 지각의 소유자라면 눈에 보이는 차원에 의식이 갇혀 있는 사람들이 볼 때 그 세계는 과거는 물론 지금 그리고 미래가 연속되어 있는 통합적인 구조가 만들어낸 미적 등가물로 환기될 수 있다. 이러한 지각의 소유자가 발견한 아주 매력적인 대상이 바로 '눈사람'이다. '눈사람'이라는 존재는 의식 주체가 그 형상의 변화를 선명하게 지각할 수 있을 정도로 눈에 띄게 역동적으로 이루어지기 때문에 형상을 이루는 질료로서 매력적인 데가 있다고 할 수 있다. 눈(눈사람)이 물이 되고 다시 물이 얼음이나 눈이 되는 과정은 질료가 어떻게 형상을 짓고 또 형상이 어떻게 질료로 환원되는지를 또 눈에 보이는 차원(눈에 보이지 않는 차원)이 어떻게 눈에 보이지 않는 차원(눈에 보이는 차원)으로 변화하는지를 섬세하면서도 분명하게 드러낸다. 시 속에서 의식 주체의 '눈사람'에 대한 지각의 과정은 '순간적인 역동성'이라고 표현할 수 있을 정도로 구체적이다.

> 찌는 듯한 한여름인데도 눈사람은 더워 보이지 않았다
> 겨울에 보았던 모습 그대로
> 털모자를 쓰고 목도리를 두르고 있었다
> 땀도 흘리지 않았다

…(중략)…

얼마쯤 달렸을까 깜빡 졸다 깨어보니
옆자리는 비어 있었다
그는 어디쯤에서 내린 걸까
털모자나 목도리 하나 남겨두지 않고3)

'눈사람'의 형상의 변화를 이야기하고 있지만 그 이면에는 질료의 의미가 투영되어 있다. '눈사람'의 형상은 소멸한 것이 아니라 질료의 차원으로 돌아간 것이라고 할 수 있다. '눈사람'이 물이 되었다면 그것은 소멸한 것이 아니라 언젠가는 다시 '눈사람'이라는 형상을 지을 가능성으로 존재하는 것이다. 형상과 질료 혹은 소멸과 생성이 반복되면 늘어가는 것은 존재의 주름밖에는 없다. 이런 식의 인식 태도는 차이나 반복을 통한 생명의 무한한 잠재성이나 가능성을 드러낸다는 점에서 들뢰즈적 사유를 환기하지만 여기에서 우리가 주목해야 할 것은 존재가 창조(발명)되는 것이 아니라 발견된다는 사실이다. '눈사람'이 녹아 물이 되고 물이 다시 '눈사람'이 되듯이, 파도가 부서져 소멸하는 것이 아니라 바닷속의 물로 돌아가 다시 파도를 일으키는 존재론의 관점에서 발견이 이루어져야 하고 또 형상과 질료의 논의가 이루어져야 한다. 주름은 차이와 반복을 통해 끊임없이 만들어지는 존재의 장이며, 여기에서 무엇인가를 발견하는 일은 주름으로 된 형상과 질료를 짓는 것에 다름 아니다. 시인 혹은 시 속의 의식의 주체가 겨냥하는 세계는 바로 이 주름 내에 하나의 상징으로 존재하는 것이다. 주름으로 이루어진 상징은 인습화되고 고정화된 관념의 위험성으로부터 벗어날 수 있다.

3) 송찬호, 「눈사람」, 위의 책, p.17.

3. 순수와 비순수의 진경(珍景)

송찬호 시의 상징이 미적인 형상과 질료로 이루어진 주름의 산물이라는 사실 못지않게 중요한 것은 이 상징이 드러내는 의미일 것이다. 그의 시의 상징이 개념이나 도구적인 연관성 없이 의식의 직접성에 의해 만들어지는 것이기 때문에 여기에 내재된 의미 역시 낯설고 참신할 수밖에 없다. 그의 시의 상징이 드러내는 의미는 기본적으로 의식 주체가 대상을 어떤 태도로 인식하느냐에 따라 결정된다. 이것은 의식 주체가 어떤 대상을 선택하느냐 하는 것보다 그것을 어떻게 바라보느냐 하는 것이 중요하다는 것을 말해준다. 이와 관련하여 이미 그는 『고양이가 돌아오는 저녁』에서 자신의 입장을 보다 선명하게 드러내 보인 바가 있다. 많은 이들이 이 시집을 '동화적 상상력'에 기반하고 있다고 한 데에는 그의 이러한 입장을 어느 정도 간파한 것이라고 할 수 있다. 이 시집에서 의식 주체가 동화적인 태도를 견지하고 있는 예는 어렵지 않게 발견된다.

하지만 이렇게 '동화적 상상력'이라고 할 때 문제가 되는 것은 그 동화의 성격이다. 『고양이가 돌아오는 저녁』에서의 동화란 우리가 흔히 알고 있는 나이브한 차원의 동화와는 성격을 달리한다. 이 시집에서의 '동화적 상상력'은 상징에 기반한 고도의 미적 깊이와 단조로운 주름이 아닌 중층적인 주름으로 이루어진 세계이며, 이러한 점에서 그것은 나이브한 차원을 넘어선다. 그의 시에는 천진난만하고 마냥 순수한 세계를 겨냥하는 의식의 흐름이 지배하는 것이 아니라 순수의 이면 혹은 순수와 길항 관계에 있는 비순수의 세계를 겨냥하는 흐름이 일정한 긴장 상태를 유지하면서 존재한다는 것이다. 이번 시집이 『고양이가 돌아오는 저녁』의 세계를 계승하고 있다면 바로 이런 차원에서이며, 순수와 비순수의 길항을 통한 시적 긴장은 이번 시집의 상징의 의미 혹은 주름의 의미 층위를 결정하는 중요한 요인으로 작용한다는 점에서 주목에 값한다고 할 수 있다.

순수와 비순수의 길항은 한 편의 시에서 드러나기도 하고 또 시와 시의 관계에서 드러나기도 한다. 시에서 의식의 주체가 겨냥하는 궁극은 순수이다. 하지만 이 궁극에 이르는 길은 결코 쉽지 않다. 이 과정에서 의식의 주체는 자연스럽게 순수의 이면에 은폐되어 있는 비순수의 실체와 만나게 된다. 이것은 순수와 비순수가 독립적으로 존재하는 것이 아니라 본래부터 한 몸이라는 사실을 강하게 환기한다. 순수의 이면에 은폐되어 있는 비순수의 존재가 모습을 드러낸다는 것은 어떤 불순한 것이 순수의 영역으로 침투해 들어와 균열을 일으켰다는 것을 의미한다. 이때 여기에서 말하는 '어떤 불순한 것'이란 의식 주체의 내면에서 생겨난 것일 수도 있고 또 주체의 외부에서 생겨난 것일 수도 있다. 하지만 둘 중 어디에서 생겨난 것인지 분명하게 판단하기는 어렵다. 가령

> 나는 한때 이슬을 잡으러 다녔다
> 새벽이나 이른 아침
> 물병 하나 들고
> 풀잎에 매달려 있는 이슬이란 벌레를
>
> …(중략)…
>
> 나는 한때 불과 흙과 공기의 조화로운 건축을 꿈꿨으나
> 흙은 무한증식의 자본이 되고
> 불은 폭력이 되고
> 나머지도 너무 멀리 있는 공기의 사원이 되었으니
> 돌이켜 보면 모두 헛된 꿈
>
> 이슬은 물의 보석, 한번 모아볼 만하지

기껏 잡아놓은 것이
겨우 종아리만 적실지라도
이른 아침 산책길 숲이 들려주던 말,
뛰지 말고 걸어라 너의 천국이 그 종아리에 있으니[4)]

에서 의식 주체의 순수한 꿈을 깨트린 어떤 불순한 것은 무엇일까? 시의 전체적인 문맥으로 보아서는 의식의 주체인 '나'는 여전히 순수한 꿈을 포기하지 않은 존재임을 알 수 있다. 다만 처음에 가졌던 꿈이 많이 약화된 것은 사실이다. 그런데 그 원인을 제공한 대상이 모호하다. 순수한 꿈을 포기하지 않은 '나'의 상태로 보아서는 그 대상이 외부에 있는 것 같지만 그것은 어디까지나 추측일 뿐이다. 어떤 불순한 것의 존재를 더욱 애매모호하게 하는 것은 '흙은 무한증식의 자본이 되고', '불은 폭력이 되고', '나머지도 너무 멀리 있는 공기의 사원이 되었으니'라는 진술이다. 이 각각은 어떤 불순한 것의 주체를 드러내고 있는 진술이 아니다. 이것은 어떤 불순한 것의 존재를 숨긴 채 그 결과만을 진술하고 있을 뿐이다.

그러나 우리는 분명하지는 않지만 시의 행간에서 어떤 불순한 것의 존재를 지각할 수 있다. 의식 주체의 순수한 꿈을 약화시킨 존재가 자신일 수도 있고 또 외부의 어떤 대상일 수도 있다는 것을 애매하고 모호한 지각장의 형태로 제시하고 있는 시인의 의도를 읽어내는 일은 그다지 어렵지 않다. 만일 시인이 어떤 불순한 것의 존재를 분명하게 드러냈다면 모호함은 사라질 것이다. 아울러 그 모호함에서 오는 의식 주체의 내면과 외부 사이에서 발생하는 긴장도 사라질 것이다. 의식 주체의 내면과 외부 사이의 이러한 긴장은 결과적으로 순수와 비순수 사이의 길항 관계를 더욱 견고하게 하는데 기여한다. 이 시처럼 그의 시는 대부분 어떤 불순한

4) 송찬호, 「이슬」, 위의 책, pp.56~57.

것의 존재를 분명하게 드러내지 않은 채 순수와 비순수의 길항 관계를 유지하고 있다.

「모란이 피네」의 경우, 문면에 드러나는 것은 의식 주체의 순수한 마음이다. '모란의 마지막 벙그는 모습'을 '종지기가 죽고 종답만 남아 있는 사원의 마지막 종소리'로 치환한 것도 그렇고, 그것을 '당신께 가져다가 펼쳐놓는 것'도 모두가 의식 주체의 순수함을 표상하는 것이라고 할 수 있다. 그렇다면 이 시에는 의식 주체의 순수함만 존재하는 것일까? 이 물음에 대한 답을 위해 우리는 '왜 마지막 벙그는 모란을 당신께 보여주려 했는지'를 고민해 보아야 한다. 모란은 곧 지게 되고, 이 상황은 의식 주체의 순수함을 절정으로 치닫게 했지만 그 이면에는 순수함을 위협하고 불안하게 하는 비순수함이 그림자처럼 드리워져 있는 것이다. 이 비순수함을 시인은 시 속에 언표화하지 않고 있다. 비순수함의 은폐로 인해 순수는 그만큼 긴장의 정도를 더하게 된다.

이렇게 비순수의 존재를 문면에 드러내고 있지 않은 경우도 있지만 또 그것을 자연스럽게 드러내고 있는 경우도 있다. 「장미」라는 시에서는 순수와 함께 비순수의 존재가 전경화되어 있다. 의식의 주체가 겨냥하고 있는 것은 비순수에 대한 순수의 호출이다. 의식의 주체는 우리를 향해 '이 세계의 피가 모두 빠져나간/창백한 저 흰 사원에/우리의 폭력으로/거길 다시 붉게 채워보자'고 외친다. 이 시의 행간을 조금이라도 읽어낼 수만 있다면 이 외침의 진의가 순수의 지향에 있다는 것을 금세 알 수 있다. 순수에 대한 갈망이 비순수의 형식으로 제시되고 있다는 점을 주목할 필요가 있다. 여기에서의 '폭력'은 비순수의 표상이 아니라 순수의 표상으로 제시되고 있다. '악이 대물림'되는 비순수의 세계에 순수의 '폭력'으로 저항하려는 의식 주체의 태도는 시상의 단조로움과 의미의 단성성이라는 위험으로부터 벗어나게 해준다.

순수에 다가가려는 의식 주체의 태도는 독특한 시적 상상력의 발견으로 이어진다.

> 박카스 빈 병은 냉이꽃을 사랑하였다
> 신다가 버려진 슬리퍼 한 짝도 냉이꽃을 사랑하
> 였다
> 금연으로 버림받은 담배 파이프도 그 낭만적 사랑
> 을 냉이꽃 앞에 고백하였다
> 회색 늑대는 냉이꽃이 좋아 개종을 하였다 그래도
> 이루어질 수 없는 사랑에 긴 울음을 남기고 삼나무
> 숲으로 되돌아갔다
>
> 나는 냉이꽃이 내게 사 오라고 한 빗과 손거울을
> 아직 품에 간직하고 있다
> 자연에서 떠나온 날짜를 세어본다
> 나는 아직 돌아가지 못하고 있다[5)]

의식의 흐름이 '냉이꽃'을 향하고 있다. 의식의 주체인 '나'는 물론 '박카스 빈 병', '슬리퍼', '담배 파이프', '회색 늑대'까지 '냉이꽃'에 대한 사랑을 고백하고 있다. 고백의 주체가 인간만이 아니라 사물이나 동물에 이르기까지 다양하다는 것은 '냉이꽃'이 이 모든 것들을 아우를 수 있는 존재라는 것을 의미한다. 어떻게 '냉이꽃'이 그런 존재가 될 수 있을까? 이 물음에 대해 의식의 주체는 '냉이꽃'이 '자연'이기 때문이라고 답한다. 의식의 주체에게 '자연'은 꼭 돌아가야 하는 곳이다. 그것은 '자연'을 자신의 존재가 시작된 곳으로 인식한 데서 비롯된 것이다. 이런 점에서 '자연'은 순수의 시원(始原) 혹은 순수의 원적지(原籍地)라고 할 수 있다. 의식의 주체는 이곳으로 돌아가고 싶어 하지만 '아직 돌아가지 못하고 있'는 것은 '자연'

5) 송찬호, 「냉이꽃」, 위의 책, p.31.

에서 너무 멀리 왔기 때문이다. '자연'으로부터 멀어지면 그만큼 순수함으로부터도 멀어지는 것이다. 이 사실은 곧 의식 주체 자신이 점점 비순수의 영역으로 나아가게 된다는 것을 말해준다.

'냉이꽃'으로 표상되는 순수의 상실과 순수에의 동경이 '자연'과의 관계 속에서 해명될 성질의 것이라면 순수에 균열을 내는 어떤 불순한 것은 문명이라고 해도 크게 틀린 말은 아닐 것이다. '박카스 빈 병', '버려진 슬리퍼 한 짝'이 환기하는 것은 문명의 그늘과 같은 것이라고 할 수 있다. 순수에서 비순수로, 자연에서 문명으로 의식의 흐름이 이동할수록 그의 시의 상징은 알레고리의 속성을 드러내기도 한다. 가령 「검은 백합」의 경우, 그 강한 상징성에도 불구하고 '세상의 어지러워짐과 흑사병에 의해 검은 백합'으로 변해가는 이야기는 마치 인간의 검은 역사의 한 장면을 연상시킨다는 점에서 알레고리적이라고 할 수 있다. 이런 맥락에서 보면 '사물'과 '발화(말)'를 통해 시적 숙명의 문제를 의인화하여 서술하고 있는 「울부짖는 서정」과 '구덩이에 던져진 피묻은 마대자루'를 초점화하여 '삶'에 대한 시상을 전개해 나가고 있는 「구덩이」, 그리고 '폭설'을 의인화하여 '시간의 폐허와 적막'을 이야기하고 있는 「폭설」과 '사막'에서의 '자동차' 사고를 통해 가공할 속도로 미친 듯이 질주하고 있는 현대문명의 무반성적이고 '야만과 광기'에 가득 찬 이면을 폭로하고 있는 「북쪽 사막」 등은 지금, 여기의 우리의 현실과 삶에 대한 하나의 알레고리라고 해도 과언이 아니다.

그러나 비순수로의 흐름과 알레고리적인 성격과 관련하여 가장 문제적인 시편 중의 하나는 「붉은 돼지들」이다. 이 시가 알레고리적인 것은 '붉은 돼지들'의 운명이 일정한 이야기 혹은 역사를 지니고 있기 때문이다. 이들은 '도축장'으로 실려 갈 수밖에 없는 운명을 잉태하고 있다. 이것은 분명 비극이지만 이들은 이러한 자신들의 운명에 저항하는 법, 다시 말하

면 살아남는 법을 알고 있다. '붉은 돼지들'은

환란이 닥쳐오면 그들은
면도날처럼 날카로운 후각으로 흙을 헤쳐
붉은 돼지씨를 심

거나

'환란이 닥쳐오면
본래 너희의 땅으로 돌아가라'
오래전부터 전해져오는 그 말을
몸으로 살찌워 운반[6]

한다. '환란'과 같은 자신들의 비극적인 운명에 좌절하지 않고 '붉은 돼지씨를 심'거나 예언처럼 '전해져오는 본래의 땅으로 돌아가라는 말을 몸으로 살찌워 운반'하는 이들의 모습은 인간(인류)의 역사에 대한 알레고리로 읽힌다. 이들이 보여주는 비극적인 운명에 대처하는 법으로써의 '붉은 돼지씨 심기'와 '본래의 땅으로의 귀환'은 환란과 도살이 횡행하는 비순수의 시대에 순수를 희구하는 것으로 볼 수 있다. '씨'와 '본래'가 은폐하고 있는 순수의 의미를 의식 주체가 발견해 냄으로써 이들의 행위는 실존적인 역사성을 띠게 되고, 이로 인해 의식의 주체가 궁극적으로 겨냥하고 있는 것이 '붉은 돼지들'의 역사를 넘어 인간의 역사임을 알 수 있다. '환란'과 '도축'의 운명 속에서도 새로운 실존을 모색하는 '붉은 돼지들(인간)'의 모습은 비순수의 순수 혹은 순수의 비순수라는 삶의 역설을 강렬하게 알레고리화하고 있다는 점에서 일정한 미적 수준을 드러내고 있다고 할 수 있다. 순수와 비순수의 역설에 은폐된 삶의 진경(珍景)을 발견하기 위해 의식

6) 송찬호, 「붉은 돼지들」, 위의 책, pp.49~50.

주체는 자신에게 끊임없이 묻는다. 그런데 묻는 방식이 매혹적이다. '이제 다시 불은 휘어지고 흙은 구워지는가', '꺼진 불 속에서 검은 숯과 재가 서로 얼굴을 더듬어 찾는가', '그곳에서 암소로 변신한 국가도 평화롭게 풀을 뜯을 수 있는가'(「나는 묻는다」).

4. 미의 복원과 고전적 깊이로서의 시

우리 현대시사에서 미학의 조건과 미학성을 견딜만한 시인을 발견하는 일은 결코 쉽지 않다. 이런 점에서 송찬호의 존재감은 무게를 더한다. 시의 토대를 이루는 말과 언어에 대한 깊이 있는 모색을 통해 자신만의 독특한 상징체계를 구축하고 있는 그의 시 세계는 미에 대한 고전적인 품격과 깊이를 지닌다. 그의 시의 이러한 면모는 어떤 개념이나 도구적인 연관성 없이 세계에 은폐된 의미를 발견하려는 미학의 고전적인 태도에서 비롯된 것으로 볼 수 있다. 우리 시인들의 미에 대한 탐색이 대부분 한때의 유행이나 깊이 없는 실험의 차원에서 그친 데 반해 그의 탐색은 일정한 맥락과 전망을 확보하고 있다고 할 수 있다.

이번 시집 역시 미에 대한 이러한 맥락과 전망이 잘 드러나 있다. 그는 현상과 본질, 보이는 것과 보이지 않는 것, 형상과 질료, 은폐와 탈은폐, 미와 현실, 소여와 지평, 상징과 알레고리, 순수와 비순수, 애매성과 긴장 등 미학을 이루는 원리와 그 과정을 시로 구현해 보이고 있다. 이것은 우리가 오랫동안 망각해 왔거나 상실해버린 '미학으로서의 시' 혹은 '시의 미적 정체성'의 문제에 다름 아니다. 그는 지금, 여기의 흐름 속에서 그것을 복원하려고 한다. 그가 복원하려는 미학은 시의 미적 원리를 이루는 기본적인 조건이면서 미적 이상과 보편성을 실현하는 토대라는 점에서

'고전적(classical)'인 성격과 의미를 지닌다고 할 수 있다. 이런 고전적인 시(미학)의 원리와 조건을 지니고 있는 시인을 지금, 여기에서 발견하기는 쉽지 않으며, 이렇게 된 데에는 미의 고전적인 품격과 깊이를 도외시하는 사회적인 상황도 한 원인으로 볼 수 있지만 그것 이상으로 생각해 보아야 할 것은 시인 자신의 미 혹은 미학성에 대한 자의식의 결핍이라고 할 수 있다.

그의 시의 고전적인 품격과 깊이는 요즘 우리 시가 상실한 미학성의 복원을 보여주는 한 예로 볼 수 있다. 특히 개념이나 도구적 연관성 없이 세계 내에 은폐된 대상을 발견해 그것을 하나의 상징으로 만들어내는 솜씨는 인습화되고 고정화된 관념을 넘어 낯설게 하기가 시의 기본 원리로 알고 있는 이들에게 전범이 될 만한 미학적 사건이다. 그의 시의 표제가 되어 온 '흙', '의자', '동백', '고양이', '나막신' 등과 같은 일상의 평범한 대상을 '사각형의 기억', '얼음 속 불꽃(부재의 실존)', '붉은 눈', '비린내와 궁기', '맨드라미 즙이 문질러진 분홍 나막신' 등과 같은 낯설고 새로운 상징으로 질적 도약을 이루어온 그의 저간의 궤적은 우리 시의 한 진경이라고 할 수 있다. 하지만 그의 상징은 진화하는 중이다. 이번 시집 속 '붉은 돼지들'의 알레고리를 통해 알 수 있듯이 그의 시의 상징은 미학의 감옥에 갇혀 있지 않고 현실로 통하는 길을 끊임없이 모색하는 태도를 견지하고 있다. 그에게 새로운 시의 지평은 고전적인 미의 탐색을 통해 열린다는 이 역설은 '맨드라미 즙이 문질러진 분홍 나막신'만큼 선명하다.

언어와 존재 사이 혹은 격렬함과 긴장에 대하여
– 송재학의 시세계

1. 시인다움이란 무엇인가?

시인이 가장 시인다울 때가 언제일까? 이런 우문을 던지는 것은 우리 시단에 시인답지 않은 시인이 너무 많기 때문이다. 시가 한낱 개인의 욕구 충족이나 별스러운 취향, 취미 정도로 인식되면서 바야흐로 우리는 지금 시인 인플레이션 시대를 살고 있다고 해도 과언이 아니다. 문학의 사회적인 역할이나 영향력이 약화되면서 일반 대중으로부터 점점 공감의 영역을 상실하고 있는 상황에서 시 혹은 시인의 인플레이션 현상은 하나의 아이러니라고 할 수 있다. 어쩌면 그들은 이러한 상황과는 상관없이 그들만의 신성하고 숭고한 시의 소도(蘇塗)를 꿈꾸고 있는지도 모른다.

진정한 시의 소도는 필요하다. 하지만 그것은 시가 사회와 일정한 긴장 관계를 유지할 때이다. 특히 사회가 부정성을 드러내거나 진정성을 상실했을 때 시의 소도는 그 존재 의의를 더한다고 할 수 있다. 이 사실은 시가 사회와 소통하고 사회적인 역할이나 영향력을 행사하기 위해서는 자기 신성성과 숭고성을 지니고 있어야 한다는 것을 의미한다. 만일 시가 이러한 신성성과 숭고성을 지니고 있지 못하다면 시는 더 이상 사회적인 역할이나 영향력을 행사할 수 없게 될 것이다. 이런 맥락에서 볼 때 지금 우리에게 필요한 것은 시와 시인의 양적인 팽창이 아니라 질적인 고양이라고 할 수 있다. 시와 시인이 사회로부터 외면 받고 소외 받는 이유를 시대적인 상황 탓으로만 돌리는 것은 사태의 본질을 제대로 꿰뚫어 보지 못한 데서 비롯된 비극이다. 다시 우리는 시와 시인이 가장 시답고 시인다울 때가 언제인가에 대해 날선 자기 성찰과 반성의 시간을 가져야 한다.

시인이 가장 시인다울 때는 다른 그 무엇보다도 그가 시에 대해서 고민할 때이다. 그렇다면 시에 대해 고민한다는 것은 무엇일까? 이 물음은 시가 어떻게 존재하는가? 하는 문제와 다른 것이 아니라고 본다. 사정이 이러하다면 이 물음은 필연적으로 언어의 문제로 귀결될 수밖에 없다. 언어 없이 시가 어떻게 존재할 수 있겠는가? 언어에 대한 자의식과 민감함이란 적어도 시인이라면 기본적으로 지니고 있어야 할 덕목이라고 할 수 있다. 하지만 이 말은 형식주의자들이 주장하듯이 시에서의 모든 것이 언어로 수렴된다는 것을 의미하는 것은 아니다. 진정으로 훌륭한 시는 언어와 언어 아닌 것 사이에 있다. 시의 언어를 구심적으로만 보는 것이 아니라 원심적으로도 보아야 하며, 자율적이고 자족적인 체계를 넘어 대화적인 체계로서 그것을 보아야 한다는 것이다.

시에서의 언어의 의미는 단선적이지 않다. 시에서의 언어가 존재의 집임에는 틀림없지만 그 존재는 실로 격렬함을 내재하고 있다는 것을 간과해서는 안 될 것이다. 언어는 어떤 존재를 드러내지만 그것은 언어 자체의 자족적인 세계를 넘어 외적 현실을 반영하고 또 굴절시켜 보여주기 때문에 격렬함과 긴장은 필수적이라고 할 수 있다. 언어의 구조는 외적 현실과 무관하게 순수한 체계를 지니고 있지 못하다. 시에서의 어떤 언어든지 그것은 반드시 외적 현실의 어떤 구조를 반영하거나 굴절시켜 보여줄 수밖에 없다. 시인이 어떤 사물을 시로 쓴다는 것은 사물을 언어화한다는 것이지만 이때 언어의 구조는 사물의 구조와 무관한 것이 아니라 그것에 대한 발견과 탐색의 과정을 통해 이루어지는 것이다. 그렇다면 사물의 구조를 발견하고 탐색하는 주체는 누구일까? 언어일까? 언어가 시를 쓰고, 언어만이 시에 있다고 말하는 시인이 있지만 이것은 한 마디로 궤변에 불과하다. 어떤 언어든 여기에는 반드시 주체가 있으며, 그것은 시인의 몸이라고 할 수 있다. 시인의 몸을 통하지 않고 형성되는 시의 언어는 어디에도 없다.

2. 언어 혹은 풍경과 몸의 연대란 무엇인가?

시의 언어는 사물(외적 현실), 시인의 몸, 언어를 필요로 하며, 이 각각의 존재 사이의 격렬함과 긴장을 통해 탄생하는 것이다. 시의 이 기본적인 구도를 새삼스럽게 이야기하는 것은 시와 시인다움이 무엇인지를 말하기 위해서기도 하지만 그것보다는 송재학 시인에 대해 말하고 싶어서이다. 그는 우리 시대의 어느 시인보다도 이 문제에 대해 깊은 자의식과 통찰을 보여준 시인다운 시인이다. 정작 시인은 자신이 보여준 자의식과 통찰의 정도를 가늠하지 못할 수도 있지만 우리는 그의 시편 어디에서나 그것을 발견할 수 있다. 시인 자신이 그것을 가늠하지 못할 수도 있다는 말은 사물(외적 현실), 시인의 몸, 언어의 과정을 지극히 당연한 것으로 받아들이고 여기에 대한 어떤 회의도 가지지 않은 그의 시에 대한 순수한 집념이 시편에 강하게 투영되어 있다는 것을 의미한다. 시인의 이러한 순수한 집념을 나는 '풍경과 몸의 연대'라는 말로 이야기한 적이 있다.

송재학 시의 새로움은 몸에 있다. '시란 수많은 풍경과 내 몸의 연대'라고 그가 규정했을 때, 풍경과 몸의 연대는 하나의 폭력적인 결합에 의한 '낯설게 하기'를 충분히 감당해내고 있다. 다른 무엇과도 아닌 몸과 연대하기 때문에 풍경은 그 의미가 고정되지 않고 끊임없이 변주가 가능한 것이다. 몸은 단순히 생물학적인 의미로만 존재하지 않는다. 몸은 생리학적·심리학적 현상일 뿐만 아니라, 사유, 느낌, 욕구의 역동적 복합성이다. 사유, 느낌, 욕구의 역동적 복합성은 곧 우리 몸의 통일적 역동성을 가능하게 한다. 이러한 몸과 풍경이 만나면 풍경은 풍경으로만 존재할 수 없게 된다. 풍경은 상실과 보충을 통해 몸화될 수밖에 없다. 이것은 풍경이 이전의 시에서처럼 하나의 배경(先景後情)으로 기능한다거나 단순한 탐미나 완상의 대상이 된다는 것을 의미하는 것은 아니다. '풍경의 몸화'란 풍경이 몸과의 살아 있는 접촉을 통해 몸이 담고 있는 인간의 '내우주Endokosmos를 들추어내는 것'(탈은폐 disclose)을 말한다. 우리는 몸을 실마리로 하여 인간우주(Kosmos Anthropos)의 구조, 즉 우리가 단지 우리 몸과의 살아 있는 접촉을 통해 체험하는 우리 몸적 조직의 무한 복합체인 내우주를 밝힐 수 있다. 이런 점에서 여기에서 말하는 인간의 '내우주'란 온갖 기운과 형상과 물질들이 서로 교차하고 충돌하면서 명멸을 거듭하는 그런 무한 실존의 장을 가리킨다고 할 수 있다. 따라서 이러한 인간의 '내우주'를 들추어내고 있는 풍경은 단일한 논리로 포착할 수 없는 복합성과 애매성, 그리고 맥락성과 시간성을 띨 수밖에 없다.[7]

시인의 말이면서 나의 말이기도 한 풍경과 몸의 연대에서 우리가 주목해야 할 대목은 몸을 실마리로 하여 인간우주의 구조를 들추어낸다는 점이다. 여기에서 말하는 구조는 형식주의자들이나 구조주의자들의 그것과는 그 의미가 다르다. 여기에서 말하는 구조는 생성적이고 역동적인 그런 구조를 의미한다. 시인의 몸이 우주적인 구조를 지니고 있다면 풍경 역시 우주적인 구조를 지니고 있는 것이다. 이 사실은 시인이 풍경 속에서 자신의 몸의 구조를 발견하여 그것을 탈은폐(disclose)하는 것이 무엇보다도

7) 이재복, 「풍경과 몸의 연대 – 송재학론」, 『몸』, 하늘연못, 2002, p.103.

중요하다는 것을 말해준다. 풍경 속에 은폐된 몸의 구조의 탈은폐는 관조나 감상을 통해서는 이루어질 수 없다. 이것이 가능하려면 둘 사이의 은밀한 내통이 있어야 한다. 시인의 몸이 풍경 속으로 뚫고 들어가야 하는 것이다. 풍경 속에 은폐된 몸의 구조와 시인의 몸의 구조가 서로 만날 때 비로소 구조의 실체가 드러나는 것이다.

그러나 풍경과 시인의 몸의 구조가 은밀한 내통을 통한 만남이 이루어진다고 해서 그것이 안정적이고 평온한 상태를 의미하는 것은 아니다. 이 둘의 만남에는 낯선 세계의 발견에서 오는 격렬함과 긴장이 뒤따를 수밖에 없다. 이 격렬함과 긴장은 기본적으로 시인의 몸이 우주적인 구조를 지니고 있다는 사실에서 기인한다. 우주적인 구조를 지닌 몸이란 모순이라든가 역설 같은 원리가 작동하고 있다는 것을 말해준다. 혼돈과 질서, 시작과 끝, 안과 밖, 중심과 주변, 보이는 것과 보이지 않는 것, 본질과 현상 등 서로 상대되는 것이 하나로 일치되거나 통합되는 존재의 양태를 드러낸다. 반대 일치라는 모순과 역설의 구조는 어느 한쪽으로의 종속이나 귀속 없이 끊임없는 변화와 생성을 속성으로 하기 때문에 그것을 안정적인 존재의 형태로 드러내는 일은 거의 불가능하다고 할 수 있다.

몸과 풍경의 연대는 이런 점에서 격렬함과 긴장을 동반할 수밖에 없다. 몸과 풍경의 연대가 이러하다면 그것과 연속선상에 놓인 언어와의 연대 역시 격렬함과 긴장을 동반할 수밖에 없다. 언어, 몸, 풍경 사이의 연대에는 어느 한 방향으로의 일방적인 흐름이 존재하는 것이 아니라 언어와 몸 사이, 몸과 풍경 사이를 넘나드는 어떤 흐름이 존재한다고 할 수 있다. 하지만 언어와 풍경 사이에는 어떤 직접적인 흐름도 존재할 수 없다. 언어는 어떤 경우에도 직접적으로 풍경을 지시하지 않는다. 언어는 몸을 매개로 풍경을 드러내거나 지시할 뿐이다. 언어와 풍경 사이의 연대란 각각의 형식이나 구조를 통해 그것을 유추하는 정도에 머무는 것이 사실이다.

언어 직전까지, 다시 말하면 몸의 세계에서 풍경이라는 존재는 그 모습을 드러낼 수 있는 것이다.

하지만 이것이 곧 언어와 풍경 사이의 단절을 의미하는 것은 아니다. 언어는 몸을 매개로 풍경과 직접적이지는 않지만 그 흐름이 이어진다고 할 수 있다. 언어가 풍경과 놓이는 관계가 이러하기 때문에 풍경의 구조를 언어 구조 속으로 끌어들이는 것은 결코 쉬운 일이 아니다. 풍경의 구조 속에 은폐된 언어 구조를 발견하는 것이 시라고 하지만 둘 사이의 관계로 인해 특히 시의 최종적인 존재의 형태인 언어를 통해 그것을 드러내는 일은 창조에 버금가는 재해석의 과정이 있어야 가능하다. 그것은 원천적으로 불가능한 일이기 때문에 언어 자체를 버려야 한다는 논리가 대두되는 것이다. 하지만 이 논리로는 아무 것도 할 수 없다. 중요한 것은 언어 안에서 언어를 통해 풍경의 구조를 만들어내는 일이다. 시인은 몸을 매개로 드러나는 풍경을 탈은폐시키기 위해 소리와 이미지 같은 감각적인 것뿐만 아니라 구조와 같은 언어의 형상을 최대한 활용하기에 이른다.

3. 뒤엉킨 긴장과 존재의 격렬함이란 무엇인가?

언어의 질료와 형상이 구비되었다 하더라도 풍경의 구조와 몸의 구조가 본질적으로 지니고 있는 존재의 격렬함과 복합적인 긴장을 어떻게 질료와 형상으로 구조화해 내느냐가 여전히 문제로 남는다. 다만 시인이 풍경과 몸의 구조가 존재의 격렬함과 복합적인 긴장을 가지고 있다는 사실을 발견한 것과 그것을 다시 격렬하고 복합적인 긴장을 드러내는 언어의 질료와 형상으로 구조화해야 한다는 것을 발견한 것은 주목에 값한다고 할 수 있다. 이와 관련해서 시인은 긴장에 특히 관심을 보인다.

긴장은 시를 말하는데 있어서 가장 중요한 덕목임에도 불구하고 긴장의 미학으로 시를 분석하는 경우는 드물다. 엘런 데이트의 조금 긴 주장을 들어보면, "(문예작품에서) 문자적 의미는 바깥세계로 향하는 것이고 비유적 의미는 작품내부로 향하는 것이니까, 결국 밖과 안이라는 반대방향에서 서로 당기는 힘이 즉 긴장인 것이다. 좋은 작품에서 우리는 어떤 힘을 느끼는데, 그 힘은 바로 그러한 내포된 서로 반대되는 세력들의 밀고 당김에서 생긴다는 것이다." 이러한 긴장의 미학을 삶에 적용하면, 서로 반대 개념이란 상호 밀어냄이 아니라 상호 길항한다는 것! 길항이란 바로 상승의 역학적 상상력이다. 긴장이란 내용 뿐 아니라, 형식으로도 가능하다. 그 긴장의 뒤엉킴을 짧은, 격렬한 언어로 순식간에 모방하는 내 시의 방법론은 그야말로 한 방법론에 불과한 것이리라.[8)]

시인은 언어에서의 긴장을 말하면서 엘런 데이트의 안과 밖의 힘에 대한 이야기를 인용한다. 언어로 구조화된 하나의 텍스트에는 형식과 내용의 차원에서 안으로 향하는 힘과 밖으로 향하는 힘이 동시에 작용하면서 일정한 긴장을 불러일으키는데 이것은 풍경의 구조의 뒤엉킴과 복잡함을 짧고 격렬한 언어로 순식간에 모방한 데서 비롯된 것이라고 할 수 있다. 시인이 언어로 구조화하는 것은 다른 그 무엇도 아닌 바로 이러한 긴장의 뒤엉킴이라는 사실은 여기에 풍경 혹은 풍경의 구조의 존재론적인 진실이 은폐되어 있기 때문이다. 풍경 속에 긴장의 뒤엉킴이 나타나는 것은 모순과 역설 같은 서로 반대되는 힘이 길항 작용을 일으킨다는 것을 의미한다.

이러한 긴장의 뒤엉킴을 시로 끌어들이기 위해 시인은 짧고 격렬한 언어를 순식간에 모방하는 방법을 쓴다. 시인의 방법이 어떤 효과를 창출하고 있는지는 그의 시편들을 구체적으로 살펴보면 알 수 있을 것이다. 하지만 그 효과는 긴장의 뒤엉킴과 짧고 격렬한 언어 사이의 관계를 유추해보는 것만으로도 어느 정도 알 수 있다. 긴장의 뒤엉킴은 내용과 형식이 질

---

8) 송재학, 「사물은 보여지거나 만져지거나 냄새를 통해 나와 비슷해진다」, 『풍경의 비밀』, 랜덤하우스코리아, 2006, pp.148~149.

서화되기 전의 혼돈의 상태를 의미한다. 따라서 그 혼돈의 상태를 언어로 드러낼 때에는 그것을 온전히 표상할 수 있는 방법이 효과적이라고 할 수 있다. 혼돈의 상태에서는 정제되고 질서화 된 균형 잡힌 언어보다는 울퉁불퉁하고 무질시화 된 기우뚱한 언어가 더 효과적일 수밖에 없다. 그의 시에서 이러한 짧고 격렬한 언어에 대한 시적 태도를 잘 보여주는 것 중의 하나가 바로 빛이나 색에 대한 강한 자의식이다. 긴장의 뒤엉킴을 언어의 질료와 형상을 통해 드러낼 때 시인이 선택할 수 있는 방법이란 사실 그것을 소리나 이미지를 통해 구현하는 것이라고 할 수 있다. 언어의 차원에서 소리와 이미지란 시인이 발견한 풍경이나 풍경의 구조의 본질을 가장 잘 구현할 수 있는 질료와 형상을 지니고 있는 것이라고 할 수 있다. 소리와 관련해서 시인은

> 조유인 시인의 「금관」이란 시를 보면 "실수로 들고 있던 유리잔을 떨어뜨린 적이 있습니다. 그때 유리잔은 바닥에 부딪치며 단 한 번의 파열음으로 산산조각이 나버렸지요. 소리가 빠져나간 유리잔, 그것은 꼭 혼이 빠져나간 몸뚱어리 같았습니다. 어쩌면 깨어지는 순간에 들린 바로 그 소리가 부서진 유리조각들을 그때까지 하나의 잔으로 꽉 붙잡고 있었던 것은 아닐까요?"라는 첫 행이 있어요. "어쩌면 깨어지는 순간에 들린 바로 그 소리가 부서진 유리조각들을 그때까지 하나의 잔으로 꽉 붙잡고 있었던 것은 아닐까요?"라는 인식, 하나의 인식에 도달하고 있는 감각의 힘이자 사물의 비밀이 바로 시의 비밀로 치환된 경우지요.[9]

라고 말하고 있다. 시인은 소리를 사물의 본질로 인식하고 있다. 시인은 유리컵이라는 사물의 본질을 그것이 깨지는 순간, 다시 말하면 파열음을 내면서 깨지는 순간 발견하게 된다는 것이다. 사실 우리는 유리컵이라는

9) 송재학·윤성택 대담, 「서정이란 격렬함이 팽창하여 폭발하기 직전의 불온함」, 『열린시학』, 2008년 여름호, p.35.

사물의 본질을 그것이 깨지기 전에는 제대로 알 수 없다. 유리잔의 깨질 때의 소리가 유리조각들을 하나의 잔으로 인식하게 하는 것이다. 이런 점에서 우리가 유리컵이라는 사물의 본질에 다가가기 위해서는 그 깨질 때의 소리를 구현해야 하는 것이다. 하지만 유리컵이 깨질 때 나는 소리가 중요한 것은 혹은 그것이 사물의 본질에 육박해 있다는 것은 단순히 소리 그 자체보다는 깨질 때의 파열음이 지니고 있는 짧고 격렬한 긴장 때문이라고 할 수 있다. 그것은 유리컵이 깨지는 순간 그것이 유지하고 있던 팽팽한 긴장이 비로소 그 모습을 드러내었기 때문이다. 시인이 긴장의 뒤엉킴을 통해 발견하려고 하는 언어가 짧고 격렬한 것이라면 이 유리컵이 깨지는 순간에 내는 소리야말로 거기에 육박해 있는 것이 아니고 무엇이겠는가. 만일 소리에 깊이가 있다면 그것은 바로 소리가 사물의 본질을 은폐하고 있기 때문이라고 할 수 있다.

소리에 대한 아주 민감한 시인의 자의식은 그대로 색에서도 드러난다. 시인에게 '색은 소리의 느낌'이고, '소리는 색의 느낌'[10]인 것이다. 소리와 색이 다른 것이 아니라 은폐된 사물의 본질을 표상한다는 점에서는 같다고 할 수 있다. 시인이 '김혜선의 가얏고 산조'에서 '희미한 푸른빛의 깊이'[11]를 느낀 것은 이것을 잘 말해준다. 소리든 색 혹은 빛이든 이것들은 모두 시인에게 은폐된 사물의 본질을 표상하는 질료들이지만 유리잔이 깨지는 소리에서처럼 여기에는 짧고 격렬한 긴장이 내재해 있어야 한다. 소리에서처럼 시인은 색이나 빛에서도 그것을 강조하고 있다. 시인이 '푸른빛과 싸운다'라고 한 것이 바로 그것을 의미한다. 왜 시인은 푸른빛과 싸우는 것일까?

---

10) 송재학·윤성택 대담, 위의 글, p.25.
11) 송재학, 「푸른빛과 싸우다 2」, 『푸른빛과 싸우다』, 문학과지성사, 1994, p.16.

겨울 노루귀 안에 몇 개의 방이 준비되어 있음을 아는지 흰색은 햇빛을 따라간 질서이지만 그 무채색마저 분홍과의 망설임에 속한다 분홍은 흰색을 벗어나려는 격렬함이다 노루귀는 흰 꽃잎에 무거운 추를 달았던 것, 분홍이 아니라도 무엇인가 노루귀를 건드렸다면 노루귀는 몇 세대를 거듭해서 다른 꽃을 피웠을 것이다. 더욱이 분홍이라니! 분홍은 病의 깊이, 분홍은 육체가 생기기 시작한 겨울 숲이 울고 있는 흔적, 분홍은 또 다른 감각에 도달하고픈 노루귀의 비밀이다[12)]

색에 대한 민감한 자의식이 강하게 투영되어 있는 시이다. 시인은 분홍색의 존재성을 흥미롭게 이야기하고 있다. 시인은 분홍을 '흰색을 벗어나려는 격렬함'으로 본다. 이것은 분홍이 존재의 형상이나 형체를 표상한다는 것을 말한다. 그래서 분홍을 '육체가 생기기 시작한 겨울 숲이 울고 있는 흔적'이라고 한 것이다. 겨울 숲이 은폐하고 있는 풍경의 본질을 분홍으로 나타낸 것이라고 할 때 여기에서의 분홍은 시인이 발견해낸 이미지라고 할 수 있다. 하지만 분홍은 겨울 숲이 은폐하고 있는 풍경의 본질을 드러내는 이미지에 불과한 것이다. 풍경이 바뀌면 이미지도 바뀔 수밖에 없다. 그때마다 시인은 그 풍경의 본질을 발견해야 하고 그것을 이미지를 통해 구현해야 하는 것이다.

그러나 풍경과 언어 사이에는 직접적인 연결 자체가 성립되지 않기 때문에 이미지로 그것을 온전히 구현한다는 것은 한계가 있다. 분홍이라는 이미지로 인해 풍경 혹은 풍경의 구조는 드러나지만 그것이 온전한 것이 아니기 때문에 그 이미지는 언제나 기우뚱할 수밖에 없다. 이로 인해 분홍은 '흰색을 벗어나려는 격렬함'과 '또 다른 감각에 도달하고픈 비밀'이라는 존재성을 지니고 있는 것이다. 시인은 풍경과도 싸워야 하지만 또한 소리와 이미지와도 싸워야 한다. 시인이 풍경과 싸우는 것이 곧 소리와

12) 송재학, 「흰색과 분홍의 차이」, 『그가 내 얼굴을 만지네』, 민음사, 1997, p.16.

이미지와의 싸움으로 이어지고, 다시 소리와 이미지와의 싸움이 풍경과의 싸움으로 이어지는 것이다. '푸른빛과 싸운다'는 시인의 말이 가지는 의미의 중층성이 여기에 있다고 할 수 있다.

4. 어떻게 소리 내지 않고도 울 수 있을까?

어쩌면 시인은 이렇게 풍경(사물이나 대상)과 몸과 언어라는 세계 속에서 늘 얽히고설킨 싸움을 수행할 수밖에 없는 운명을 지닌 그런 존재인지도 모른다. 풍경과 몸의 연대를 통한 격렬한 싸움도 힘겨운 것이지만 몸을 매개로 한 풍경의 본질을 언어로 구현하기 위한 싸움은 더더욱 힘겨운 것이라고 할 수 있다. 시인이 지금까지 꿈꾸어 온 것이 이 셋 사이의 연대라면 그의 시에서 이것은 어떻게 구체적으로 구현되고 있는 것일까? 그의 시 중에서 이것을 잘 보여주고 있는 시 중의 하나가 바로 〈그가 내 얼굴을 만지네〉이다.

그가 내 얼굴을 만지네
홑치마 같은 풋잠에 기대었는데
치자향이 水路를 따라 왔네
그는 돌아올 수 있는 사람이 아니지만
무덤 가 술패랭이 분홍색처럼
저녁의 입구를 휘파람으로 막아 주네
결코 눈뜨지 말라
지금 한 쪽마저 봉인되어 밝음과 어둠이 뒤섞이는 이 숲은
나비 떼 가득 찬 옛날이 틀림없으니
나비 날개의 무늬 따라간다네

햇빛이 세운 기둥의 숫자만큼 미리 등불이 걸리네
눈뜨면 여느 나비와 다름없이
그는 소리 내지 않고도 운다네
그가 내 얼굴 만질 때
나는 새순과 닮아서 그에게 발돋움하네
때로 뾰루지처럼 때로 갯버들처럼13)

이 시는 풍경 혹은 사물로서 존재하는 '그'를 시인이 몸을 통해 언어화된 현실 속으로 불러내는 과정을 아름답게 그리고 있다. 그는 '돌아올 수 없는 사람'이다. 그 사람의 존재를 시인은 몸으로 느낀다. 그 느낌은 시인의 몸에 감각의 흔적을 남긴다. 시인의 몸속으로 스며든 '치자향의 水路', '술패랭이 분홍색', '휘파람'이 바로 그것이다. 이 감각들은 시인의 몸속으로 스며들어 최종적으로 '그가 내 얼굴을 만짐'으로써 완성된다. 이 과정에서 코, 눈, 입, 피부라는 빈틈과 그것이 만들어내는 후각, 시각, 청각, 촉각 등 이미지 사이의 상호 침투와 겹침, 그리고 과거와 현재, 빛과 그림자, 의식과 무의식 등의 시공간적인 복합성과 같은 격렬한 흐름들이 언어를 통해 형상화된다. 하나의 사물 혹은 풍경으로 존재하는 '그'라는 대상을 몸을 매개로 하여 다시 언어의 소리와 이미지로 구현하는 과정이 자연스럽게 이어지고 있지만 사실 이것이 결코 쉬운 일은 아니다.

그러나 이 시에서 우리가 주목해야 할 것은 이것만은 아니다. 시인의 최근 시 세계와 관련해서 내가 주목한 것은 '그는 소리 내지 않고도 운다네'라는 대목이다. 이 역설이야말로 가장 격렬한 존재의 모습이라고 할 수 있다. 그라는 대상을 통해 소리 없음이 가장 격렬한 존재의 모습이라는 사실을 깨달았다는 것은 곧 그의 언어가 이러한 모습을 지니게 된다는 것을 말해준다. 소리 내지 않고도 더 많은 소리를 낼 수 있는 세계에 대

13) 송재학, 「그가 내 얼굴을 만지네」, 위의 책, p.11.

한 발견과 탐색은 그의 시의 흐름을 새롭게 변모시킬 것이다. 이와 관련해서 시인은

> 결국 제가 원하는 것은 단순함이라는 것을 느낍니다. 최근 음악을 듣기 시작했는데, 음악에 있어 전기적인 소리를 배제합니다. 예전에는 스테레오로 된 오디오로 LP를 들을 때는 중력대의 소리를 좋아하더군요. 그런 소리를 듣다가 모노 쪽으로 가게 되었고, 그러다가 작년 여름부터 축음기를 듣기 시작했습니다. 축음기로 음악을 듣는데, 소리를 비교해보면 스테레오 소리는 당의정을 입힌 소리예요. 모노로 오면 설탕은 그래도 묻어 있지만 단맛은 사라지죠. 그리고 축음기로 오면 첨가된 것 없이 단순한 소리가 되죠. 점점 단순해지며 자연에 가까운 소리가 되는 거죠. 결국에 제 시도 그렇게 움직이지 않을까 하는 생각을 해봅니다.[14)]

라고 말하고 있다. 결국 소리 내지 않고도 운다는 역설의 세계가 '첨가된 것 없는 단순한 소리'에 대한 희구라는 것을 알 수 있다. 소리에서 '전기적인 소리를 배제한다는 것' 혹은 '당의정을 입힌 스테레오 소리를 배제한다는 것'은 곧 그가 지금까지 견지해온 풍경, 몸, 언어를 통한 존재의 본질에 한 발짝 더 가까이 다가가고 싶다는 것을 역설적으로 표현한 것에 다름 아니다. 시인이 이런 생각을 하게 된 것은 역시 풍경에 있다. 여기에서의 풍경은 바로 '자연'이다. 시인은 점점 단순해지며 자연에 가까운 소리를 내고 싶은 것이다. 자연이야말로 소리 내지 않고도 우는, 언제나 모노 상태로 존재하는 것 같지만 기실은 그 안에 격렬함과 긴장의 소리를 어떤 존재보다도 더 많이 내재하고 있는 그런 풍경이라고 할 수 있다. 전기적인 소리와 스테레오 소리로 가득한 시대에 단순한 무음의 소리를 통해 그가 어떤 미적인 충격과 매혹을 우리에게 보여줄지 자못 기다려진다.

---

14) 송재학·이재복 대담, 「풍경과 한몸이 되는 시인」, 『시를 사랑하는 사람들』, 2010년 3~4월호, p.42.

직방(直方)의 감각
– 정진규의『껍질』

정진규의 시를 읽으면 인식의 차원에서 드러나는 어떤 쾌감 같은 것을 체험한다. 이것은 단순한 감성의 차원에서 드러나는 쾌감과는 일정한 차이가 있다. 감성의 쾌감은 '느낌'을 강조하지만 인식적인 쾌감은 '인지', '이해', '판단'으로 이어지는 사유의 과정을 강하게 드러낸다. 시가 사유의 과정과 연결되면 그 시는 존재에 대한 탐색으로 이어지게 된다. 그의 시는 특히 세계에 은폐되어 있는 존재의 비밀을 탐색하고 그것을 '깨달음'이라고 하는 통각의 형식으로 제시한다.

그것은 이런 것이다. 가령 '별들의 바탕은 어둠이 마땅하다'에 은폐된 형식이다. 시인은 별들의 아름다움만을 감성적으로 느끼는 것이 아니라 별이 별인 이유, 다시 말하면 별들의 바탕에 대한 인식론적인 탐색을 단행한다. 별이 별인 이유가 '밝음'이 아니라 '어둠'에 있다는 사실을 깨닫는다. 시인의 깨달음은 존재의 은폐된 사실을 드러나게 함으로써 우리로 하여금 발견의 기쁨을 체험하게 한다. 그의 시가 보여주는 이러한 발견의 기쁨이 본격적으로 인식의 지평 위로 강하게 부상한 것이 바로 '몸'에 대한 탐색 이후부터이다.

시인에게 몸은 더할 나위 없는 깨달음의 대상이다. 그런데 이 깨달음은

'자기반성'의 차원과 연결되면서 빛을 발한다. 그는 그 누구보다도 이 자기반성의 형식을 시에 수용한 시인이라고 할 수 있다. 그는 자기반성의 과정을 통해 몸의 '몸다움'을 겨냥한다. 그가 사신을 '쉰 삶의 계몽주의자'라고 한 것도 이런 맥락에서 이해할 수 있을 것이다. 몸이 몸다울 때 이 자기반성의 형식은 완성되는 것이다. 그렇다면 몸이 몸답다는 것은 무엇을 말하는 것일까? 이 몸다움을 위해 그는 자신의 몸에 회초리를 치고 있는 것 아닌가.

몸의 몸다움이란 그 안에 반성의 형식을 내재한다는 것을 의미한다. 이것은 사람다움이 반성의 형식을 통해 이루어지는 것과 같은 이치이다. 몸이라고 다 같은 몸이 아니라 반성의 과정을 통해 생성된 몸만이 진짜 몸인 것이다. 반성의 과정을 통해 생성된 몸은 세계를 천의무봉하게 드러내며, 이것이 가능하기 위해서는 세계와의 만남 자체가 '直方'이어야 한다. 이때의 '直方'은 물리적인 거리 개념이 아니라 존재론적인 거리 개념이다. 시인에게 있어서 '直方'은 존재 그 자체이다. 은폐된 존재가 어떤 훼손됨이나 왜곡됨 없이 고스란히 드러나는 세계가 바로 '直方'인 것이다. 김수영이 「瀑布」에서

> 瀑布는 곧은 絕壁을 무서운 기색도 없이 떨어진다.
>
> 規定할 수 없는 물결이
> 무엇을 向하여 떨어진다는 意味도 없이
> 季節과 晝夜를 가리지 않고
> 高邁한 精神처럼 쉴 사이 없이 떨어진다.
>
> 金盞花도 人家도 보이지 않는 밤이 되면
> 瀑布는 곧은 소리를 내며 떨어진다.
>
> 곧은 소리는 곧은 소리이다.

곧은 소리는 곧은
소리를 부른다.

번개와 같이 떨어지는 물방울은
醉할 瞬間조차 마음에 주지 않고
懶惰와 安定을 뒤집어 놓은 듯이
높이도 幅도 없이
떨어진다.[15]

라고 노래할 때 이 세계가 바로 '直方'인 것이다. "곧은 소리는 곧은 소리"인 '直方'의 세계는 김수영의 '온몸의 시학'의 토대를 이루는 그런 세계라고 할 수 있다. 존재가 존재 그 자체로 드러날 때 여기에는 불순물이 끼어들 수 없다. 이런 맥락에서 보면 시인이 "그냥 문 열고 나서니 直方 거기에 이르렀다 그런 곳 거기 있었다"(「寶城 大原寺 갔다」)[16]가 결코 과장된 언사가 아니라는 것을 이해할 수 있을 것이다.

'直方'은 의미, 무의미에 앞선 개념 없는 개념이다. 그것은 마치 어떤 개념을 알기 이전의 '아기의 옹알이'(「옹알이」)[17] 같은 것이다. 아기의 옹알이처럼 '直方'은 '의미도 무의미도 다 통하는 無事通過'의 세계이면서 동시에 '최초의 향기로 열리는 황홀한 상처'(「꽃 피는 시절」)의 세계인 것이다. '直方'이 이러하다면 과연 그것이 드러내는 존재론적인 궁극은 무엇인가? 「천사의 똥」에서 시인은

천사도 똥을 눈다 천사는 똥을 싼다 싼다는 말이 매우 좋다 그냥 싼다. 아무도 어쩌지 못한다 그냥 싼다 싼다는 말에는 참을 수 없는 황홀이 있다. 그게 자유라는 몸이다[18]

15) 김수영, 「폭포」, 『김수영 전집』, 민음사, 1981, p.102.
16) 정진규, 「寶城 大原寺 갔다」, 『껍질』, 세계사, 2007, p.38.
17) 정진규, 「옹알이」, 위의 책, p.46.

라고 노래한다. "싼다"가 은폐하고 있는 "참을 수 없는 황홀"이 '자유의 몸'이라는 것이다. 이런 점에서 '자유'는 '자연' 혹은 '자연스러움'과 통한다. 몸의 존재성은 자연의 차원에서 가장 잘 드러난다. 이때의 자연은 각사 각자의 존재성이 눈에 보이는 차원과 보이지 않는 차원, 숨김과 드러남의 차원에서 자발적으로 흘러넘치고 그것의 순도가 극적인 정점에 달한 상태를 말한다.

이러한 자연의 상태에 이르면 각자 각자를 구분 짓는 경계가 사라진다. 경계의 사라짐은 각자 각자가 소멸되는 것이 아니라 보다 커다란 전체 속에서 그것이 각자 살아 있는 것을 의미한다. 어쩌면 이것은 하모니가 아니라 멜로디의 세계에 가까운 것으로 볼 수 있다. 시인이 말하는 '玄府'나 '八色鳥'의 그 현묘한 세계가 바로 그것이다. "그냥 보아서는 어렵다. 八色조차 우리 눈은 한눈으로 가려내지 못한다 八色鳥의 八色은 따로따로 놀지 않는다 이음새가 절묘하다 서로 끌고 당겨서 一色을 빚어 낸다."[19]에 드러난 세계가 시인이 겨냥하는 자연의 세계인 것이다.

그러나 우리가 이 대목에서 간과하지 말아야 할 것은 시인의 자연이 각자 각자가 '서로 끌고 당기는 팽팽한 긴장' 속에서 생성된다는 사실이다. 각자 각자 사이의 팽팽한 긴장은 각자의 존재성의 순도에서 비롯된다. 그렇다면 각자의 존재성의 순도는 어떻게 생성되는 것일까? 이 물음에 대한 답을 시인은 「立春 2」에서 아주 강렬하게 제시하고 있다.

> 꽃 피기 직전의 직전엔 하다못해 앉은뱅이 오랑캐꽃마저 꽃대들 힘줄 솟아 검푸르게 꼴린다 건드리면 직방 목이 부러졌다 흰 피 쏟았다 그때가 제일 위험했다 아슬아슬한 벼랑의 그늘이라는 걸 그때 알았다 봄이 당도하기 직전의 직전엔 반드시 그게 진하게 지나간다는 걸 그걸 알았다 寒氣로

18) 정진규, 「천사의 똥」, 위의 책, p.45.
19) 정진규, 「몸詩」· 72」, 『몸詩』, 세계사, p.18.

> 가슴 파고든다는 걸 그걸 알았다 늘 봄을 탔다 해 질 무렵도 꽃이 질 때도
> 직전의 직전이 있다 다를 바 없다[20]

각자의 존재성의 순도가 가장 높을 때는 꽃이 만개한 때가 아니라 그것이 피기 직전이다. 꽃이 피려면 꽃 피기 직전의 "아슬아슬한 벼랑의 그늘"이 "진하게 지나가"야 한다. 그런데 이 순간은 꽃이 질 때도 똑같이 나타난다. 이런 점에서 볼 때 직전은 존재론적인 사건의 결절점이자 정점이다. 그래서 시인은 직전까지만 가자고 말한다. 직전의 직전이 있어야 하나의 몸을 얻을 수 있다는 것이 시인의 깨달음의 요체이다.

하나의 존재론적인 사건의 정점 직전에 시인은 황홀함에 빠지고 여기에서 한없는 자유로움을 체험한다. 시인에게 자유란 느슨한 분리가 아니라 팽팽한 긴장의 융화 속에서 성립되는 것이다. 팽팽한 긴장이 유지된다는 것은 그의 식으로 말하면 자유롭게 각자 각자를 드나들 수 있다는 것이다. 그가 느끼는 자유는 이 드나듦에서 비롯되는 것이다. 어디든지 자유롭게 드나들 수 있는 자는 '절대 자유'를 체험할 수 있다.

> … (중략) … 세 살은 절대 자유다 순수 실체다 동물원 가서 홍학과 기린을 보고 와선 또 한 소식했다 까닭은 목과 다리가 길다이겠지만 놀랍고 숨가쁘게 홍학으로 기린에게 건너갔으며 기린으로 홍학에게 건너왔다 드나들었다 하나가 되었다 묻지도 않는 정답. '홍학의 이름은 기린이야'로 그는 진종일 즐겁다 벌써 제가 셀 수도 없을 만큼 서로 다른 것들을 건너다녔다 트고 다녔다[21]

'홍학'과 '기린'의 이름을 드나드는 것은 그것이 이름이라는 점에서 일종의 시쓰기에 대한 메타포가 될 수 있다. 시인에게 이름, 다시 말하면 언

20) 정진규, 「立春 2」, 앞의 책, p.45.
21) 정진규, 「홍학의 이름은 기린이야」, 위의 책, p.95.

어는 자유롭기 위해서는 피해갈 수 없는 숙명과 같은 존재이다. 언어로부터 자유로울 때 존재는 그만큼 더 깊이 드러날 수 있는 것이다. 하지만 아이러니하게도 이 자유는 언어가 아니라 언어 직선까지 갔을 때 더 깊이 드러난다.

언어가 아니라 언어 직전까지 가기 위해서는 몸이 전제되어야 한다. 언어 직전에서 혹은 언어 직전의 직전에서 중요한 것은 몸을 통한 체험이기 때문이다. 따라서 언어는 언어 그 자체의 문제가 아니라 몸의 존재성 여부에 따라 결정되는 것이라고 할 수 있다. 세 살짜리 아이가 이름을 자유롭게 드나들 수 있다는 것은 그의 몸이 진실로 순정하다는 것을 의미한다. 다시 말하면 그의 몸이 세계와 直方으로 통해 있다는 것을 의미한다. 시인의 세계와의 이러한 直方으로의 통함이 궁극적으로 겨냥하고 있는 것은 무엇일까? 혹시

> 조금씩 누설하마 그곳이 궁금할 터이다 신열에 들뜬 꽃 핀 몸으로 외나무다리를 건너보고서야 神通의 길 하나를 짐작하게 되었다 그곳을 드나들기 시작하였다 어디나 드나들게 되었다 드나들게 되다 보니 네 안에도 태어날 때부터 神通의 기운이 돌고 있었더구나 그걸 보았다[22)]

에서처럼 그것이 '神通' 아닐까? 하지만 이 神通은 신적인 권능의 의미로 드러나는 것이 아니다. 그것은 시인이 자신의 안에서 태어날 때부터 존재해온 것이다. 여기에서의 안이란 몸 안을 의미한다고 할 수 있다. 이 몸 안에 존재하는 神通한 기운을 시인이 발견한 것이다. 시인은 "신열에 들뜬 꽃 핀 몸으로 외나무다리를 건너보고서야 神通의 길 하나를 짐작하게 된" 것이다. 몸을 통한 시인 자신의 깨달음의 궁극이 여기까지 이른다면 그것은 삶과 죽음까지도 直方으로 통하는 절대 경지의 드나듦이 될 것이

22) 정진규, 「죽음」, 위의 책, p.61.

다. 그의 直方의 시학은 이 도저한 경지에 오르기 위한 몸의 계몽, 다시 말하면 "나를 내 몸으로 세상 밖 저쪽으로 그렇게 밀어내고 싶"(「껍질」)은 생의 의지의 한 표상이라고 할 수 있다.

파도와 주름
– 김명인의 시세계

김명인의 시를 읽으면서 든 생각은 우리에게 삶이란 무엇일까? 하는 아주 랜덤한 의문이었다. 이 의문은 곧 시인에게 삶은 어떤 방식으로 드러나는가? 하는 것과 다르지 않다는 것을 의미한다. 그의 시에는 지금까지의 시인의 삶의 내력이 고스란히 투영되어 있다. 시인의 삶의 내력이란 그의 과거, 현재, 미래에 대한 총체적인 체험을 말한다. 하지만 우리가 여기에서 간과하지 말아야 할 것은 과거, 현재, 미래라는 시간의 총체성이 단순히 기억이나 연상의 합이 아니라는 점이다. 이때 여기에서 말하는 시간의 총체성이란 과거, 현재, 미래가 하나로 이어진 연속적인 세계를 의미하며, 이것은 마치 생명과 같은 것이라고 할 수 있다. 삶, 생명 혹은 시간의 총체성은 현상의 장(감각의 장 혹은 지각의 장)으로부터 분리된 채 이성이나 정신에 의해 구성되거나 개념화된 세계를 의미하는 것이 아니다. 이러한 현상의 장을 제거해버리면 삶은 그 원초적이고 생생한 뿌리를 상실하게 된다.

시인의 시에는 현상의 장을 이루는 토대가 되는 시간과 공간에 대한 구체적인 상상과 표현이 잘 드러나 있다. 그의 시는 '공간적 이동의 상상력과 시간에 대한 사유를 축으로 전개되는 것'(이경수)이 사실이다. 초기

'동두천'을 시작으로 '천축', '스와니, '소금바다'와 '너와 집', '안정사'를 거쳐 '천지간'에 이르는 공간의 이동과 '기차'와 '길' 그리고 '생몰'로 표상되는 시간에 대한 사유는 그의 시가 시공의 존재성을 중시하고 있다는 것을 말해준다. 하지만 그의 시에 대한 해석에서 정작 중요한 것은 이러한 공간과 시간의 질료에 대한 나열이 아니라 그 둘의 존재 방식에 대한 해석이다. 시인은 「바다의 아코디언」에서

> 파도는 몇 겹쯤 건반에 얹히더라도
> 지치거나 병들거나 늙는 법이 없어서
> 소리로 파이는 시간의 헛된 주름만 수시로
> 저의 생멸(生滅)을 거듭할 뿐.
> 접혔다 펼쳐지는 한순간이라면 이미
> 한 생애의 내력일 것이니[23]

라고 노래하고 있다. 이 시에서 시인이 감각하고 있는 시적 대상은 '파도'이다. 시에서 파도를 시적 대상으로 하고 있는 시는 무수히 많다. 그렇다면 이 시에서의 파도 역시 그 무수히 많은 시적 대상과 다를 바 없는 것일까? 만일 이 시의 파도와 그것이 다를 바 없다면 그의 시는 그다지 문제적인 차원을 내재하고 있다고 볼 수 없다.

그러나 이 시에서의 파도는 결코 간단하지 않다. 왜 그런가? 결론부터 말하면 이 시에서의 파도가 '주름'이기 때문이다. 이것은 파도를 대상화하거나 사물화하는 것이 아니다. 이 시에서의 파도는 감각의 대상이면서 동시에 감각되는 대상이다. 파도가 감각의 대상이기만 한 경우는 현상의 장에서는 발생할 수 없다. 파도의 감각 주체는 시인의 몸이다. 시인의 몸이 파도를 감각하는 순간 동시에 그것은 감각되는 것이다. 몸이 감각 주체일

23) 김명인, 「바다의 아코디언」, 『바다의 아코디언』, 문학과지성사, 2002, p.14.

경우 파도는 감각의 대상으로만 존재하지 않는다. 파도가 감각 대상으로만 존재하는 경우는 그것을 몸으로 감각하지 않고 이성이나 정신으로 구성하는 경우에나 가능하다. 감각이나 지각으로 파도를 보지 않고 그것을 이성이나 정신으로 볼 때 우리는 파도의 존재론적인 뿌리를 상실하게 된다. 이것은 비단 파도의 문제만이 아니라 이 세계에 존재하는 모든 것이 그렇다고 할 수 있다. 이 세계의 모든 사물들은 하나같이 '파동'의 형태로 존재한다. 우리가 육안으로 볼 수 없어서 그렇지 이 세계 내의 사물들은 모두 파동의 형태로 존재하면서 서로 복잡하게 뒤엉켜 있다.

이런 맥락에서 볼 때 사물은 파동이며 파동은 곧 감각이다. 시인(인간)의 몸이 사물을 감각할 때는 이미 그 몸이 사물의 파동과 일치하는 상태에 놓여 있다는 것을 말해준다. 몸은 사물의 전모를 볼 수 있다. 시인의 몸은 사물의 보이는 차원은 물론 보이지 않는 차원까지 볼 수 있다. 시인의 몸은 어떤 사물, 다시 말하면 공간 자체를 하나씩 하나씩 보거나 그것을 구성하는 것이 아니라 그것을 한꺼번에 총체적으로 본다. 어떤 공간에 들어설 때 이미 시인의 몸은 사물이 어디에 있는지 모두 안다. 어떤 공간에 몸이 있다는 것은 그 공간에 있는 사물과 몸이 동일한 차원에 놓여 있다는 것을 의미하며, 이 과정에서 몸은 그 사물의 부피 혹은 두께를 느낀다. 인간(시인)의 몸이 스크린과 같은 평면의 차원에서 느끼지 못하는 것을 현실의 차원에서 그것(두께)을 느끼는 이유가 바로 여기에 있다. 이런 점에서 파동 혹은 감각은 존재의 진정한 모습이다.

존재는 곧 파동이다. 그것은 중단이 없다. 원래 존재 자체는 중단이 없다. 그것의 중단 운운하는 것은 순전히 인간의 이성이나 정신이 만들어낸 가설에 불과하다. 존재란 끊임없이 흐르는 것이다. 어쩌면 존재라는 말보다는 '생성'이라는 말이 더 적절할지도 모른다. 시인이 파도를 '지치거나 병들거나 늙는 법이 없다'고 한 것도 바로 이러한 이유에서 비롯된 것으로 볼 수 있다. 시인이 말하는 파도는 파동의 다른 이름이다. 파도란 그저 '생멸(生滅)을 거듭할 뿐'이다. 파도가 치는 순간, 다시 말하면 파도가 '접혔다 펼쳐지는 한순간'은 순간으로 그치는 것이 아니라 그 순간 속에 파도의 과거가 있고 또 미래가 있는 것이다. 어느 한 순간에 일어나는 한 현상이란 그대로 '한 생애의 내력'이 되는 것이다. 존재의 파동 혹은 삶의 파도는 끊임없이 주름을 생성하며, 그것이 곧 세계를 이룬다. 이렇게 생긴 주름은 지울 수 없을 뿐만 아니라 지워지지도 않는다. 시인에게 '살아있음이란 결코 지울 수 없는 파동'(「아버지의 고기잡이」)이기 때문이다. 세계에로 시인의 몸이 향할 때 이미 여기에는 하나의 '지평'이 전제되어 있는 것이다.

시인이란 세계에 은폐된 의미를 탈은폐시키는 존재이다. 시인이란 무엇을 창조하는 존재가 아니라 세계에 은폐된 의미를 발견하는 존재이다. 하지만 누구나 그것의 진정한 의미를 발견하는 것은 아니다. 시인 역시 마찬가지이다. 시인이 세계에 은폐된 진정한 의미를 발견하기 위해서는 눈에 보이는 차원에만 집착해서는 안 된다. 일급의 시인은 눈에 보이는 차원을 넘어 눈에 보이지 않는 차원까지도 보려고 할 뿐만 아니라 실제로 본다. 그것은 일종의 '미적 주의력' 혹은 '미적 투시력'이라고 할 수 있다. 가령 「버터플라이」에서 시인이

> 일렁이는 수면과 속의 해류
> 사이로 펼쳐지는 물고기들 고달픈 접영
> 버터플라이로 더듬어 온
> 몇 만리 유목이 흐르는지
> 보이지 않는 물밑으로
> 나비 한 마리 날아가고 있다[24)]

---

24) 김명인, 「버터플라이」, 위의 책, p.9.

라고 했을 때 시인이 말하고 있는 것은 눈에 보이지 않는 세계이다. 이 시에서 시인이 본 것은 '보이지 않는 물밑 속을 날아가고 있는 나비 한 마리'이다. 존재 혹은 삶이 파동이라면 그것은 겉으로 드러나 있을 뿐만 아니라 속으로 은폐되어 있기도 하다. 우리는 이 속으로 은폐된 세계를 잘 보지 못한다. 이 세계를 시인은 '몇 만리 유목이 흐르는, 버터플라이(나비)로 더듬어 감지할 수 있다'고 말한다. 보이지 않는 물 밑 속을 나비가 되어 더듬는 감각의 소유자만이 세계에 은폐된 의미를 탈은폐시킬 수 있는 존재라는 시인의 말은 개념화된 사유로는 도달할 수 없는 직접적인 의식의 상태인 '소여'의 세계를 연상시킨다. 우리가 미학에서 '낯설게 하기'라는 기법을 이야기하지만 이 소여야말로 여기에 이를 수 있는 가장 중요한 토대를 제공한다고 할 수 있다.

보이지 않는 세계를 가로지르는 유목의 흐름 속에 시인의 몸이 놓이면 개념화되고 이론화된 세계에서 볼 수 없는 체험을 하게 된다. 하지만 이 보이지 않은 세계는 투명하지 않고 언제나 불투명하고 또 애매모호하다. 무엇인가 확실한 것을 보는 방법은 이 세계로부터 몸을 빼면 된다. 몸이 아닌 정신이나 이성으로 사물을 구성하면 이 불투명하고 애매모호한 것이 사라지게 된다. 정신이나 이성에 의해 구성된 세계는 미래에의 가능성 역시 이것을 척도로 삼아 예견하며, 이 결정론적인 세계관은 눈에 보이지 않는 불투명하고 애매모호한 원초적인 세계를 깔끔하게 제거해버린다. 이런 점에서 우리의 몸은 이 세계로부터 추방당할 수밖에 없다. 몸이 아닌 정신의 투명함으로 사물을 보면 굳이 그 사물의 파동이나 감각을 느낄 필요가 없다. 시인은 '달리아의 사십칠만 시간의 내력을 올올이 헤쳐 놓고 헤아려 볼'(「달리아」) 필요가 없는 것이다. 이렇게 되면 '둥글게 다발을 이룬 흰 꽃잎 속으로 슬픔처럼 스며드는 달리아의 보랏빛 얼룩'을 발견할 수 없게 될 것이다.

몸으로 세계를 감각 혹은 지각한 시인은 그만큼 그 세계의 정수를 만날 수 있다. 김명인 시인이 드러내는 시의 세계는 '파도치는 바다'로 표상된다. 시인의 몸은 그 바다에로 열려 있다. 이 사실은 바다에 치는 파도에 따라 몸에 파도가 친다는 것을 의미한다. 몸 따로 바다 따로가 아니라 몸이 곧 바다고 바다가 곧 몸인 세계가 탄생하는 것이다. 이런 점에서 몸의 세계는 곧 세계의 몸이라고 할 수 있다. 시인의 「소금바다로 가다」는 이러한 몸과 세계와의 관계를 잘 보여주고 있는 시편이다. 시인은

> 내 몸이 소금을 필요로 하니 날마다 소금에 절어가며
> 먹장 매연(煤煙) 세월 썩는 육체를 안고 가는 여행 힘에 겹네
>
> …(중략)…
>
> 하나, 구워진 소금 어느새 썩는 살마다 저며와 뿌옇게
> 흐린 눈으로 소금바다 바라보게 하네
> 그 눈물 다시 쓰린 소금으로 뭉치려고
> 드넓은 바다로 돌아서게 하네[25)]

라고 노래한다. 이 시의 초점은 시인의 몸이 놓여 있는 곳이 그냥 바다가 아니라 '소금바다'라는 데에 있다. 바다가 세계라면 시인은 지금 소금에 있는 것이다. 이 소금바다에 파도가 치고 그것이 주름을 이루는 세계를 상상하면 될 것이다. 시인은 '나의 몸이 소금을 필요로 한다'고 말한다. 몸과 파도의 맥락에서 보면 몸이 소금을 필요로 한다는 말은 가당치 않은 말이다. 나의 몸은 소금에 대한 필요와 불필요를 선택할 수 있는 상황이 아니다. 나의 몸은 이미 소금바다 속에 있으며, 이 소금 바다 속에서 나의 몸은 그것을 감각하고 또 감각되기 때문에 이 세계로부터 벗어날 수

25) 김명인, 「소금바다로 가다」, 『물 건너는 사람』, 세계사, 1992, p.11.

없다. 나의 몸은 소금바다의 감각을 살 수밖에 없다. 시인은 마치 소금바다를 자신의 의지로 어떻게 할 수 있는 것으로 표현(필요로 한다, 바라보게 한다, 돌아서게 한다 등)하고 있지만 기실 그것은 자신도 모르게 '절여지고 저며 오는' 것에 다름 아니다.

시인은 자신의 몸이 '억만 년도 더 된 소금들' 속에 있으며, '누구나 바닷물이 소금으로 떠다닌다는 것을 알지만 아무도 말하지 않는다'(「바닷가의 장례」)고 고백한다. 소금바다의 파도 속에 놓인 시인의 몸이란 '녹아서 짓밟히고 버려져서 낮은 곳으로 모이는'에서 알 수 있듯이 어둡고 먹먹한 상황과 다르지 않다. 어쩌면 이것은 초기 '동두천'을 시작으로 '천축', '스와니, '소금바다'와 '너와 집', '안정사'를 거쳐 '천지간'에 이르는 공간의 이동과 '기차'와 '길' 그리고 '생몰'로 표상되는 시간에 대한 사유를 통해 드러나는 시인의 존재성을 표상하고 있는 것으로 볼 수 있다. 소금바다는 늘 시인에게 '갈기 휘날리며 달려 오'(「파도」)고, 그에 따라 시인의 몸은 '알 수 없는 요동으로 떨'(「아버지의 고기잡이」)면서 세계를 살아내 온 것이다. 시인의 이러한 몸의 떨림을 드러내는 일이 바로 시 쓰기이며, 이런 점에서 시인이 표상하고 있는 '바다의 아코디언'은 자신의 시 쓰기에 대한 하나의 메타포이다. 갈기 휘날리는 파도가 이는 소금바다에 놓인 시인의 몸의 떨림이 소리를 만들어내고 그 '소리로 파이는 시간의 주름'(「바다의 아코디언」)이 바로 시인의 삶의 내력이자 그의 시의 내력인 것이다. 이런 점에서 바다의 아코디언은 시인의 몸의 주름, 다시 말하면 시인의 삶 혹은 존재의 주름이 연주하는 소리의 세계라고 할 수 있다.

모호하고 불투명한, 은폐된 지평
– 홍일표의 시세계

어떤 시가 미적 대상이 된다는 것은 지극히 자연스러운 현상이다. 우리가 어떤 시에서 묘한 끌림을 느낄 때 그것은 미적 대상이 된다. 이때 느끼는 끌림(attention gather)은 몸의 감각을 통한 직관의 총체이다. 여기에는 '감각으로부터 출발해 인지를 거쳐 이해와 판단'에 이르는 과정이 내재해 있다. 일반적으로 좋은 시의 기준은 이러한 끌림의 정도에 의해 결정되며, 시의 해석은 그 이후의 일이다. 만일 이 과정을 외면한 채 어떤 개념이나 이념에 입각해 시를 해석하게 되면 그것이 내재하고 있는 진정한 아름다움을 제대로 들추어낼 수 없게 된다. 시에 내재해 있는 진정한 아름다움을 들추어내기 위해서는 도구적 연관성이 아닌 몸의 감각을 통한 직관의 총체성이 절대적으로 요구된다고 할 수 있다.

몸의 감각을 통한 끌림이 있는 시는 해석의 '툴(연장)'을 밖으로부터 가져오는 것이 아니라 텍스트 안에서 그것을 발견해야 한다. 좋은 시는 그 안에 이미 틀 지어진 개념이나 이론으로 해명하기 어려운 시적 지평을 은폐하고 있다. 세계가 감각의 덩어리이듯이 시 또한 감각의 덩어리이어야 한다. '언어가 존재의 집'이라는 하이데거의 말은 '언어가 감각의 덩어리이어야 한다'는 퐁티의 말로 바꿔야 한다. 언어가 감각으로부터 출발하지 않고 인지라든가 이해와 판단과 같은 이성적인 것에서 출발하면 이 감각의 세계는 상실되고 만다. 세계는 감각 혹은 지각의 총체로 이루어진 것이지 개념이나 이론의 총체로 이루어진 것이 아니다. 이런 맥락에서 볼 때 우리는 지각의 총체성 하에서만 지평의 문제 역시 거론할 수 있을 것이다. 감각과 지평의 문제는 시의 미적 판단의 제일 중요한 준거가 되어야 한다. 몸의 감각이 세계와 만나면서 열어 보이는 시적 지평은 미학이 겨냥하는 차원과 다르지 않다. 하지만 요즘 우리 시에서 이러한 시적 지평을 은폐하고 있는 시를 찾기란 결코 쉽지 않다. 시인의 몸의 감각을 통한 지각의 총체성에 대한 인식과 그것에 기반한 반성과 자각이 부재한 까닭이다.

홍일표의 시에서 먼저 주목한 것은 감각이다. 그의 시의 감각은 대부분 겉으로 드러나 있지 않을 뿐만 아니라 단선적이지 않다. 이것은 그가 세계를 단순한 재현 혹은 모방의 차원으로만 인식하지 않고 그것을 굴절시키거나 구성의 차원에서 인식하고 있다는 것을 의미한다. 단순한 재현이나 모방의 차원에서 성립되는 시는 세계에 대한 단선적이고 평면적인 위험성에 빠질 가능성이 크다. 하지만 굴절이나 구성의 차원에서 성립되는 시는 세계에 대한 복잡성과 부피감을 지닌 입체성의 양태를 드러낼 가능성이 크다. 그의 시는 후자를 지향하며, 이로 인해 애매모호한 감각과 의미 층위가 서로 충돌하면서 두텁게 그의 시의 세계를 이루고 있다. 만일 단선적이고 투명한 의미 층위에 길들여진 사람이라면 그의 시는 난해하고 지루한 그 무엇이 될 수도 있다.

그러나 그의 시의 애매모호함과 불투명함은 오히려 해석의 여지와 욕망을 불러일으킨다. 가령 「몸 밖의 아이」를 보자. 이 시의 애매함과 불투명함은 시인이 눈에 보이는 차원뿐만 아니라 눈에 보이지 않는 차원까지 드러내 보이려고 한 데서 비롯된다. 이것은 마치 우리가 어떤 사물을 볼 때 눈에 보이는 면만 보지 않고 그 뒷면까지 보려는 것과 같은 이치이다. 그런데 우리의 몸의 지각은 비록 눈에 보이지 않더라도 그것을 보고 있다고 인식한다. 사물의 눈에 보이지 않는 면까지 보고 있다고 인식하는 데에는 세계를 평면이 아닌 부피감을 지닌 존재로 간주하고 있는 데서 비롯된 것이다. 어떤 사물, 이를테면 탁자를 이러한 차원에서 보면 우리 눈에 보이지 않은 뒷면까지도 자연스럽게 지각하고 있다고 인식하는 것은 지극히 당연한 것이라고 할 수 있다. 지각의 현상학이 세계 인식에 새로운 시각을 제공했다고 평가받는 것은 바로 이와 같은 사실 때문이다. 시인의 지각 역시 이와 다르지 않다. 사물이나 세계에 은폐되어 있는 의미를 들추어내는 것이 시인의 임무라면 그것은 곧 지각의 현상학이 추구하는 바와 다른 것이 아니다. 눈에 보이지 않는 차원을 들추어냄으로써 세계에 대한 낯설고 새로운 의미를 발견하고 구축할 수 있다는 사실은 시와 현상학 그리고 미학이 공유하는 중요한 덕목이라고 할 수 있다.

「몸 밖의 아이」에서 시인이 드러내려고 한 것 역시 눈에 보이지 않는 차원의 세계이다. 이 시의 초점은 '아이'에 있다. 하지만 이 아이는 단순한 관조의 대상이 아니라 '나' 혹은 '나의 몸'과 긴밀하게 연결되어 있는 존재이다. 나와의 관계 속에서 존재하는 아이는 나의 태도에 따라 그 모습을 달리한다. 이것은 아이가 나의 또 다른 보이지 않는 존재라는 것을 말해준다. 나는 아이를 통해 나의 또 다른 모습(내면)을 보고자 한다. 내가 발견한 나의 또 다른 모습인 아이는 늘 나와 긴장 관계 속에 있다. 아이는 '대답이 없고, 밤이 깨어나지 않는 정전' 속에 있으며, '나를 만질 수도 없고, 내가 어디 있는 줄도 모른'다. 나는 아이의 존재를 인식하지만 아이는 나의 존재를 인식하지 못한다는 점에서 나와 아이와의 관계는 일방통행적이라고 할 수 있다. 나와 아이와의 비극적인 관계성을 시인은 '손가락 발가락 사이에서 새들이 운다', '아이의 귀에 잘 마른 구름 한 송이 집어 넣는다',

'여러 채의 집이 불타고 두 손이 사라진다', '개미들은 내 그림자를 파먹으며 더 검어진다' 등 '새', '구름', '불', '손', '그림자'의 이미지를 통해 드러내고 있다. 결국 '내 손가락이 아이의 손가락을 만나 오래 불탈 것'이라는 나의 간절한 희구로 이 관계성은 끝나고 말았지만 이로 인해 나는 오히려 '더 단단해지기'에 이른다.

이 시의 시상이 아이를 중심으로 전개되고 있다는 것을 인식하는 것은 어렵지 않다. 이 아이를 중심으로 다양한 이미지들이 층위를 이루면서 하나의 흐름을 만들어낸다. 각각의 이미지들은 단절되어 있는 듯하면서도 연속적인 상태를 유지하고 있기 때문에 감각을 통한 지각의 총체성을 드러낸다. 그의 시가 난해한 듯 보이면서도 하나의 전체적인 감각의 덩어리로 인식되는 것은 모두 이 때문이라고 할 수 있다. 이런 점에서 무엇보다도 그의 시에서 우리가 주목해 볼 것은 '감각의 덩어리'라고 할 수 있다. 시인이 감각의 덩어리를 어떻게 시 속에 반영하고 그것을 굴절시켜 구성하느냐의 문제는 시 전체의 성패를 좌우하는 중요한 문제라고 할 수 있다. 「몸 밖의 아이」에서의 감각의 덩어리의 문제는 나와 아이의 비극적인 관계의 의미망을 보다 강렬하게 드러내기 위한 의도 하에서 만들어진 것으로 그것이 진부하고 상투적인 차원이 아닌 낯설고 참신한 차원으로 지각된다는 점에서 일정한 성취를 이루고 있다고 볼 수 있다.

그의 시에서의 감각을 통한 지각의 총체성(감각의 덩어리)의 문제는 「축제」와 「봉포항 판타지」에 오면 더 강렬하게 드러난다. 이 두 편의 시에서는 진부하고 상투적인 진술이나 표현을 좀처럼 발견할 수 없다. '축제'와 '봉포항'에 대해 시인은 진부하고 상투적인 진술을 거부한 채 시 전체를 비유적이거나 상징적인 이미지들로 가득 채우고 있다. '축제란 무엇인가?' 혹은 '봉포항이란 어떤 곳인가?'에 대해 시인은 우리가 일반적으로 알고 있는 이곳들에 대한 정보나 지식의 전달을 위한 어떤 진술도 거부한 채

자신이 지각한 것을 그 느낌 혹은 감각 그대로 풀어놓고 있다. 가령

> 죽거나 도망치거나
> 두 번째는 우리 안의 사자
> 스무 번째는 다리 없는 가로등
> 저녁의 커다란 입이 삼키는 낮달처럼
>
> 들판은 나무를 뽑아던지며 내달리고
> 검게 타버린 밤을 버리고 달이 튀어나간다
>
> 말을 던지고 표정을 지우고
> 갈라지고 흩어지는 사이
> 한밤중에 태양이 뜨고
> 꼬리 자르고 달아나는 골목길
>
> 동아줄을 타고 하늘로 올라가거나
> 구름 위에서 탱고를 추거나
> …(중략)…
> 이곳이 죽고 저곳이 태어나는
> 땅에 박혀 있던 돌들이 하늘로 튀어올라 팝콘처럼 터지는[26)]

이나

> 비가 자랍니다 길게 이어지는 욕망이 바위에 스밉니다 멀리서 흘러온 핏줄입니다 빗줄기는 수혈하듯 가늘고 긴 몸으로 어디에든 도착하지만 한 번도 도착한 적이 없습니다 돌 속에 남아있는 무늬는 물의 생각들입니다 꽃피지 못하고 말라붙은 요절한 노래입니다
>
> …(중략)…
>
> 해가 솟고 돌들이 새처럼 지저귑니다 부러지고 깨어져야 비로소 길이 되는 빗물에 산 하나가 사라집니다 확신으로 빛나던 길들이 흐린 숨결로

---

26) 홍일표, 「축제」, 『시를 사랑하는 사람들』, 2013년 9~10월호, 한국문연, pp.178~179.

> 흘러가고 빗줄기의 잠행은 유구합니다 땅을 딛고 돌아선 빗물은 탯줄 같은 칡넝쿨을 타고 하늘로 돌아갑니다 나무 끝에서 이파리 무성한 노래가 불꽃처럼 터집니다[27)]

에서 우리가 발견할 수 있는 것이 바로 그것이다. 시인은 축제를 역동적인 의미로 파악하고 있으며, 그것을 강렬하게 드러내기 위해 정적인 것과 동적인 것을 적절하게 대비시키고 있다. 「축제」의 경우 처음부터 이러한 강렬한 대비가 드러난다. '죽음'과 '도망침', '우리 안'과 '사자', '다리'와 '가로등', '저녁'과 '낮달'의 선명한 대비는 정적인 것에서 동적인 것으로의 흐름을 전경화함으로써 시 전체의 의미를 강화시키는 효과를 가져오기에 이른다. 정적인 것에서 동적인 것으로의 흐름을 강화하고 강렬하게 하기 위해 시인은 동사와 형용사와 같은 용언을 적절하게 사용한다. 시 전체에 걸쳐 반복적으로 사용되고 있는 용언, 이를테면 '뽑아던지다', '내달리다', '타다', '버리다', '튀어나간다', '던지다', '지우다', '갈라지다', '흩어지다', '뜨다', '자르다', '달아나다', '올라가다', '추다', '박혀 있다', '튀어오르다' '터지다' 등은 이 시가 얼마나 역동성을 강조하고 또 그것을 구체적으로 형상화하려고 하는지를 잘 말해준다. 축제란 기본적으로 그 안에 향유라는 즐김을 내재하고 있는 의식이며, 시인은 이러한 향유성을 드러내기 위해 대비와 역설, 용언의 활용 등 다양한 수사를 구사한 것으로 볼 수 있다. 시인은 어둠 속에서 밝음을 정적인 것에서 동적인 것을, 그리고 죽음 속에서 탄생을 발견하고, 그 안에 축제를 가져다 놓음으로써 그것이 내재하고 있는 역동적인 폭발력을 강렬하게 표현하는데 일정한 성과를 거두고 있다. 축제에서 시인이 체험한 지각의 현상을 포착해서 그것을 보다 생생하게 표현하려는 시인의 의도는 축제에 대한 시인만의 언어를 탄생

27) 홍일표, 「봉포항 판타지」, 위의 책, p.180.

시켰다고 할 수 있다.

이런 이유로 이 시에서는 축제가 다의적인 의미를 지니게 된다. 누군가 축제에 대해 묻는다면 우리는 이 시를 기반으로 하여 다양하게 그것에 답할 수 있다. 누군가 '축제란 무엇입니까?'라고 묻는다면 우리는 이렇게 말할 수 있을 것이다. '죽거나 도망치는 것', '우리 안의 사자 같은 것', '다리 없는 가로등', '말을 던지고 표정을 지우는 것', '갈라지고 흩어지는 것', '한밤중에 태양이 뜨는 것', '꼬리 자르고 달아나는 골목길 같은 것' '동아줄을 타고 하늘로 올라가는 것', '구름 위에서 탱고를 추는 것', '이곳이 죽고 저곳이 태어나는 곳', '땅에 박혀 있던 돌들이 하늘로 튀어올라 팝콘처럼 터지는 것' 등으로 대답할 수 있을 것이다. 축제에 대한 이러한 답은 어느 것 하나 상투적이거나 진부한 것이 없다. 이것은 마치 'A는 B이다'라는 치환 은유의 형식에서 그 B가 너무나 참신한 것으로 채워질 때의 희열을 맛보게 한다. 우리는 이미 김춘수의 「나의 하나님」에서 '하나님'을 '늙은 비애', '푸줏간에 걸린 커다란 살점', '놋쇠 항아리', '어리디어린 순결', '삼월에 젊은 느릅나무 잎새에서 이는 연둣빛 바람' 등으로 치환한데서 오는 참신함을 경험한 바가 있다. 이 각각의 치환의 이미지들은 단절되어 있는 듯하지만 전체적인 이미지의 덩어리를 이룬다. 이것은 이 시가 치환과 병치의 형식을 지니고 있다는 것을 의미한다. 시적 대상에 대한 참신한 치환은 그 대상으로 하여금 의미 지평을 드러내게 한다.

이 시에서 우리는 축제에 대한 지평이 열리는 것을 체험하게 되며, 이것은 그대로 시의 미적 체험으로 이어진다. 「봉포항 판타지」에서도 시인의 이러한 형식을 유감없이 드러난다. 이 시에서는 '비 혹은 빗줄기'에 초점을 두고 '바위', '꽃', '노래', '우산', '발자국', '불', '무덤', '해', '돌', '새', '칡넝쿨', '불꽃' 등의 질료를 통해 봉포항이라는 시공간을 참신하게 노래하고 있다. '봉포항 판타지'라는 제목만 놓고 보면 이 시는 퇴폐적이고 고

답적인 쪽으로 흐를 가능성이 크다. 더욱이 시인이 초점을 맞춘 '비'라는 시적 대상이 그럴 가능성을 더욱 높여주고 있는 것이 사실이다. 하지만 이 시는 그러한 퇴폐적이고 고답적인 쪽으로 함몰되지 않고 있다. 이것은 순전히 시인의 시적 대상에 대한 지각의 생생함과 지평의 제시에서 비롯된 것이라고 볼 수 있다. 「축제」와 「봉포항 판타지」에서 보이는 이러한 시인의 시적 형식과 세계는 「등대」, 「제의」, 「젖은 달」에서도 그대로 드러난다. 시인이 선택한 시적 대상 자체는 새로울 것이 없는 소재들이다. 이 소재들은 일종의 '재료'에 불과하다. 시인은 이 재료를 '질료'로 만들어야 한다.

「등대」에서 시인이 선택한 방식은 등대를 '고등동물'로 치환하는 것이다. 등대의 고등동물로의 치환은 등대의 고정되고 정적인 차원을 변화와 동적인 차원으로 바꿔놓는다. 등대가 이렇게 바뀐다는 것은 곧 다른 대상들과의 감각적인 충돌이 보다 활발하게 이루어질 수 있는 조건이 만들어진다는 것을 의미한다. 시인이 탄생시킨 등대는 '걸어온 길만큼 매일 자라고 온몸이 빳빳하게 발기된 불기둥'이다. 등대라는 존재가 시간의 연속적인 흐름 속에 있다는 것은 그것이 추상적인 대상으로 존재하는 것이 아니라 끊임없이 살아 숨 쉬는 생생한 세계 속에 놓여 있다는 것을 말해준다. 시인에게 등대는 지각의 대상이며 끊임없이 변화하는 모습을 부피감 있게 보여줌으로써 시인으로 하여금 진부한 매너리즘의 위험성으로부터 벗어나게 한다. 시인의 몸과 등대 사이에서 지각을 통해 발생하는 다양한 현상은 '바다를 숨 쉬게 하고 또 파도를 격동'하게 한다. 거칠고 변화무쌍한 바다와 늘 긴장 관계를 유지하고 있는 등대의 속성을 동물의 물활론적인 역동성의 차원에서 발견하고 그것을 유니크한 이미지로 제시함으로써 등대는 새롭게 의미화 되기에 이른다. 「제의」는 '죽음에 초점을 두고 이와 관계된 이미지들을 두텁게 배치함으로써 죽음의 부피감을 더해준다.

죽음이란 대단히 추상적인 세계이다. 이런 점에서 이 세계를 구체화하기란 쉽지 않다. 시인은 이 죽음의 세계를

> 바닥에 떨어지는 빗방울은 기호의 번제입니다 죽음으로 꽃피우는 절벽입니다 붓꽃이 터지고 물총새가 포르르 날아갑니다 몸 밖으로 쏟아져 나온 색깔은 어리둥절하여 두리번거리다 사라집니다 수많은 입들이 보랏빛을 중얼거리며 죽은 양처럼 캄캄해집니다[28)]

라고 하여 여기에 존재하는 사물을 통해 그것을 나타내고 있다. 시인이 죽음을 나타내기 위해 주목한 것은 '빗방울', '붓꽃' 등을 통해 드러나는 소멸의 순간과 그 이미지이다. 빗방울이 떨어지는 순간이라든가 붓꽃이 터지는 순간 등에 나타나는 소멸과 생성의 모습들은 죽음의 존재성을 구현하는데 적합한 양태를 띤다. 시인이 이 시에서 보여주는 감각은 시각, 청각, 후각, 촉각 등 그야말로 지각의 총체들이다. 죽음이야 감각이 절멸하는 세계이지만 시인이 말할 수 있는 것은 다른 사물의 소멸의 순간을 통해 지각되는 현상을 발견하고 그것을 들추어내는 일일 것이다. 우리는 시인이 형상화한 이 시의 형식과 내용을 통해 죽음이 '절벽'이나 '보랏빛의 캄캄함'을 지닌 세계라는 것을 체험하게 된다. 시인이 표현한 캄캄한 어둠은 실재하는 차원에서는 감각의 절멸을 의미하지만 시의 차원에서는 감각의 생성을 의미한다.

시인이 겨냥하고 있는 감각을 통한 지각의 총체성은 사유에 의해서 가공되지 않은 직접적인 의식의 상태를 말한다. 지각의 현상학에서 이것을 '소여(所與)'라고 한다. 그의 시는 바로 이 소여의 상태를 지향한다. 시인이 형상화하고 있는 '아이', '축제', '봉포항', '등대', '제의' 등은 이미 제 스스로 그 형태가 갖추어져 있는 존재들이고, 시인은 이 존재들에 '주의(attention)를

28) 홍일표, 「제의」, 위의 책, p.182.

기울여서 그 안에 은폐하고 있는 형태들을 발견하고 그것을 드러낸 것이다. 시인이 이 존재들에 주의를 기울이지 않으면 그것은 언제나 희미한 형태로 존재할 수밖에 없다. 그런데 이 희미한 존재들을 투명한 이성으로 개념화하고 재단해서 드러내려고 하다보면 그것이 지니고 있는 생생하고 구체적인 세계를 파괴하거나 훼손하게 된다. 지극히 추상적이고 기계적인 언어와 구조로 된 세계가 탄생하는 것이다.

시인의 시에서 보이는 세계는 이러한 투명하고 추상적인 차원이 아니기 때문에 희미한 형태를 지닐 때가 많다. 그의 시 중에서 「젖은 달」은 그 대표적인 예이다. 시인이 노래하고 있는 시적 대상인 '젖은 달'은 일정한 치환을 넘어 끊임없이 미끄러지는 양상을 보인다.

> 혀가 혀를 넘어섭니다 일찍이 혀는 당신의 불이었고 동굴에 숨어 있는 붉은 짐승이었습니다 당신의 밀실에서 울고 있는 어둠의 혈족이었습니다 한없이 자라던 혀가 하늘 밖의 하늘을 핥습니다[29]

젖은 달이 '혀'로 혀는 다시 '불'로, 불은 다시 '붉은 짐승'으로, 붉은 짐승은 다시 '어둠의 혈족'으로, 어둠의 혈족은 다시 '혀'로 이어지면서 그 의미를 확장한다. 여기에서 처음을 불과 마지막의 불은 동일하지 않다. 이것은 마치 흐르는 물이나 흐르는 시간이 동일하지 않은 것과 같은 이치이다. 어제 본 달이 오늘 본 달과 결코 동일할 수 없다. 이것을 동일한 것으로 보는 순간 그 달은 부피감을 잃고 평면적인 차원으로 떨어져 현상의 생생함을 상실하게 된다. 젖은 달이든 아니면 이 세상에 존재하는 모든 사물들은 이 생생함을 잃으면 그 안으로 지평이 들어설 수 없다. 시인이 형상화하고 있는 세계 속에는 지평이 들어서 있으며, 그 지평은 그의 시

29) 홍일표, 「젖은 달」, 『밀서』, 중앙북스, 2015, p.35.

를 끊임없이 변화하게 하고 늘 낯설고 새로운 의미 차원에 이르게 하는 길을 제시한다.

홍일표 시의 미학적인 정체가 감각을 통한 지각의 총체성에 있다는 사실은 그의 시의 전망을 밝게 한다. 시의 토대가 지각의 총체성에 대한 발견과 자각에 있다는 사실을 인식하지 못한 채 시를 쓰는 시인들이 얼마나 많은가? 낯설고 신선한 그의 시의 미학의 이면에 이러한 감각과 소여 그리고 지평의 차원이 내재해 있다는 것은 그의 시를 이해하고 판단하는데 일정한 계기를 제공해 줄 것이다. 개념이나 이론적인 틀과 같은 사유에 의해서 가공되지 않은 직접적인 의식의 상태, 곧 소여의 세계를 만나는 일은 우리에게 커다란 행운이 아닐 수 없다. 시인은 이 소여의 세계와의 만남에 주의를 기울여야 한다. 시의 출발은 개념이나 이론이 아니라 감각 혹은 지각이어야 하고, 이것은 어떤 도구적인 연관성도 없이 세계에 은폐된 의미를 탈은폐시키는 것이기 때문에 그만큼 상상과 표현의 영역이 자유롭고 또 클 수밖에 없다. 시인이 주의를 기울여 탈은폐시켜야 할 은폐된 세계는 아주 많다. 이 존재들에 주의를 기울이지 않으면 그것은 언제나 희미한 형태로 존재할 수밖에 없다. 시인의 지각이 총체성을 획득하기 위해서는 시적 주체의 이 주의가 필요하며, 시인이 주의를 기울이는 만큼 세계 또한 그만큼 그 모습을 드러내게 될 것이다.

시투성이 피투성이

– 허만하의 『시의 근원을 찾아서』

허만하의 『시의 근원을 찾아서』를 힘들게 읽었다. 폭염이 막바지 기승을 부리는 8월 내내 이 책을 옆에 두고 조금씩 천천히 읽었다. 읽으면서 폭염이 아니라 시에 대한 나의 무지가 독서의 진도를 느리게 하고 있음을 점차 깨달았다. 명색이 대학에서 시를 가르친다는 사람이 시에 대한 지식의 정도와 이해의 폭과 깊이가 형편없다는 것을 자각하면서 겸허해지기 시작했다. 시간 날 때마다 우리 시인들의 시에 대한 사유의 부재와 시론의 부재를 이야기해 온 나로서는 심히 부끄러운 일이 아닐 수 없었다. 게다가 더욱 나를 부끄럽게 한 것은 이 책의 저자가 고희를 넘긴 노시인이라는 점이었다. 책의 기품과 행간에서 묻어나는 시적 사유에 대한 열정은 도저히 고희라고는 믿기지 않을 정도로 젊고 또 집요한 구석이 있었다.

시인의 이 열정은 시의 근원에 대한 탐색에서 비롯된다. 시의 근원에 대한 탐색은 그것이 시 전반에 대한 총체적인 감각의 기반 위에서 이루어진다는 점에서 결코 쉽게 접근할 성질의 것이 아니다. 시의 근원은 어디에 확실하게 명시되어 있는 것이 아니다. 그것은 시 전반에 대한 총체적인 이해 속에서 탐색자 나름의 시적 태도 속에서 성립되는 것이다. 이런 점에서 볼 때 시의 근원에 대한 탐색은 탐색자로 하여금 시적 태도에 대한 특수성과 보편성을 동시에 요구한다고 할 수 있다. 탐색자의 시적 태도가 갖는 특수성이 보편성을 획득하기 위해서는 시에 대한 일정한 자의식과 시적 전통에 대한 통시적인 고찰이 선행되어야 한다.

『시의 근원을 찾아서』에 드러난 저자의 시에 대한 일정한 자의식은 언어에 대한 이해로부터 시작된다. 시의 근원에 대한 탐색이 언어로부터 시작된다는 것은 어쩌면 당연한 것이라고 할 수 있다. 그것은 언어가 단순한 도구가 아니라 존재 그 자체이기 때문이다. 언어가 곧 존재의 집인 것이다. 언어에 대한 자의식을 가진다는 것은 저자가 시의 언어가 가지는 속성을 깊이 있게 이해하고 있다는 것을 의미한다. 시의 언어란 여타의 다른 언어와는 차별화된다. 그것은 시의 언어가 세계를 개념화하여 드러내는 것이 아니라 존재 그 자체로 드러내기 때문이다. 이런 점에서 시는 존재자를 보는 것이 아니라 존재를 보는 것이다. 여기에서의 존재란 존재자를 존재하게 하는 것을 말한다. 이를테면 그것은 이런 것이다. 여기 나무가 있다고 하자. 나무는 존재자이다. 시인은 이 나무만 보지 않는다. 시인은 그 나무를 나무이게 하는 존재를 보는 것이다.

이와 관련해서 저자 역시 '일상인은 존재자(나무)를 보고 철학자는 존재(나무를 나무이게 하는 것)를 본다'[30]고 말하고 있다. 이 대목에서의 철학자는 곧 시인을 말한다. 이것은 하이데거의 사유와 통한다. 하이데거는 진정한 철학은 시가 되어야 한다. 이것은 하이데거가 철학보다는 사유에 더 큰 매력을 느끼고 있다는 것을 의미한다. 그가 '사유를 철학과 구분 짓고 그것이 시에 가까운 것이라 생각한 것은 시와 사유가 하나였던 시절에 대한 그리움에 뿌리를 두고 있'[31]기 때문이다. 시와 사유 사이의 이러한 혈연적인 친밀감은 그가 사유를 존재자의 존재에 대한 응답으로 이해하고 있는

30) 허만하, 『시의 근원을 찾아서』, 랜덤하우스중앙, 2005, p.80.
31) 허만하, 위의 책, p.96.

데서 기인한다. 그는 '진짜 사유는 운율을 가진 시의 형식을 빌리지 않아도 본질적으로 시적이다. 시의 대극은 산문이 아니다. 순수한 산문은 시보다 더 시적이다. 왜냐하면 시는 진리의 말이기 때문이다. 존재의 드러남의 말이기 때문이다'[32]라고 말한다. 이것은 하이데거가 '모든 사유는 시 쓰기이며 모든 시 쓰기는 사유다'라는 경지를 발견했다는 것을 의미한다.

하이데거가 사유와 시의 동질성을 발견하는데 동기를 제공한 것은 역시 언어이다. 하이데거의 사유에서는 '시는 언어가 말하는 것에 귀 기울이는 것'이 된다. 또한 '존재와 인간은 언어의 터전에서 서로 사귀고 저마다 자기의 고유성을 얻어 그 자신이 되'며, '언어 안에서 인간과 존재가 어울리'[33]는 것이 되는 것이다. 하이데거의 이런 태도를 통해 알 수 있는 것은 그가 말하는 언어가 세계와의 어떤 도구적인 연관성도 없이 은폐(close)된 존재를 탈은폐(disclose) 시키는 언어라는 것을 말해준다. 이런 맥락에서 보면 시적 언어는 '말할 수 없는 것을 말해야 하는 숙명을 가진 언어'[34]이기도 한 것이다. 따라서 시인은 존재에 대한 일급의 감각을 지녀야 한다. 하이데거는 그것을 목수에다 비유하고 있다. 그는 '목수는 나무에 숨어 있는 가구의 모습을 그대로 살려내는 사람'[35]이라고 말한다. 이런 논리대로라면 참된 목수 다시 말하면 참된 시인은 존재 가까이에 다가가기 위해 노력하는 사람이 되는 것이다.

하지만 이 말은 너무 막연할 뿐만 아니라 막막하다. 이 말은 언어에서 이념 및 이데올로기 그리고 개념을 제거한 상태에서 존재의 문제에 접근하라는 것과 다른 것이 아니다. 언어를 하나의 이념소로 보는 관점에서 자유로울 수 없는 우리에게 존재의 탈은폐의 의미는 보다 구체적인 시적

32) 허만하, 위의 책, p.101.
33) 허만하, 위의 책, p.102.
34) 허만하, 위의 책, p.105.
35) 허만하, 위의 책, p.22.

장치와 행위를 필요로 한다. 저자 역시 그것을 인식하고 있다. 그래서 저자는 시인이 존재 가까이에 다가가기 위한 방법으로 다양한 미적 기준을 제시하고 있다. 그가 제시하고 있는 미적 기준 중에서 먼저 눈에 들어온 것은 풍경에 대한 부분이다. 우리가 체험하는 풍경은 하나의 독특한 존재론적인 사건으로 볼 수 있다. 그것은 풍경과의 만남이 텍스트의 탄생이라는 존재론적인 사건을 발행하기 때문이다.

그러나 그 사건은 그것을 대하는 자의 태도에 의해 결정되는 것이다. 만일 그 풍경을 의식적으로 보려 한다면 그것은 일의적이고 고정된 것으로 남게 되지만 그것을 '시각에만 맡기지 않고 온몸이 하나의 감각기관이 되어 허심탄회하게 마음을 열고'[36] 만나면 그것은 내가 풍경의 내부에 들어가고 풍경이 자연스럽게 내 안에 들어오는 존재론적인 사건이 되는 것이다. 다양한 코드를 가지고 있는 풍경이라는 텍스트의 은폐된 세계를 탈은폐시키기 위해서는 보는 주체의 태도가 닫혀 있거나 체제 혹은 체계의 논리에 구속받아서는 안 되는 것이다. 체제 및 체계에 대한 적의와 풍경을 완벽한 풍경이게 하는 유일무이한 토포스를 찾기 위한 열정이 있을 때 존재론적인 사건은 그 형상을 드러내게 되는 것이다.

풍경에서 시작된 저자의 탈은폐 전략은 존재의 집인 언어의 문제로 이어진다. 그는 존재의 탈은폐를 가능하게 하는 것은 언어라고 말한다. 하지만 그 언어는 철학적인 개념 언어가 아닌 음악성을 가진 음성언어로 한정한다. 이 과정에서 그는 니체를 끌어들인다. 니체는 가락을 인간의 즐거움과 고뇌의 울림으로 보았으며, 그 가락이 모든 언어의 바탕이 된다는 믿음을 가지고 있었다. 시적 언어의 존재를 리듬을 통해 해명하려는 니체의 생각은 고정화되거나 제도화된 인습이나 문법을 해체하려는 강한 욕

36) 허만하, 위의 책, p.14.

구를 내포하고 있다고 볼 수 있다. 시적 언어의 이러한 특성은 언어가 하나의 상징체계 다시 말하면 상징 권력으로 굳어지기 전의 고유한 영역을 내포하고 있는 그런 존재라는 것을 말해준다. 니체는 그것을 몸짓과 연결시켜 독특한 직전의 미학을 탄생시킨다. 언어로 표현되기 직전의 세계 곧 몸의 세계 속에 시 혹은 예술이 존재한다는 것이다.

시적 언어가 가지는 상징체계의 전복과 해체의 속성을 좀 더 강하게 드러내기 위해 저자는 다시 크리스테바를 끌어들인다. 언어에 관한 크리스테바는 보다 근원적인 차원의 영역에까지 닿아 있다. 시적 언어를 이야기하면서 그녀는 플라톤의 티마에우스에 나오는 〈코라〉라는 개념을 상정한다. 코라는 '은유도 아니고 의미도 아니며, 동시에 있기도 하고 없기도 하는, 말로 설명할 수 없는 무정형적인 것'[37] 것이다. 시적 언어와 코라를 연결시킴으로써 기존의 언어에 대한 일종의 혁명을 감행한다. '시적 언어의 혁명'으로 명명되는 이 기획은 '생볼리크 이전의 몸이 가지는 리듬 또는 인토네이션에 따라 말을 변조하고 구문을 비틀기도 하고 새로운 레토릭을 구사하기도 하는 다양한 조작으로 언어의 형태 및 생태에 변화를 가함으로써 이루어지는 것'[38]이다. 따라서 시적 언어는 이름 지을 수 없는 리듬이며, 세미오티크한 운동 한가운데 있는 몸에서 태어나는 음악이고, 아직 충분한 기호도 아니거니와 사회도 아니고, 다양한 구조를 습격하는 계획인 것이다.

저자가 니체, 하이데거 그리고 크리스테바의 시와 언어에 대한 인식을 통해 궁극적으로 겨냥하고 있는 것은 존재의 탈은폐이며, 그것은 시 혹은 시적 언어에 대한 상투성을 해체하여 보다 창조적인 세계를 끊임없이 지향하는 시를 옹호하는 미학적인 가치론의 차원으로 발전한다. 그는 자신

37) 허만하, 위의 책, p.74.
38) 허만하, 위의 책, p.69.

의 이 미적 기준을 우리 시인들에게 적용한다. 이 과정에서 그가 발견한 한국 시인이 바로 김춘수이다. 그는 김춘수에게서 '상투성을 벗어난 예외자의 외로운 길'39)을 본다. 그는 김춘수의 시가 '관념에서 시작하여 우여곡절 끝에 다시 도스토예프스키의 관념 공간에 들어서서 그의 관념을 먼 배경으로, 자연에서 채택한 친숙한 이미지를 곁들인 인간의 정신 풍경을 겹치는 독자적인 수법으로 심미적 세계를 전개하는 작업'40)을 해온 시인으로 평가하고 있다.

그러나 무엇보다도 그가 김춘수를 높이 평가하는 이유는 그가 '끊임없는 시적 방법론의 실험 위에 서서 스스로 완성에 이르기를 거부한다'41)는 시인의 허무와 자유에 대한 의지이다. 이런 관점에서 저자는 김춘수가 전개해온 시 쓰기 – 한 축에는 언제나 가락이 있고, 그 대립항으로 의미(관념)가 나서기도 하고 또 이미지가 나서기도 하는 –를 치열한 무한과의 싸움으로 평가한다.

> 그것은 치열한 무한이다. 그 무한은 언어와의 싸움에서 펼쳐진다. 이 물굽이에서 나는 그가 벌이는 싸움의 원인은 인간의 언어 자체였다고 생각한다. … (중략) … 김춘수는 언어로 구체화되어 있는 정서의 관습적인 유형에서 벗어난(그것은 바로 언어에서 벗어난다는 뜻이 된다) 느낌(표현)의 자유를 생각했던 것이다. 시인의 비극은 시인은 언어로 자기를 표현할 뿐 아니라 시적 현실을 언어로 생각할 수밖에 없다는 데 있다. 이런 구조적인 모순은 시인이 감내해야 하는 원초적인 형벌이다. 이 아름답고도 힘겨운 싸움은 김춘수만의 것이 아니라, 시의 깊이에 관여하는 모든 시인의 것이다.42)

이 대목에서 주목해야 할 것은 저자의 김춘수에 대한 평가와 더불어

39) 허만하, 위의 책, p.166.
40) 허만하, 위의 책, p.166.
41) 허만하, 위의 책, p.178.
42) 허만하, 위의 책, p.180.

시인 일반에 대한 진술 부분이다. 그가 김춘수를 높이 평가하는 이유가 언어가 가지는 구조적인 모순과 아름답고도 힘겨운 싸움을 하기 때문이다. 하지만 그는 이것이 김춘수 개인에 국한된 문제가 아니라 시인 일반에 해당되는 문제로 간주하고 있다. 적어도 자신이 높이 평가하는 시인은 이렇다는 혹은 시인은 이러해야 한다는 시인에 대한 자의식이 여기에 강하게 투영되어 있다고 할 수 있다.

이러한 저자의 진술을 통해 알 수 있는 것은 그가 시의 근원을 '원초적인 자유에 대한 목마름'[43]으로 이해하고 있다는 점이다. 그는 김춘수의 시가 보여주는 허무를 이런 맥락으로 이해한다. 이때의 허무는 곧 자유 혹은 해방이 되는 것이다. 그의 표현대로라면 김춘수의 '허무는 자유의 재발견이고, 자유에 대한 그리움'[44]인 것이다. 실존주의의 맥락에서 김춘수를 읽어내고 있는 그의 태도는 완고하며, 이 완고함은 그가 시의 근원을 여기에서 발견하고 있다는 것을 말해준다. 자유가 실존을 선행한다고 믿었던 베르자예프가 '자유의 수인'인 것처럼 김춘수 역시 '자유의 수인'인 동시에 '언어의 수인'인 것이다. 저자는 이것을 '그는 언어가 실존을 선행한다고 믿었던 시인이라는 말이 된다. 그러면서도 언어를 재료로 시를 제작하면서도 시를 이 언어의 울에서 해방시키려 했던 역설을 쉴 새 없이 계속했던 사람이란 뜻을 말하기도 한다'[45]라고 하여 김춘수를 '존재의 수인'으로 규정하고 있다. 그가 허미수와 프란시스 퐁주 같은 시인을 높이 평가하는 이유도 바로 여기에 있다고 할 수 있다.

허만하의 『시의 근원을 찾아서』의 문제의식은 선명하다. 이것은 시에 대한 시인의 자의식이 그만큼 강하다는 것을 의미한다. 고희를 넘긴 노시

43) 허만하, 위의 책, p.180.
44) 허만하, 위의 책, p.181.
45) 허만하, 위의 책, p.185.

인이 집요하게 혹은 고집스럽게 탐색하고 있는 시의 근원에 대한 물음은 지금 여기에서 어떤 실존적인 절실함을 불러일으키는 것일까? 도대체 시의 근원이라는 것이 존재하기는 하는 것일까? 시의 본질에 대한 물음이 끊임없이 지연되고 연기되는 지금 여기의 지적 풍토에서 시의 근원에 대한 물음 역시 그렇게 존재하는 아니 그렇게 존재해야만 하는 것은 아닐까? 존재의 한 형식으로 인식되어 온 김춘수의 「꽃」이 장정일에 의해 부정되고 해체된 것을 본 지도 십수 년이 더 흘렀다. 김춘수의 「꽃」이 보여준 사랑이라는 존재의 절대성이 '끄고 싶을 때 끄고 켜고 싶을 때 켜'는 상대성의 문맥으로 바뀌면서 어떤 깊이의 미학이 실종되고 표면의 미학이 대두된 현실을 하나의 존재론적인 사건으로 보는 것은 지나친 의미 부여일까? 주체의 소외가 아니라 주체의 소멸을 이야기하고 있는 지금 여기에서 근원에 대한 탐색은 모더니즘과 포스트모더니즘의 연속과 단절의 문제가 불러일으킨 딜레마를 다시 환기시킨다. 시의 근원은 있기도 하고 없기도 한 것 같은 현존하면서 부재하는 그런 아득한 실존의 현기로 내 앞에 놓여 있다.

제 2 부

그늘과 악공의 프락시스

'그늘' 그 어떤 경지

– 사유 혹은 상상의 토포필리아(Topophilia)

이번에 낸 졸고의 제목이 '몸과 그늘의 미학'이다. 이 책을 받아본 사람 중에 나에게 이런 질문을 하는 이가 있었다. 왜 '몸의 미학이 아니라 '몸과 그늘의 미학이냐?' 하는 것이었다. 그래서 내가 그에게 '여기에서 말하는 그늘이 무엇을 말하는 것 같으냐?'고 되물었다. 그는 주저주저하더니 '설마 나무 그늘 같은 것은 아니겠지?'하는 것이었다. 나는 '맞다'고 했다. 그는 내 대답을 듣더니 '난 또 무슨 특별한 뜻이 있는 줄 알았지'하는 것이었다. 그의 말을 듣고 말문이 막혀 나는 더 이상 어떤 대답도 할 수 없었다. 나무 그늘의 '그늘'이 정말로 무슨 특별한 뜻이 없는 말일까? 사실 그가 보인 태도처럼 이 물음에 대해 그것을 심각하게 받아들이거나 그 말의 이면에 은폐되어 있는 의미에 대해 고민해 본 사람이 얼마나 될까?

그늘에 대한 사유가 깊지 않다는 것은 그것이 우리 미학의 근간을 이룬다는 인식에 대한 자각이 거의 전무한 데에서도 나타난다. 그늘은 눈에 보이는 차원으로만 규정지을 수 없는, 눈에 보이지 않는 차원의 웅숭깊음과 숭고함이 내재해 있다. 가령 나무의 그늘이 매력의 대상으로 존재한다면 그것은 단순히 우리의 시각을 자극해서라기보다는 그늘이 지니고 있는 깊이와 크기에 압도당하기 때문이라고 할 수 있다. 그늘이라는 현상이 내포하고 있는 의미의 폭과 깊이는 그것을 세심하게 들여다보지 않으면 발견할 수 없다. 나무의 그늘을 보고 그저 따가운 태양빛을 피할 수 있는 곳이라든가 아니면 그 그늘로 인해 빛이 들지 않는다거나 하는 식으로 단순하게 인식한다면 그늘의 은폐된 의미는 온전히 드러나지 않을 것이다. 먼저 그늘에 대한 사유에서 가장 중요한 것 중의 하나는 그것을 결과가 아닌 과정으로 인식해야 한다는 점이다.

나무의 그늘처럼 하나의 현상으로 드러나는 그늘은 갑자기 만들어진 것이 아니다. 나무가 그늘을 드리우기 위해서는 긴 시간의 과정이 전제되어야 한다. 나무의 그늘은 시간의 주름(나이테)에 비례한다. 그늘의 원형은 본래부터 그늘의 형태를 지니고 있는 것은 아니다. 그늘은 한 알의 작은 씨앗에서 비롯되어 가지와 줄기와 잎과 열매 등으로 영역을 확장해 가면서 존재성을 드러낸다. 여기에서 우리는 이 과정에서 어떤 일 혹은 어떤 사건이 발생하는지를 살펴볼 필요가 있다. 한 그루의 나무가 그늘을 드리우기까지 여기에 관계한 대지의 기운과 하늘의 기운을 떠올려 보라. 해와 달, 비, 눈, 서리, 바람, 이슬, 물, 흙, 공기, 벌레, 사람, 나무, 꽃, 풀, 새, 천둥, 구름 등 이루 헤아릴 수 없을 정도로 많은 것들의 관계를 통해 그늘이 만들어진 것이다. 이런 점에서 그늘의 탄생을 가장 잘 표현하고 있는 시는 미당의 「국화 옆에서」라고 할 수 있다. 얼핏 보아서는 관계가 있을 것 같지 않은 '소쩍새의 울음'과 '천둥'이 국화꽃의 개화와 관계된다는 미당의 통찰이야말로 그늘의 미학의 정수를 노래한 것이라고 해도 결코 과장된 것이 아니다.

그늘이 간단하게 만들어지지 않고 이렇게 우주의 모든 기운이 오랜 시간 작용하여 탄생한다는 사실은 그 그늘의 깊이와 크기를 말해준다. 만일 그늘이 눈, 서리와 비, 바람을 견디지 못하고 쓰러진다거나 햇빛, 흙, 공기, 물 같은 양분을 제대로 섭취하지 못한다면 그늘은 온전히 만들어지지 못할 것이다. 하지만 오랜 시간 이러한 여러 조건과 기운을 잘 견뎌 내거나 활발한 관계를 통해 줄기와 가지를 뻗고 무성한 잎과 열매를 맺는다면 자연스럽게 그늘의 형상이 드러나게 될 것이다. 오랜 시간 동안 온갖 풍상을 견디고 그에 비례해 나이테가 늘어갈수록 그늘은 깊어지고 또 넓어질 것이다. 우리가 그러한 나무의 그늘을 보았을 때 자신도 모르게 그 형상에 끌리는 것은 단순히 겉으로 드러난 모습 때문만이 아니라 그 그늘에 깃든 시간의 장구함, 다시 말하면 날것이 삭힘의 과정을 거치면서 점점 웅숭깊어지고 견고해지면서 지니게 되는 품격과 숭고함 때문이라고 할 수 있다.

하나의 나무가 그늘을 드리운다는 것은 비로소 그 나무가 나무로서의 정체성 혹은 존재성을 지니게 되었다는 것을 의미한다. 나무의 입장에서 생각해 보면 그가 가장 듣고 싶어 하고 또 지니고 싶어 하는 것은 '그늘'이라고 할 수 있을 것이다. '그 나무에는 그늘이 있어'라고 할 때의 그늘은 부정이나 긍정 어느 한 차원에 국한되지 않고 그 모든 것들을 아우르는 의미 지평을 드러낸다. 이런 점에서 그늘은 프로이트의 무의식화된 욕망이나 융의 그림자와는 차원을 달리한다. 흔히 자아의 어두운 면으로 명명되는 그림자의 경우에는 그 내부에 파괴적이고 폭력적인 에너지 덩어리가 응축되어 있어서 그것이 의식의 차원으로 투사되는 경우 이성에 의해 구축된 상징계가 전복될 위험성이 있다. 이에 비해 그늘은 그림자의 상태로 존재하는 세계가 아니라 그것을 넘어선 세계이다. 그늘의 세계는 그림자의 세계가 은폐하고 있는 파괴적이고 폭력적인 덩어리를 일정한 삭임의 과정을 통해 풀어낸 세계라고 할 수 있다.

자아의 내부에 도사리고 있는 어둡고 부정적인 그림자 덩어리를 풀어내지 못하면 타자의 존재를 그 안에 품을 수도 없고 또 아우를 수도 없다. 이 말은 그림자의 상태에서는 결코 그늘을 드리울 수 없다는 것을 의미한다. 그늘이 타자를 품고 아우를 수 있는 데에는 그것이 삭임의 과정을 거쳐 그림자의 덩어리를 풀어냈기 때문이다. 어둡고 부정적인 그림자의 덩어리가 삭임의 풀어내는 과정을 거쳐 탄생한 세계가 바로 그늘인 것이다. 그림자의 상태가 깊어지면 그것은 독이 되고 독이 깊어지면 한이 된다. 우리는 종종 '여자가 한을 품으면 오뉴월에도 서리가 내린다'는 말을 한다. 한이 지니는 관계의 단절에서 오는 섬뜩함을 잘 드러내고 있는 이 말을 통해 우리는 한이 한의 차원에 그치면 새로운 전망이나 기대 지평을 제시하기가 어렵다는 것을 알 수 있다. 한이 한으로 머물지 않고 그것을 삭이고 풀어내는 과정을 통해 세계의 지평은 열리게 되는 것이다. 오뉴월에 서리가 내리면 나무는 더 이상 그늘을 드리울 수 없게 되고 그렇게 되면 그 그늘에 깃들거나 그것과 서로 어울리는 관계 자체가 불가능하게 될 것이다.

오랜 삭임과 풀어냄의 과정을 통해 탄생하는 그늘은 그 웅숭깊음으로 인해 빛나지만 눈부시지 않고 욕망하지 않아도 그것이 이루어지는 어떤 경지를 보여준다. 그 지극한 자연스러운 힘은 일종의 신명(神明)과 같은 것이라고 할 수 있다. 이때의 신은 God라기보다는 우주 혹은 자연을 표상한다. 그늘이 탄생하기까지의 삭임과 풀이는 어느 한 개체의 힘으로 이루어지는 것이 아니라 그 각각의 개체가 관계를 통해 어우러지면서 형성하는 집단적이고 영적인 각성과 반성이 내재된 우주적 활동 과정이다. 이런 맥락에서 우리는 '그늘이 우주를 바꾼다'고 말한다. 그늘의 의미가 여기에까지 미치기 때문에 어떤 존재가 그늘을 가진다는 것은 곧 그 존재의 크기와 깊이가 일정한 경지에 이를 만큼 절대적이라는 것을 말한다. 한 그루의 나무가 그늘을 드리운다는 것이 얼마나 웅숭깊고 의미심장한 것인지는 이러한 과정과 맥락을 고려할 때 온전히 이해할 수 있을 것이다. 한 그루 나무를 통해 알아본 그늘이 은폐하고 있는 의미는 다른 존재 대상으로의 확장과 치환이 가능하다.

한 그루의 나무가 드리우고 있는 그늘처럼 인간에 의해 탄생하는 예술의 경우도 일정한 경지에 이른 작품들은 한결같이 이 그늘을 지니고 있다. 이와 관련하여 가장 널리 알려진 예술 양식이 바로 판소리이다. 판소리의 소리꾼에게 최고의 찬사는 '그 사람 소리에 그늘이 있어'라는 말이다. 하지만 이 소리의 그늘은 쉽게 얻어지는 것이 아니다. 소리의 그늘은 온갖 신산고초의 과정, 곧 삭임 혹은 시김새의 과정을 거쳐서 탄생하는 것이다. 이렇게 그늘이 있는 소리는 우주도 감동시킬 정도로 유려하고 오묘한 웅숭깊은 소리라고 할 수 있다. 특히 한의 정서를 삭이고 그것을 풀어내는 과정을 거쳐 최고의 경지에 이르기 때문에 그늘이 깃든 소리는 세계의 평정을 회복한 데서 오는 여유와 품격을 드러낸다. 한이 서리를 맞아 더 이상 진척이 없는 것이 아니라 그것을 넘어 멋스러운 그늘을 드리우는 세계란 단순한 기교나 재주만으로 도달할 수 있는 경지가 아니다. 그것은 온몸으로 밀고 나갈 때 얻어지는 최고의 경지인 것이다. 그늘이 은폐하고 있는 의미가 여기에 있다면 그것은 판소리뿐만 아니라 다른 양식에서도 존재하는 그 무엇이라고 할 수 있다.

판소리의 소리가 몸의 소리라면 춤 혹은 무용 역시 몸으로 표현되는 행위라고 할 수 있고, 시 역시 어느 경지에 이른 작품에는 그늘이 깃들어 있다. 어쩌면 우리 예술가들이 열어야 할 지평이 이 그늘의 세계가 아닌가 한다. 임권택 감독(이청준 원작)의 「서편제」에서 송화와 동호 그리고 오봉이가 진도아리랑을 부르고 춤을 추면서 신명풀이를 하는 장면은 그늘의 한 경지를 보여준다고 할 수 있다. 이들의 한이 한으로 그치는 것이 아니라 신명으로 승화되는 대목에서 우리는 오묘하고 웅숭깊은 삶 혹은 세계의 한 경지를 체험하게 된다. 하지만 이 그늘은 지금, 여기에서 너무 쉽게 망각되고 있는 것처럼 느껴진다. 몸의 소리도, 몸의 순정한 몸짓도,

육화된 말과 이미지도 모두 몸 가볍게 부유하는 지금, 여기의 상황을 고려해 볼 때 이 그늘야말로 존재에 대한 어떤 둔중함으로 다가온다. 이런 점에서 문태준 시인이 「그늘의 발달」에서

아버지여, 감나무를 베지 마오
감나무가 너무 웃자라
감나무 그늘이 지붕을 덮는다고
감나무를 베는 아버지여
그늘이 지붕이 되면 어떤가요
눈물을 감출 수는 없어요
우리 집 지붕에는 폐렴 같은 구름
우리 집 식탁에는 매끼 묵은 밥
우리는 그늘을 앓고 먹는
한 몸의 그늘
그늘의 발달
아버지여, 감나무를 베지 마오[46)]

라고 한 고백이나 이태수 시인이 「회화나무 그늘」에서

여태 먼 길을 떠돌았으나 내가 걷거나 달려온 길들이 길 밖으로 쓰러져 뒹군다. 다시 가야할 길도 저 회화나무가 품고 있는지, 이내 놓아줄 건지. 하늘을 끌어당기며 허공 향해 묵묵부답 서 있는 그 그늘 아래 내 몸도 마음도 붙잡혀 있다.[47)]

라고 한 고백 그리고 허형만 시인이 「그늘이라는 말」에서

그늘이라는 말
참 듣기 좋다

46) 문태준, 「그늘의 발달」, 『그늘의 발달』, 문학과지성사, 2008, p.31.
47) 이태수, 「회화나무 그늘」, 『회화나무 그늘』, 문학과지성사, 2008, p.25.

그 깊고 아늑함 속에
들은 귀 천 년 내려놓고

푸른 바람으로나
그대 위에 머물고 싶은

그늘이라는 말
참 듣기 좋다48)

라고 한 고백 등은 그늘에 대한 시인의 자의식이 강하게 투영되어 있는 대목이라고 할 수 있다. 그늘에의 이러한 끌림은 지극히 자연스러운 것일 수도 있지만 여기에 이르기 위해서는 「서편제」에서처럼 흙먼지 풀풀 날리는 길을 통과해야 하고 또 김지하의 「황톳길」에서처럼 핏자국 선연한 길을 따라 죽음을 각오하고 걸어야 하는 그야말로 신산고초의 길이 전제된 끌림인 것이다. 한 그루의 나무가 그늘을 드리우듯이, 소리꾼이 그늘이 깃든 소리를 찾아 떠돌듯이, 하나의 온전한 몸짓을 표현하기 위해 춤꾼이 수없이 그것을 반복하고 또 반복하듯이, 시인이 육화된 이미지와 상징을 찾아 불가능해 보이는 언어의 세계에 도전하는 것 등은 이들이 지향해야 할 그 어떤 경지, 다시 말하면 이들의 사유 혹은 상상의 궁극이 그늘의 토포필리아(Topophilia)에 있다는 것을 의미한다. 시인의 고백처럼 진정한 시인(예술가)이란 '그늘을 앓고 먹는 존재'라고 할 수 있다. 어쩌면 우리는 시인 혹은 시의 그늘에 깃들어 그 오묘하고 웅숭깊은 깊이와 크기에 몸 둘 바를 모르는 그 황홀경의 세계에 빠지고 싶어 하는 것인지도 모른다. 이런 점에서 그늘은 단순한 아름다움을 넘어 숭고와 멋과 같은 또 다른 아름다움의 차원에 닿아 있는 미학의 한 경지를 이르는 말이라고 할 수 있다.

48) 허형만, 「그늘이라는 말」, 『그늘』, 활판공방, 2012, p.33.

그늘의 중력, 둥근 존재의 비밀
– 최호일의 『바나나의 웃음』

1. 이상한 그늘의 힘

최호일의 시를 읽는 일은 혼돈의 연속이다. 이 사실은 그의 시에 내재해 있는 혼돈 속에서 질서를 찾아가는 과정이 결코 쉽지 않다는 것을 의미한다. 한 편의 시의 혼돈이 정리 되면 곧이어 또 다른 혼돈이 이어지는 시 읽기의 과정은 고통이면서 즐거움이다. 한 편의 시에서 시적 상상과 표현의 안정과 질서, 균형을 넘어 불안정과 무질서, 불균형을 체험한다는 것은 미의 확장된 세계를 드러낸다는 점에서 의의가 있다. 시의 온건하고 보수적인 성향에 길들여져 있는 우리 독자들에게 이러한 체험은 곤혹스러움 그 자체일 수 있다. 시의 모던함이 불편함이라든가 충격에 있다는 사실을 전제한다면 우리 독자들의 보수성은 자칫 그의 시를 시인 개인의 관념화된 지적 유희나 소통불능의 괴물로 간주해버릴 위험성이 있다. 그의 시에 대해 우리 평단이나 독자들이 보인 저간의 미온적인 반응이 이와 무관하지 않다.

혼돈의 연속으로 이루어진 그의 시를 읽어내기 위해서는 먼저 그 '혼돈의 눈'의 정체를 찾아내야 한다. 그의 시 깊숙이 은폐되어 있는 혼돈의 눈의 정체를 탈은폐시키지 못한다면 그의 시 세계를 이해하기란 거의 불가능하다고 할 수 있다. 그의 시 깊숙이 은폐되어 있는 이 혼돈의 눈이 그의 시의 형식과 내용을 결정한다. 그의 시에서 혼돈의 눈을 발견하기 위해서는 '눈'에 주목할 필요가 있으며, 이때의 눈은 고요하고 깊은 중심의 속성을 지닌다. 눈의 고요하고 깊은 속성은 시 속으로 우리를 강하게 끌어들이는 징후적인 힘으로 작용한다. 그의 시에서 징후적인 힘으로 작용하는 이 혼돈의 눈이 바로 '그늘'이다. 우리에게 이 단어는 주로 빛과 대척적인 의미로 알려져 있을 뿐 그것이 지니고 있는 존재론적인 의미에 대해서는 거의 알려져 있지 않다. 그렇다면 존재론적인 의미에서 이 그늘이란 무엇인가? 이와 관련하여 김지하는 그늘을 그림자와도 다르고 어둠도 아니라고 하면서 그늘은 '빛과 어둠', '웃음과 눈물', '한숨과 환호', '천상과 지상', '이승과 저승', '환상과 현실', '주관과 객관', '주체와 타자'를 아우르는 존재의 원리라고 규정하고 있다.

그늘의 이러한 존재 원리는 그것이 세계를 이분법적이고 변증법적인 차원으로 이해하는 것이 아니라 불연기연의 논리 같은 상생과 상극의 차원으로 이해한다는 것을 의미한다. 그늘의 차원에서 세계를 보면 이분법적이고 변증법적인 차원에서 볼 때와는 다른 세계가 새롭게 드러날 수 있다. 그늘이 던지는 존재론적인 속성은 기본적으로 투명한 이성이나 변증법적인 논리와는 달리 불투명한 감성이나 상극, 상생, 역설, 모순 같은 비변증법적인 아우름의 논리를 지니고 있다는 점에서 시와 강한 친연성을 드러낸다. 그늘과 시의 맥락에서 우리 시를 읽으면서 특히 최호일의 시에 주목한 것은 그의 시 행간에 무의식적인 차원으로 드러나는 그늘의 원리 때문이다. 이와 관련하여 한 가지 흥미로운 것은 그가 시 속에서 '그늘'에 대해 언급하고 있다는 점이다.(물론 나는 그의 시쓰기가 그늘에 대한 의식적인 자각을 통해 이루어진 것이라고 생각하지는 않는다.) 비록 의식적인 차원은 아닐지라도 그늘에 대한 그의 언급은 시사하는 바가 크다.

「이상한 그늘」에서 그는 그늘에 대한 예사롭지 않은 통찰력을 보여준다. 이 시에서 그는 그늘을 요모조모 관찰한 뒤 '저녁이 오는 쪽으로 사람들은 죽고/여우가 여러 번 울어서 밤이 오면, 아무도 그것이 어둠을 열고 사라진 검고 이상/한 사람인 줄 모른다 그늘이 조금씩 먹어치우고 있다는 것을'[49]이라고 노래한다. 그늘이 단순한 그림자나 어둠이 아니라 세계의 애매모호성을 아우르는 존재의 한 표상으로 드러나고 있다는 것을 알 수 있다. 그의 시의 그늘에 대해 나는

> 최호일의 「이상한 그늘」은 그의 시의 특장을 잘 보여준다. 다른 무엇보다도 이 시에서 시인의 사물과 세계에 대한 감각과 통찰이 엿보이는 것은 '그늘'을 시적 질료로 삼고 있다는 점이다. 그늘은 이미 그 안에 불투명하고 애매모호한 의미를 지니고 있는 그런 질료이다. 그늘은 밝은 것도 아니고 어두운 것도 아닌 그 중간 혹은 사이를 말한다. 따라서 그늘은 밝으면서 어둡고 어두우면서 밝은 세계이다. 이것은 그늘이 밝은 것과 어두운 것을 모두 수렴하면서 동시에 그것을 넘어서는, 어떤 제3의 세계를 만들어내는 미학의 핵심 개념이라는 것을 의미한다. 그늘에 우주적인 창조성 같은 거창한 의미 부여를 하지 않더라도 그것이 드러내는 현상을 섬세한 감수성으로 통찰한 사람이라면 그 오묘하고도 심원한 미학의 세계를 인식할 수 있을 것이다. ……
>
> 이런 맥락에서 보면 시인이 규정한 '이상한 그늘'은 곧 '어둠을 열고 사라진 검고 이상한 사람'이라고 할 수 있다. 시인이 규정한 이상한 그늘이 그렇듯 어둠을 열고 사라진 검고 이상한 사람 역시 그 식성을 헤아릴 수 없을 정도로 무한하다는 것을 알 수 있다. 시인의 식성의 정도는 시인이 연 어둠의 크기에 비례한다. 어둠 혹은 어두컴컴한 무의 세계를 열고 싶어 하는 시인의 식성은(욕망은) 그의 시가 추구하는 경계의 불투명함이나 환각의 세계를 살찌우게 할 것이다. 어쩌면 시인이 발견한 이상한 그늘은 시의 세계에서는 전혀 이상한 것이 아닌지도 모른다. 우리가 흔히 정상이라고

49) 최호일, 「이상한 그늘」, 『바나나의 웃음』, 중앙북스, 2014, p.40.

> 생각하는 이성의 논리나 합리성의 논리를 훌쩍 넘어선다는 점에서 시란 원래가 이상한 것 아닌가? 이상한 그늘이 조금씩 어떤 세계를 먹어치울 때 그만큼 또 다른 세계는 생겨나는 것 아닌가?[50)]

라고 말한 바 있다. 이 논리대로라면 그는 어둠의 세계를 열고(먹고) 싶어 하는 그늘의 식성을 지닌 시인이며, 그가 먹은 만큼 다른 세계가 생겨난다는 것이다. 은폐되어 있는 어둠의 세계가 탈은폐된다면 그것은 숨겨진 차원의 현현으로, 숨김과 드러남 혹은 현존과 부재의 차원이 동시에 고려된 상태에서 탄생한 세계라고 할 수 있다. 어느 한쪽이 아니라 양쪽이 모두 고려된 상태에서 탄생한 세계는 어떤 세계일까? 분명한 것은 그 세계가 평면보다는 입체적인 부피감을 더 드러낼 수밖에 없다는 사실이다. 그의 의도 여부에 상관없이 그늘의 식성을 통해 우리가 미처 발견하지 못했거나 배제해 버린 세계의 실체를 가늠해 보고 또 만나게 된다는 것은 체험의 특별함을 말해준다.

2. 세계의 안과 밖 혹은 둥근 부피감

그늘이 단순한 그림자나 어둠이 아니라는 것은 세계의 부피감과 관련하여 의미심장한 데가 있다. 그늘이 그림자라면 그것은 실체가 없는 형상에 불과하며, 그늘이 단순히 어둠이라면 그것은 어둠을 가능하게 하는 밝음이라는 바탕을 배제한 채 그 존재를 규정한 것에 지나지 않는다. 어둠과 밝음에서처럼 그가 그늘을 제시함으로써 자연스럽게 세계의 안과 밖, 특히 안쪽에 대한 관심이 논의의 중심으로 부상하기에 이른다. 기본적으

50) 이재복, 「그늘의 식성」, 『우리 시대 43인의 시인에 대한 헌사』, 작가, 2012, pp.42~45.

로 시인이라는 존재는 투명한 밖의 세계와 대척점에 놓인 불투명하고 어두컴컴한 세계의 안쪽을 탐색하려는 욕망을 지닌 자라고 할 수 있다. 이성의 빛이 닿지 않는 주술적이고 마술적인 힘이 작용하는 저 뮤즈의 세계에 자리하고 있는 존재로 간주되어 온 자가 바로 시인이며, 이 뮤즈로서의 시인의 신성함을 두려워한 이성론자들이 그들을 끌어내리기 위해 혈안이 된 고대 희랍 시대의 상황을 헤아린다면 우리는 세계의 부피감을 유지해주는 자로서의 시인의 존재론적인 무게를 짐작하고도 남음이 있을 것이다.

'그늘이 극에 달하면 우주가 바뀐다'는 말이 있다. '지금, 여기'에서 이 말의 존재론적인 무게를 제대로 느끼는 사람이 과연 얼마나 될까? 왜, 이 말이 한낱 관념어의 차원으로 간주되어서는 안 되는지를 제대로 이해하고 있는 사람들은 과연 또 얼마나 될까? 그늘이 극에 달한다는 것은 세계의 온전한 실체를 모두 섭렵해서 그것을 아우른다는 의미가 내재해 있다고 할 수 있다. 이런 점에서 세계의 어느 한 쪽, 다시 말하면 빛과 어둠, 웃음과 눈물, 한숨과 환호, 천상과 지상, 이승과 저승, 환상과 현실, 주관과 객관, 주체와 타자 중 어느 한쪽만으로는 극에 달할 수 없다. 극에 달해 우주가 바뀌려면 이 모든 것들이 오랜 삭임의 과정을 거쳐야 하고 그것을 통해 자연스럽게 양쪽이 어우러져야 한다. 우리가 어떤 소리(판소리)를 듣고 '아, 그 소리에 그늘이 있어'라고 한다면 그것은 세상을 모두 아울러 그 세계의 온전한 실체를 모두 섭렵했다는 의미가 포함된 것이라고 할 수 있다. 소리꾼처럼 시인도 세계의 온전한 실체를 섭렵하려고 하며, 이를 위해 늘 세계의 안쪽을 탐색하려 하거나 심지어 자신의 몸을 던지기까지 한다.

최호일 시인 역시 세계의 안쪽을 들여다보려고 한다. 그는

세상의 가장 안쪽을 보여주려는 듯 미개한 부족의 언어처럼
보이지 않는 곳의 귀뚜라미가 울고 있다

모든 빛의 옷자락이 제 모습을 감추고 몸을 형광펜으로
칠한 사람들이 그 소리를 소리 없이 듣고 있다
어둠을 한 번도 만져 본 적 없는 뼈처럼

약속을 하지 않았는데도 밤이 오고

평생을 죽고 있다가 들킨 사람의 표정으로
몸이 살 밖으로 빠져나온다.[51]

라고 고백한다. 그의 고백이 궁극적으로 겨냥하고 있는 곳은 '세상의 가장 안쪽'이다. 그곳은 미개라는 이름으로 소외되고 배제되어 은폐된(보이지 않는) 세계이며, 단지 '귀뚜라미 소리'로 환기될 뿐이다. 그는 이 귀뚜라미 소리에 자신의 모든 주의(attention)를 집중한다. 이렇게 주의를 집중하고 있는 자신의 상태를 그는 '어둠을 한 번도 만져 본 적이 없는 뼈', '살 밖으로 빠져 나온 몸'에다 비유하고 있다. 세상의 가장 안쪽과의 만남이 주는 인상을 이렇게 표현한 것은 그것이 얼마나 신선한 충격이었는지를 잘 말해준다. 이 충격을 경험하기 이전에 그는 세상의 가장 안쪽의 존재를 지각하지 못했기 때문에 그곳에 대한 어떤 상상과 표현도 이루어질 수 없었던 것이다.

한 번도 만져 본 적이 없는 어둠을 만져 보고, 몸이 살 밖으로 빠져 나오는 체험은 새로운 세계를 구축하는 존재론적인 사건이며, 이로 인해 세계의 안쪽은 탈은폐되고 또 복원되는 것이다. 안쪽이 탈은폐되고 복원됨으로써 자연스럽게 세계는 안쪽과 바깥쪽의 동시적인 만남을 통해 구현

51) 최호일, 「안쪽」, 앞의 책, p.74.

된다. 「안쪽」에 잘 제시되어 있듯이 그의 시에서 세계의 탈은폐 내지 복원이 이루어지는 방법은 안쪽과 바깥쪽과 같은 두 차원의 동시적인 현현을 통해서 이루어진다. 두 차원의 동시적인 현현은 대개 세계의 숨겨진 차원과 드러난 차원의 변주의 형태로 나타나는데 이것은 본래 세계 자체가 현존과 부재의 동시성에 다름 아니라는 사실을 강하게 환기한다. 그는 세계를 늘 현존과 부재의 동시성의 차원에서 이해하고 판단한다. 가령 시간에 대해 말할 때도 그는 '벽에 걸어 놓고 싶은 시간이 있다면 입속에 넣고 싶은 시간이 있다'[52]는 식으로 드러난 차원과 숨겨진 차원을 동시에 제시한다. 이것은 세계의 존재 원리를 변증법적으로 보는 태도와는 변별되는 '그렇다(드러난 차원)'와 '아니다(숨겨진 차원)'의 끊임없는 변주를 기반으로 하는 '불연기연(不然其然)'의 존재 원리에 가깝다.

두 차원의 동시적인 고려는 어느 한쪽으로의 쏠림이 불가능하다는 것을 의미한다. 이 사실은 어떤 대상에 집착하여 스스로를 구속하는 일이 발생하지 않는다는 것을 전제한다. 어떤 차원이든 그렇다와 아니다의 끊임없는 변주와 교차반복을 통해 성립되기 때문에 어느 한 곳에 집착하는 일은 일어날 수 없다. 「새가 되는 법」에서 그는 이러한 자신의 세계 인식 태도를 분명하게 제시하고 있다. 그는 스스로에게 새가 되기 위한 법을 주문한다. 그가 제시한 새가 되는 법이란 '새장을 만들어 놓고 새장을 부술 것', '자신이 새인 줄 모르고 새처럼 날아가다가 깜짝 놀랄 것', '냄새나게 새는 왜 키우니하고 돌을 던지면 맞아서 죽을 것'[53] 등이다. 이 시에 제시되어 있는 새는 어떤 집착이나 구속으로부터 자유로우며 자신에게 닥친 운명을 회피하지 않는 그런 존재를 표상한다. 그가 새를 통해 제시한 것은 '자유'에 대한 확고한 자신의 이념이라고 할 수 있다. 그가 꿈

52) 최호일, 「하얀 손이 놓고 간 것」, 위의 책, p.46.
53) 최호일, 「새가 되는 법」, 위의 책, pp.56~57.

꾸는 자유는 세상에 대한 집착과 구속으로부터 자유로운 견고한 자아의 구축으로부터 시작된다.

자신의 에고가 자유의 견고한 바탕 위에서 성립될 때 세계에 대한 탐색의 징도도 그만큼 깊어질 수 있으며 그것의 완성은 '둥긂'으로 드러난다. 세계의 둥긂 혹은 둥근 세계는 소외의 변증법이 아닌 아우름의 원리가 만들어낸다. 한 대상과 다른 대상 혹은 한 차원과 다른 차원이 서로 배제하고 소외시키는 것이 아니라 그것을 아우름을 통해 일치시키는 이 반대일치의 원리가 세계의 둥긂 혹은 둥근 세계를 만들어내는 것이다. 자신과 반대된다고 해서 그것을 배제하거나 소외시키려 하지 말고 그것을 아우르는 것이야말로 서로서로를 자유롭게 하는 한 방법이라고 할 수 있다. 서로 대척점에 놓인 대상이 배제되거나 소외되지 않고 존재해야만 세계에 대한 균형이 깨지지 않고 유지되어 둥근 세계가 만들어지는 것이다. 그는 세계가 둥근 것에 대해 손과 몸을 예로 들어 여기에 답한다.(물론 세계가 둥글다는 것은 이미 그늘 속에 그 의미가 잘 드러나 있기 때문에 어쩌면 그것을 다시 이야기하는 것은 동어반복일 수 있다. 하지만 손과 몸을 통한 비유는 다른 어떤 것보다 구체적이라는 점에서 그것에 대한 강조는 의미가 있다.)

그는 '손은 몸의 맨 처음 시작이며 그 맨 끝에 있다'고 말하기도 하고 또 '매 순간을 축으로 달아나려고 하는 동작과 깊게 끌어안으려는 마음의 궤적 때문에 우리 몸은 둥글다'[54]라고 말하기도 한다. 시작이 곧 끝이고 끝이 곧 시작이라는 사실과 함께 달아남과 끌어안음이 동시에 이루어진다는 사실에 대한 그의 고백은 왜 세계가 둥근지를 흥미롭게 제시하고 있다. 그의 말처럼 매 순간 우리는 시작과 끝, 달아남과 끌어안음 사이의 반대일치적인 긴장 관계 속에 놓여 있다고 할 수 있다. 변증법적인 원리가 아니기 때문에 이 둥근 존재론이 변화와 생성이 부재한 지극히 정적인

54) 최호일, 「손에 관하여」, 위의 책, p.105.

것이라고 인식하는 경우가 있는데 이것은 세계를 단선적인 직선의 논리로만 이해한 데서 비롯된 결과이다. 그가 보여주고 있는 둥근 존재론의 세계에서도 갈등과 대립을 통한 변화와 생성이 있고, 상극과 상생과 같은 역설의 논리를 통한 이중적이고 중층적인 차원의 역동적 유출이 일어난다. 이것은 이 둥근 존재론을 토대로 하는 그의 시의 세계가 역동적이고 변화와 생성을 거듭하면서 새로운 의미의 장을 열어갈 수 있는 가능성을 내재하고 있다는 것을 말해준다.

3. 개폐와 매개의 미적 원리

최호일 시의 바탕에 그늘과 둥근 존재의 세계가 자리하고 있다는 것은 의미심장하지만 그 세계를 하나의 미적 차원으로 승화하는 데는 다양한 원리가 전제되어야 한다. 하나의 세계가 수많은 관계의 절과 마디로 이루어져 있듯이 그늘과 둥근 존재의 세계 역시 마찬가지이다. 이런 점에서 볼 때 그늘과 둥근 존재의 세계를 이루는 수많은 관계의 절과 마디에 대한 이해가 없으면 그 세계의 전모는 드러날 수 없다. 수많은 절과 마디 없이 세계의 관계망이 성립될 수 없다면 그 절과 마디는 세계에 대해 어떤 역할을 하는 것일까? 수많은 절과 마디가 있어 그로 인해 세계가 성립된다면 그 절과 마디는 생명처럼 역동적인 유출의 형태로 존재할 수밖에 없다. 생명은 숨김과 드러남 혹은 현존과 부재의 교차와 재교차에서 알 수 있듯이 변화, 생성, 소멸의 과정을 내포한 역동적인 유출 활동이다.

한 차원에서 다른 차원으로 이동할 때 수많은 절과 마디는 일종의 개폐 혹은 매개의 역할을 수행한다. 어떻게 개폐되고 매개되느냐에 따라 전체로서의 세계의 모습은 달라질 수 있다. 특히 미적 원리를 기반으로 하는 시의 세계에서는 보다 섬세하고 새로운 개폐와 매개의 방법이 무엇보다도 요구된다고 할 수 있다. 개폐와 매개에 따라 어떻게 세계가 달라지는지를 그는 「스위치」와 「물방울에 대한 기억」에서 아주 선명하게 보여주고 있다. 「스위치」에서 그는 개폐의 원리에 의해 새롭게 생성되는 세계의 모습을 예각적으로 보여주고 있다. 개폐에 의해 새롭게 생성되는 세계의 모습을 그는 '꽃'으로 드러낸다. 스위치를 올리는 순간, 다시 말하면 개폐가 이루어지는 순간 '환한 중심'이 생겨나고, 그는 이것을 '찬란한 생성의 힘'[55]으로 명명한다. 하지만 개폐에 의해 환한 중심이 생겨났지만 그것은 이미 거기에 은폐되어 있던 세계이다. 단지 드러나지 않았을 뿐 숨겨진 채로 이미 거기에 있었던 세계가 그의 개폐에 의해 그 모습이 환한 중심을 얻게 된 것이라고 할 수 있다.

이러한 일련의 사실은 그가 시를 '은폐된 세계의 탈은폐'라는 현상의 차원에서 이해하고 있다는 것을 의미한다. 시가 은폐된 세계를 발견하고 그것을 들추어낼 때 중요한 것은 스위치와 같은 매개물이다. 하이데거는 은폐된 것을 탈은폐할 때 어떤 도구적인 연관성도 없어야 한다고 했는데 이 부분이 바로 시와 만나는 지점이며, 이것이야말로 시가 개념이나 이념의 도구로부터 독자적인 영역을 지니고 있는 양식이라는 점을 말해주는 대목이기도 하다. 은폐된 세계는 개념이나 이념처럼 도구를 통해 탈은폐될 수 없을 뿐만 아니라 또한 심하게 훼손될 수밖에 없다. 은폐된 세계를 탈은폐하는 가장 좋은 방법은 「스위치」에서처럼 숨겨진 세계 그대로 자연스럽게 드러내는 것이다. 시에서의 '꽃의 얼굴'은 이렇게 해서 드러난 세계이다. 어떤 것에도 훼손되지 않고 그 모습 그대로 고스란히 드러난 세계의 표상으로서의 꽃이기에 '환한 중심'을 지닐 수 있는 것이다.

55) 최호일, 「스위치」, 위의 책, p.111.

'꽃의 얼굴은 늘상 개폐의 원리를 따라야 한다'는 명제는 그의 시를 관통하는 중심 원리 중의 하나이지만 그것은 생각처럼 그렇게 단순하지는 않다. 개폐나 매개의 원리만큼 그것은 복잡할 수밖에 없다. 하나의 세계는 기억과 물질(사물)을 매개로 해서 드러날 수 있다. 물질과 기억이 동시에 작용하면서 성립되는 세계는 단순히 외부로부터 수동적으로 얻어진 것이 아니라 자발적으로 선택하여 얻어진 것이다. 물질과 기억에 의한 신체와 정신의 자발적인 반응이 세계를 이룬다면 그렇게 해서 만들어진 세계는 인간 주체의 사고와 행위에 의해 얼마든지 다르게 드러날 수 있다는 것을 말해준다. 가령 「물방울에 대한 기억」에서 '물방울'이라는 물질은 기억을 가능하게 하는 질료이지만 그 기억이란 '물방울을 바라보고 있으면 모든 길들은 끊어지고 여자라는 말이 입안으로 흘러 들어온다 한 쪽 다리는 붉고 나머지 다리는 푸른 말굽자석처럼'[56]의 경우에서 보듯 물방울이라는 물질과의 유사성을 넘어 인접성의 차원에까지 닿아 있기 때문에 이런 독특한 세계를 만들어내는 것이다. 기억과 물질이 만들어내는 독특함은 '장지동 버스 종점'을 '한없이 가다가 개망초 앞에서 멈추는 곳'[57]으로 표현한 데서 드러나기도 하고, '식탁'을 '비와 시간으로 깎아 만든 것'[58]으로 표현한 대목에서 드러나기도 한다.

그러나 물질과 기억이 환기하는 이러한 세계는 우리가 유추할 수 있는 문맥을 거느리고 있지만 다음 시에서의 그것은 애매모호함 그 자체이다.

바나나를 오전과 오후로 나눈다

바나나를 밤과 낮으로 나눈다

56) 최호일, 「물방울에 대한 기억」, 위의 책, p.122.
57) 최호일, 「장지동 버스 종점」, 위의 책, p.42.
58) 최호일, 「일 분 동안 우산」, 위의 책, p.125.

바나나를 동쪽과 서쪽으로, 만남과 사소한 이별로, 여자의
저녁과 남자로

나눈다

바나나로 세계를 나눈다

불안해지는 바나나

드디어 생선이 되는 바나나

왼쪽 바나나가 사라지고

바나나의 미래가 사라졌다

아 바나나 하고 웃는 바나나

바나나

네가 있는 곳을 알려줘[59)]

이 시의 시적 대상은 '바나나'이다. 이 물질이 질료로 기능하는 것은 바나나에 대한 시인의 독특한 연상(기억) 때문이다. 그의 연속된 오랜 시간의 기억 속에서의 바나나는 '나누어짐'과 '사라짐'의 물질로 환기되고 있다. 어떻게 이런 의미로 바나나가 환기되게 되었는지에 대해서는 다양한 유추가 가능하겠지만 중요한 것은 이러한 유추가 재미난 시적 세계를 만들어내고 있다는 점이다. 바나나의 나누어짐에 주목하여 그것을 '오전과 오후', '밤과 낮', '동쪽과 서쪽', '만남과 이별', '여자와 남자' 등으로 나눈

59) 최호일, 「바나나의 웃음」, 위의 책, pp.12~13.

것은 바나나에 대한 새로운 이미지를 환기한다. 이것은 '바나나로 세계를 나눈 것'에 다름 아니다. 세계 나눔의 준거가 바나나라는 점이 재미있을 뿐만 아니라 바나나라는 의미가 고정되어 있지 않고 끊임없이 미끄러져 내리면서 새로운 의미를 생산하고 있다는 점이 또한 흥미롭다.

'불안해지는 바나나'와 '아 바나나 하고 웃는 바나나'를 통해 알 수 있듯이 바나나가 감정의 주체가 되기도 하고, '드디어 생선이 되는 바나나'에서는 물활성을 지닌 존재가 되기도 하며, '왼쪽 바나나가 사라지고'나 '바나나의 미래가 사라졌다'를 통해서는 의지적인 속성을 지닌 존재로 드러나기도 한다. 바나나의 의미가 고정되어 있지 않고 그것이 해체되어 나타난다는 것은 곧 바나나라는 의미의 카니발화를 통해 존재론적인 해방을 겨냥하고 있다는 것을 말해준다. 어떤 한 존재의 해방이 담지하고 있는 의미는 그늘이 극에 달하면 우주를 바꾼다는 차원과 다른 것이 아니다. 바나나라는 어떤 한 존재의 해방을 위해 그가 시도한 다양한 탈은폐 혹은 해체 전략은 그의 시 전체를 관통하고 있다고 해도 과언이 아니다. 바나나라는 어떤 한 존재를 매개로 하여 세계의 의미 지평을 확장하려는 그의 시적 태도는 '바나나의 웃음'이 환기하는 것만큼이나 낯설고 불안한 것이 사실이다. 하지만 그 열정에 대한 의지만큼은 극에 달해 있다고 할 수 있다.

4. 시의 그늘, 둥근 존재의 그늘

최호일 시의 궁극은 그늘의 세계에 있다. 시인 스스로 그 세계를 이상하다고 명명했지만 그늘의 이상함은 무한한 미학적 가능성을 전제한 것이다. 서로 반대되는 세계까지도 아우르는 그늘의 상극, 상생의 원리는 배제와 소외를 통한 변증법적인 미학의 원리와는 차원을 달리한다. 이 다름이 그의 시의 애매모호함과 난해함을 불러일으키기도 하고 또 신선함과 낯섦을 불러일으키기도 한다. 그의 시의 이러한 속성은 그 안에 긍정적인 면과 부정적인 면을 동시에 지니고 있다. 이것은 그늘의 과정이 그러하듯이 이 모든 속성들끼리 서로 어우러지면서 삭임의 과정을 거쳐야 한다는 것을 의미한다. 제대로 삭임의 과정을 거치면 그의 시에 그늘이 존재하게 될 것이다. 이 그늘이 극에 달하면 그의 시의 언어는 비로소 세계에 대한 의미 지평을 획득하게 될 것이다.

그늘이 있는 시의 언어에 끌리지 않을 사람은 없을 것이다. 「코발트 블루」에서 시인은 이 그늘에 대해 이야기하고 있다. 그는 '그곳에 오래 빠져 죽고 싶은 색깔이 산다'고 고백한다. 자신이 빠져죽고 싶을 정도로 코발트 블루에는 그늘이 있으며, 그 그늘은 '햇빛 밝은 날' 더 두드러지기 때문에 코발트 블루를 '죽이고 싶어'[60]한다. 그가 본 그늘이 깊은 코발트 블루에 대한 선망과 그것을 죽이고 싶어 하는 욕망은 다른 것이 아니다. 그의 내면 깊숙이 자리하고 있는 이 양가적인 욕망의 충돌은 극에 달하기 위한 과정의 하나로 지금 그에게 절대적으로 요구되는 시인으로서의 태도라고 할 수 있다. 이런 맥락에서 볼 때 시인의 시에 대한 최고의 찬사는 '아, 그 시인의 시(언어)에는 그늘이 있어'라는 말이 아니겠는가? 그의 시인으로서의 신산고초와 고뇌 그리고 그것의 삭힘을 기대하면서, 그의 시(언어)의 그늘이 극에 달해 둥근 존재의 세계가 열리는 그 날을 기대하면서 그늘 타령을 그만 여기서 줄이자.

60) 최호일, 「코발트 블루」, 위의 책, p.36.

그림자 새의 추락과 그늘의 깊이
– 최은묵의 『괜찮아』

최은묵의 시에는 상처에 대한 흔적들로 가득하다. 시인의 상처는 다양한 질료들을 통해 시 속에 형상화되어 있기 때문에 그 전모를 이해하기는 어렵지만 그것의 성격은 드러난 여러 사실들을 통해 감지되고 또 인식된다. 시인의 상처는 외부 세계로부터 비롯되어 안으로 내면화되는 경우가 있는가 하면 또 안에서 비롯되어 밖으로 표출되는 경우도 있다. 하지만 안이든 밖이든 중요한 것은 이 상처에 대응하는 시인의 태도이다. 시인이 상처에 어떻게 대응하느냐에 따라 시의 세계가 다르게 드러나며, 여기에서의 대응이란 그 상처를 풀어내는 과정에 다름 아니다. 시인이 삶의 과정에서 받은 상처를 어떻게 풀어내느냐의 문제는 시의 성격을 결정짓는 것으로 그것의 궁극은 상처와의 즐김을 통한 미적인 고양이나 승화에 있다고 할 수 있다. 이 말은 상처와의 즐김이 제대로 이루어지지 않는다면 미적인 고양이나 승화도 없다는 것을 의미한다. 상처와의 즐김이란 서구의 카타르시스, 인도의 라사, 우리의 신명풀이나 한풀이를 가리키는 것으로 이 각각의 개념들 사이에는 차이점이 존재한다.

그러나 이러한 차이에도 불구하고 이 개념들은 모두 내면의 상처와 그것의 고양이나 승화를 목적으로 한다는 점에서는 다르지 않다고 할 수 있다. 시인이 상처와 즐긴다는 것은 그것의 실체에 다가가 그것의 존재성을 들추어낸다는 것을 말한다. 자신의 내면에 은폐되어 있는 상처와 대면하여 그것을 감각하고, 인지하고, 이해하고, 판단하는 일련의 과정을 거쳐야 상처가 그 모습을 드러낸다. 시인이 자신의 상처와 대면하기 위해서는 무엇보다도 그 상처의 본질과 현상에 대한 통찰이 중요하다. 그렇다면 시인은 자신의 내면에 자리하고 있는 상처에 대해 어떤 통찰을 보여주고 있는가? 이 물음은 그의 시 전체를 문제 삼을 때 온전히 드러나는 것이지만 그 실마리를 풀어가기 위해서는 상처에 대한 자의식이 강하게 드러나 있는 시들을 중심으로 살펴보는 것이 효과적일 듯하다. 이런 맥락에서 볼 때 「판화」는 주목에 값한다. 시인은

> 하루를 조각하는 일은, 늘
> 서툰 칼질의 연속이다
> 몸의 빈자리마다 또 하루가 문신처럼 채워지고
> 오늘을 종이에 찍는다
> 이제 몸은 먹물로 진해져
> 발자국들은 점점 흔적이 또렷해진다
> 이 자국에는 볕이 들지 않아
> 꽃은 흑백으로 피고 꿀벌이 날지 않는
> 조화의 미술
> 먹물이 마르기 전에 반복해서 종이 위를 구른다
> 조각도가 지난 자리마다 소름처럼 사라지는 오늘
> 나는 익숙하게 방바닥에 엎드려
> 거꾸로 찍힌다, 꾹[61]

이라고 노래하고 있다. 시인의 하루는 몸에 문신처럼 채워지고 찍혀진다. 이러한 현상은 시인뿐만 아니라 하루하루 살아가는 모든 이들에게 나타

61) 최은묵, 「판화」, 『괜찮아』, 푸른사상, 2014, p.29.

나는 하나의 존재론적인 사건이다. 이 사건이 일정한 차이를 드러내기 위해서는 몸에 새겨지는 문신의 방법과 성격이 각각 달라야 한다. 시인의 몸에 채워지고 찍혀지는 문신은 그의 '서툰 칼질의 연속'에 의해 만들어지는 것이다. 자신의 몸에 새겨지는 문신을 '조각'에다 비유하고 있다는 점, 또한 그것이 '서툰 칼질'에 의해 이루어지고 있다는 점 등은 시인의 문신의 방법과 성격을 말해준다.

시인이 자신의 몸에 새겨지는 문신을 조각, 그것도 조각칼을 사용하여 이루어지는 판화에다 비유한 것은 의미심장한 데가 있다. 시인이 조각칼로 서툰 칼질을 통해 조각되는 문신이란 상처투성이에 다름 아니다. 시인은 그것을 '이 자국에는 볕이 들지 않아', '조각도가 지난 자리마다 소름처럼 사라지는 오늘' 등으로 표현하고 있다. 이 표현은 시인의 몸에 새겨지는 문신이 얼마나 깊은 상처를 지니고 있는지를 잘 말해주고 있다. 특히 여기에서 우리가 주목해야 할 것은 문신 혹은 상처를 '볕이 들지 않는 것'으로 인식하고 있다는 사실이다. 이것은 시인이 문신에 은폐되어 있는 무의식과 같은 어두운 차원을 응시하고 있다는 것을 의미한다. 융은 이것을 '그림자'로 명명한 바 있고, 우리의 경우에는 이것을 '그늘'로 규정하여 삶의 윤리는 물론 미의 차원으로까지 그 의미를 확장하고 있다. 그림자와 그늘은 서로 같으면서 다르지만 그림자에 비해 그늘은 그 거느리고 있는 세계가 훨씬 넓고 크다. 그늘은 그림자와는 달리 그것은 어느 한쪽을 배제하거나 소외시키지 않고 다른 한쪽까지도 포괄하는 그런 세계이다. 이런 점에서 그림자가 아니라 그늘의 차원에서 상처에 접근하는 것이 어떤 세계를 온전히 드러내는 보다 좋은 방법이 될 수 있다.

시인이 말하고 있는 볕이 들지 않는 그늘의 세계는 그의 시 곳곳에 내재해 있다. 이 그늘은 시인의 눈을 통해 한순간 드러나는 것이라기보다는 몸을 통한 오랜 감각과 인식의 과정을 거쳐 발견되는 것이라고 할 수 있다. 우리가 흔히 그늘을 말할 때 판소리의 예를 자주 드는 이유가 바로 여기에 있다. 판소리에서의 그늘이란 신산고초의 과정을 몸으로 체험한 자만이 가질 수 있는 세계를 말한다. 판소리에서의 그늘의 탄생 과정에 대응하는 시인의 인식이 「훌훌」에 잘 드러난다. 이 시에서 시인은 '수면의 주름을 익힌 나는 폐선이 되어서야 그늘의 무게를 깨달았으니'라고 고백한다. 수면의 주름, 폐선에 대해 말하고 있지만 누가 보아도 이것은 인간과 세계 혹은 인간과 삶의 메타포에 다름 아니다. 수면의 주름, 다시 말하면 세계의 주름과 그늘의 깊이의 정도는 비례한다. 그늘이 깊어지기 위해서는 수면의 주름을 익혀야 한다. 시인은 그것을 '익혔다'고 말한다. 그 익힘의 결과가 '폐선'이고, 그것은 곧 '그늘의 무게의 깨달음'을 의미한다.

그늘의 무게의 깨달음은 그것이 어둠의 영역에 유폐된 것으로서가 아니라 그것으로부터 질적인 도약을 은폐하고 있는 것으로 볼 수 있다. 그늘의 무게와 질적인 도약 사이에는 서로 충돌하는 면이 있다. 하지만 이 충돌은 하강이 아닌 상승의 의미를 지닌다. 그래서 시인은

> 바람은 날기 위해 그림자를 그늘에 둔다
> 그림자에도 무게가 있다
> 바람의 그림자는 낙태된 채 땅에 머문 소리들
> 틈마다 땅으로 묻히기를 거부한 소리들이 저항군처럼 숨어 있다
> 틈은 그늘의 소유다
>
> 담장 밑 틈 그늘에 풀이 돋았다
> 뾰족하게 풀이 돋았다
> 검(劍)처럼 솟은 저 푸른 잎은
> 태양의 검법을 배운다

날선 검을 세운 풀이 그늘을 가르자
틈에 숨은 소리들이 움찔거렸다, 순간
소나기처럼 볕이 다녀갔다[62]

라고 노래하는 것이다. 이 시의 중요한 질료는 '바람'과 '그림자'이다. 얼핏 보면 이 두 질료는 서로 충돌하고 있는 것으로 읽힌다. 바람은 날고자 하고, 그림자는 그것을 방해하는 무게를 지니고 있는 것으로 읽히는 것이 바로 그것이다. 만일 이런 상황에서 바람이 날기 위해서는 그림자를 떼어내야 한다. 하지만 그림자를 어떻게 떼어낼 수 있단 말인가? 그림자를 떼어낸다는 것은 곧 바람을 떼어낸다는 것에 다름 아니다. 그것은 그림자가 바람으로 인해 존재하기 때문이다. 바람이 없으면 그림자도 존재할 수 없는 상황에서 시인이 '바람은 날기 위해 그림자를 그늘에 둔다'고 한 것은 일종의 역설적인 표현이다.

바람이 날기 위해서 필요한 것은 그림자를 떼어내는 것이 아니라 그것을 그늘에 두는 것이라고 시인은 말한다. 시인의 이 말은 바람이 나는 데에 그림자와의 관계가 중요하며, 그 그림자는 그늘의 과정을 거쳐야 한다는 것을 의미한다. 그늘은 그림자의 무게를 가볍게 하여 결국에는 날개로의 질적 변화를 가능하게 해주는 삶의 원리이면서 동시에 미적 원리이다. 그림자의 무거움에서 바람의 날개로의 질적 변화가 가능한 데에는 그늘에 '틈'이 존재하기 때문이다. 틈은 '풀이 돋았다'에서 알 수 있듯이 그것은 하나의 생명이며, 이 생명이 그늘을 형성하는 것이다. 이 틈을 통한 생명의 그늘이 '볕'을 가능하게 하여 어두운 그림자의 무게는 밝은 바람의 세계로 바뀌게 된다. 그림자가 바람을 불러일으키듯이 그늘이 우주를 바꾸는 것이다.

62) 최은묵, 「틈, 바람의 그림자」, 위의 책, p.82.

「틈, 바람의 그림자」가 드러내는 원리는 상극과 상생을 통한 변화와 순환의 세계이다. 그늘의 세계에 존재하는 틈과 이 틈을 통해 이루어지는 모순과 역설을 포괄하는 변화와 생성의 원리는 그의 시적 상상의 토대라고 할 수 있다. 이런 사유 체계를 지닌 시인이기에 '늘 아래로만 날아도 그 아래가 두렵지 않은 것'이다. 그늘의 원리 하에서는 하강과 상승이 분리되어 있지 않을 뿐만 아니라 서로의 바탕이 되어주기 때문에 '늘 아래로만 날아도 마지막에는 솟구침이 있다'(「종이비행기」)는 믿음을 지닐 수 있는 것 아닐까?) 이것은 마치 '추락하는 것은 날개가 있다'는 명제를 연상시킨다. 그늘이 드러내는 이러한 원리는 어느 한쪽으로의 치우침이 없이 세계에 대한 평형을 유지하려는 태도에서 비롯된 것이라고 할 수 있다. 하지만 그늘의 세계는 그냥 주어지는 것은 아니다. 여기에는 무의식의 어두운 그림자의 세계를 벗어나려는 주체의 열정과 의지가 전제되어야 한다.

시 속에 드러난 주체의 이러한 열정과 의지를 잘 보여주고 있는 작품 중의 하나가 바로 「이주」이다. 그늘에서 중요한 것이 질적 도약이라면 이 시에서의 그것은 몸으로 나타난다. 시인의 몸의 질적 도약은 '알'에서 '날개'로의 변화를 의미한다. 시인이 가장 두려워하는 것은 알에서 날개로의 질적 도약이 이루어지지 않은 채 알의 상태에 머물러 있는 것이다. 시인의 불안은 '낯선 사람들이 부화의 기미가 보이지 않는 알을 깨트려 요리할 충동을 품으려 하자 황급히 자신의 방문을 잠근 채 알을 품고 잠드는 모습'에서 잘 드러난다. 부화의 기미가 보이지 않는 알은 아직 그늘이 드리워지지 않았다는 것을 말해준다. 그늘이 드리워지기 위해서는 '시인의 몸을 가르고 어린 날개가 깃을 내밀어야' 한다. 알 속에 갇힌 몸이 그것을 깨고 날개의 깃으로 질적인 도약을 함으로써 하나의 세계(우주)를 획득하게 되는 것이다. 그늘이 우주를 바꾼다는 말의 의미가 바로 여기에 있다.

그러나 「이주」의 경우와는 달리 질적 도약이 이루어지지 않는다면 그것은 생명이 아니라 죽음에 가까운 세계를 드러낼 수밖에 없다. 만일, 알을 깨트리지 못한 채 그 속에 갇혀 있게 되거나 물길을 트지 못해 말라버린 우물 속에 유폐되어 있게 되면 그 알과 우물은 대부분 '무덤의 통로'(「나는 옆방사람이었다」)가 될 것이다. 알과 날개, 우물과 물길을 통해 알 수 있듯이 시인은 전자에서 후자로의 질적 도약을 강하게 희구하며, 자신의 시 세계의 궁극이 여기에 있다는 것을 알고 있었던 것이다. 그늘에서의 질적 도약의 문제는 시인 자신을 넘어 타인을 향할 때도 있다. 「둥지」에서 시인의 시적 대상은 '누나'를 향해 있다. 시인이 누나를 통해 드러내려고 하는 것은 그녀의 이면에 숨겨져 있는 '날개(깃털)'이다. 시인은 비록 누나가 '지하카페 둥지'에서 밤마다 일하지만 그녀에게 날개가 숨겨져 있다고 굳게 믿는다. 자신이 그 날개를 보지 못하는 것은 그녀가 '날개를 펼치지 않았기' 때문이라고 생각한다. 시인의 이러한 믿음은 그녀가 카페 둥지에 갈 때마다 갈아 신는 '운동화에 깃털이 달라붙어 있다'는 의식으로 이어지고, 그것이 분명 '누나의 날개에서 떨어진 것'이라고 확신하기에 이른다.

시인의 이러한 태도는 인간과 사물 등 세계 내에 존재하는 대상들이 그늘의 원리를 그 안에 은폐하고 있다는 것을 드러내려고 한 데서 비롯된 것이라고 할 수 있다. 이 말은 곧 삶 혹은 세계의 진정성이 그늘을 통해 드러난다는 것을 시인이 자각하고 있었다는 것을 의미한다. 그늘이 내포한 오랜 신산고초의 과정(삭임, 시김새) 속에 은폐된 삶 혹은 세계의 진정성의 모습이야말로 시인이 추구하는 시의 미적 원리의 현현이며 시인은 그것을 간절하게 확인하고 싶었던 것이다. 이때 신산고초의 과정에서 더 중요한 것은 눈에 보이는 세계가 아니라 눈에 보이지 않는 세계이다. 눈에 보이지 않게 내면화되어 있는 삶 혹은 세계의 진실은 '산은 가려진 멍울이 모여 높이를 이루었다'(「손」)고 고백하는 대목 같은 데서 잘 드러나듯이 그것은 가려진 멍울과 그것을 어떻게 삭이고 풀어내느냐 하는 문제를 포괄하고 있다. 얼마나 멍울을 잘 삭이고 풀어내느냐에 따라 그것은 '두께가 없는 그림자'(「하프타임」)가 되기도 하고, 시간의 냄새로 채워진 '주름'(「아버지의 냄새」)이 되기도 한다.

주름진 시간의 굴곡 속에 놓인 존재는 「골목길」의 '우산집 할아버지'나 「모래무덤에는 등대가 있다」의 '삼촌'처럼 어둠 속에 있어도 밝은 빛을 낸다.

> 등대지기 삼촌은
> 테트라포드를 고래 꼬리라고 불렀다
> 그물 감는 롤러 줄에 꼬리가 잘린 삼촌은
> 더 이상 고깃배를 타지 못했다
> 삼촌의 꼬리는
> 지금쯤 바다 어디를 헤엄치고 있는지,
> 몸통 잃은 꼬리 서로 엉킨
> 고래 무덤 위 등대에
> 불이 켜지면
> 잃어버린 꼬리를 찾으러
> 몸통으로 방파제 주위를 헤엄치는
> 고래 한 마리
> 밤새 물 뿜어낸 등에서
> 절뚝절뚝, 한 짐 바다를 내려놓고
> 마음대로 퍼덕이지 못하는 인조 다리에
> 고래 무덤에서 건져 올린
> 꼬리를 하나씩 맞춰본다
> 어두워지면 다시 등대에 오를
> 고래 삼촌,
> 삼촌의 등대 아래에는
> 고래 무덤이 있다[63)]

시인이 형상화하고 있는 시적 대상인 삼촌은 '외상'이 깊은 존재이다. 시인은 그것을 '꼬리가 잘린 것'으로 표현하고 있다. 꼬리의 기능이 움직임의 가장 중요한 부분을 표상하고 있다는 점을 상기한다면 삼촌의 외상은 죽음의 어두운 그림자를 드리우고 있다고 할 수 있다. 이것은 삼촌이 놓인 상황이 어둠의 부정성을 강하게 지니고 있다는 것을 말해준다. 만일 삼촌이 이 어둠의 상황에서 밝음의 상황을 향해 질적 변화 내지 도약을 시도하지 않은 채 여기에 머물러 있다고 한다면 삭임이나 시김새와 같은 과정은 발생하지 않을 것이고, 이렇게 되면 삼촌의 삶은 퇴영적인 차원에서 진취적이고 우호적인 차원으로의 질적 변화는 이루어지지 않을 것이다. 하지만 이 시에 드러난 삼촌의 모습은 퇴영적인 것과는 거리가 멀다. 그는 자신의 외상으로부터 벗어나려는 강한 집념을 드러낸다. '잃어버린 꼬리를 찾으러 몸통으로 방파제 주위를 헤엄치는 고래'와 '마음대로 퍼덕이지 못하는 인조다리에 고래무덤에서 건져 올린 꼬리를 하나씩 맞춰보는 모습'이 표상하는 것은 자신의 상처를 외면하지 않고 그 속으로 들어가 그것이 환기하는 환상을 충분히 즐기면서 질적인 도약을 겨냥하고 있는 것이라고 할 수 있다.

삼촌의 질적인 도약은 '고래무덤'에서 '등대'로 혹은 '등대'에서 '고래무덤'으로의 이동을 의미한다. 삼촌은 어둠, 죽음의 차원에 유폐되어 있는 것이 아니라 그것으로부터 벗어나 밝음과 생명의 차원(혹은 그 역의 차원)으로 자유롭게 넘나들 수 있는 그늘의 속성을 지닌 존재가 된 것이다. 삼촌이 심각한 외상을 당했음에도 불구하고 자신에게 상처를 입힌 바다를 밝히는 등대지기가 되어 살아가는 이러한 일련의 과정이야말로 삭임과 시김새의 그것이 아니고 무엇이겠는가? 그가 자신에게 상처를 입힌 바다에

63) 최은묵, 「고래무덤에는 등대가 있다」, 위의 책, pp.86~87.

복수하려는 일념에 사로잡혀 살아간다면 그 한을 온전히 풀어내고 어르고 삭이는 그런 과정은 일어날 수 없다. 원한의 감정에 사로잡혀 있으면 그 감정을 비울 수가 없어서 다른 차원으로의 질적인 변화나 도약은 일어나지 않는다. 질적인 변화나 도약이 일어나기 위해서는 버릴 줄도 알아야 한다. 이렇게 되면 '비워야 갈 수 있는 높이가 있다는 것'(「명」)을 알게 되고, 또 '파가 머리에 흰 꽃을 피우기 위해서는 속을 비워내야 한다는 것'(「파꽃」)도 알게 되며, '오래된 소리들을 다 비워내야 새로운 이야기로 층층이 굳어진다는 것'(「땅의 문」)도 알게 된다.

무엇인가를 버릴 때 새로운 것이 생길 수 있다는 생각은 그늘을 이루는 중요한 원리이다. 시인이 자신의 시적 원리를 여기에 두고 그것을 향해 밀고 나간다면 삶의 진정성은 물론 미의 진정성 또한 확보할 수 있을 것이다. 그늘의 원리를 포스트모던 시대다 기술복제 시대다 하여 이미 한물간 구시대의 유물로 치부해버리고 있는 상황에서 그것을 내세운다는 것이 시대착오적인 것이라고 생각할지도 모른다. 하지만 조금만 달리 생각해 보면 이것이 얼마나 단순하고 무지한 것인지 알 수 있다. 우리가 살고 있는 '지금, 여기'가 오랜 숙성의 시간과 깊이와는 다른 삶의 양상을 보여주고 있는 시대이기 때문에 오히려 그늘의 원리가 필요할 수도 있다는 생각이 바로 그것이다. 최근 숭고의 원리가 새롭게 조명되고 부상하는 이유도 이와 다르지 않다. 더욱이 현대 예술 중에 시라는 장르의 역할은 이 타락하고 세속화된 시대에 신성하고 숭고한 세계의 존재성을 끊임없이 환기하고 또 암시하는 것이라고 본다. 이런 점에서 최은묵 시인이 보여준 그늘의 세계에 대한 탐색은 주목에 값한다고 할 수 있다.

그중에서도 그늘의 세계에 들어서기 위한 몇몇 원리들은 시인이 두고두고 곱씹어야 할 중요한 덕목이다. '시에 그늘이 있어야 한다'는 것이 시인의 시쓰기의 궁극적인 목적이라면 여기에 이르는 길에는 그늘의 원리가 말해주듯이 세계 속에서 맺힌 응어리를 어르고 삭이고 풀어내는 과정에서의 진정성이 전제되어야 한다. 시인의 시 세계가 너무 얕고 투명한 경우에는 깊은 소리를 낼 수 없다. 이에 반해 그것이 오랜 시간 어르고 삭이고 풀어내면서 온갖 신산고초를 경험한 경우에는 깊은 소리를 낼 수 있다. 시인의 시의 궁극적인 목적이 여기에 있다면 그 깊이를 확보하는 데에 좀 더 많은 관심과 정성을 기울여야 할 필요가 있다. 시인의 시쓰기의 한 원리로 그늘이 드러나는 것은 사실이지만 그것이 얼마나 깊이를 확보하고 있는 지에 대해서는 끊임없는 성찰과 반성이 뒤따라야 한다. 시인은 시 속에서 그것이 의식적이든 아니면 무의식적이든 이러한 그늘의 원리에 대해 말하고 있다. 이미 그것에 대해서는 앞서 많은 언급을 한 바가 있다.

그러나 그늘에 이르기 위한 시인의 공부는 아무리 강조해도 과한 것이 아니다. 이것은 그만큼 그늘에 이르는 길이 쉽지 않다는 것을 말해준다. 소리꾼에게 최고의 찬사가 '당신의 소리에는 그늘이 있어'라는 말이듯이 시인에게 최고의 찬사는 '당신의 시에는 그늘이 있어'라는 말이라고 할 수 있다. 시인의 시의 중요한 질료 중의 하나인 '새'와 '날개'는 자주 이 그늘의 깊이를 재는 척도로 사용된다. 시인에게 새와 날개는 상승만이 아니라 하강 혹은 추락의 의미로 드러난다. 시인이 강조하는 것은 '하강 혹은 추락을 통한 상승'이다. 시인의 논리대로라면 하강하고 추락하면 할수록 더 상승하고 또 비상하게 된다는 것이다. 이 반대일치라는 역설의 원리는 서로 상대되는 것을 배제하거나 소외시키는 것이 아니라 그것을 포용하고 융화하는 우리의 독특한 사유체계(사상이나 철학체계)와 밀접한 관계를 가진다고 할 수 있다. 시인은 '새들의 발자국을 바닥까지 데려가려면 더욱 젖어야 한다'고 말한다. 이것을 위해 시인은 새의 '날개를 떼어'낸다. 시인이 이렇게 하는 의도는 분명하다. 그것은 '깊게 젖어야 깊이를 알 수 있는 세상'(「물의 깊이를 재는 법」)으로 갈 수 있기 때문이다. 날개를 떼인 새가 추락하여 깊게 젖어야 그만큼 상처도 클 것이고, 이렇게 되면 그것을 치유하기 위해 맺고 어르고 삭이고 푸는 과정이 이어져야 한다. 이와 관련하여 시인은 이렇게 고백한다. '오래된 통증은 새와 내가 원래 한 몸이었다는 심장의 울림'(「그림자 새」)이라고. 시인의 고백에는 진정성이 느껴진다. 이것은 새의 그림자가 나(혹은 나의 그림자가 새)라는 눈에 보이는 단순한 사실을 넘어 새와 나 사이에 눈에 보이지 않는, 오래된 통증만을 통해서만이 알 수 있는 그늘의 세계로 존재한다는 것을 말해준다. 그늘의 깊이 혹은 시의 깊이는 바로 여기에서 비롯된다고 할 수 있다.

마고의 감성과 그늘의 발견
– 강영은의 『마고의 항아리』

1. 마고 혹은 귀거래의 형식

강영은의 시에는 '귀거래'에 대한 모티프가 내재해 있다. 귀거래의 의미를 상기한다면 이 모티프는 '고향으로의 돌아옴'이라는 시적 배경을 거느리고 있다는 것을 알 수 있다. 우리 인간에게 고향으로의 돌아옴은 귀소본능이나 회귀본능의 하나인 것이다. 이런 점에서 귀거래는 지극히 자연스러운 인간 행위인 동시에 그 안에 인간 원형을 지니고 있는 행위라고 할 수 있다. 하지만 인간은 귀거래의 행위를 본능적으로 몸에 지니고 있지만 그것을 의식의 표층으로 끄집어내어 그것에 대해 일정한 인식과 태도를 드러내는 경우는 드물다. 귀거래의 징후가 하나의 징후로 드러났을 때에는 이미 인간의 이성 능력이 그것을 통제하기 힘들 정도로 귀소본능의 지배를 강하게 받고 있다는 것을 의미한다.

시인의 귀거래 역시 이와 다르지 않다. 시인으로 하여금 귀거래라는 본능에 충실하도록 한 것은 아이러니하게도 이성을 기반으로 작동하는 문명(서울)에 의해서이다. 문명의 타부로서의 자신의 귀거래를 시인은 '물 밖으로 나온 밤낙지처럼 눈이 맑아지는 것'(「귀거래」)으로 명명한다. 그렇다면 시인은 왜 '물 밖' 다시 말하면 문명화된 세계(서울)에서 벗어난 세계(제주)에 오면 '눈이 맑아진다'고 한 것일까? 시인의 「귀거래」의 맥락에서 보면 그것은 '비유'의 문제와 관계된다. 문명화된 세계에서의 시인의 삶은 '낡은 비유'의 생산을 가속화시켰고, 그것에 대해 불안을 느낀 시인은 그 세계로부터 벗어난 또 다른 세계를 찾게 된 것이다. 시인이 발견한 또 다른 세계란 끝이나 한도가 없이 '밀물'처럼 '한결같은 문장'을 생산하는 그런 새로운 비유로 넘쳐나는 세계인 것이다. 물결처럼 비유가 낡지 않고 끊임없이 새로운 비유를 생산하는 세계를 시인은 귀거래를 통해 구현하려는 것이다.

시인이 귀거래를 통해 구현하려는 세계는 문명과 대척점에 놓인 세계이다. 이 세계는 문명이 낡은 비유를 생산하기 이전, '바다'와 '산'을 자신이 직접 명명하면 그것이 곧 신선한 비유가 되던 때를 말한다. 우리는 이러한 때를 신화의 시대라고 한다. 시인이 귀거래가 궁극적으로 구현하려는 세계가 이와 다르지 않다는 것을 「마고(麻姑)의 항아리」는 잘 말해준다. 마고는 창조의 여신으로 그녀가 움직이는 대로 산, 강, 바다, 섬, 성 등이 만들어졌다는 전설이 전해질 정도로 무한한 생산성을 지닌 존재이다. 마고 이야기는 전국에 산재해 있지만 제주도의 그것은 남다른 데가 있다. 제주도의 마고는 '한라산을 베고 누워 한 다리는 동해에 두고 손으로 땅을 훑어 산과 강을 만들었다'고 전해져 오는데 섬이라는 지리적 여건으로 인해 그 신화성이 생생하게 살아 있다는 강점이 있다. 제주도는 수많은 신들이 살아 있는 우리 신화의 보고이면서 실존의 장이라고 할 수 있다. 시인의 귀거래가 이런 장에서 이루어진다는 것은 마고 신화에 대한 지각의 확장과 이로 인한 시적 비유의 지평을 확장할 수 있다는 점에서 의의가 크다. 이와 관련하여 시인은 귀신이 발목을 잡아당긴다는 백록담에서 마고의 항아리를 본다 물이 출렁거리는 솥단지, 수천수만 개의 별빛이 쏟아져도 고인 물이 무쇠처럼 뜨거워지지 않는 연유가 벌써 내 속에 들어온다 귀를 열면 청적색(淸笛色)의 바람, 맑은 피리 같은 바람 하나 들고 등에 지고 온 바닷가 마을은 멀다[64)]

라고 이야기함으로써 마고에 대한 나의 체험의 정도를 잘 드러내고 있다. '마고 항아리'의 무한성을 '내 속'으로 감지해 내는 시인의 지각력은 '눈이 맑아지'고 '귀가 열린' 데서 비롯된 것이라고 할 수 있다. 마고의 신화가 살아 있는 지각장에서 시인의 육체와 정신은 '낡은 비유'와 '혀로 쓰는 붓질'과 '귀가 잣는 소음'으로부터 멀어질 수 있는 것이다. 이런 맥락에서 볼 때 '수천수만 개의 별빛'을 담아내고도 '뜨거워지지 않'을 정도로 마고의 무한한 생산성의 흔적이 깃든 '백록담'은 과거의 신화 속에서 존재하는 대상이 아니라 지금도 시인의 '발목을 잡아당기'는 현재의 신화 속에서 존재하는 대상이다.

현재 속에 과거와 미래의 신화가 살아 숨 쉬는 제주로의 귀거래는 시인으로 하여금 존재 자체에 대한 인식을 규정하는 데 하나의 준거로 작용한다. 가령 시인에게 달은 '사람의 옷을 입은 늑대들이 말라붙은 대지의 젖가슴을 빨 때 떠오르는 존재'(「슈퍼문(super moon)」에서처럼 그것은 원시성과 야수성이 살아있는 생명으로 인식되기도 하고, 꽃은 '향기로만 뜻을 전하는 침묵의 크기를 드러내는 존재'(「수석유화(瘦石幽花)」로 인식되기도 하며, 나무는 '존재에 닿는 지면이 같은 것'(「석간(夕刊)」으로 인식되기도 한다. '달', '꽃', '나무'와 같은 존재들에 대한 시인의 이러한 인식이 드러내고 있는 것은 눈에 보이는 차원 이면에 은폐되어 있는 눈에 보이지 않는 차원에 대한 탐색이다. 눈에 보이지 않는 차원에는 우리의 이성으로 온전

64) 강영은, 「마고(麻姑)의 항아리」, 『마고의 항아리』, 현대시학, 2015, p.99.

히 해명할 수 없는 신비하고 낯선 세계가 은폐되어 있는 것이다.

이러한 인식은 시인으로 하여금 존재에 대한 숨김과 드러냄의 이중적이고 중층적인 태도를 지니게 한다. 이것은 결국 시의 미학적인 형식으로 이어지기에 이른다. 시인은 '휘종의 화가들'을 통해 자신의 이러한 미학관을 드러낸다. 휘종의 화가들은 '산 속에 숨은 절을 읊기 위하여 산 아래 물 긷는 중을 그려 절을 그리지 않았'고, '꽃밭을 달리는 말을 그릴 때에는 말발굽에 나비를 그리고 꽃을 그리지 않았다'(「묵매(墨梅)」)고 한다. '중'이 '절'을 대신하고, '나비'가 '꽃'을 대신하는 시인의 시적 대상에 대한 태도는 자신의 귀거래행이 겨냥하고 있는 낡은 비유로부터의 탈각과 무관하지 않다. 낡은 비유는 눈에 보이는 것을 개념화하고 절대화하는 과정에서 생겨나는 것으로 여기에는 어떤 사물이나 대상을 새롭게 인식하고 또 낯설게 인식하려는 그 가능성이나 가능태에 대한 여지가 부재할 수밖에 없다. 시인의 귀거래, 다시 말하면 시인의 제주 마고에 대한 탈은폐 전략은 낡은 비유를 탈각한 새롭고 낯선 미적 형식에 대한 발견을 전제하고 있다는 점에서 주목에 값한다.

2. 주름과 그늘의 깊이

시인의 귀거래가 궁극적으로 도달해야 할 지점은 시 형식의 미적 견고함이다. 이 견고함은 단순한 시간의 흐름이 해결해 줄 수 있는 문제는 아니며, 여기에는 시인 자신의 미적 수련과 단련이라는 시간이 전제되어야 한다. 오랜 미적 수련과 단련을 견딘 시간을 은폐하고 있는 사물이나 대상은 그것이 미든 추든 상관없이 매력을 발산하기에 이른다. 시간이 하나의 미적 원리로 작동하는 것이다. 시간과 미의 문제는 시의 행간에 잘 드러나 있으며, 특히 '돌', '물', '나무' 등의 질료를 통해 구체화되고 있다. 돌은 '괴석'이나 '절벽', '모래'로 변주되면서 오랜 시간 속에서 드러나는 미감을 형상화하는 데 이용되고 있고, 물은 주로 '흘러감'이라는 운동성의 이미지로 드러나는 미감을 형상화하는 데 이용되고 있다. 돌과 물은 비록 차이는 있지만 시간이 지나면서 점점 닳아 없어지는 소멸의 이미지를 강하게 드러낸다고 할 수 있다. 돌이 모래가 된다든가 한번 흘러간 물은 다시 오지 않는다든가 하는 의미는 모두 이러한 소멸의 이미지를 강하게 환기한다고 볼 수 있다.

그러나 나무라는 질료는 이들과는 차이가 있다. 우선 나무는 소멸보다는 생성의 이미지를 더 강하게 환기한다. 비록 나무도 시간이 흐르면 늙어 '고사목'이 되지만 오랜 시간 동안 점차 성장하면서 잎과 열매를 풍성하게 제공한다는 점에서 소멸보다는 생성의 이미지를 강하게 환기한다고 볼 수 있다. 또한 나무는 한 자리에서 뿌리를 내리고 여기에서 성장과 소멸을 맞이하는 정적인 가시성의 존재이다. 하지만 이것은 우리가 나무의 눈에 보이는 차원만을 인식한 데서 온 결과이다. 기실 나무의 진면목은 우리 눈에 보이지 않는 차원에 있다. 지상의 아래로 뻗어 있는 뿌리가 물과 양분을 얻기 위해 벌이는 치열한 운동의 과정이라든가 계절에 따라 잎을 틔우고, 꽃을 피게 하고, 열매를 맺기 위해 작동하는 일련의 과정은 우리 눈에 보이지 않는 차원에서 일어나고 있는 치열한 실존의 모습이다. 어쩌면 나무는 다른 어떤 질료보다 시간에 대한 반응과 그것과의 긴장을 가장 첨예하게 보여주고 있는 존재인지도 모른다.

그렇다면 나무의 이러한 실존의 모습을 가장 잘 보여주고 있는 것은 무엇일까? 이 물음에 대한 답 속에 시인의 미감이 숨어 있다. 흔히 나무에 대해 그 정적인 존재성에 착안하여 '고독', '과묵함', '자기도취', '황홀' 같은 시니피에로 규정하는 경우가 있다. 이 시니피에들 모두 나무의 존재

성을 드러내는데 더없이 적절한 질료들이지만 시인은 여기에서 한걸음 더 나아간다. 시인은

> 나무의 함성소리를 더듣는 농안
> 땅거미에 도달한 그늘을 다시 읽는다
> 왜군의 피를 먹고 자랐다는
> 배롱나무여, 바람은 피 같은 꽃송이를 데려갔으나
> 그늘 한 뼘 데려가지 못 하였구나
> 나무를 키운 것은 그늘이라고, 상산관에 든
> 오늘은 나도 매미다
> 기록된 문서를 필사하는 매미 소리
> 한 뼘 더 넓어진다65)

라고 말한다. 시인이 '상산관 배롱나무'를 통해 발견한 것은 '그늘'이다. '나무를 키운 것은 그늘'이라는 시인의 말은 나무의 존재성을 그늘로 읽어 내고 있다는 것에 다름 아니다. 나무의 존재성에 대한 시인의 이러한 인식은 견고해 보인다. 나무의 존재를 그늘로 보는 것은 그것을 꽃이나 열매 혹은 잎으로 보는 것과는 그 견고함의 차원에서 차이가 있다. 시인의 말처럼 '나무의 그늘'은 그 누구도 데려갈 수 없을 뿐만 아니라 그 무엇으로도 어떻게 할 수 없다. 그늘은 나무의 존재성 그 자체이며, 시간의 흐름에 따라 그것은 더 크고 넓게 세계를 포용한다. 나무가 그늘을 드리우는 그만큼 세계의 존재 지평은 열리게 된다. 이런 점에서 그늘의 깊이는 곧 존재의 깊이가 된다.

그늘이 존재를 표상하는 것이라면 모든 존재는 그늘을 지니려는 욕망을 드러내지만 그것의 존재성 정도는 각기 다르다고 할 수 있다. 시인이 겨냥하고 있는 그늘은 넓고 깊은 존재성을 지닌 것으로서의 그늘이다. 그

65) 강영은, 「한 여름의 수평체」, 위의 책, pp.54~55.

것은 다른 존재를 '끝없이 안아줄' 정도로 '황홀한 그늘'(「죽은 돌」)이여야 하고 또 그것은 '몸의 결과 옹이까지 고스란히 보여줄'(「어린 아두(阿頭)」) 정도로 깊어야 한다. 그렇다면 그늘의 넓이와 깊이는 어떻게 만들어지는 것일까? 이 대목에서 우리는 시간의 문제를 끌고 올 필요가 있다. 시간과 그늘의 관계는 새로운 존재성을 낳는다. 그늘이 깊어지고 넓어지려면 그만큼 시간의 순도 높고 치열한 과정이 전제되어야 한다. 시간이 흐름이나 변화의 시니피에를 은폐하고 있는 존재라는 점을 염두에 둔다면 시간의 순도 높고 치열한 과정이란 '삭힘' 혹은 '시김'의 과정에 다름 아니라고 할 수 있다. 온전히 삭혀지기 위해서는 신산고초의 시간이 요구되며, 이 정도에 따라 그늘의 깊이와 넓이가 결정되는 것이다. 가령 판소리에서 어떤 소리꾼의 소리를 듣고 청중들이 '아 그 사람의 소리에는 그늘이 있어'라고 했다면 여기에는 이러한 신산고초의 시간과 그것을 통해 삶의 온갖 한스러움을 신명으로 초월하고 승화하는 '맺고, 어르고, 푸는' 과정이 내재해 있다는 것을 의미한다.

그늘이 깊으면 반드시 여기에는 삭힘의 시간이 존재한다. 이런 맥락에서 보면 '모래 언덕이 노랗게 익어가고 단내가 난다'(「모과사막」)고 한 시인의 말은 전혀 엉뚱하거나 생경하지 않다. 이 말이 은폐하고 있는 의미는 분명해 보인다. 모래가 돌의 변주 과정의 산물이라면 이 이면에는 오랜 시간의 흐름이 전제되어 있는 것으로 볼 수 있다. 오랜 시간의 흐름이 곧 삭힘의 과정이고 그로 인해 모래 언덕은 익어가고 또 단내가 나는 것이다. 모래 언덕의 존재성이 삭힘을 전제로 한다는 것은 시간의 속성이 카오스적인 차원을 포괄한다는 것을 의미한다. 일정한 혼돈의 과정을 거쳐 코스모스로 나아가는 우주 생성과 소멸의 운동성은 존재 일반의 모습을 해명하는 데 하나의 준거가 된다. 혼돈의 정도가 클수록 존재는 더 견고해지는 법이다. 시인은 '혼돈 속에 익어온 햇살이 씨앗을 내밀'어야 비로소 '코스모스가 완성된다'(「가을의 중력」)고 고백한다.

시인의 고백은 미적 형식으로서의 시의 존재성을 드러낸 것이라고 할 수 있다. 하나의 미적 형식이 완성되기까지 얼마나 많은 수련과 단련의 시간이 필요한 것인지에 대해 시인은 그것을 누구보다도 잘 알고 있다. 시 속의 질료들이 바로 이것을 드러내기 위한 메타포라고 할 수 있다. 시의 질료와 그것이 드러내는 미적 형식과의 관계는 때때로 아포리즘의 형태로 제시되기도 한다.

괴석의 가치는 추할수록 아름답다[66)]

언어는 코스모스를 운반한다[67)]

詩의 정수리를 치받아 온 펜촉은 닳고 닳은 뿔[68)]

물결은 한결같은 문장에 밑줄을 칠 뿐[69)]

돌로 된 줄글이 완성 된다[70)]

이 시들이 제시하는 아포리즘은 모두 시간의 주름을 통해 이루어지는 그늘의 미학으로서의 시를 말한다. '괴석'이 미학의 형식을 얻기 위해서는 추함의 시간이 필요한 것이고, '언어'는 카오스를 통한 코스모스로의 시간이 전제되어야만 탄생하며, 한편의 '시'는 첨예한 긴장과 고도의 정신이 만들어낸 산물이고, '줄글'은 돌의 견고한 존재성에 기반할 때 완성된다는

66) 강영은, 「수석유화(瘦石幽花)」, 위의 책, p.16.
67) 강영은, 「가을의 중력」, 위의 책, p.32.
68) 강영은, 「각축의 재구성」, 위의 책, p.60.
69) 강영은, 「귀거래(歸去來)」, 위의 책, p.102.
70) 강영은, 「퇴고의 형식」, 위의 책, p.115.

시인의 인식은 시의 탄생이 시간과 그늘에 대한 미적 성찰의 과정에서 이루어진다는 것을 의미한다. 단순한 시간의 흐름이 아닌 시인의 시간에 대한 내적 응축으로서의 의미를 발견하고 그 주름진 시간이 깃든 그늘이 어떻게 존재를 결정하고 바꿀 수 있는지를 깊이 있게 성찰하는 일이 중요한 이유가 바로 여기에 있다. 우리는 종종 '그늘이 우주를 바꾼다'는 말을 한다. 하지만 이 말의 진정성을 깨닫는 일은 소리꾼이 득음을 하는 것만큼이나 어렵다.

시인 역시 그것을 잘 알고 있다. 이것은 시인의 시적 대상에 대한 인식 과정에서도 드러난다. 「淸見」에서 시인은 '멍든 몇 번의 계절을 넘기다 보면 슬픔도 희미해져 윤기 나는 이마를 남긴다'고 노래한다. 이 시의 행간에서 읽을 수 있는 것은 시간의 흐름과 그 속에서의 슬픔에 대한 삭힘이다. 슬픔이 한의 정서 속에 머물러 있는 것이 아니라 그것을 넘어 '윤기 나는' 차원으로의 승화까지 아우르는 의미가 이 행간에 제시되어 있다. 하지만 시인이 '청견'이라는 사물에서 발견한 것이 이것만은 아니다. 비록 시인이 청견을 통해 말하려고 한 궁극적인 목적이 슬픔의 삭힘이라고 하지만 시인은 누구보다도 그것이 어렵다는 것을 잘 알고 있다. 그래서 시인은

> 저토록 노랗게 익기까지
> 얼마나 많은 푸른색을 버렸겠니,
> 상처가 꽃이 되고 부스럼 딱지가
> 열매로 자라는 일이 쉬운 일이겠냐[71]

라고 말하고 있는 것이다. 푸른색을 버려야지 노란색을 얻을 수 있다거나 상처와 부스럼 딱지가 자꾸 덧나 그것이 꽃이 되고 열매가 된다는 논리는

71) 강영은, 「淸見」, 위의 책, pp.122~123.

세계의 존재 방식이 역설적이라는 것을 의미한다. 시간의 주름과 그늘의 방식이 어느 하나의 차원만으로 이루어진 것이 아니라 서로 반대되는 차원까지 아우르고 있듯이 이 시에서의 역설 역시 이와 나르지 않다. 청견이라는 저 하나의 사물 속에는 시간의 주름과 그늘의 방식이 은폐되어 있으며 시인은 그것을 발견하는 자라고 할 수 있다. 그런데 문제는 이 발견이 과연 새롭고 낯선 인식을 거느리고 있느냐 하는 데에 있다. 이러한 위험성을 미리 간파한 하이데거는 세계에 은폐된 의미를 탈은폐하는 과정에서 도구적 연관성을 배제할 것을 주문했던 것이다. 어떤 개념화되고 고정화된 관념으로부터 벗어나 존재의 이면에 은폐된 의미를 도구적 연관성 없이 탈은폐한다는 것은 '절벽 끝에 핀 한란 한줄기'(「하현(下弦)」)나 '비가와도 젖지 않는 바다'(「제주, 겨울비」)를 대할 때처럼 긴장되고 막막한 발견 행위일지도 모른다. 절벽과 바다 전체가 그늘이 될 때 그 발견은 이루어질 수 있는 것이다.

3. 보이는 것과 보이지 않는 것

시인의 눈이 맑아진다는 것은 눈에 보이는 것만 잘 본다는 의미가 아니다. 그것의 진정한 의미는 눈에 보이지 않는 것까지도 잘 본다는 데에 있다. 어떤 사물이나 대상 이면에 은폐된 세계는 단순한 감각 너머에 있기 때문에 의식의 지향성이 중요하다. 시적 대상에 대한 시인의 의식의 지향이 세계의 은폐된 의미 속으로 투사될 때 비로소 그것을 탈은폐시킬 수 있는 것이다. 이때 시인의 의식은 개념화되고 관념화된 사유에 의해서 가공되지 않은 직접적인 의식이어야 한다. 이러한 의식은 세계를 열린 눈으로 보게 해 존재 전체에 대한 조감과 인식을 가능하게 한다. 시적 대상에 대한 직접적인 의식의 투사는 시인의 마고성과 그늘에 대한 탐색의 토대가 되어야 한다.

마고의 이미지와 그늘의 발견은 그것이 보이지 않는 차원에서 시인의 의식이 작동할 때 보다 온전히 그 세계를 드러낼 수 있다는 점에서 의식의 체화된 형태인 '살(la chair)'의 존재성에 대한 이해가 요구된다. 몸의 외형적인 감각을 넘어 의식의 깊숙한 곳까지 들여다볼 수 있게 하는 살의 존재성을 자각할 때만이 애매하고 모호하다는 이유로 배제해버린 감성적이고 미적인 차원을 복원할 수 있을 것이다. 이런 점에서 「녹두」에서 보여준 시인의 의식은 주목을 요하는데, 특히 삶과 죽음, 과거와 현재를 넘나들면서 '녹두'에 은폐된 의미를 새롭게 드러내 보려는 시도는 녹두에 대한 온전한 발견의 차원까지는 아니더라도 그 실마리를 제공하고 있다고 볼 수 있다. 녹두의 보임과 보이지 않음의 대비가 시적 화자와 어머니의 존재성을 선명하게 부각시키고 있으며, 시적 화자인 '나'의 '아픈 빛깔에의 투사'는 녹두가 하나의 미적 질료로 존재할 수 있는 어떤 가능성을 보여준다. 「녹두」에서 보여준 이러한 가능성들이 좀 더 중층적인 시적 맥락을 유지한다면 진정한 시적 발견은 이루어지게 될 것이다.

미학의 붉은 깃대와 악공의 프락시스
– 신동옥의 시세계

신동옥은 악공(樂工)으로서의 기질이 농후하다. 악공의 제일 덕목은 세계에 대한 강한 자의식이다. 악공의 자의식은 마치 흘레붙듯이 시 속에서 습생(濕生)한다. 악공의 흘레붙기는 여기저기 혹은 이것저것을 가리지 않는다. 어디 흘레붙기 하는 악공이 가식의 포즈를 취하겠는가? 자신의 필이 끌리는 대로 하거나 아니면 본능이 꼴리는 대로 하면 되는 것 아닌가? 이런 점에서 악공은 '샅이 곪아 죽은 창기(娼妓)'나 '열손이 잘려 죽은 대장장이'(「시나위」)와 다르지 않다. 이들은 하나같이 '샅'과 '열손', 다시 말하면 자신의 몸뚱어리를 악(樂)의 제단에 바친 자들이다. 시인은 이들에게 자신의 악에 대한 강한 자의식을 투사한다.

> 샅이 곪아 죽은 창기(娼妓)가 마지막 노래를 부르러 날아오리니, 찢긴 북을 불탄 피리를 내오라, 열 손이 잘려 죽은 대장장이가 제 손톱을 거두어 오리니, 다시 쇳물에 식칼을 녹이라, 네 새끼 잡아먹은 찬 우물엔 시퍼런 구름이 내려 스미리니, 곡기를 끊으라 배꼽을 전폐하라, 네 입은 네 입이 아니고 네 밑은 네 밑이 아니리니, 내 한마디 한마디에 네 온 핏줄은 양잿물로 들끓을 테다, 행여 더러운 몸이라면 즐겨 흘레붙으라, 내 너희의 접붙은 몹쓸 것들을 들러붙은 그대로 도려내 다디단 술을 담그리니, 자자손손 그 술을 마셔 악업을 씻고 나서야 비로소 너희는 습생(濕生)이다, 내 너희의 온 몸

> 뚱이 넋 껍데기를 뭉치고 다져 묻으리니, 삼라만상을 덮고도 남을 염통 하나 억겁을 거슬러 구천을 건너라, 가라, 지금이라도 늦고, 지금이 아니라도 늦된 버러지들아, 붓대에 붉은 기를 매달고 피바람에 춤추는 서로의 이마에 새기라.[72]

이 시에 드러난 악공의 모습에 섬뜩한 귀기(鬼氣) 혹은 신기(神氣)가 스며들어 있다. 이것은 이미 죽은 창기와 대장장이를 불러내고 있는 대목에서 예견된 바이다. 악공의 귀기와 신기는 창기와 대장장이의 몸을 빌려 그들의 악을 조종하고 싶어 한다. 악공은 이들을 조종해 쇳물에 식칼을 녹이게 하고, 곡기를 끊게 하고 배꼽을 전폐하게 한다. 악공은 이들의 생사권을 쥐고 있다. 악공은 말한다. "네 입은 네 입이 아니고 네 밑은 네 밑이 아니라"고. 이들의 몸뚱이와 넋의 온전한 지배를 통해 악공이 궁극적으로 겨냥하고 있는 것은 무엇인가? 이 물음에 대한 악공의 답은 '붓대에 붉은 기를 매달고 피바람에 춤추는 것'이다.

정말이지 무슨 귀신 씻나락 까먹는 소리인가? 이 말은 '붓대'의 실존적인 현기를 표상한 것이라고 할 수 있다. 붓대란 악공의 제유요, '붉은 기'와 '피바람에 춤'은 그런 글쓰기에 대한 제의를 표상한 것이다. 이런 점에서 본다면 이 장면은 피투성이 된 악공의 적나라한 실존의 모습을 드러낸 것에 다름 아니다. 악공의 피 냄새 나는 춤이란 누구나 한번쯤 욕망하는 악의 프락시스이다. 하지만 이 프락시스는 제의의 신성한 의식의 산물이다. 악의 제단에 신성한 제물로 자신의 몸을 바친다는 것은 귀기와 신기가 깃들어 있지 않으면 불가능하다. 이것은 악공의 프락시스가 귀신 씻나락 까먹는 소리가 되어야 하는 이유인 것이다.

악공은 굿을 하거나 살풀이를 하듯이 악을 연주한다. 이 사실은 악공의 연주가 어떤 정전화되고 인습화된 제도나 틀에 의해 이루어지는 것이 아

72) 신동옥, 「시나위」, 『웃고 춤추고 여름하라』, 문학동네, 2012, p.37.

니라 그것을 넘어선 극도의 자유로운 상태에서 이루어진다는 것을 말해준다. 일체의 구속으로부터 해방되어 스스로의 신명의 율을 연주하는 악공이 만들어내는 악은 이런 점에서 정악(正樂)이 될 수 없다. 그것은 '시나위'가 되어야 한다. 시나위란 정악이 배제한 '더럽고 몹쓸 것들'까지도 흘레붙게 하는 과정을 통해 탄생하는 것이다. 여기에서 우리는 '흘레붙는다'는 말이 지니는 의미를 주목해 볼 필요가 있다. 이 말은 악공의 창조 방식을 암시한다. 그것은 이 말이 지니는 강한 불온성과 관계되며, 그 불온성이야말로 시나위의 세계를 이루는 중요한 속성이라고 할 수 있다. 불온하다는 것은 세계에 순응하거나 예속되는 것을 거부하는 것이다. 여기에는 창조적인 부정정신이 내포되어 있는 것이다. 악공은 그것을 '역접(逆接)'과 '음역(陰易)'을 통해 구체적으로 탐색한다.

악공은

> 저 구름은 언제 또 어떻게 걷으라는 말일까? 혓바늘을 잠재우듯 느꺼운 밀어(密語)가 비강을 간질간질 덥히고 사라지고 덥히고 사라지고 불란서에 날아가 늙는다면 불안하지는 않을 거야 그치? 서로 다짐하던 밤 눈을 감으면 아무 얼굴 꽃잎처럼 말라붙는 표정들 돌처럼 작아지는 어깨들 네가 인간으로 태어나서 나는 기쁘다 열에 한 번은 환할 수도 있지 않아 열에 한 번쯤은? 침을 삼키는 연습을 하고 거울을 보며 웃는 연습도 가끔 한다 걷는 일은 즐겁고 가만 앉아 있는 것도 좋다 늙지만 않는다면 이대로 좋아 딱 이만큼 낱낱의 앤솔로지…… 어디를 접고 어디를 펼치고 어디는 뜯어가도 좋아[73]

에서처럼 역접은 단순한 반대나 부정이 아니라 열린 가능성 그 자체이다. "어디를 접고 어디를 펼치고 어디는 뜯어가도 좋아"가 바로 악공의 '역접'의 논리이다. 어디든 가리지 않고 접고 펼치고 뜯는 행위는 창조자로서의

73) 신동옥, 「역접(逆接)」, 위의 책, p.19.

악공의 거침없는 미적 파토스를 표상한다. 악공에게 미적 준거가 있다면 그것은 끊임없는 생성과 파괴이며, 그것을 통해 악공은 새로운 미지의 세계를 열어 보이는 것이다.

순접(順接)이 아니라 역접(逆接)이기 때문에 악공의 소리는 금기의 어두운 그늘 속에 그것을 은폐시킬 수밖에 없다. 악공의 역의 소리는 비록 은폐되어 있지만 아주 뜨겁고 강렬한 미적 파토스를 내장하고 있는 관계로 언제든지 그 스스로를 드러낼 수 있다. 어떤 금기를 넘어서는 뜨거움이 악공의 역의 소리에 있다는 것은 그것이 동일성이나 총체성 같은 아주 투명하고 합리적인 논리를 거부한다는 것을 의미한다. 금기가 억압적이면 억압적일수록 악공의 흘레붙기는 시 속에서 더욱 무성하게 습생(濕生)한다. 악공은 그것을 '느꺼운 밀어(密語)'라고 명명한다. 느꺼움과 은밀함은 서로 상반된 행동 속성을 지니고 있는 것처럼 보이지만 기실 그것은 삼투 작용을 일으켜 그 경계가 해체되기에 이른다. 이런 점에서 악공의 역접은 역설과 아이러니의 미학에 닿아 있다. 느꺼운 밀어의 묘를 터득한 악공의 미학은 다음 시에서도 잘 드러난다.

악몽을 꾸고 일어나 더듬더듬 찾아 헤매는 문고리
발작을 하거나, 발악을 하거나
망명을 꿈꾸거나, 말라붙거나
길은 마치 깊은 생각에 잠긴 것처럼 기화한다

쓰고는 네 눈길이 스민 하늘 귀퉁이를 네모로 오려 주머니에 넣고 돌아섰다 그러고는 곧장 뒤통수에 사다리를 걸쳤지 개미떼가 속닥속닥 정수리로 기어들었다 한복판에 검은 허방이 펼쳤다 너는 주머니에 손을 넣고 주먹을 오므렸다 폈다 했겠지 사정하고 발버둥 치며 빌었는데도 너는 이 더러운 꿈이 끝나도록 속을 보이지 않았다 우산이끼 그늘에 숨어 새빨간 치마로 벗은 몸을 가리고 온종일 마당을 걸었다 새 한 마리 네가 훔친 엽서를 입에

물고 서쪽으로 날았다 무참한 사랑에는 검열조차 없다 비유가 없는 세상에선 붉은 눈으로 게걸음을 걷는 술꾼들이 진을 치고 있겠지 그래 아름답게 미친 자들이 손 맞잡고 어두운 개미굴로 다투어 들어갔다 나도 예외는 아니어서 널 은유하려고 덤비는 것은 이 더러운 꿈만은 아닐 테다.[74)]

악공이 욕망하는 것은 '너의 속을 보는 것'이다. 하지만 너는 좀처럼 "속을 보이지 않"는다. 너의 속은 "비유가 없는 세상에선" 볼 수가 없다. 이 세상에는 검열이 존재하기 때문이다. 너의 속을 볼 수 있는 세계는 '꿈'밖에 없다. 꿈속에서는 너의 존재가 하나의 은유로 치환되어 드러난다. 이것은 꿈이 언어처럼 구조화되어 있기 때문이다. 하지만 꿈의 세계로의 입사를 위해서는 반드시 어떤 매개가 존재해야 한다. 이 시에서는 그것이 '술'이다. 술은 사람들을 아름답게 미치게 한다. 이렇게 술을 매개로 아름답게 미친 사람들은 "어두운 개미굴", 곧 '꿈속'으로 들어간다.

어두운 개미굴로의 입사는 '음역(陰易)'을 의미한다. 이때의 음역이란 역접과 다른 것이 아니다. 음으로 바뀌어야 양(陽)의 차원에서 드러나지 않는 존재들이 비로소 그 모습을 드러내게 되는 것이다. 음이 있어야 "어디를 접고 어디를 펼치고 어디는 뜯어가"는 미적 프락시스가 가능한 것이다. 이런 차원에서 보면 음이란 그 크기와 깊이를 헤아릴 수 없을 정도로 강력한 기운을 지닌 존재라고 할 수 있다. 음의 기운이 충만하면 꿈 중에서도 '악몽'이 현현하게 되는 것이다. "아름답게 미친 자들이 손 맞잡고 어두운 개미굴로 다투어 들어가"는 이유가 바로 여기에 있다. 악몽은 '발작'과 '발악' 그리고 '망명'과 '말라붙음' 사이를 단번에 기화시킨다.

이러한 악몽의 힘은 곧 음역의 힘이다. 주체와 타자, 동과 정, 생과 사 같은 존재 자체의 경계를 기화시키는 음역의 힘은 감각의 탈영토화를 겨

74) 신동옥, 「음역(陰易)」, 위의 책, p.65.

냥한다. 음역의 힘은 감각의 주체로 하여금 그 대상에 대해 느낄 때마다 거기에 "꽁꽁 묶여서 아무 것도 할 수 없는 지경에 이르"(「시나몬 쟁탈전」)게 한다. 이것은 감각의 주체가 대상을 느끼는 것이 곧 느낌을 당하는 것이 된다는 것을 의미한다. 주체와 대상 사이의 느낌을 통한 감각의 영역의 해체는 미학의 기본이다. 악공은 말한다. "당신이 신비로운 이유는 당신은 당신만의 영역이 아니기 때문"이라고. 이미 당신의 영역 안에는 낯선 대상이 점유하고 있어서 그 속에서 다양한 미학적인 충동이 강렬하게 일어나는 것이다.

그러나 이러한 미학적인 충동은 감각의 주체의 태도에 의해 결정된다. 감각의 주체가 대상에 대해 아무 것도 할 수 없는 지경에 이르기 위해서는 대상의 모든 것을 "나만의 칼끝에 가져와 짓이기"는 행위가 전제되어야 한다. '나만의 칼끝'은 대상을 느끼는 하나의 '극지'이다. 대상을 나만의 칼끝으로 짓이기는 행위는 "어디를 접고 어디를 펼치고 어디는 뜯어가도 좋"다는 행위의 예각화된 실천을 표상한다. 악공의 예각화된 칼끝으로 대상의 은폐된 세계를 드러내는 행위야말로 일급의 미학주의자의 오래된 욕망이다. 스스로를 '악공, 아나키스트'로 명명한 시인의 행위의 이면에는 이러한 은폐된 세계의 탈은폐를 통한 낯설고 강렬한 미학을 추구하려는 뜨거운 욕망이 내재해 있다고 할 수 있다. 악공이여! 미의 아나키스트여! 당신의 욕망이 소통불능의 나르시시즘적 찌꺼기가 되지 않기를, 뜨거움 속에 늘 서늘한 칼끝을 벼리고 있기를.

제 3 부

언어와 내면의 발견

맵고 격한 냉소와 독설의 아름다움[75)]

- 유홍준의 시세계

유홍준의 시는 묘한 매력이 있다. 이 매력은 시인 특유의 언설을 통해 드러난다. 시인이 구사하는 언설은 세상과 일정한 거리를 유지하고 있다. 시인은 세상을 향해 친밀하게 혹은 따뜻하게 다가가는 것이 아니라 어느 정도 삐딱한 태도로 다가간다. 이로 인해 시인과 세상과는 불화를 드러낸다. 이것은 시인이 세상과의 불화를 어떻게 드러내느냐에 따라 시의 성격이 달라진다는 것을 의미한다. 우리시, 특히 서정시의 경우 이 불화의 문제를 너무 나이브하게 이해하는 경향이 있다. 시에서의 서정을 세상과 첨예하게 각을 세우지 않은 채 그것을 성급하게 아우르는 것으로 이해하고 있는 것이 사실이다. 시에서의 서정을 세상과의 불화를 예각적으로 드러냄으로써 여기에서 일정한 긴장을 획득하는 것으로 이해하고 있는 경우 그 시는 나이브한 서정에서 벗어나 어떤 새롭고 강렬한 성격의 서정을 드러내기에 이른다.

유홍준의 시의 매력이 바로 여기에 있다. 그의 시가 다루는 시적 대상이라든가 그것에 자신의 정서를 투사하는 것은 여느 서정시와 다르지 않다.

---

75) 이 글은 졸저 『우리 시대 43인의 시인에 대한 헌사』에 수록된 「이과두주」를 수정·보완하였음을 밝힌다.

하지만 그의 시가 드러내는 시적 효과는 여느 서정시와 차이가 있다. 한 마디로 말하면 그의 시에는 정서적인 임팩트가 존재한다. 여느 서정시를 읽었을 때의 아련함과는 다른 정서적인 강렬함이 그의 시에는 있다. 이것은 세상에 대한 시인의 맵고 격함을 내포한 언설에서 기인한다고 할 수 있다. 일반적으로 시적 대상에 이렇게 격한 정서를 투사하는 경우 그 대상이 은폐하고 있는 세계가 적나라하게 드러나기 때문에 드러남과 숨김 사이의 긴장을 통해 생성되는 미적 효과가 제대로 나타날 수 없다.

그러나 유홍준의 시에서는 맵고 격한 정서가 드러남에도 불구하고 그것이 강력한 미적 효과를 불러일으키고 있다. 가령

희뿌연 산
언덕에는 흰 눈이 내리고요
얼어 죽을까 봐 얼어 죽을까봐
나무들은
서로를 끌어안고요
동치미 국물 동치미 국물을 마시며
슬픈 이과두주 마시는 밤
또 무슨 헛것을 보았는지 저 새카만 개새끼는 짖구요
저 하얀 들판에는 검은 새들이 내리고요
짬뽕국물도 없이
시뻘건
후회도 없이
내리는 눈발 사이로 흘러가는 푸른 달 틈으로
적막하고 나하고 마주 앉아
이과두주 마시는 밤

이 조그만 것에 독한 것을 담아 마시는 밤

이 조그만 것에도 독한 것이 담기는 밤[76)]

을 보면 시인의 격한 정서가 고스란히 드러나 있다. 특히 '얼어 죽을까봐 얼어 죽을까봐'나 '새카만 개새끼는 짖구요'가 그렇다. 이 언설로 인해 이 시는 강한 임팩트를 발산한다. 문면 그대로 보면 시인의 이 언설이 향하는 대상은 '나무들'과 '개새끼'이다. 하지만 그 이면을 들여다보면 그것이 궁극적으로 향하는 대상은 시인 자신이라는 것을 알 수 있다. '나무들'과 '개새끼'를 향한 격한 언설은 시인 자신의 외로움을 드러내기 위한 한 표현이라고 할 수 있다. 시인이 마주 하고 있는 것은 '적막' 뿐이다. 그래서 시인은 그 외로움을 달래기 위해 독한 이과두주를 마신다.

이러한 자신의 처지를 시인은 그 누군가에게 혹은 그 누군가와 함께하고 싶지만 그것이 가능한 상황이 아니다. 시인과 함께하고 있는 것은 '나무들'과 '개새끼'들이며, 이들은 자신과 마주하고 외로움과 고독을 주고받을 수 있는 대상이 아닌 것이다. 시인이 자신과 마주하고 있는 것이 적막뿐이라고 한 이유가 바로 여기에 있다. 시인은 자신의 이러한 외로움과 고독한 처지를 애꿎은 '나무들'과 '개새끼'들을 통해 드러내려 한 것이다. 시인이 아니라 이렇게 '나무들'과 '개새끼'들을 통해 드러냄으로써 적막과 마주 대하고 있는 시인의 외로움과 고독이 더 절실하게 환기되고 있다고 할 수 있다. '나무들'과 '개새끼'들을 통해 자신의 고독을 표현할 수밖에 없는 시인의 처지는 어떤 면에서 보면 침묵 이상이라고 할 수 있다. 자신의 고독을 표현할 길이 없어 침묵을 지키고 있다면, 다시 말하면 적막과 마주하고 있다면 시인이 '나무들'과 '개새끼'들을 향해 '얼어 죽을까봐 얼어 죽을까봐'나 '새카만 개새끼는 짖구요'라고 한 언설은 일종의 역설이라고 할 수 있을 것이다.

적막과 '나무들'과 '개새끼'들의 행위 사이의 역설적인 대비는 시인이 처한 상황을 평면적으로 제시하기보다는 입체적으로 제시함으로써 중층성에서 기인하는 미학적인 효과를 더욱 강렬하게 창출하고 있다고 할 수 있

76) 유홍준, 「이과두주」, 『시인수첩』, 2011년 창간호, p.104.

다. 「이과두주」에서 보여준 이러한 역설적인 대비는 다른 시편에서도 그대로 드러난다. 가령 「십자드라이버에 관한 명상」에서

십자드라이버 속에 예수가 들앉아 있네

십자드라이버의
십자
속에는
예수가 들앉아 머리를 조아리고 있네

세상의 온갖 나사를 풀고 조일 때마다
예수는 세상 깊숙이 제 머리를 박고 뱅글뱅글 돈다네[77)]

나 「뜰에는 반짝이는 금 모래빛」에서

하염없이
이 도시를 벗어나려는 차들과
기어이 이 도시로 들어오려는 차들이 교차하는
석양 무렵의 개양오거리에서
그가 흘린 죽음의, 그가 흘린
주검의
액체 위에

누군가 홱 뿌려놓고 간

누군가 홱 뿌려놓고 간 *뜰에는 반짝이는 금 모래빛* 모래 두어 삽[78)]

을 보면 역설적인 대비가 시적 상상의 중심축을 이루고 있다. 「십자드라이버에 관한 명상」에서는 그것이 예수를 통해 이루어지고 있다. 이 시에서의

77) 유홍준, 「십자드라이버에 관한 명상」, 위의 책, p.105.
78) 유홍준, 「뜰에는 반짝이는 금 모래빛」, 위의 책, p.106.

예수의 존재는 '십자드라이버'로 비유되고 있다. 십자드라이버로 나사를 풀고 조이듯 예수는 세상의 온갖 일을 풀고 조이는 존재라는 것이 바로 그것이다. 여기에서의 십자드라이버는 예수가 짊어졌던 십자가를 환기한다고 할 수 있다. 나사를 풀고 조이듯 예수가 세상의 온갖 일을 풀고 조일 때마다 뒤따르는 것은 그의 희생이다. 예수의 희생으로 인해 세상의 온갖 일들이 해결된다는 것은 죽음을 통해 삶을 일궈내는 역설의 의미를 지닌다고 할 수 있다. 삶과 죽음의 역설적인 대비는 「뜰에는 반짝이는 금모래빛」에서도 드러난다. 하지만 여기에서의 삶과 죽음의 의미는 「십자드라이버에 관한 명상」과는 차이가 있다. 여기에서의 죽음은 숭고한 희생이 아니다. 다른 사람을 위해 십자가를 진 예수의 숭고한 희생과는 달리 이 시에서의 주검은 자발적인 것이 아니라 타의에 의해 저질러진 억울하고 한 서린 것이다. 시인은 이 주검의 비정함을 역설적으로 표현하고 있다. 시인은 이 주검 위에 누군가 뿌려 놓고 간 모래를 '뜰에는 반짝이는 금 모래빛'이라고 노래하고 있다.

누구에게나 익숙한 이 대목의 의미는 이상향에 대한 동경이다. 하지만 「뜰에는 반짝이는 금 모래빛」에서는 이러한 이상향에 대한 순수한 갈망은 사라지고 끔찍하고 비참한 상황만이 그것을 대신하고 있다. 광기에 사로잡힌 속도와 문명의 비정함이 지배하는 도시에서의 소외된 주검에 대해 그것을 '반짝이는 금 모래빛'으로 표현하고 있는 시인의 시적 태도는 분명 역설적이라고 할 수 있다. 시인의 이러한 역설은 한 주검이 처해 있는 비극적인 상황을 더 예각화하고 있다고 할 수 있다. 한 생명의 주검 위에 두어 삽의 모래를 뿌려놓는 것에 대해 시인은 냉소하고 있는 것이다. 시인의 냉소는 대상과의 거리두기로 볼 수 있지만 그것은 단순한 빈정거림이 아닌 반생명적인 현대문명사회에 대한 비판을 지니고 있다는 점에서 여기에는 대상에 대한 참여적인 열망이 존재한다고 할 수 있다.

시인의 이러한 태도는 시적 대상에 대한 관심과 애정이 전제되어야 가능한 일이다. 가령 「小邑을 추억함」이나 「동네 한 바퀴」도 마찬가지이다.

그해 봄날, 나와 함께
차에 치여 죽은 개를 뜯어 먹던 사내들은
안녕하신가
혹시나
차에 치인 개처럼
절뚝거리거나 신음 소리를 내뱉는 아이들을 낳진 않았는가
아직도 그때처럼 아내들을 패 닦으며 살진 않는가

영업 끝난 동부이발관에서
포르노 테잎을 돌려 보던 사내들이여

아직도 살아서
개처럼
이 마을 저 마을 떠돌고 있진 않는가
오늘도 개평 뜯어 막걸리 한 잔 허한 목구멍에 던져 넣으며
왕소금 몇 알로 서러운 몸뚱어리 염장을 하며 살고 있진 않는가
그렇게 밥 대신 막걸리로 배를 채우며 살고 있진 않는가[79)]

동네 한 바퀴를 돌고 나면
우린 모두 짐승 우린 모두 동물
털 하나도 없이
깨끗이
손질한 족발을 먹고
머리도 없고 발목도 없이 누워 있는 통닭을 먹어요
그러고 나면 누구라도 다 짐승 누구라도 다 동물
학원을 다녀오는 아이들은 가방을 멘 꼬마 동물이 되고
퇴근을 하는 어른들은 어깨 축 늘어져 힘 빠진 털 짐승이 돼요

79) 유홍준, 「小邑을 추억함」, 위의 책, p.107.

헐렁한 추리닝 입고 삐딱한 야구모자 쓰고
어슬렁 어슬렁 동네 한 바퀴 돌고 나면
나는 이 익숙한 동네에서 가장 비루한 짐승 가장 나약한 짐승
고기를 굽고 고기를 뒤집는 저 식당 안을 보아요
나를 닮은 저 짐승들의
이상한 식사 광경,
피자를 싣고 통닭을 싣고 달려가는 저 오토바이는 늘 과속이에요
핫바를 물고 가는 저 어린 짐승들도 다 알아요
어차피 우리는 동물 어차피 우리는 짐승
매일매일 동물성을 섭취하지 않으면 살아남을 수 없다는 거
동네 한 바퀴를 돌고 나면[80)]

시인이 노래하고 있는 '사내들'과 '우리'는 부정적인 존재로 드러난다. 사내들의 천박함과 우리의 동물스러움은 시인에게 냉소의 대상이면서 동시에 연민의 대상이다. 시인에게 '차에 치여 죽은 개를 뜯어먹고, 아내를 패 닦으며, 포르노테이프를 돌려보는 사내들'이란 그 천박함으로 인해 멀리하고 싶은 존재들이다. 하지만 이들은 또한, 가진 건 몸뚱어리밖에 없고 늘 삶의 허기에 시달린다는 점에서 시인에게 연민의 대상이기도 하다. 멀리하고 싶지만 늘 가까이 있을 수밖에 없는 이러한 존재론적인 역설의 상황에 놓여 있기 때문에 시인의 언설은 늘 이중적인 구도에서 기인하는 긴장과 매혹이 존재한다. '개'라는 언설을 통해 멀리 내쳤다가 '서러운 몸뚱어리'라는 언설을 통해 다시 가까이 불러들이는 시인의 역설적인 태도는 자신의 삶은 물론 타인의 삶에 대한 기본적인 이해가 그 밑바탕에 깔려 있는 것으로 볼 수 있다.

「동네 한 바퀴」에서 시인은 나 자신과 우리 모두를 '짐승(동물)'으로 규정한다. 나와 우리 모두를 이렇게 규정한다는 것은 곧 인간을 이성이나

80) 유홍준, 「동네 한 바퀴」, 위의 책, p.109.

합리성을 지닌 존재로 규정하는 것과는 궤를 달리하는 것이라고 할 수 있다. 나와 우리 모두는 '동물성을 섭취하지 않으면 살아남을 수 없는 짐승'에 불과하다는 인식은 시인으로 하여금 인간을 혐오의 대상으로 보게 하면서 동시에 그러한 굴레로부터 자유롭지 못한 존재라는 점에서 인간을 연민의 대상으로 보게 한다. 시인의 인간을 대하는 이러한 양가감정은 시의 흐름을 극단적인 자연주의나 계몽주의로 몰고 갈 위험성을 차단하면서 인간이 그러한 상황에 처할 수밖에 없는 이유나 원인에 대해 상상하게 한다.

유홍준의 시는 맵고 격한 냉소와 독설의 아름다움을 지니고 있다. 특히 시인의 시적 대상에 대한 독특한 언설은 일정한 미적인 효과를 불러일으키고 있는 것이 사실이다. 하지만 아쉬운 것은 시적 대상이 좀 더 구체적이고 그것이 좀 더 확장되었으면 하는 점이다. 이런 점에서 「뜰에는 반짝이는 금모래빛」은 다른 어느 시편보다 주목에 값한다고 할 수 있다. 이 시에서 시인이 드러내고 있는 대상은 단순히 개인의 차원을 넘어 현대 사회 혹은 현대 문명이라는 인류 전반에 대한 차원에 닿아 있다. 한 개인의 주검이 개인 혹은 시인 개인의 정서 차원으로 그치지 않고 그것이 현대 사회 혹은 현대 문명 전반에 대한 의미 차원으로 연결된다는 것은 시인 특유의 냉소와 독설이 누구나 공감할 수 있는 보편성을 획득할 개연성을 지니게 된다는 것을 말해준다. 사실 요즘 이러한 현대 사회나 문명 차원을 진지하게 반영하는 우리시를 만나기가 쉽지 않다. 지금, 여기의 우리 현실이 지니고 있는 의미를 망각한 채 개인의 욕구나 욕망의 도구로 시를 이해하고 해석하는 것이 지금 우리시단의 대체적인 경향이다. 이런 점에서 볼 때 지금, 여기의 우리 현실에 대한 진지한 모색이야말로 점점 왜소해지고 피로감에서 헤어나지 못하고 있는 우리시를 되살릴 수 있는 한 방법이라고 할 수 있다.

모래사원의 내면 혹은 그림자의 언어

– 최금진의 『사랑도 없이 개미귀신』

1. 견고한 불화와 무중력의 역사

최금진의 시는 '읽는다'보다 '들여다본다'는 표현이 더 잘 어울린다. 이 사실은 그의 시에 드리워진 무의식의 그림자 때문이다. 의식의 투명함이 아닌 무의식의 불투명함이 우리로 하여금 그의 시를 좀 더 주의 깊게 들여다보게 한다. 일정한 주의를 기울여 들여다보면 그의 시에 드리워진 어두운 그림자의 정체가 세계와의 불화에서 비롯된 것이라는 점을 알게 된다. 시인과 세계와의 불화는 시의 기본이지만 그의 시에서의 그것은 남다른 데가 있다. 무엇보다도 그의 불화는 여느 시인의 그것과는 다른 구조를 지니고 있다. 이 다른 구조란 바로 '모래시계의 구조'이다. 그에 의해서 명명된 이 모래시계의 구조란 '대칭의 병목'으로 특징지어진 구조를 말한다. 이것은 병목을 기준으로 양쪽 극단에 있던 모래가 현존하면서 부재하는 세계이다. 시인은 이것을 '당신과 나는 양극단에서 만나 증거를 지우기 위해 서로를 매립하는 것'으로 인식하거나 '당신의 얼굴이 사라지고 나면 비로소 내가 한 개의 무덤이 되는 구조'[81]로 인식하고 있다.

모래시계의 이러한 구조는 당신과 나의 관계가 부정적인 징후를 강하게 드러내고 있다는 것을 의미한다. 매립과 무덤이 표상하고 있듯이 둘의 관계는 그것이 어떤 상황에서라도 '누구든 패하는' 그런 관계인 것이다. 또한 그것은 '성기와 등의 관계'나 '유방과 브래지어의 관계'가 말해 주듯이 서로 '핥아 먹을 수 없는' 비극적인 운명을 타고난 관계이기도 한 것이다. 시인이 보여주고 있는 둘 사이의 관계성이란 희망적이기보다는 절망적이고 희극적이기보다는 비극적이다. 그는 둘 사이의 관계성이 얼마나 견고한 것인지를 '당신과 나의 육체의 골격'이라는 표현을 통해 드러낸다. 당신과 나 사이의 관계의 견고함이 이러하다면 그것은 쉽게 회복할 수 없는 성질의 그 무엇이며, 이 절망적인 간극의 심연에 대한 시인의 인식과 태도가 그의 시세계를 결정한다고 할 수 있다. 시인의 의지로 쉽게 극복할 수 없는 견고한 모순과 부조리한 상황에 놓여 있는 자신의 처지에 대해 그는 '불투명한 유리를 텁텁 씹는 것과 같다'고 고백한다.

시인의 이 고백은 매우 예각적인데 특히 '불투명한'이라는 대목이 그렇다. 그는 자신이 처해 있는 모래시계의 구조와 같은 모순되고 부조리한 상황 속에서 세계에 대한 어떤 투명한 전망을 가진다는 것 자체가 불가능하다고 판단했는지도 모른다. 시인에게 불투명한 세계는 무의식의 그림자에 다름 아니며 이로 인해 그는 '유리를 텁텁 씹는' 고통을 감내할 수밖에 없다. 그가 유리를 텁텁 씹을 때마다 불투명한 세계는 더욱 강렬하게 환기될 것이고, 견고하게 유지되던 현실의 투명한 세계는 존재성을 상실하게 될 것이다. 이렇게 현실의 존재성이 상실되면 무의식의 그림자가 불쑥 솟구쳐 기존의 견고한 것들을 흔들어 놓거나 해체하여 버린다. 이러한 그림자의 출몰은 시인의 현실적인 감각을 약화시키거나 그것을 앗아가 버리기까지 한다. 현실적인 감각을 상실하면 시인은 '무중력의 세계'[82]를 살

81) 최금진, 「모래시계의 구조」, 『사랑도 없이 개미귀신』, 창비, 2014, pp.8~9.
82) 최금진, 「늙어가는 첫사랑 애인에게」, 위의 책, p.29.

수밖에 없다. 이 세계에서 물리적인 시간의 체험은 가능하지만 의식적인 시간의 체험은 부재할 수 있다. 가령 '내가 꾸는 꿈엔 나비와 꽃과 노래가 없으니 사랑이 없는 시간, 사랑이 없어도 아침이 오는 시간'이라고 할 때 여기에서 시인이 상실한 것은 무엇일까? 문맥상 그것은 분명 '사랑' 혹은 '사랑의 시간'이다. 이 사랑의 시간은 '나비', '꽃', '노래' 등에 내재해 있는 것으로 그것은 저녁이 오면 아침이 오는 그런 시간이 아니라 '내가 꾸는 꿈엔'에서 알 수 있듯이 나의 의식이나 무의식을 통해 얻어지는 그 무엇이다.

이렇게 시인이 사랑이 없는 시간을 산다는 것, 다시 말하면 나비와 꽃과 노래가 없는 시간을 산다는 것은 그의 일상이 '모래의 날들'[83]이라는 사실과 다르지 않다. 일상이 사랑이 없이도 아침이 오는 것처럼 그런 시간의 연속이라면, 그래서 그것이 그의 견고한 육체적 골격을 이룬다면 비로소 그만의 '무중력의 역사'가 시작된 것이라고 할 수 있다. 이런 점에서 그는 늘 공기가 모자라 숨을 헐떡거리는 모습을 하고 있거나 아니면 그것을 숨기기 위해 '절대 신음을 뱉지 않는'[84] 모습을 하고 있는 것이다. 아니 어쩌면 그는 우리가 볼 수 없는 세계 내에 존재할 수도 있다. 어쩌면 그는 '내가 없는 해저에서 나로 살든가' 그것도 아니면 '바다 밑에 지느러미가 없는 새들이 기어 다니는 시간'[85] 속을 살고 있는지도 모른다. 시인이 세계와의 불화를 드러내는 방식은 이처럼 다양하지만 그것이 환기하는 바는 다르지 않다. 우리가 그의 시에서 보게 되는 것은 세계와의 불화 속에서 무중력의 역사를 살아 내고 있는 한 '상처 입은 영혼'의 모습이라고 할 수 있다.

83) 최금진, 「모래의 날들」, 위의 책, p.72.
84) 최금진, 「모래의 날들」, 위의 책, p.72.
85) 최금진, 「저녁 여덟시」, 위의 책, p.32.

2. 어두워지는 밤을 향해 떠나는 놀이

세계와의 견고한 불화와 무중력의 역사를 지닌 시인에게 우리가 던질 수 있는 가장 진지하면서도 평범한 질문은 무엇일까? 아마 그것은 '당신에게 과연 삶이란 어떤 의미가 있는가? 하는 질문일 것이다. 그의 이러한 존재성은 세계와의 평형 상태가 깨진 것을 의미하며 이 경우에는 본능적으로 다시 세계와의 평형을 유지하려고 한다. 이 과정에서 그만의 독특한 세계 인식과 대응 방식이 탄생하게 된다. 세계와의 견고한 불화와 무중력의 역사 속에서 그가 보여주고 있는 것은 일종의 '놀이'이며, 그는 이 놀이를 통해 그 깨어진 세계와의 평형 상태를 회복하려고 한다. 우리에게는 그의 놀이가 무의미하게 보일 수도 있다. 하지만 아무리 무의미하게 보이는 놀이일지라도 여기에는 세계와의 평형 상태가 깨진 데서 오는 상처를 외면하거나 회피하지 않고 그것을 상처로서 즐기려는 '환상의 윤리학'이 작용하기 때문에 그것은 결코 무의미한 것이 될 수 없다.

어떤 놀이든 그 이면에는 주체의 자발적이고 자율적인 의식과 행동이 내재되어 있는 관계로 그것을 강제하거나 통제하려는 시도는 실패로 끝나거나 일정한 효과를 거두지 못한다. 놀이 주체의 자발적인 즐김이 전제되어야 세계와의 불화와 무중력의 역사에서 오는 무의식의 어두운 그림자가 자연스럽게 의식의 차원으로 드러나게 된다. 우리가 시인이 지니고 있는 무의식의 어두운 그림자의 정도를 이해하고 판단할 수 있는 근거 중의 하나가 바로 이 놀이를 통해서라고 할 수 있다. 이 놀이 속에는 인간이 본능적으로 지니고 있는 유희충동과 창작충동이 내재해 있어서 그의 시를 이해하는데 중요한 단초를 제공한다. 그의 시의 놀이를 통해서 발견할 수 있는 이러한 사실은 궁극적으로 시인과 시가 은폐하고 있는 세계의 의미를 들추어내는데 커다란 도움을 줄 것이다. 이런 점에서 시인이 보여주고 있는 놀이는 주목의 대상이 될 수밖에 없다. 놀이의 의미를 이렇게 확장하면 그의 시쓰기 자체가 모두 놀이라고 할 수 있을 것이다. 하지만 그가 초점화하고 있는 놀이는

> 아이가 기차놀이를 한다, 이미 가버렸을지도 모를
> 중년의 나를 승객으로 태우고
> 소문과 소음이 저기 뒤에 소실점으로 사라지는 터널
> 거기서 쏟아져나오는 박쥐들처럼
> 식구들 얼굴이 매달려 있는 액자 속의 사진에
> 아이는 껌을 붙이거나 야광별을 붙이면서 꽥꽥 운다
> 내가 나였다는 것이 영원히 루머에 묻히듯
> 이 무수한 소멸의 노선 아무 데서나 나를 내려놓고
> 아이는 검은 화차가 되어 떠나버린다
> 아버지는 너무 재미가 없어요
> 이런 식으로 떠났던 기차여행이 벌써 몇번째인지 우리는
> 유희 속에 제 생각을 섞어서 말하는 법을 배운다
> 칙칙폭폭, 저녁밥 끓는 소리가 어머니 입에서 뿜어져나
> 오고
> 새끼줄에 혹은 나일론 줄에 허리를 묶고
> 우리는 어두워지는 밤을 향해 또 떠나야 한다고 믿는다
> 놀이처럼 한꺼번에 너무도 많은 일들이 지나간 것이다[86)]

에서 알 수 있듯이 '아이의 놀이'이다. 시인은 아이의 기차놀이에 주목하여 여기에 자신의 의식과 무의식을 투사하고 있다. 그가 아이의 놀이에 주목한 것은 아이야말로 놀이의 가장 순수하고 본능적인 주체이기 때문일 것이다. 아이의 기차놀이를 통해서 그는 '유희 속에 제 생각을 섞어서 말하는 법을 배우'려고 한다. 아이에 비하면 그는 이 법에 무지한 편이다. 그래서 아이는 '아버지는 너무 재미가 없어요'라고 말하는 것이다. 그

86) 최금진, 「아이의 기차놀이를 보며」, 위의 책, pp.34~35.

에게 놀이에 익숙하고 그것을 재미있게 즐길 줄 아는 아이란 존재는 '내가 나였다는 것이 영원히 루머에 묻혔'으며, 자신이 한 여행이 '무수한 소멸의 노선'을 다닌 것에 불과하다는 자각을 하게 한다. 또한 아이는 그에게 자신의 여행이 '어두워지는 밤을 향해 떠나는 것'이라는 믿음을 가지게 한다.

그러나 아이의 기차놀이를 통해 시인이 자신의 불안정하고 불안한 정체성과 함께 자신이 처한 상황을 자각하게 되었다는 것은 그 놀이의 끝을 의미하는 것이 아니다. 그의 놀이는 밤이 존재하는 한 계속될 수밖에 없다. '우리는 어두워지는 밤을 향해 또 떠나야 한다고 믿는다'고 한 고백에서 알 수 있듯이 그에게 여행 혹은 놀이는 피해갈 수도 또 외면할 수도 없는 의지와 신념의 산물이라고 할 수 있다. 그의 운명이 무수한 소멸의 노선을 끊임없이 여행을 해야만 하는 것이라면 그에게 그 노선은 삶 자체가 된다. 노선이 삶이고 삶이 노선이라면 그에게 진정한 '휴식은 온통 길들로만 이루어져 있다'[87]고 해도 과언이 아니다. 길에서의 휴식이 불가능한 것은 아니지만 그것이 어떤 목적지에 이르는 과정이라는 점에서 진정한 휴식하고는 거리가 있다. 특히 그의 시에서의 길은 '검은 화차'나 '밤'이 표상하듯이 그것은 어둠 속을 뚫고 어디론가 정처 없이 흘러가야 하는 불안과 공포의 여정이다.

휴식이 온통 길들로만 이루어진 시인의 여정은 자연스럽게 '집'의 부재를 강하게 환기한다. 길과 집은 거의 한 쌍이라고 해도 과언이 아니며, 길이 과정이라면 집은 결과라고 할 수 있다. 이 말은 길에서의 여정이 집에서의 휴식으로 이어진다는 것을 의미한다. 하지만 그의 시 속의 아버지, 다시 말하면 시인의 치환된 존재인 아버지는 '집을 가져본 적이 없

87) 최금진, 「휴일의 드라이브」, 위의 책, p.96.

다'[88]고 고백한다. 집이 없기에 그곳에서의 휴식이란 있을 수 없다. 휴식이 없는 고단하고 불안한 여정 속에서 미래란 디스토피아적인 전망만을 드러낼 뿐이다. 미래의 한 표상인 '아이'가 그의 시 속에서는 희망이나 구원의 존재로만 등장하지 않는다. 미래와 관련해서 볼 때 아이는 '검은 화차가 되어 떠나버리'[89]는 존재이거나 '얼어붙은 날개를 접은 채 떨고 있'[90]는 그런 존재일 뿐이다. 이와 같은 상황에서 '사랑은 싸늘한 극점을 가질' 수밖에 없고, 또 '삶은 그 자장에 사로잡힐' 수밖에 없다. 그래서 시인은 아이에게

> 발도 없이 둥둥 떠 있는 말도 안되는 날들
> 철갑을 두른 쇄빙선이 간다, 얼음장을 건너뛰며 네 엄마가 간다
> 모두 저렇게 겨울새처럼 고개를 제 속에 묻고서
> 목적과 방향을 모른다
> … (중략) …
> 어느 땅에도 닿을 수 없는 육중한 철선들이 녹슬어가고
> 얼음 바다가 그걸 안고 간신히 재우고 있으니
> 이것도 부디 사랑이길, 아가야[91]

라고 말할 수밖에 없는 것이다. 이 시 속의 아이는 목적과 방향도 모르고, 어느 땅에도 닿을 수 없어 녹슬어 가는 쇄빙선을 타고 있다. 아이는 극한 상황에 처해 있고 시인이 그에게 해 줄 수 있는 것은 '이것도 부디 사랑이길' 바란다는 말 뿐이다. 아이에게 해 주는 시인의 이 말은 모래시계의 모순되고 부조리한 구조에 갇혀 방향성과 목적성을 상실한 채 살아

88) 최금진, 「아이와 달팽이」, 위의 책, p.70.
89) 최금진, 「아이의 기차놀이를 보며」, 위의 책, p.34.
90) 최금진, 「쇄빙선처럼 흘러간다」, 위의 책, p.76.
91) 최금진, 「쇄빙선처럼 흘러간다」, 위의 책, p.77.

가는 시인 자신에게 하는 말에 다름 아니다. 목적도 방향도 모르고 어두워지는 밤을 향해 떠나는 시인의 놀이는 불안하고 위험한 것이 사실이다. 하지만 이 불안하고 위험한 놀이가 새로운 모험을 가능하게 하여 결과적으로 시의 형식과 내용에 영향을 줄 수밖에 없다.

시인의 놀이가 드러내는 이러한 흐름은 세계의 불투명성으로 이어지고, 이것이 커지면 커질수록 시인의 무의식의 그림자 역시 커지게 된다. 시인의 무의식의 그림자가 커지면 시적 주체는 과도한 결핍과 과도한 욕망 추구의 증상을 보이게 된다. 무의식의 그림자에 기반을 두고 전개되는 경우 시적 주체의 결핍과 욕망에 의한 자기 파괴와 해체, 자기 생성과 구성 등의 원리는 시의 성격은 물론 그 세계의 이면에 은폐되어 있는 의미까지 영향을 미친다. 그의 놀이가 궁극적으로 겨냥하고 있는 바가 여기에 있다면 그의 내면에 드리워진 무의식의 그림자의 징후를 섬세하게 포착하여 그것의 의미를 들추어내는 일은 무엇보다도 중요하다고 할 수 있다. 그의 놀이는 점점 어두워지는 밤을 향해 있다. 그리고 마침내 그 속으로 자신의 모든 것을 던져 어둡고 불투명한 세계를 즐기려 하는 것이 사실이다. 이제 문제는, 그가 얼마나 그 어둡고 불투명한 세계와 부딪혀 자신만의 미학적인 영토를 획득하느냐 하는 데에 있다고 볼 수 있다.

3. 자기 파괴와 먼지의 행성에서 온 타자

시인이 어둡고 불안한 세계 속으로 자신의 몸을 투사한 것은 그 세계에 영원히 갇혀 있기 위해서가 아니라 그곳으로부터 벗어나기 위해서라고 할 수 있다. 그가 보여준 이러한 방식은 일종의 역설이다. 어둠으로의 투사를 통해 밝음을 겨냥하는 이러한 역설의 방식은 모순되고 부조리한 세계를 입체적으로 들추어내는 데에 효과적이다. 이 역설의 논리대로라면 어둠은 밝음을 위해서 존재하는 것이고, 밝음은 또한 어둠을 위해서 존재하는 것이다. 어느 한쪽으로만 세계의 의미를 규정하지 않고 양쪽 모두 고려함으로써 상생과 상극의 생생하고 역동적인 흐름을 지각하고 그것을 시적인 에너지로 연결시키는 일이 가능하게 된다. 이것은 삶과 죽음, 밝음과 어둠, 환상과 환멸, 기쁨과 슬픔, 만남과 헤어짐 등이 서로 분리되어 있는 것이 아니라 한 몸에 지나지 않는다는 것을 말해준다. 이런 점에서 볼 때 그의 시의 어둡고 불안한 세계는 그 자체로 끝이 아니다. 그 이면에는 밝고 희망적인 세계로 통하는 길이 존재하며, 그것을 탐색하는 데 그의 지각력이 작동한다.

시인의 이러한 인식 태도는 그의 시 전반에 내재해 있지만 그중에서도 「부활절 아침에」에서의 '난 무덤, 넌 구멍, 세상엔 이제 너와 나만 남았는데'[92]라는 대목은 특히 인상적이다. 이 대목에서 주의 깊게 살펴보아야 할 것은 시인이 어떻게 세계를 규정하고 있느냐 하는 점이다. 먼저 그는 세상을 나와 너로만 규정하고 있다. 이렇게 규정함으로써 세상은 초점화되고, 이것은 결국 '나는 무덤'이고 '너는 구멍'이라는 사실을 부각시키는 효과를 불러일으킨다. 무덤과 구멍은 어둠과 밝음, 죽음과 삶, 환멸과 환상, 슬픔과 기쁨, 헤어짐과 만남이라는 의미를 선명하게 드러낸다. 나와 너 혹은 무덤과 구멍의 관계는 이분법적인 차원을 넘어 상호보완적인 관계를 지니고 있기 때문에 무덤으로의 투사가 곧 구멍으로 나타나고, 구멍으로의 투사가 곧 무덤으로 나타나기에 이른다. 나와 너의 관계를 통해 드러나는 그의 시적 전략은 그것이 '나는 무덤'을 겨냥할 때 더욱 빛을 발한다.

92) 최금진, 「부활절 아침에」, 위의 책, p.107.

시인의 '나는 무덤'이라는 규정은 자신이 지니고 있는 어둠의 깊이를 드러낸 것이라고 할 수 있다. 그렇다면 그의 시선이 자신을 향할 때 그 이면에 은폐되어 있는 어둠이란 무엇인가? 이 물음에 대한 답은 이미 '나는 무덤이다'라고 한 그 규정 속에 있다고 볼 수 있다. 자기 자신을 무덤이라고 규정하는 그의 심층에는 자기모멸이나 자기 환멸 같은 감정이 자리하고 있는 것 아닌가. 이러한 감정은 기본적으로 욕망의 극대화로 이어지거나 '자기 파괴적'인 성격을 띨 수밖에 없다. 자기 파괴성이 부정적으로 나타날 경우, 그것은 극단의 허무주의로 빠질 위험성이 있지만 그의 시에서의 그것은 '구멍'을 전제하고 있기 때문에 여기까지 이르지는 않고 있다. 이런 점에서 그의 시가 보여주고 있는 가학적이거나 피학적인 감정이나 냉소적인 태도 등은 무덤을 넘어 구멍으로 나아가기 위한 과정이라고 할 수 있다. 가령 「갯장어」에서 시인은 '갯장어'라는 대상에 자신의 의식을 강하게 투사하고 있는데, 그 가학성이 극에 달할 정도다. 그는 갯장어를 향해 "망할 것이다, 망할 수밖에 없다. 우라질!'이라고 한다든가 '나약해빠진 것들이 나는 싫다, 뒈지든가, 빌든가, 날아가든가'[93]라고 격하게 자신의 감정을 토로하고 있다. 뿐만 아니라 「그해 여름의 끝」에서는 '아이들이 죽은 새를 돌로 찧는 것을 말리지 않았다', '피를 잔뜩 머금은 얼굴로 꽃들이 피었다 지고, 피었다 지고'[94]처럼 과도한 적의와 살의를 드러내고 있고, 「폭탄먼지벌레」에서는 '다, 먼지로 만들어줄 테니까'[95]라고 하여 강한 자폭의 감정을 발산하고 있다.

그의 이러한 갯장어, 새, 꽃, 먼지에 대한 감정 투사는 자신의 무의식의 어두운 그림자의 상태를 적나라하게 들추어낼 수 있을 정도로 극에 달

93) 최금진, 「갯장어」, 위의 책, p.103.
94) 최금진, 「그해 여름의 끝」, 위의 책, p.111.
95) 최금진, 「폭탄먼지벌레」, 위의 책, p.127.

해 있어서 그것이 시의 세계를 바꿔놓고 있다. 그의 내면의 어두운 무의식의 그림자가 단순한 배설이 아닌 생산의 차원으로 이어진다는 것은 극에 달한 가학성이 '향유'나 '즐김'의 속성으로 질적 변화를 거쳤다는 것을 의미한다. 무의식의 그림자가 질적 변화를 거치지 않는다면 그의 극에 달한 가학성은 미적으로 정체되거나 도태되고 말 것이다. 이런 점에서 '학대하는 것이 가장 재미있었다'(「아내가 돌을 낳았다」)고 한 그의 고백에 진정성이 느껴진다. 이때 여기에서 말하는 '재미'는 '매력', '아름다움', '즐거움', '즐김' 등을 함의하고 있는 미학적인 용어가 된다. 그의 자기모멸과 자기 환멸과 같은 자기 파괴적인 태도가 질적 변화를 통해 일정한 미적 수준을 성취하고 있다는 것을 잘 표상하고 있는 시적 용어가 바로 '아가'라고 할 수 있다. 아가는 그의 시에서 다양하게 등장하지만 「아가에게」에서의 그것은 남다른 데가 있다. 그에게 아가라는 존재는 신생의 의미를 지닌다. 그는 이 아가를 향해

> 네 몸을 우연과 필연에 맡기기 위해
> 아가, 너는 홀딱 벗고 온다

라고 하기도 하고, 또

> 너에게 기존의 방식은 금지되고
> 이후에 넌 마음껏 불행해져도 좋다

고 말하기도 한다. 하지만 이 시에서 가장 의미심장한 대목은

> 아가, 너는 멀리 먼지의 행성에서 온다
> 내게로 온다, 내게로 와서 울음을 가르친다[96]

96) 최금진, 「아가에게」, 위의 책, pp.24~25.

가 될 것이다. 그는 아가를 '먼지의 행성에서 온 존재'로 보고 있다. 먼지는 소멸이지만 아가는 생성이다. 이것은 소멸을 통한 생성, 죽음을 통한 삶 혹은 무덤을 통한 구멍의 차원으로의 질적 변화를 의미한다. 먼지가 소멸을 통한 생성의 차원으로 질적 변화를 도모하기 때문에 그는 아가가 '내게로 와서 울음을 가르친다'고 한 것이다. 이 문맥의 행간에서 읽을 수 있는 것은 내가 아가로 인해 울음을 자각하게 되는 계기를 마련하게 되었다는 것이다. 이때 여기에서 말하는 아가의 울음이란 '기존의 방식은 금지'되는 신생의 표상으로서의 울음이라고 할 수 있다. 이렇게 아가로부터 울음을 배우고 싶은 나의 욕망의 이면에 자리하고 있는 것이 바로 신생이라면 그것은 기존의 미를 넘어선 새로운 미에 대한 그의 바람과 탐색을 드러낸 것에 다름 아니다.

그의 시에서의 아가는 '태어나면서 이미 죽은 아기들'[97]이 잘 말해 주듯이 저주받은 운명이나 비극을 지닌 존재이기도 하지만 우리가 여기에서 한 가지 간과하지 말아야 할 것은 그러한 존재성들이 시인과 그의 시의 질적 변화를 위한 원천이라는 점이다. 그는 아가의 비극적인 운명을 외면하지 않고 그것과 맞서, 그것을 해체(먼지)한 다음 다시 그것을 구성하여 기존의 방식과는 다른 세계를 꿈꾸고 있다. 어쩌면 그는 멀리 먼지의 행성에서 온 아가의 울음소리가 듣고 싶은 것인지도 모른다. 이런 맥락에서 보면 '태어나면서 이미 죽은 아기들'은 시 혹은 예술(미학)의 운명을 극단적으로 표현한 것이라고 할 수 있다. 아가의 저주받은 비극적인 운명이 무거울수록 그에게 오는 아가는 더 '홀딱 벗고 오'게 될 것이고 또 더 잘 그에게 '울음을 가르칠' 수 있게 될 것이다.

97) 최금진, 「검은 일요일」, 위의 책, p.37.

4. 개미귀신의 사랑과 시

시인은 자신을 '모래 사원'의 사제인 '개미귀신'[98]으로 명명하고 있다. 그의 이러한 명명은 시인으로서의 자의식을 드러낸 것이라고 할 수 있다. 어떤 견고한 사원의 사제가 아니라 모래로 된 사원의 사제, 그것도 개미귀신 같은 사제라는 것은 그가 처해 있는 상황의 비극성과 함께 그 운명을 강하게 환기한다. 그는 자신의 시쓰기를 '사랑도 없이 귀신이 되어가는 세월' 속에서 '죽은 비유들을 해골처럼 주렁주렁 꿰어 목에 걸고' 있는 것으로 표현하고 있다. 그의 이러한 태도는 '무덤'에서 구멍을 보려 한다거나 '먼지의 행성에서 오는 아이의 울음소리'를 기다리는 태도와 다른 것이 아니다. 자신의 시쓰기와 관련하여 그가 가장 두려워하고 불안해하는 것은 '사랑의 결핍'과 '죽은 비유'이다. 전자가 시인의 삶과 긴밀하게 관계된 것이라면 후자는 시인의 시쓰기와 관계된 것이라고 할 수 있다.

시인이 말하는 사랑이란 그의 삶의 한 조건이면서, 그 삶을 넘어 시쓰기와 긴밀하게 연결되어 있는 것이기도 하다. 삶에서 사랑이 결핍되면 그 삶에서 몸이 사라지는 것이고, 이렇게 되면 귀신으로서의 삶을 살 수밖에 없는 것이다. 개미귀신이 왜 '개미귀신'일까? 이 놈이 '시체애호증' 환자이기 때문이다. 그는 자신이 개미귀신처럼 시체나 좋아하고 그로 인해 자신의 삶에서 몸이 사라지는 것을 두려워하고 있다. 만일 자신의 삶에서 몸이 사라져 귀신으로서의 삶을 산다면 그것은 곧 자신의 시쓰기에서 언어의 몸 혹은 몸의 언어가 사라진다는 것에 다름 아니다. 언어의 몸이 사라진 시쓰기란 '죽은 비유들을 해골처럼 주렁주렁 꿰어 목에 걸고' 있는 상태를 말하는 것으로, 이것은 그에게 시쓰기에 대한 환멸을 안겨줄 수밖에

98) 최금진, 「개미귀신」, 위의 책, p.102.

없다. 그의 불안과 두려움이 여기에 있다면 그것을 해결할 수 있는 방안 역시 여기에 있는 것이다. 그가 불안해하고 두려워하는 것이 '사랑의 결핍'과 '죽은 비유'라면 그것을 해결할 수 있는 방안은 여기에 있는 것이다.

시인이 '사랑의 결핍'과 '죽은 비유'를 두려워한다면 그것과 의미의 극단에 있는 '사랑의 충족'과 '살아 있는 비유'가 바로 그 방안이 아니겠는가? 그가 자신을 모래 사원의 개미귀신이라고 명명한 그 이면을 들여다보면 여기에는 이것에 대한 지독한 환멸이 자리하고 있음을 알 수 있다. 그의 이 지독한 환멸은 역으로 보면 모래 사원의 개미귀신과 상극에 있는 존재에 대한 지독한 환상을 드러낸 것이라고 할 수 있다. 이런 이유로 우리는 '모래 사원'의 사제인 '개미귀신'으로서의 환멸에 가득 찬 그의 모습 속에서 사랑이 충족되기를 바라고 살아 있는 비유를 찾아 고뇌하고 방황하는 그의 또 다른 모습을 떠올리게 된다. 극과 극의 충돌에서 오는 이 반대일치의 아름다움이야말로 세계와의 견고한 불화와 무중력의 역사 속에서 가장 순수하고 본능적인 놀이를 통해 끊임없이 그 깨어진 세계와의 평형상태를 회복하려는 그의 시인으로서의 운명을 드러내고 있는 것이 아니라면 그 무엇이겠는가?

찢긴 바다와 환각의 언어
- 김용직의 시세계

요절 시인의 시를 읽는 일은 무척 부담스럽다. 요절이라는 그 돌이킬 수 없음에서 오는 인간적인 연민의 감정이 그렇고, 그것이 짙게 배인 시인의 언어와 정면으로 맞닥뜨려야 하는 일이 또한 그렇다. 하지만 이것은 어디까지나 도덕적인 차원의 문제에서 그렇다는 것이지 미적인 차원에서 보면 사정은 달라질 수 있다. 요절은 시인의 내적 파토스가 강렬하게 투사되는 하나의 존재론적인 사건이라는 점에서 그것은 순도 높은 미적 상징이나 이미지를 동반하는 경우가 많다. 이 말은 그 부담스러움이라는 것이 단순히 도덕적인 차원에서만 존재하는 것이 아니라는 것을 의미한다.

실제로 요절 시인의 시를 읽을 때 우리가 느끼는 부담은 요절만큼 극적인 요소를 그에게서 찾아내야한다는 강박에서 비롯된다고 할 수 있다. 이 강박은 때때로 해석 과잉을 동반하여 시인의 요절을 신화화하기에 이른다. 신화가 위험한 것은 없는 사실을 과장하거나 조작한다는 점에 있기도 하지만 그것보다 더 위험한 것은 엄연히 있는 사실을 제대로 드러나지 못하게 한다는 점이다. 신화는 언제나 수정궁 같은 견고함으로 우리의 의식을 화석화시켜 자유로운 상상이나 해석을 방해하는 것이 사실이다. 이미 신화화된 것을 깨거나 해체하는 것이 얼마나 어려운 일인지에 대해서는 여기에서 더 이상 거론하지 않아도 잘 알 것이다. 이런 점에서 볼 때 요절 시인의 시에서 우리가 강조해야 할 것이 요절이 아니라 시인의 시라는 사실이다.

요절 시인에 대한 해석이 도덕적인 감정의 차원으로 떨어져버릴 위험성은 김용직의 경우에도 농후하다. 시 수업에만 전념했다는 문학청년다운 기질, 지독한 가난, 60년대의 시대적인 혼돈, 원수처럼 마시던 술, 간경화, 30세의 죽음 등은 그를 신화로 만들기에 충분한 도덕적인 감정의 질료들이다. 이런 요절 시인의 죽음이 산자들에 의해 어떻게 신화화되었는지는 기형도의 예를 보면 잘 알 수 있다. 그의 3류 극장에서의 심야의 죽음은 산자들에게는 더없이 좋은 신화의 대상이었던 것이다. 그의 죽음에 대한 과잉 해석이 기형도라는 시인을 일약 대중적인 스타로 만든 것이 사실이며, 그것을 통해 산자들은 자신의 욕망을 여기에 투사하여 그 명예의 후광을 누려온 것 또한 사실이다. 이것은 기형도의 시를 액면 그대로 만나 그것을 평가하는 데에 일정한 장애로 작용하고 있다고 할 수 있다. 그에 대한 평가는 다른 그 무엇보다도 먼저 시에 대한 정치한 해석이 전제되어야 할 것이다. 그에 대한 평가는 이러한 신화로부터 벗어날 때만이 온전히 그 존재성을 인정받을 수 있는 것이다.

요절한 시인들의 시집은 대개 그의 유고시로 산자들에 의해 출간된다. 이 과정에서 시집 자체가 산자들에 의해 구성된다. 요절 시인의 신화화는 대개 이들에 의해 주도되며, 그 정도는 문단 권력과 비례한다. 유고 시집 출간의 순수한 의도를 문제 삼으려는 것이 아니라 그 속에 내재한 도덕적인 감정의 과잉과 신화화의 욕망이 드러내는 음험함을 문제 삼으려는 것이다. 유고 시집 한 권의 위력이 얼마나 엄청난 파급력을 행사해 왔는지는 윤동주나 기형도의 예를 통해 드러나지만 여기에는 일정한 신화가 내재해 있다는 것을 간과해서는 안 될 것이다. 강렬한 내적 파토스가 고스란히 투영되어 있는 요절 시인의 시집 한 권이 그렇지 못한 시인의 수십 권의 시집을 압도할 수 있지만, 시집 한 권이라는 사실이 가지는 어쩔 수 없는 한계는 사라질 수 없는 것이다.

김용직 시의 해석은 여기에서 출발해야 할 것이다. 그에 대한 글은 대부분 시의 해석이 아니라 인간 김용직에 대한 감정적인 추도사의 형태를 취하고 있다. 좀 더 객관적인 입장에서 그의 시에 대한 꼼꼼한 읽기가 있어야 할 것이다. 유고 시집 『빗발 속의 어둠』에 실려 있는 시는 모두 17편이다. 이것이 우리가 접할 수 있는 그가 남긴 시의 전부라면 꼼꼼하게 읽기는 더욱 절실하게 요구된다고 할 수 있다. 이 시집의 구성이 그에 의해 이루어진 것이 아니라는 점에서 그의 시를 다시 전면적으로 해체하여 재구성하는 것도 필요하리라고 본다.

김용직의 시는 이미지적이다. 이때의 이미지는 단순히 이미지만을 위해 존재하는 것은 아니다. 그의 시의 이미지에는 시인의 의식이 강하게 투영되어 있다. 시인의 의식의 심층은 몹시 어둡다. 이 어둠은 시인으로 하여금 보다 적극적으로 불빛을 찾게 한다. 이 모든 과정은 어떤 한 사물의 이미지를 통해 지배적으로 드러난다. 그것이 바로 '바다'이다. 그에게 바다는 존재의 창과 같은 것이다. 가령

> 캄캄한 날들이 커튼을 들치며
> 불 밝힌다
> 얼었던 바다가
> 일시에 풀리고
> 시린 바람에도 번득이는 어안魚眼.[99]

에서처럼 '바다'는 시인의 심층의 어둠과 밝음을 동시에 내재하고 있는 질

99) 김용직, 「음성」, 『빗발 속의 어둠』, 새미, 2010, p.18.

료이다. 어둠과 밝음을 내재한 질료는 바다가 아니라도 수없이 많다. 그 많은 질료들 중에 왜 바다일까? 그것은 바다가 가지는 크기 때문일까? 바다는 우리를 압도할 정도로 큰 대상이다. 너무 크기 때문에 바다는 불안과 공포의 대상이 될 수 있다. 그렇다면 바다는 시인의 심층에 내재하고 있는 불안과 공포를 표상하는 미적 질료인가?

이 물음에 대한 답은 "시린 바람에도 번득이는 어안魚眼"과 맞물려 있다. 어안魚眼은 바다 내의 존재이다. 그 어안이 번득인다면 그것은 불안과 공포 때문일까? 이 대목에서 중요한 것은 어안이 바다 내의 존재라는 점이다. 어안에게 바다는 살아내야 할 존재로서의 '바다'인 것이다. 그 바다가 어안에게 불안과 공포의 대상일 수 있다. 그러나 '어안魚眼'을 수식하는 "시린 바람에도 번득이는"을 고려한다면 그것은 불안과 공포를 넘어 어떤 대결의지 같은 것이라고 할 수 있다. 저 심층의 어두운 바닷속에 던져진 어안의 번득임은 불안과 공포로 표상되는 어둠 속으로 침잠하는 것이 아니라 그것을 넘어 그 어둠을 탐색하려는 의지를 드러낸다고 할 수 있다.

시인의 이러한 의지는 "발을 행군 새들이 나른다"로 드러나기도 하고, 또 "잃어버린 시력을 건져내며"와 "이마에 램프를 얹고"로 드러나기도 한다. 그러나 어둠을 넘어서기 위해서는 이렇게 시인의 의지만으로 되는 것이 아니라 '손으로 표상되는 숨은 신'[100]이 존재해야 한다. 잘 보이지 않는 캄캄한 심층의 바닷속에서 램프를 켜 불을 밝히려는 시인의 의지가 그려지지만 그것은 늘 평온한 상태로 존재하는 것이 아니라 여러 겹의 불안정한 상태로 존재한다. 시인은 "부드러운 당신의 손에 쥐어"져 "햇살을 더듬"거리기도 하고 "건강한 바다에서 돌아온/파도들을 껴안으면서/가을이면 과원果園으로 가는 붉은/팔을 생각하"[101]기도 한다. 이와 동시에 시인은

100) 우대식, 『죽은 시인들의 사회』, 새움, 2006.
101) 김용직, 「병동」, 앞의 책, pp.20-21.

나의 잠 속에 남아 있는
찢긴 바다를[102)]

생각하기도 하고 또

메아리도 없는 저 벽으로부터
끝끝내 돌아오지 못할
이 경사의 시간[103)]

을 생각하기도 한다. "찢긴 바다"는 시인의 무의식 속에 남아 있는 트라우마의 흔적을 표상한다. "찢긴 바다"는 회복 불가능한 것으로 이 경우에는 「음성」에서처럼 불안과 공포를 넘어선 대결의지를 표상한다고 할 수 없다. 여기에는 '번득임'이 없다. "램프가 꺼졌"[104)]기 때문이다. 이것은 곧 죽음을 의미한다. "뒤채"이다가 "컴컴하게 죽어 넘어지는" 바다에서 우리가 발견할 수 있는 것은 "탄화炭化되"어 가는 시인의 "얼굴"이다. 이렇게 되면 시인은 "메아리도 없는 저 벽으로부터/끝끝내 돌아오지 못할" "경사의 시간"에 유폐되어 버리는 것이다. 이 순간 시인은

마침내 내가 보고 온 해안에
등대마저 꺼진
어두운 이 시간에
들것에 실려 내가 간다[105)]

와

---

102) 김용직, 「병동」, 위의 책, p.22.
103) 김용직, 「병동」, 위의 책, p.22.
104) 김용직, 「변신하는 하늘」, 위의 책, p.24.
105) 김용직, 「겨울 폭우」, 위의 책, p.28.

치부를 들치던 차거운 손이
메스를 든다
밤새도록 해안에 남긴 그림자가 피를 흘리고[106)]

에 잘 드러나듯이 죽음의 환각을 체험한다. 시인이 자신의 죽음을 본다는 것은 일종의 자아분열증이라고 할 수 있다. 이것은 자기 자신에 대한 두려움과 공포가 최정점에 달할 때 나타나는 현상이라고 할 수 있다. 너무 두려워 어쩔 수 없을 때 갑자기 나는 메아리도 없는 벽 속에 갇히게 되는 것이다. 그것은 '어둠의 커튼'인 것이다. 시인은 자신이 '커튼에 갇혀 있다'[107)](「커튼에 갇혀」, p.32)고 말한다. 다른 것보다 커튼이라고 하는 것이 눈길을 끈다. 그리고 그 커튼은 '펄럭인다'는 것이다. 만일 자신을 가두고 있는 것이 벽이라고 한다면 펄럭이는 것이 가능했을까? 어쩌면 벽을 커튼으로 치환하여 그렇게 표현했는지도 모른다. 벽이든 커튼이든 펄럭인다는 것은 죽음을 의미하는 것은 아니라고 할 수 있다.

목쉰 소리로 살아가는
저 벽들의 함성.

기린 목만큼 길어지는 사념의 풀밭에 서러운 달빛이 서
걱인다.
성대를 가다듬는
나의 염원
나의 소망
흔들리는 달빛 속에
내가 펄럭인다[108)]

106) 김용직, 「겨울 폭우」, 위의 책, p.30.
107) 김용직, 「커튼에 갇혀」, 위의 책, p.32.
108) 김용직, 「커튼에 갇혀」, 위의 책, p.32.

'커튼의 펄럭임'과 '벽들의 함성'과 '나의 펄럭임'은 동격이다. 비록 "단단한 사방 벽"[109]으로 갇힌 세계이지만 나는 펄럭인다. 분명히 이 상황은 비극적이다. 아무리 펄럭여도, 아무리 "빈 방안에서 밤 내 새떼"[110]를 날려도 그 새떼들은 방을 벗어나지 못하기 때문이다. 이것은 외적 팽창이 아니라 내적 함열이다. 그 방 안에서의 펄럭거림 혹은 파닥거림은 시인의 내면을 향해 커다란 공명을 불러일으킬 수밖에 없지 않은가? 이것은 일종의 자기공명 아닌가? 이 자기공명의 비극적인 아름다움을 시인은 「빗발 속의 거울」에서

> 가장 먼저 온 어둠이
> 내 속에서
> 꾸겨질 때
> 거울 속에서
> 즙기汁器를 꺼낸다
>
> 어둠 속에서 살아나는
> 목 쉰 함성
> 커튼이 흔들리고
> 초침에 매달려
> 나는 운다[111]

라고 노래하고 있다. 시인의 속에 존재하는 것은 "가장 먼저 온 어둠"이다. 그 어둠은 시인의 속에 '汁'의 형태로 존재한다. 어쩌면 이것은 숨이나 뼈보다 더 어둠의 실체를 고스란히 간직하고 있는 존재 양태라고 할 수 있다. 그런데 그것을 '거울 속에서 꺼낸다'. 이때 거울은 자기공명을 강화

---

109) 김용직, 「빗발 속의 어둠」, 위의 책, p.36.
110) 김용직, 「커튼에 갇혀」, 위의 책, p.32.
111) 김용직, 「빗발 속의 거울」, 위의 책, p.41.

하기 위한 질료이다. 자기공명은 자기분열의 양상으로 드러나며, 거울은 자기를 삼키고 흡수한 '汁器'에 다름 아닌 것이다.

이런 맥락에서 '빗발 속의 거울'은 '빗발 속의 어둠'보다 훨씬 미적이다. '빗발 속의 어둠'은 단순하고 평면적인 의미의 층위를 드러내지만 '빗발 속의 거울'은 복합적이고 중층적인 의미 층위를 드러낸다. '빗발 속의 어둠'은 어둠이 그 빗발을 빨아들이지만 '빗발 속의 거울'은 거울이 그 빗발을 빨아들이면서 동시에 뱉어낸다. 이것이 자기공명인 것이다. 자기공명에서는 그것을 시인 자신이 끊임없이 듣고 또 볼 수 있다는 것을 의미한다. 자신의 죽음을 듣고 또 보기 때문에 비극성은 배가될 수밖에 없는 것이다. 시인이

> 이마에 꽂히는 낙뢰
> 머리칼이 바다를 부르며
> 길가로 뛰어가고
> 누군가 울고 있다
> 빗방울이 넘치는
> 거울 속에서112)

라고 노래할 때 "누군가"는 곧 시인 자신에 다름 아니며, 그의 모든 행동은 거울에 투영된 것이라고 할 수 있다. 그런데 그것은 '이마에 낙뢰가 꽂히는' 비극적인 장면이다. 그것을 시인은 "누군가 울고 있다/빗방울이 넘치는/거울 속에서"라고 대상화시켜 서술하고 있지만 행간에 배어 있는 의미는 간단하지 않다. 그 거울이 "빗방울이 넘치는 거울"이기 때문이다. 이러한 자신의 모습을 시인이 본다는 것은 타자화된 자신의 고통스러운 모습을 맞닥뜨려야 하는 자기애적인 슬픔이라는 비극적인 감정이 개입되는

112) 김용직, 「빗발 속의 거울」, 위의 책, p.42.

것이다. 자기애는 타자애에 비해 훨씬 더 집착이나 고착이 강한 심리 상태이다. 타자애에도 자기애가 개입하면 그것은 곧 집착이나 고착이 되기 쉽다. 나의 욕망이 곧 타자의 욕망이라고 해버리는 것이 자기애의 속성이기 때문에 그것은 늘 사회적인 문제가 된다.

그러나 시인이 보여주는 모습은 이런 위험성으로부터 벗어나 있다. 그의 자기애가 향하는 대상이 바로 자기 자신이기 때문이다. 그는 투신(投身)한다. 거울 속으로. 이것은 나르시시즘이다. 거울 속에 비친 자신의 모습을 보고 그 속으로 투신하는 것이 바로 나르시시즘 아닌가? 시인의 투신은 자발적인 것이다. 여기에는 어떤 불온한 목적도 내재해 있지 않기 때문에 시인이 바라는 것은 다른 그 무엇도 아닌 바로 '연꽃'이다.

가을은 안으로만 메마른
손을 거두어 가고
내가 건널 수 없는
바닷가 저 편
모든 것은 살아
치솟는 무지개
내가 투신할 때
하늘은 나에게도 연꽃을 줄 것인가[113)]

시인이 투신하고자 하는 곳은 "바닷가 저 편"이다. 그곳은 시인이 "건널 수 없"는 절망적인 거리에 있는 세계이다. 시인은 그곳을 "모든 것은 살아/치솟는 무지개"에서처럼 아름다운 세계로 인식한다. 어쩌면 그곳은 시인의 인식과는 달리 아름다운 곳이 아닐 수도 있다. 그곳은 시인이 닿을 수 없는 절망적인 거리의 형태도 존재하는 세계인 것이다. 이 거리는

113) 김용직, 「투신」, 위의 책, p.44.

삶과 죽음의 거리라고 할 수 있다. 그곳이 무지개가 치솟는 아름다운 곳이라고 노래한다면 그것은 자기애가 만들어낸 병적인 환상이나 환각의 세계에 다름 아닌 것이다. 그래서 시인은 "내가 투신할 때/하늘은 나에게도 연꽃을 줄 것인가"라고 묻고 있는 것이다. 바다에 투신해서 하늘이 연꽃을 준 이는 효녀 심청이다. 그녀의 투신은 자신이 아닌 타자(심학규) 때문이다. 그녀의 이타성에 감동하여 하늘이 연꽃을 내려준 것이다.

그녀에 비해 시인의 투신은 이타성과는 거리가 멀다. 자기 자신의 아름다움에 반해 투신한 자에게 하늘이 감동하여 연꽃을 내려주겠는가? 시인의 의문이 여기에 있지만 그것이 가능하기 위해서는 조건이 있다. 시인이 "완강한 파도를 쳐부수면서/쓰린 등을 헹구어 내"야 한다는 것이다. 파도를 잠재우고 바다의 쓰린 등을 헹구어 낼 수 있을 때만이 하늘이 연꽃을 내려준다는 것은 시인에게는 불가능한 일이다. 시인에게 바다는 도저히 회복할 수 없는 찢긴 바다이기 때문이다. 오히려 시인의 투신은 찢긴 바다의 상처를 덧나게 할 뿐이다. 심청이가 보여주고 있는 이타성은 그런 상처를 치유해 주는 한 방식이라고 할 수 있다. 이타성을 지향함으로써 자신의 욕망 충족을 목적으로 하는 동일성의 사유는 약화되고 대신 비동일성의 사유가 탄생하는 것이다.

시인 역시 이 사실을 누구보다도 잘 알고 있다. 시인은 자신이 투신하는 바다가 얼마나 어두운 곳인지를 잘 알고 있을 뿐만 아니라 그것이 회복할 수 없는 세계라는 것도 잘 알고 있다. 하지만 시인은 그 바다에 투신하여 스스로 하나의 빛으로 존재하고 싶어 한다. 이런 점에서 다음 시는 주목해볼 만하다.

> 누구나 램프를 갖는 것은 아니지만
> 갈 데를 알고 켜든

램프는 아름답다

어둠을 두드리는
북소리로야
사람들은 아는가
골목마다 풍화해간
심청이의 눈물로 뜨여 오는 바다를

떠나거라 떠나
물 위에 떠서
온갖 상처가 씻길 때
바람은 파도를 데불고
못다 이룬 검푸른 목소리로 쓰러진다지만
생목生木 울타리 새에서
꽃은 얼마나 붉어질거나
갈 데를 알고 켜든
심청이의 램프 빛으로

너나 나나 마지막 간직한 햇살이
한밤 내 빗발에
찢길 때는[114)]

시인은 “누구나 램프를 갖는 것은 아니”라고 말한다. 그렇다면 시인은 램프를 갖고 있는가? 이 물음에 대한 답은 시 속에 명확하게 드러나 있지 않다. 다만 시인은 「음성」에서 “잃어버린 시력을 건져내며/이마에 램프를 얹고”라고 말하고 있을 뿐이다. 이것을 ‘시인이 램프를 가지고 있는 것’으로 단정할 수는 없는 것이다. 더욱이 시인이 램프를 얹고 있는 것이 이마이다. 이마는 맨 처음 세계를 맞는 몸의 가장 앞쪽이다. 이런 맥락에서 보면 이 행간에서 읽어낼 수 있는 것은 램프를 갖고 싶은 시인의 어떤 의

114) 김용직, 「램프」, 위의 책, pp.50~51.

지 내지 열망이라고 할 수 있다. 따라서 그것을 갖고 있느냐 아니냐 하는 문제는 그다지 중요하지 않다고 할 수 있다. 중요한 것은 램프가 드러내는 의미이다.

시인은 램프가 아름다운 것은 "갈 데를 알고 켜든" 때라고 말한다. 바로 심청이가 켜든 램프가 그렇다는 것이다. 그녀는 자신이 갈 데를 분명히 알고 램프를 켜든 것이다. 그녀가 램프를 켜들었을 때, 다시 말하면 그녀의 눈물이 하늘에 통했을 때 비로소 바다는 "뜨여 오는" 것이다. 그녀가 램프를 켜들면 "온갖 상처가 씻긴"다고 시인은 노래한다. 하지만 시인은 심청이처럼 램프를 환히 켜들고 자신의 상처를 씻길 수 없다는 것을 잘 알기 때문에 "바람은 파도를 데불고/못다이룬 검푸른 목소리로 쓰러진다지만/생목生木 울타리 새에서/꽃은 얼마나 붉어질거나"에서처럼 다소 회의 섞인 비감함을 드러낸다. 시인이 켜기를 열망하는 램프의 비극은 그가 "갈 데를 알고" 있지 못하다는 데에 있다. 메아리 없는 벽으로 둘러싸인 세계에 갇혀 있는 그가 갈 수 있는 데는 없다. 자유롭게 갈 수 있는 데가 있다면 그곳은 바로 죽음의 세계밖에 없다.

시인은 지금 삶과 죽음이 맞닿아 있는 혹은 메아리 없는 벽으로 둘러싸인 세계의 경계에 놓여 있는 것이다. 만일 "갈 데를 알고 켜드"는 것이 램프라면 시인에게 그 갈 데란 죽음의 세계가 되는 것이다. 심청 역시 갈 데를 알고 램프를 켜들었기에 죽음의 세계로 갔지만 곧 감동한 하늘의 도움으로 연꽃 속에서 다시 환생한다. 하지만 시인은 심청처럼 다시 환생할 수 없다. 여기에 그의 비극이 있는 것이다. 시 속에 드러난 바다, 램프, 벽, 거울 등으로 표상되는 상징과 이미지를 통해 볼 때 시인은 죽음과 아주 가까이 있다. 한 발만 옮기면 죽음의 심연으로 빠져드는 것이다. 예민한 시인의 신경은 그것을 충분히 감지하고 있다.

햇살은 늘 누워 있었다
바람 부는 날은
풀잎보다 파랗게 질려
언덕배기에 등 비비다
소리치기도 했었다

하루 사이에
나보다 더 커버린 그림자 속으로
내가 몰입되어 갈 때

진하게 풀리던 대낮의 피톨 속에서
햇살은 언제나 어두웠었다
나의 발끝에서는
허나 햇살은 늘
밝게만 보였었다.[115)]

시인의 예민한 촉수가 드러내는 것은 햇살의 빛과 그림자이다. 햇살이 시인의 예민한 몸과 만나면 그것은 두 개로 나누어진다. 그와 만나는 햇살은 언제나 누워있거나 어두운 그림자로 존재한다. 심지어 "진하게 풀리던 대낮의 피톨 속에서"도 그렇다는 것이다. 그것에 대해 시인은 "소리치기도 하"고 또 그것 속으로 "몰입되어 가"기도 한다. 이것을 시인은 '두 개의 햇살'이라고 명명한다. 하나가 빛이고 또 다른 하나가 그림자라면 혹은 하나가 삶이고 또 다른 하나가 죽음이라면 이 명명은 자연스러운 것이라고 할 수 있다.

그러나 이것을 시인처럼 예민하게 받아들이는 사람은 그다지 많지 않을 것이다. 햇살을 두 가지로 인식할 때는 주체가 이미 경계에 놓여 있다는 사실을 알게 된 후라고 할 수 있다. 경계에 놓이면 이쪽과 저쪽 사이

115) 김용직, 「두 개의 햇살」, 위의 책, p.52.

에서 의식이 추처럼 진동해야 하기 때문에 엄청난 내적 갈등을 겪을 수밖에 없다. 시인의 죽음에 대한 예민함이 곧 삶에 대한 예민함으로 볼 수 있는 이유가 바로 여기에 있다.

목숨, 사랑 그리고 구원의 형식
- 김남조의 시세계

1. 정념의 기(旗)와 구원의 언어

김남조가 지향하는 시적 태도는 자기 초월을 통한 자기 구원이다. 이러한 태도로 인해 시의 언어는 언제나 간절한 목마름과 엄숙한 경건함 사이에 있다. 이 두 언어의 정조는 시 속에서 서로 충돌하면서 그녀만의 독특한 미학을 만들어낸다. 만일 자기 초월의 목마름과 자기 구원의 경건함이 동시에 존재하지 않고 그중 어느 하나만 존재한다면 그녀의 시는 진부한 사랑시의 범주를 넘어서지 못했을 것이다. 자기 초월의 간절한 목마름만을 전면에 내세우다보면 시 전체가 단순한 정념의 분출로 그칠 위험성이 있다. 우리는 그러한 경우를 사랑시나 연시라고 이름 붙여진 시에서 심심찮게 볼 수 있다. 단순한 정념의 분출은 사랑의 깊이를 담보할 수 없다. 자기 초월의 간절한 목마름이 가지는 이러한 위험성은 자기 구원의 엄숙한 경건함에서도 똑같이 일어날 수 있다. 자기 구원의 엄숙한 경건함만을 내세우다보면 시에서 정념이 배제되거나 소멸할 수 있다. 정념이 배제된 종교시의 경우가 바로 그것이다.

그러나 그녀의 시는 정념의 분출도 배제와 소멸도 아니다. 정념은 그녀

시의 미학의 근간이지만 그것은 과도한 정념의 분출이나 결핍이 아닌 언제나 정중동의 팽팽한 긴장 속에서 날선 모습으로 드러난다. 이것은 그녀가 정념을 억누른다거나 도외시한다는 것이 아니라 그것을 적절하게 다스린다는 것을 의미한다. 정념을 억누르다보면 여기에서 비롯되는 즐거움이라든가 괴로움과 같은 정서가 제대로 표출되지 못해 하나의 심리적인 상처(Trauma)로 남게 된다. 정념의 표출은 주체 스스로에 의해서 다스려지기도 하지만 그것은 또한 타자에 의해 다스려지기도 한다. 이때 중요한 것은 정념의 주체의 내적인 인식의 깊이와 반성적인 거리의 확보이다. 이 두 가지를 지니고 있는 정념의 주체는 세계에 대한 진정성을 드러내게 된다. 하지만 정념의 주체의 내적인 인식과 반성은 타자에 의해 커다란 영향을 받는다. 타자와의 관계 속에서 주체의 정념은 그 다스림의 방식과 정도가 결정된다고 할 수 있다. 이 사실은 타자가 어떤 존재냐에 따라 정념의 주체의 존재가 달라질 수 있다는 것을 의미한다.

만일 타자가 주체보다 압도적인 존재성을 지닌다면 주체와 타자 사이에 일정한 긴장과 힘의 균형을 유지하는 일은 대단히 어렵다고 할 수 있다. 타자의 압도적인 존재성에 눌려 주체가 그 힘에 손쉽게 함몰되거나 수렴되어버리면 긴장과 균형은 성립될 수 없다. 가령 종교시에서 신이라는 타자의 압도적인 존재성에 눌려 주체의 정념을 손쉽게 포기하여 시적 긴장 자체가 부재한 경우를 흔히 볼 수 있다. 이것은 시적 긴장을 유지하기 위해서는 주체가 신이라는 타자에 압도당해 손쉽게 자신의 정념을 포기하거나 망각하지 말아야 한다는 것을 말해준다. 정념은 주체가 겨냥하는 자기 초월을 통한 자기 구원의 과정에서 필연적으로 생겨날 수밖에 없는 것이라고 할 수 있다. 자기 초월이란 자기 안에 정념을 제대로 다스리지 못하면 이루어질 수 없는 것이다. 자기 안의 정념을 스스로 자각하고 반성적인 사유를 통해 다스려나갈 때 자기 초월이 가능하며, 그것이야말로 신에 가까이 다가가는 한 방법이라고 할 수 있다. 자기 안의 자각이나 반성이 없는 맹목적인 신에 대한 추종은 자기 구원의 거짓됨을 드러내는 것에 다름 아니다.

이런 점에서 볼 때 시인의 정념에 대한 솔직한 드러냄과 그것에 대한 반성적인 태도 그리고 신을 향한 자기 구원의 몸짓은 주목에 값한다고 할 수 있다. 시인이 자신의 시적 세계를 '정념의 기(旗)'라고 명명한 것도 이런 맥락에서 이해할 수 있을 것이다. 자신 안에 내재하고 있는 정념의 기를 숨기지 않고 당당하게 드러냄으로써 시인은 고해성사의 고백이나 독백의 언어를 획득하게 된 것이다. 고해성사가 자신의 안에서 들끓고 있는 온갖 욕망을 솔직하게 신 앞에 투사하는 것이라고 할 때 정념을 숨기는 행위는 곧 신 앞에서 거짓됨을 고하는 것에 다름 아니다. 정념의 기를 솔직하게 드러냄으로써 시인은 정념의 언어를 가질 수 있게 된 것이다. 정념의 언어의 획득은 시인의 궁극인 자기 초월을 통한 자기 구원을 로고스적인 건조하고 딱딱한 관념보다는 파토스적인 상징과 이미지를 통해 표현할 수 있는 길을 마련한 것이라고 할 수 있다. 정념의 언어는 첫 시집인 『목숨』(1953)을 시작으로 『情念의 旗』(1960), 『겨울바다』(1967), 『사랑 草書』(1974)를 거쳐 『바람세례』(1988), 『평안을 위하여』(1995), 『귀중한 오늘』(2007), 『심장이 아프다』(2013)에 이르기까지 일관되게 그녀의 시를 형상화하고 있는 미적 질료이다.

2. 목숨 혹은 숭고한 정념

김남조 시의 언어를 '정념의 언어'라고 할 때, 여기에서 말하는 정념이란 구체적으로 무엇을 의미하는 것일까? 정념 자체가 인간의 마음에서 일어나는 정서 전체를 일컫는 것이기 때문에 '정념의 언어'라는 말의 의미가 막연하다고 할 수 있다. 정념에 대한 정의가 이러하다면 정념이 존재하기 위해서는 인간의 마음을 일어나게 하는 어떤 대상이 있어야 한다. 어떤 대상을 시적 주체가 보고 그로 인해 마음이 다시 말하면 정념이 일어나는 것이다. 이런 점에서 정념을 일어나게 하는 대상이 무엇인지 그것에 대한 이해는 중요하다고 하지 않을 수 없다.

그렇다면 시인의 정념의 시발(始發)을 제공한 대상은 무엇일까? 이 물음에 대한 답은 의외로 명료하게 드러나 있다. 시인의 첫 시집이 『목숨』(1953)이라는 사실을 안다면 정념의 시발이 다름 아닌 '목숨'이라는 것을 쉽게 이해할 수 있을 것이다. 다른 그 무엇도 아닌 목숨이 시인의 정념의 시발이라는 사실은 그것이 주는 존재론적인 무게의 정도와 특성이 남다르다는 것을 말해준다. 목숨에 대해 우리가 가지는 감정은 일종의 경외감이다. 목숨이 있는 존재는 그 자체만으로도 경외의 대상이 될 수 있다. 목숨은 그것이 생명이라는 점에서 어떤 개념화된 척도로도 가늠할 수 없는 숭고함을 지닌다고 할 수 있다. 목숨은 누구나 느낄 수 있지만 정확하게 그것을 정의하기는 어렵다. 목숨은 인간이 함부로 어떻게 할 수 없는 것으로 그것을 실질적인 주재자는 하늘 혹은 신이다. 하늘이나 신으로부터 물려받은 것이 목숨이기 때문에 그것을 하늘이나 신처럼 경외시하고 숭고한 대상으로 간주하는 것은 어쩌면 당연한 것이라고 할 수 있다. 시인 역시 그 목숨을

> 아직 목숨을 목숨이라고 할 수 있는가
> 꼭 눈을 뽑힌 것처럼 불쌍한
> 산과 가축과 신작로와 정든 장독까지
>
> 누구 가랑잎 아닌 사람이 없고

누구 살고 싶지 않은 사람이 없는
불붙은 서울에서
금방 오므려 연꽃처럼 죽어갈 지구를 붙잡고
살면서 배운 가장 욕심 없는
기도를 올렸습니다.

반만 년 유구한 세월에
가슴 틀어박고
매아미처럼 목태우다 태우다 끝내 헛되이 숨져간
이 모두 하늘이 낸 선천의 벌족罰族이더라도
돌멩이처럼 어느 산야에고 굴러
그래도 죽지만 않는
목숨이 갖고 싶었습니다[116)]

라고 노래한다. 시인이 처해 있는 상황은 암담하여, 그것은 곧 목숨에 대한 실존적인 위기로 드러난다. 그 위기의 순간에 비로소 시인은 목숨의 소중함을 자각하고, 목숨이 붙어 있는 것만으로도 감사해 한다. 시인은 "하늘이 낸 선천의 벌족이더라도" 그저 "죽지만 않는 목숨이 갖고 싶"다고 하면서 "살면서 배운 가장 욕심 없는 기도를 올린"다. 자신의 목숨은 물론 뭇 생명의 목숨에 대한 시인의 간절한 기원은 생명의 가치에 대한 자각을 전제하고 있다는 점에서 의미심장하다고 할 수 있다.

목숨에 대한 시인의 간절함은 하늘 혹은 신의 존재에 대한 희구를 반영한다. 실존적 위기의 상황에서 가랑잎처럼 나약할 수밖에 없는 인간의 유한성과 무력함을 절감하면서 시인은 신 앞에 더욱 겸허해진다. 신 앞에서 고해성사하듯 시인은 가장 욕심 없는 순수한 정념의 언어를 표출한다. 하지만 신 앞에서 표출하는 시인의 정념의 언어는 신이 아닌 인간의 언어이다. 신을 부정하는 것이 아니라 절대적으로 긍정하면서 시인이 표출하

116) 김남조, 「목숨」, 『김남조 시전집』, 국학자료원, 2005, p.59.

는 정념의 언어는 그래서 자기 초월적이다. 자기 초월의 궁극은 자기 구원이며, 이러한 일련의 과정은 필연적으로 원죄적인 것이든 아니면 실존적인 것이든 죄와 벌에 대한 고백과 반성적인 성찰을 동반할 수밖에 없다. 시인이 '죽지만 않는 목숨만이라도 갖고 싶다'고 겸허하게 신 앞에서 고백하는 것도 모두 이런 맥락에서 이해할 수 있을 것이다.

목숨에 내재해 있는 시인의 간절함은 곧 세계를 좀 더 순수하고 치열하게 느끼고 인식하려는 의지에 다름 아니다. 시인의 간절함의 의지는 미움을 바라보는 인식 자체를 바꾸어 놓기도 하고 자신의 사랑을 어떤 사물에 깊이 있게 투사하기도 한다. 가령 "사랑하노라 사랑하노라던 사람/떠나고 없음이여/미워하면서 나를 미워하면서/이제도록 내 옆에 남아줌이 더욱 백 배는/고맙고 복되었을 것을"117)에서처럼 시인은 미움을 고마움과 복됨으로 자기 초월한다. 시인의 이러한 자각은 그녀가 행하는 사랑이 자신만의 세계 속에서 행하는 자기애가 아니라는 것을 의미한다. 타자에 대한 배려가 시인의 마음의 기저에 자리하지 않고서는 행할 수 없는 고백이다. 타자의 마음을 이해하고 배려하면서 자기 안에 갇혀 있는 자아를 해방시켜야만 시인은 자기 초월을 통한 자기 구원을 이룰 수 있다.

하지만 타자에 대한 배려는 나 자신에 대한 정화와 비움이 전제되지 않으면 온전히 이루어질 수 없다. 시인은 누구보다도 이것을 잘 알고 있기에 먼저 자신의 어두운 내면을 응시하고, 그것을 밖으로 투사한다. 시인이 '설목(雪木)'에 주목한 것도 그것이 자신의 존재성을 드러내고 있기 때문이다. 시인은

> 물방울 소리 하나 들리지 않는
> 두터운 철문 같은 고요 속에

117) 김남조, 「설목雪木」, 위의 책, p.104.

나뭇가지 사철 고드름 달고
소스라쳐 위로 설악雪岳에 뻗는
백엽보다도 희고 손 시린 이 나무는
역력히 이 나무를 닮고
역력히 이 마음을 닮은
한낱 내 사랑의 표지입니다
붉은 날인과 같은 회상입니다.118)

라고 고백한다. 시인은 이 나무를 통해 자신과 자신의 사랑을 본다. 시인은 고요 속의 나무 혹은 희고 손 시린 나무와 자신과 자신의 사랑이 닮았다고 말한다. 이것은 나무처럼 자신과 자신의 사랑이 절대 고독 속에 놓여 있으며, 순도 높은 견고함을 유지하고 있다는 것을 의미한다. 시인의 이러한 나무를 닮은 사랑은 곧 나무의 마음을 통해 생겨나는 것이다. 절대 고독과 순도 높은 견고함을 유지하고 있는 나무의 마음이란 어떤 것일까? 나무의 마음, 다시 말하면 나무(시인)의 정념은 어떤 것일까? '설목'이라는 말 속에 이미 그것이 충분히 내재해 있다고 할 수 있다. 설목에서의 설은 하강의 이미지를 내재하고 있는 것으로 침묵과 고요를 의미하며, 목은 상승의 이미지를 내재하고 있는 것으로 열정과 흥성스러움을 의미한다. 다만 그 열정과 흥성스러움은 눈(雪)에 의해 묻혀 있기 때문에 드러나 보이지 않을 뿐이다. 나무의 열정과 흥성스러움이 밖으로 흘러넘치지 않고 눈에 의해 다스려져 고요와 평정 속에 놓이게 되는 것이다. 나무의 이러한 일련의 존재성을 시인은 '붉은 날인'이라는 이미지를 통해 선명하게 제시하고 있다. 눈의 흰 이미지와 나무의 붉은 이미지의 만남을 통해 형상화된 것이 바로 설목인 것이다.

눈과 나무의 만남은 시인의 정념을 드러내는 표지로 볼 수 있다. 눈의

118) 김남조, 「설목雪木」, 위의 책, p.104.

차가움과 나무의 뜨거움처럼 시인의 정념은 반대일치의 양태를 드러내지만 그것이 모두 순도 높은 순수의 결정체를 지향한다는 점에서는 서로 일치한다. 목숨이 인간의 이성으로는 그 깊이와 척도를 헤아리기 어려운 것처럼 설목 역시 그러하다고 할 수 있다. 이런 점에서 목숨이나 설목은 시인에게 숭고의 대상이 된다. 목숨과 설목의 숭고함은 그것이 신과 연관되어 있기 때문이다. 시인은 목숨과 설목의 숭고함 속에 내재한 신을 보는 것이다. 시인에게 신은 숭고함의 표지이며, 그것에 이르기 위해 시인은 정념을 다스린다. 이때의 정념은 숭고함 그 자체라고 할 수 있다. 하지만 정념의 숭고함은 쉽게 이를 수 있는 경지가 아니다. 정념의 숭고함의 경지는 온갖 욕망이 정지하고 모든 감정이 평정을 유지한 상태라고 할 수 있다.

이러한 경지에 도달하려면 정념이 기(旗)의 차원으로 드러나서는 안 된다. 시인 역시 그것을 잘 알고 있다. 잘 알기 때문에 오히려 '정념의 기'를 더 내세운다. 시인은 "내 마음은 한 폭의 기"이며, "스스로의 혼란과 열기를 견디지 못해", "보는 이 없는 시공에"[119]걸려 있다고 말한다. 아직 정념을 제대로 다스리지 못한 시인의 고백이 '한 폭의 기'로 표상되고 있다. 시인의 안에서 일어나는 혼란과 열기를 감추는 것이 아니라 그것을 전면에 드러낸다는 것은 정념의 가치를 누구보다도 잘 알고 있다는 것을 의미한다. 시인은 이렇게 중요한 가치를 지닌 정념을 다스리기 위해 부단히 노력한다. 시인은 "보는 이 없는 시공에서"도 스스로 울고 또 스스로 기도한다. 울음과 같은 정념의 열기를 기도를 통해 다스리고, 그것을 숭고한 차원으로 끌어올리려는 시인의 부단한 노력은 마치 인간과 신 사이에서 추처럼 진동하는 마음의 현상학을 연상시킨다.

---

119) 김남조, 「정념의 기旗」, 위의 책, pp.206~207.

3. 인고의 시간과 기도의 문

정념의 숭고함의 가치를 내세운 시인의 태도가 하나의 포즈라면 울음과 기도 사이에서 괴로워할 이유가 없다. 시인의 괴로움은 그 가치가 포즈가 아니라 자신이 감당해야 할 숭고한 삶의 길이라는 데에 있다. 시인은 "삶은 언제나 은총의 돌층계의 어디쯤"120)이라고 말한다. 얼핏 보면 삶의 길 자체가 은총으로 가득한 행복한 길처럼 읽히지만 이것은 제대로 된 해석이 아니다. 여기에서의 은총은 시인의 신에 대한 경외의 의례적인 표현일 뿐 그것이 꼭 행복한 것만을 의미하는 것은 아니다. 행복과 불행, 기쁨과 즐거움 이 모든 것이 시인에게는 신의 은총인 것이다. 시인의 말에서 '은총의 돌층계'는 평탄하고 쉬운 길이 아니라 어렵고 고통스러운 길을 강하게 환기한다. 이 다음에 이어지는 구절이 "사랑도 매양 섭리의 자갈밭의 어디쯤"이라는 것을 고려한다면 '돌층계'는 '자갈밭'과 다른 것이 아니다. 그리고 '어디쯤'에서 환기하는 것은 그 길의 길고도 끝없는 여정이다.

은총의 돌층계와 섭리의 자갈밭으로 표상되는 시인의 길은 인고의 시간을 말하는 것으로 그것은 원죄로 자유롭지 못한 인간에게는 반드시 거쳐야 하는 통과제의 같은 것이라고 할 수 있다. 인간의 원죄로 인해 고통받는 것은 인간만이 아니다. 신 역시 인간의 원죄로 고통을 받는다. 십자가로 표상되는 예수의 골고다에 이르는 길이 그것을 가장 잘 말해준다. 시인은 그러한 신의 고통을 '가시면류관'이라는 질료를 통해 자신뿐만 아니라 우리에게 환기시킨다. 시인은

120) 김남조, 「설일雪日」, 위의 책, p.406.

가시나무의 가시 많은 가지를
머리 둘레 크기로 둥글게 말아
하느님의 머리에
사람이 두 손으로 씌워드린
가시면류관[121]

이라고 노래한다. 시인에게 하느님은 자신에게 은총을 내려주시는 존재이면서 동시에 고통 받는 얼굴을 하고 있는 타자이다. 시인은 타자(하느님)의 그 고통 받는 얼굴을 외면하지 않고 그것을 응시한다. 마치 하느님이 고통 받는 인간을 외면하지 않은 것처럼 자신도 타자인 하느님을 외면하지 않는다. 이것은 시인의 자기 초월과 자기 구원이 신에 의해 일방적으로 주어지는 것이 아니라 자신의 자각과 실천을 통해 이루어진다는 것을 의미한다. 신의 은총으로 산다는 것의 진정한 의미가 여기에 있으며, 그것이 바로 사랑의 실천이라고 할 수 있다.

시인은 "세상에서 가장 강한 건 고통"[122]이라고 말한다. 그것은 '율연慄然'한 것이다. 고통 앞에 떨지 않을 사람은 아무도 없다는 뜻이다. 이 고통의 공포를 이겨내는 힘을 신은 인간에게 제시했으며, 골고다 언덕으로 자신이 지고 간 십자가에 못 박혀 죽은 예수의 행위는 그것의 한 정점이다. 그가 우리를 대신해 못 박혀 죽은 것은 숭고한 사랑의 실천이다. 신은 인간에게 고통의 공포를 이기는 방법으로 사랑을 제시한 것이다. 자신에게 고통을 안겨준 원수도 사랑하라는 말씀 속에 고통의 공포를 이기는 지혜가 내재해 있는 것이다. 하지만 우리가 신이 아닌 이상 사랑으로 고통의 공포를 넘어서기는 쉽지 않다고 할 수 있다. 그래서 인간은 끊임없이 신에게 의문을 제기하고 또 도전하는 불경을 저지르는 것 아닌가? 시

121) 김남조, 「면류관」, 『귀중한 오늘』, 시학, 2007, p.15.
122) 김남조, 「막달라 마리아 · 4」, 『김남조 시전집』, 국학자료원, 2005, p.920.

인은 신의 말씀에 회의하지 않는다. 시인이 두려워하는 것은 '신앙을 잃는 것'[123]에 대한 두려움과 고통의 시간을 견디지 못하는 것에 대한 두려움이다. 시인은 자신의 견딤에 대해 끊임없이 의식하고 또 긴장한다. 시인은 그 견딤의 극에까지 이르려고 한다.

겨울 바다에 가보았지
미지의 새
보고 싶던 새들은 죽고 없었네

그대 생각을 했건만도
매운 해풍에
그 진실마저 눈물져 얼어버리고
허무의 불 물이랑 위에
불붙어 있었네

나를 가르치는 건
언제나 시간
끄덕이며 끄덕이며 겨울 바다에 섰었네

남은 날은 적지만
기도를 끝낸 다음 더욱 뜨거운
기도의 문이 열리는
그런 영혼을 갖게 하소서

겨울 바다에 가보았지
인고忍苦의 물이
수심 속에 기둥을 이루고 있었네[124]

---

123) 김남조, 「올해 여름」, 위의 책, p.723.
124) 김남조, 「겨울 바다」, 위의 책, pp.332~333.

시인이 본 "겨울 바다"는 인고의 시간의 정점에서 만난 세계이다. "겨울 바다"에 그 '인고의 시간'이 거대한 "기둥을 이루고 있었"다는 것은 그것이 얼마나 견고한 것인지를 잘 말해준다. 시인은 그 시간이 '언제나 자신을 가르쳤다'고 고백한다. 인고의 시간 속에서 시인은 시작(탄생)과 끝(죽음), 그리고 허무의 심연을 보기에 이른다. 시간으로 표상되는 존재의 극과 심연을 보게 한 것은 단순한 시간의 흐름이 아니라 시인의 간절한 기도이다. 시인의 기도의 간절함은 "기도를 끝낸 다음 더욱 뜨거운/기도의 문이 열리는/그런 영혼을 갖게 하소서"라는 대목에 잘 드러나 있다. '기도의 문이 열리는 그런 영혼을 갖게 해 달라는 것'은 늘 기도의 순도를 높이려는 시인의 의지를 드러낸 것에 다름 아니다. 시인이 기도의 순도를 높일수록, 다시 말하면 기도의 문이 열릴 순간이 다가올수록 고통의 정도는 더욱 높아지게 되는 것이다.

어쩌면 이 시는 시인의 자기 초월 의지의 최대치를 보여주고 있다고 할 수 있다. 자기 초월을 하기 위해서는 자신에게 주어진 고통의 근원을 절절하게 체험할 수밖에 없으며, 그 정점에서 만나는 것은 허무로 가득한 세계라고 할 수 있다. 시인이 "허무의 불 물이랑 위에/ 불붙어 있었네"라고 할 때 그 허무가 바로 그것이다. 하지만 이때의 허무는 다분히 역설적인 세계를 의미한다. 텅 비어 있기 때문에 오히려 충만한 세계로서의 허무를 의미한다고 할 수 있다. 언제나 새로운 시작, 다시 말하면 기도의 문이 열리는 순간은 모든 존재하는 것들이 텅 빈 상태를 유지한다고 할 수 있다. 우리의 눈에 마치 모든 것들이 정지해 있거나 죽어 있는 것처럼 보이는 순간이 역설적으로 가장 활발하게 움직이고 살아 있는 세계라고 할 수 있다.

이런 점에서 겨울 바다는 죽어 있는, 모든 것들이 끝장난 것이 아니라 새로운 세계로 통하는 문이 열리는 상징적인 공간인 것이다. 시인이 겨울 바다에서 본 인고의 물기둥이 그 문을 열게 할 것이다. 인고의 물기둥은 수심 속에 견고하게 자리하고 있기 때문에 그 문은 그만큼 더 쉽게 열릴 것이다. 이것은 인고의 시간이 길고 치열하면 치열할수록 기도의 문은 그만큼 빨리 열린다는 것을 말해준다. 시 속에 보이는 시인의 기도는 인고의 시간과 다른 것이 아니다. 시인의 기도는 자기 초월을 통한 자기 구원을 지향하기 때문에 부정적이거나 회의적인 면보다는 긍정적이고 적극적인 면을 늘 보여준다. 가령 '너'라는 대상과의 관계를 노래할 때도 시인은

> 나의 밤 기도는
> 길고
> 한 가지 말만 되풀이한다
>
> 가만히 눈뜨는 건
> 믿을 수 없을 만치의
> 축원,
> 갓 피어난 빛으로만
> 속속들이 채워 넘친 환한 영혼의
> 내 사람아
>
> 쓸쓸히 검은 머리 풀고 누워도
> 이적지 못 가져 본
> 너그러운 사랑[125]

에서처럼 기도에 부정적이고 회의적인 면모가 드러나지 않는다. 이 말은 시인의 기도에 한 치의 잡음도 끼어들지 않는다는 것을 의미한다. 시인의 기도는 길 뿐만 아니라 한 가지 말만 되풀이하는 그런 기도인 것이다. 시인의 인고의 시간이 끝나고 기도의 문을 통해 드러난 사실은 "믿을 수 없

125) 김남조, 「너를 위하여」, 위의 책, p.290.

는 만치의 축원"과 "갓 피어난 빛으로만 속속들이 채워 넘친 환한 영혼"이다. 이것은 시인의 기도의 산물이다. 기도가 시인으로 하여금 "이적지 못 가져 본/너그러운 사랑"[126]을 갖게 한다.

이처럼 시인은 '여태껏 가져보지 못한 너그러운 사랑을 갖게 되었다'는 것은 곧 자기 초월을 이루었다는 것을 말해준다. 시인은 간절한 기도를 통해 자신이 이전에 경험하지 못한 사랑을 성취한 것이다. 이런 점에서 기도에는 문이 있다고 할 수 있다. 기도에 문이 있다는 사실을 인정하고 나면 '두드려라 그러면 열릴 것이다'라는 성경의 경구가 단순한 경구가 아닌 자기 초월 혹은 자기 초월을 통한 자기 구원의 상징적인 표지로 인식되는 것은 어쩌면 당연하다고 할 수 있다. 인고의 시간을 견딘 간절한 기도는 하늘과 통하고 신과 통한다는 말이 시인의 시에서는 자연스러운 것이라고 해도 과언이 아니다. 하지만 여기에서 우리가 간과하지 말아야 할 것이 하나 있다. 그것은 인고의 시간을 견딘 시인의 간절한 기도의 방식이다. 시인은 이와 관련해 아주 의미심장한 발언을 한다. 시인은 "땅 위에 머무는 자는/말을 버림으로 가슴 맑아지는/이치를"[127]이라고 말한다. 시인이 강조한 것은 말을 버리라는 것이다. 그렇다면 말을 버리고 어떻게 가슴 맑아지는 이치를 터득할 수 있을까? 이 물음에 대한 답은 시에서 언급하고 있지 않지만 그것이 무엇인지 알아내기는 결코 어렵지 않다. 말을 버려도 땅 위에서 살 수 있는 것은 바로 몸이 있기 때문이다. 말이 아니라 몸으로 땅 위에서 살아가라는 것이다. 이것을 확대 해석하면 기도를 말이 아니라 몸으로 하라는 것이 된다. 말보다 몸으로 하는 기도의 순도와 진정성이 더 높다는 것은 누구나 알고 있는 사실 아닌가? 시인이 말하는 인고의 시간을 견딘 간절한 기도 또한 이미 그 안에 몸의 의미가 내재

126) 김남조, 「너를 위하여」, 위의 책, p.290.
127) 김남조, 「다시 겨울에게」, 위의 책, p.680.

해 있다고 할 수 있다. 인고의 시간과 기도의 문의 주체가 몸이라는 사실은 시인의 자기 초월과 자기 구원의 논리가 그만큼 견고하다는 것을 의미한다.

4. 미지의 것 혹은 아름다운 세상을 위하여

시인의 자기 초월과 자기 구원이 궁극적으로 꿈꾸는 것이 무엇일까? 시인 개인의 구원일까? 시인은 『목숨』 이후 지금까지 늘 자기 구원을 희구해 왔지만 그것은 어디까지나 자기반성과 성찰이라는 구도의 차원에서이다. 시인의 자기 구원은 타자를 배제하거나 소외시키는 것이 아니라 오히려 그것을 포용하고 융화하는 차원에서 이루어져 왔다고 할 수 있다. 타자의 고통을 외면하지 않고 그것을 신의 섭리 안에서 간절한 기도를 통해 같이 아파하고 희구해오면서 시인은 누구보다도 강한 내적인 인고의 시간을 가졌던 것이 사실이다. 그 인고의 시간만큼 시인은 자신이 희구해 온 자기 구원의 믿음을 견고히 했을 뿐만 아니라 '기도의 문'이 표상하듯이 그것이 이루어진다는 실천적인 믿음을 잃지 않았다고 할 수 있다. 그 믿음의 끝에서 경험한 허무의 불과 물이 만나고, 수심 깊은 곳에 뿌리를 내린 인고의 물기둥은 그것의 현현이라고 할 수 있다.

이러한 시인의 정념은 늘 타자의 존재를 포괄하는 것이기 때문에 개인적이고 사소한 감정의 분출로 흐르지 않고 인간의 보편적 가치에 대한 이해와 탐구의 차원으로 표출되었던 것이다. 신이라는 존재도 타자로 인식해 그의 시간 안에서 인류의 원죄를 대신 지고 가시 면류관을 쓴 그의 고통스러운 얼굴과 마주하려 한 시인의 일련의 태도는 그 자체가 숭고한 것이라고 할 수 있다. 타자와의 관계성 속에서 자신의 존재를 성찰하고 또 규정하고 있는 시인의 태도는 사랑의 의미를 확장하고 또 심화하기에 이른다. 시인의 사랑이 단순한 에로스적인 차원을 넘어서는 이유가 바로 여기에 있다고 할 수 있다. 시인의 사랑은 신에게로만 향하는 것도 또 인간에게만 향하는 것도 아니다. 시인의 사랑은

생명 있는 모든 것을
먹이고 기르는 자연을 위하여
죽은 후에도 영원히 안아 주는
대지를 위하여
땅의 남편인 하늘을 위하여
아름다운 세상을

태어날 아기들과
미래의 동식물을 위하여
이름 없는 거
잊혀진 거
미지의 것을 위하여
가급적 다수를 위하여
그러고 보니 모든 걸 위하여
아름다운 세상을128)

에 잘 드러나 있듯이 '존재하는 모든 것'을 향한다. 시인의 사랑의 범주 안에는 '이름 없는 것', '잊혀진 것', 심지어는 '미지의 것'도 포함된다. 이것은 시인이 꿈꾸는 사랑의 시간에는 과거, 현재, 미래가 모두 포함된다는 것을 의미한다. 미지의 것조차도 자신의 사랑의 영토 안에 두려는 시인의 마음은 단순한 미학적인 차원에서 접근할 수 없는 도덕적이고 윤리적인 문제를 드러낸다고 할 수 있다. 시인이 "모든 걸 위하여/아름다운

128) 김남조, 「아름다운 세상」, 위의 책, pp.734~735.

세상을"이라고 할 때 그 아름다움이야말로 도덕적인 것이고 또 윤리적인 것이라고 할 수 있다. 도덕이나 윤리가 전제되지 않는 아름다움은 아름다움을 위한 아름다움으로 그칠 위험성이 언제나 내재해 있다. 도덕이나 윤리의 범주 안에는 반드시 개인을 넘어선 타자, 공동체, 인류, 우주 등과 같은 존재와 그 의미가 내재해 있다고 할 수 있다.

이런 맥락에서 볼 때 시인의 시가 아름다운 것은 개인의 정념을 미적인 언어로 상상하고 표현했기 때문만은 아니다. 시인의 시가 아름다운 진짜 이유는 개인을 넘어 타자, 공동체, 인류 등으로 자신의 정념을 확장했기 때문이다. 시인의 정념이 이렇게 개인을 넘어 타자, 공동체, 인류 등으로 확장될 수 있었던 것은 식민지와 분단, 전쟁으로 이어진 민족사의 비극과 그것을 외면하지 않고 견디면서 신 안에서 구원을 찾은 시인의 태도가 맞물려 나타난 결과라고 할 수 있다. 민족사의 비극은 시인에게 실존의 상처를 안겨주었지만 시인은 여기에 굴하지 않고 긴 인고의 시간 동안 간절한 기도를 통해 새로운 실존의 길을 부단히 모색해 왔다고 할 수 있다. 이런 점에서 "모든 걸 위하여/아름다운 세상을"이라고 한 시인의 말이 하나의 큰 울림으로 다가오는 것은 어쩌면 당연한 것인지도 모른다. 여기에는 누구도 부인할 수 없는 시인의 육화된 시간과 육화된 정념과 육화된 언어가 모두 내재하고 있기 때문이다.

5. 삶의 본질과 구원의 형식이 지니는 문학사적 의의

김남조의 시력과 시세계 사이에는 남다른 데가 있다. 1953년 첫시집 『목숨』을 상재하면서 정식으로 시의 길로 들어선 것을 고려하면 그녀의 시력은 60년이 넘는다. 이 오랜 기간 동안 시인은 구도자의 자세로 자신의 삶에 대해 끊임없이 성찰하고 반성하는 시간을 가졌으며, 여기에서 얻어진 언어와 세계를 토대로 시를 써왔다. 그녀의 시가 수사학적인 기교나 형식보다는 삶의 자세와 태도를 더 문제 삼고 있는 이유가 바로 여기에 있다. 이러한 시작 태도는 그녀의 시 어디에서나 발견할 수 있다. 초기의 참담한 실존 상황에서 목숨에 대해 보여준 시인의 강한 의지라든가 중기의 인간과 신을 향한 근원적이고 본질적인 사랑에 대한 치열한 갈구와 탐색, 그리고 후기의 죽음에 대한 강박과 불안 속에서도 평온과 안식을 통한 내적 평정의 세계를 잃지 않으려는 그녀의 시의 역정은 우리 시사에서 보기 드문 하나의 진경을 연출하고 있다고 할 수 있다.

시인의 삶과 시의 세계가 서로 침투하거나 상보적인 관계를 유지하면서 웅숭깊은 언어와 형식을 만들어낸다는 것은 결코 쉬운 일이 아니다. 특히 시인처럼 기독교적인 세계관을 기반으로 하고 있는 경우 시인과 신 사이의 균형감각을 유지하기가 쉽지 않다. 이런 균형감각을 제대로 유지하지 못해 시에 종교적인 색채가 너무 강하게 드러나거나 아니면 인간의 세속적인 욕망이 종교라는 이름으로 왜곡되어 드러나는 경우가 많다. 이 균형감각의 문제는 수용 과정에서 공감이라는 차원과 맞물려 있기 때문에 중요하다고 하지 않을 수 없다. 그녀의 시에서는 기독교적인 색채가 전경화되어 있지 않고 내재화 되어 있기 때문에 인간의 보편적인 삶의 의지와 내면적 고독과 절망, 절대자에 대한 구원의 문제 등이 거부감 없이 자연스럽게 공감대를 형성하게 된다. 신이 내재화 됨으로써 시인이 드러내는 이러한 것들은 인간과 세계에 대한 웅숭깊은 해석과 의미를 낳는다.

그런데 우리가 여기에서 간과하지 말아야 할 것은 시인의 신을 향한 구도가 자신의 내면적 성찰의 과정을 통해 이루어진다는 사실이다. 시에 투영되어 있는 시인의 의지나 고독, 절망, 부끄러움, 희열, 침묵 등은 진지하고 깊이 있는 내면적 성찰의 과정을 통해 이루어지기 때문에 신에 대한 자세나 태도가 진정성을 드러내게 되는 것이다. 시인에게 찾아온 실존적인 고독과 허무의 상황에서 신을 향해 호소하는 시인의 자세라든가 자신이 지니고 있는 다양한 사랑의 감정을 진솔하게 표출하면서 신의 사랑에 이르고자 하는 염원과 갈구를 행하는 것이라든가 또 노년에 찾아온 죽음에 대한 불안과 공포를 신의 섭리 안에서 안식과 평온으로 바꿔놓으려는 시인의 태도에서 진정성이 느껴지는 이유가 바로 여기에 있다. 어쩌면 우리가 말하는 종교시나 신앙시의 바람직한 모습을 그녀의 시가 지니고 있는지도 모른다. 시가 곧 종교가 아니듯 혹은 시가 곧 철학이나 역사가 아니듯 시는 시 고유의 정체성을 지니고 있는 것이다. 시인의 60여 년 시력이 은폐하고 있는 목숨(생명), 사랑, 죽음 같은 세계와 그것들의 형식은 우리 시사의 한 모범이 될 만하다. 시인의 기독교적 세계관이 궁극적으로 겨냥하고 있는 것이 신에 의한 인간의 구원이라면 그녀의 시 역시 궁극적으로 겨냥하고 있는 것은 시적 언어를 통한 구원의 형식이라고 할 수 있다. 이런 점에서 시인에게 시란 신이 은폐한 언어의 형식 혹은 구원의 형식을 발견하는 것에 다름 아닌 것이다.

사랑의 문장
– 서안나의 『립스틱 발달사』

1. 애월 혹은 문장의 탄생

하나의 문장을 얻기 위해 시인은 늘 고투를 아끼지 않는다. 이런 점에서 시인의 문장은 내적 응축으로서의 성격을 지닌다. 자신의 내면을 깊이 있게 투시하고 그것이 일정한 시간의 과정(반성의 과정)을 거쳐 드러나는 고통스러운 현현이 바로 시의 문장이다. 시인이 자신의 내면을 깊이 있게 투시하면 할수록 세계는 그만큼 깊어지고, 그 깊어진 세계는 필연적으로 선명하게 모습을 드러낼 수밖에 없다. 세계 혹은 세계의 이면에 은폐된 의미는 어떤 개념이나 도구적 연관성에 의해 탈은폐되는 것이 아니라 시인의 체험에 의해 탈은폐되는 것이라고 할 수 있다. 이때 요구되는 체험이란 시인과 세계와의 긴밀하고 섬세한 정서 혹은 감성적인 소통을 의미한다. 이 소통은 개념이나 도구를 전제로 세계와 만나지 않고 세계가 스스로 드러내는 현상에 대한 발견을 통해 이루어지는 것이기 때문에 보다 풍부한 의미를 발생시킬 수 있다.

이러한 맥락에서 볼 때 서안나 시인이 드러내려는 사랑의 세계에 대한 탈은폐 전략 역시 이와 무관하지 않다. 의미의 풍부함과 관련하여 사랑만한 것이 없다는 점에서 시인의 전략은 고도의 감성과 감각을 요구한다고 할 수 있다. 시인의 감성과 감각이 일정한 단계에 이르면 세계에 대한 '주의(attention)'가 발동하여 자신이 미처 발견하지 못한 은폐된 의미를 발견하게 된다. 우리가 사랑에 대해 개념이나 도구적 연관성을 통해 알 때와 주의를 통한 발견에 의해 이해할 때와는 커다란 차이가 있다. 사랑과 관련하여 주의가 발동하게 되면 마치 숨은그림찾기에서처럼 그동안 보이지 않던 세계가 그 모습을 드러내게 된다. 시인의 눈에 보이지 않던 세계가 보이고 그 속에 은폐되어 있는 의미를 발견하게 되면 자연스럽게 그것이 하나의 문장이 되는 것이다. 이런 점에서 좋은 문장은 시인에 의해 창조되는 것이 아니라 발견되는 것이라고 할 수 있다. 세계 내에 문장의 형태가 자리하고 있으며 시인은 그 문장을 발견해내는 존재인 것이다. 시인은

> 애월(涯月)에선 취한 밤도 문장이다 팽나무 아래서 당신과
> 백 년 동안 술잔을 기울이고 싶었다 서쪽을 보는 당신의 먼 눈
> 울음이라는 것 느리게 걸어 보는 것 나는 썩은 귀 당신의 목소
> 리가 들리지 않는다 애월에서 사랑은 비루해진다
>
> 애월이라 처음 소리 내어 부른 사람, 물가에 달을 끌어와
> 젖은 달빛 건져 올리고 소매가 젖었을 것이다 그가 빛나는 이
> 마를 대던 계절은 높고 환했으리라 달빛과 달빛이 겹쳐지는
> 어금니같이 아려 오는 검은 문장, 애월
>
> 나는 물가에 앉아 짐승처럼 달의 문장을 빠져나가는 중
> 이다[129)]

에서 알 수 있듯이 문장을 '애월'과 동일시하고 있다. 애월이 그대로 하나의 문장이라면 시인에게 애월은 육화된 언어이다. 어떤 문장 혹은 언어가

---

129) 서안나, 「애월 혹은」, 『립스틱 발달사』, 천년의시작, 2013, p.12.

육화된 존재성을 지닌다는 것은 세계와의 친밀성이 전제되지 않으면 불가능한 일이다. 애월의 '취한 밤' 속에 시인이 놓여 있고 '어금니같이 아려 오는 감각'을 지금, 여기에서 시인이 실제로 느끼고 있기 때문에 애월에서의 체험이 그대로 문장이 된 것이다. 애월에서의 시인은 자신의 관념이나 개념으로 그 세계(애월)를 만들려고 하지 않고 이미 거기에 있는 애월의 존재성, 다시 말하면 애월의 문장을 찾으려고 한다. 시인이 '나는 물가에 앉아 짐승처럼 달의 문장을 빠져나가는 중이다'라고 한 것을 보면 시인과 달의 관계가 역전되어 있다. 달이 시인의 문장으로 드러나는 것이 아니라 오히려 시인이 달의 문장으로 드러난다. 시인이 쓰고자 하는 문장은 이미 달 속에 내재해 있으며, 시인은 단지 그것을 발견하여 들추어내면 되는 것이다.

시인이 달의 문장을 잘 빠져나가기 위해서는 '짐승'처럼 되어야 한다. 시인이 짐승이 아닌 이성적이고 개념화된 존재라면 달의 문장을 잘 빠져나갈 수 없다. 짐승과 달의 친밀감 정도가 되어야만 시인은 달의 문장을 획득할 수 있다. 시인이 보기에 짐승과 달의 친밀감은 '물가에 앉아'에서의 물의 이미지가 상징하듯이 자연스러운 소통과 연속을 의미한다고 할 수 있다. 시인이 이 시에서 구사하고 있는 물, 짐승, 달들은 모두 애월 혹은 문장을 형상화하기 위한 질료들이다. 애월이 문장이라면 물, 짐승, 달 등의 질료들은 그 문장을 이루는 각각의 요소들이다. 시인이 노래하고 있는 애월에서의 '애'는 '涯'이면서 동시에 '愛'인 것이다. 이 시에서 시인의 시적 대상은 '당신'이다. 이 당신은 '처음 소리 내어 애월이라고 부른 사람'인 동시에 '어금니같이 아려 오는 검은 문장'의 소유자이다. 당신이 처음 소리 내어 불렀기 때문에 애월은 비로소 그 모습을 드러낸 것이다. 하지만 이 애월은 당신이 만들어낸 세계가 아니라 이미 존재한 세계이다. 당신의 호명으로 '물가에 달을 끌어와 젖은 달빛 건져 올리는' 세계, 곧 애월이 탈은폐하게 된 것이다. 시인이 보기에 애월이 당신이고, 당신이 애월인 것이다. 애월, 당신, 문장이 다른 대상이 아닌 것이다.

시인이 당신을 그리워하는 데에는 '나'와 '당신' 사이의 절망적인 거리 때문이며, 시인은 이것을 '사랑'이라고 고백한다. 시인의 사랑이 여기에 있다면 그것은 '어금니같이 아려 오는 검은 문장'일 수밖에 없다. 이런 점에서 시인이 애월의 문장을 발견하려고 하는 것은 곧 사랑의 문장을 발견하려고 하는 것에 다름 아니다. 「애월 혹은」은 사랑에 대한 시인의 의식이 강하게 투영되어 있는 시라고 볼 수 있다. 시인이 발견하려고 하는 사랑 혹은 사랑의 문장은 「애월 혹은」이 말해주듯이 애월을 처음 소리 내어 부른 사람에 의해 이루어진다. 시인은 애월, 다시 말하면 사랑과 그 문장을 처음 소리 내어 부르고 싶어 한다. 시인의 이 부름이야말로 사랑이라는 시적 대상이 빠질 수도 있는 개념화되고 스테레오타입화된 매너리즘으로부터 벗어나게 하는 세계에 대한 낯설게 하기의 한 방법이라고 할 수 있다. 시의 역사에서 사랑만큼 오랜 시간 시인의 자의식을 불러일으켜 온 것도 없을 것이다. 이것은 그만큼 사랑을 노래하는 시가 대중성과 보편성을 담보하고 있다는 것을 말해줌과 동시에 사랑을 낯설게 하기가 결코 쉽지 않다는 것을 말해준다. 시인의 시에서 「애월 혹은」은 각별하다. 사랑의 정조와 의미가 지배적인 흐름을 이루고 있는 그녀의 시에서 이 시는 사랑에 대한 시인의 태도와 자의식, 그리고 시쓰기에 대한 방법론적인 차원을 함의하고 있다는 점에서 우산과 같은 작품이라고 할 수 있다.

2. 사랑 그 감정의 안과 밖

시인이 노래하고 있는 사랑은 오묘하다. 사랑이 오묘한 것은 누구나 다 알고 있는 사실이지만 그것이 왜 오묘한지에 대해서는 사람마다 다른 태도를 가진다. 시인은 사랑이 오묘한 이유를 '감정'에서 찾고 있다. 감정이 없는 사랑은 상상할 수 없다. 만일 감정이 없었다면 사랑이라는 말도 생겨나지 않았을 것이다. 이 감정으로 인해 사랑은 그 모습을 달리한다. 이것은 감정의 편차가 곧 사랑의 편차라는 것을 의미한다. 사랑이 오묘한 것은 바로 이 감정의 속성의 오묘함에서 비롯되며, 이 감정을 어떻게 적절하게 조절하느냐에 따라 시의 정조나 세계 자체가 달라진다고 할 수 있다. 이때 여기에서 말하는 감정의 조절은 그것의 긴장과 이완을 의미하지만 그것이 곧 기계적인 균정한 상태를 의미하는 것은 아니다. 감정은 고정되거나 틀지어지지 않고 늘 변화와 생성의 흐름 속에서 그 존재성을 드러낸다.

이런 점에서 감정의 조절 혹은 감정의 균형이란 기우뚱한 상태에서의 균형을 말한다. 기우뚱한 균형, 여기에 감정의 오묘함이 내재해 있을 뿐만 아니라 세계의 오묘함이 또한 내재해 있다. 시인은 감정의 기우뚱한 균형을 늘 유지하려고 한다. 어느 한 쪽으로의 감정의 쏠림은 세계에 대한 파탄이나 파멸로 이어질 위험성이 있다. 감정 역시 이념이나 이데올로기처럼 전일적이고 파시즘적인 양상으로 치달아 오묘함이 없는 삭막한 불모의 세계를 드러낼 수도 있다. 현상의 차원에서 보면 세계란 물렁물렁한 감정 혹은 감각의 덩어리이다. 감정이 덩어리로 이루어진 세계에서는 감정의 주체와 세계가 동일한 차원에 놓인다. 동일한 차원에 있기 때문에 감정의 주체와 세계 사이에는 평면이 아닌 입체적인 시공성이 실체를 드러내게 된다. 하지만 이 둘이 동일한 차원에 놓이지 않으면 그것은 평면성을 넘어설 수 없게 된다. 세계 자체가 입체적으로 지각되고 인식된다는 것은 세계의 이면에 은폐된, 다시 말하면 눈에 보이는 세계뿐만 아니라 눈에 보이지 않는 세계까지 포괄하고 있다는 것을 말해준다.

우리가 감정, 특히 사랑의 감정을 도무지 이해할 수 없다고 하는 데에는 그것이 이러한 눈에 보이지 않는 은폐된 세계를 지니고 있기 때문이다. 다양한 층위의 감정이 켜켜이 싸여 있는 상태에서의 사랑은 감정 주체와 세계가 서로 복잡하게 얽혀 있는 관계로 그것을 잘 포착하여 표현하는 것은 쉽지 않은 일이다. 서로 복잡하게 얽혀 있는 물렁물렁한 감정의 덩어리를 어떤 개념이나 도구적인 연관성 없이 자연스럽게 드러내기 위해서는 무엇보다도 사랑의 감정에 은폐된 의미를 발견해내는 감각이 요구된다고 할 수 있다. 시인의 감각은 발견에서 비롯되는 것이지 창조되는 것이 아니다. 사랑이 은폐하고 있는 의미가 이루 다 헤아릴 수 없을 정도로 풍부하기 때문에 그것을 발견해 탈은폐하는 것은 기우뚱한 감정의 균형을 발견하는 일만큼이나 어려운 일이다. 사랑이 시의 화두가 된 이번 시집에서 서안나 시인의 고민이 깊어지는 지점이 바로 여기에 있다고 해도 과언이 아니다. 이와 관련하여 시인이 먼저 주목한 것은 감정의 속성이다. 시인은

> 홀수는 왜 왼쪽을 향하고 있는 걸까요
> 왼쪽은 외로움의 기원입니다
> 홀수의 감정은 왼쪽에서 시작됩니다
>
> 숫자를 맨 처음 썼을 아라비아 사내,
> 1이라 쓰고 앞발을 핥는 낙타의 혀처럼 순해졌을 겁니다
> 7처럼 멈추지 않는 고백이었을 겁니다
>
> …(중략)…
>
> 당신과 내가 웃다 쓸쓸해지는 이유는
> 사막처럼 1이 되는 홀수의 감정 때문입니다
> 1은 내성적이고 5마리의 사막 여우는 여전히 왼쪽을 바라

보고 섰습니다

나는 1에서 빠져나가려 말을 더듬는 1의 감정입니다
3처럼 날개가 돋아나는 중입니다[130)]

라고 고백한다. 시인은 감정의 속성을 '홀수'에서 찾고 있다. 그렇다면 시인은 왜 짝수가 아닌 홀수에서 감정의 속성을 찾고 있는 것일까? 이 물음에 대해 시인은 '홀수는 왼쪽을 향하고, 왼쪽은 외로움의 기원'이라는 말로 답한다. 시인의 이 말은 홀수가 외로움의 속성을 지니고 있다는 것을 의미한다. 외로운 수가 홀수라면 그것은 필연적으로 그 외로움을 충족하려고 할 것이다. 외롭지 않기 위해 혹은 외로움을 충족하기 위해 홀수는 어떤 움직임을 취할 수밖에 없다. 이런 맥락에서 시인은 1, 3, 5, 7 등의 홀수에 대해 각각의 의미를 부여한다. 1은 '앞발을 핥는 낙타의 혀', 3은 '날개가 돋아나는 중', 5는 '왼쪽을 바라보고 섰는 것', 7은 '멈추지 않는 고백' 등이 바로 그것이다.

홀수의 감정이 다양한 움직임을 낳고, 이 움직임이 홀수 혹은 홀수의 감정으로부터 벗어나게 한다. 시인은 '나는 1에서 빠져나가려 말을 더듬는 1의 감정입니다'라고 고백한다. 1, 다시 말하면 홀수는 거기에서 빠져나가려 한다. 하지만 이 빠져나가려는 움직임은 1(홀수)의 감정을 전제한다. 나는 1(홀수)의 감정이 있기 때문에 1로부터 빠져나갈 수 있는 것이다. 1의 감정이 1을 해체하는 이러한 역설이 곧 1의 정체성이다. 이것은 홀수의 감정이 홀수의 정체성을 결정한다는 것에 다름 아니다. 홀수를 빠져나가려는 혹은 홀수를 해체하려는 홀수의 감정이 존재하는 한 그 세계는 늘 기우뚱한 상태를 유지할 수밖에 없다. 홀수의 정체성이 균등하고 정제된

130) 서안나, 「홀수의 감정」, 위의 책, p.34.

균형보다는 기우뚱한 균형에 있다는 것은 그것이 세계의 변화와 흐름을 강하게 담지하고 있다는 것을 의미한다. 이처럼 홀수에서 빠져나가려는 홀수의 감정으로 인해 세계의 변화와 흐름이 담지된다면 그 세계란 순전히 홀수로 표상되는 어떤 세계일까? 하지만 세계는 홀수로만 표상되지 않는다. 세계는 홀수와 짝수, 곧 음과 양으로 이루어진다.

홀수에서 빠져나가 생성되는 세계는 짝수와 관계되지만, 이때 여기에서 말하는 짝수는 홀수를 품고 있는 짝수이다. 홀수로부터 온전히 빠져나와 짝수가 되는 것이 아니라 짝수 안에 홀수가 있고, 그 홀수 안에 다시 짝수가 있는 세계가 바로 시인이 노래하고 있는 세계인 것이다. 이것은 우리가 흔히 알고 있는 정반합의 세계(변증법적인 세계)와는 차원이 다른 것이다. 이 세계에서는 어느 한쪽이 배제되거나 소외된다. 하지만 시인이 말하는 홀수와 짝수의 세계에서는 어느 한쪽이 배제되거나 소외되지 않고 그것이 모두 포용되거나 융화된다. 세상의 이치 혹은 세계의 존재 방식이 홀수와 짝수 곧 음양의 기우뚱한 균형 속에 놓여 있다는 사실을 시인이 발견하고 그것을 시로 형상화한다는 것은 단순하면서도 복잡한 의미의 차원을 그 안에 지니고 있다는 것을 말해준다. 시인은 홀수와 짝수의 이러한 복잡 미묘한 의미 차원을 사랑 속에서 발견한다. 시인이 발견한 사랑은

이별은 얼마나 차가운 물질인가
감정은 기우뚱거린다
당신은 높고 나는 무겁다
가볍고 무거운 우리는
연인이라는 한 팀이다

우리의 감정은
너에게로 기울었다

내게로 넘친다
지상에는 빛나서
슬픈 다리가 넷
같은 노래를 듣고
같은 모자를 써도
우리는 사랑의 중심에서 멀다
어떤 장르의 노래를 불러야
사적인 감정에 도착할 수 있나

짧아지거나 길어지며
우리의 감정은 완성된다
감정은
왜 밤에 깊어지는가[131]

에서 볼 수 있듯이 그것은 '기우뚱한 감정'을 통해 이루어진다. 사랑하는 '나'와 '너' 사이의 감정은 마치 '시소'와 같다. 감정은 높거나 무거울 수 있고 또 가볍거나 무거울 수 있다. 사랑의 감정이라는 이 음양의 조화는 시소처럼 늘 서로에게 관계하고 있으며, 이것은 하나도 아니고 둘도 아닌 세계를 겨냥한다. 시소는 기우뚱한 감정의 메타포이면서 동시에 하나의 세계에 대한 메타포라고 할 수 있다. 어느 한쪽이 높으면 다른 한쪽이 낮고, 다른 한쪽이 가벼우면 어느 한쪽은 무거운 것이 사랑의 감정이다. 이런 점에서 사랑은 기우뚱한 감정의 시소게임 같은 것으로 볼 수 있다. '나'와 '너'는 분리된 존재가 아니라 둘이면서 한 몸으로 된 존재이기 때문에 사랑의 감정은 '너에게로 기울어지기'도 하고 또 '내게로 넘치기'도 한다. 만일 나와 너 사이에 이러한 시소처럼 기우뚱한 감정의 흐름이 없다면 진정한 사랑의 역사는 탄생하지 않았을 것이다.

사랑이 시작된 순간 이미 기우뚱한 감정의 시소게임은 벌어진 것이다.

131) 서안나, 「한밤의 시소」, 위의 책, p.44.

우리가 사랑을 하면 강렬한 감정의 변화를 체험하는데 이것은 서로의 감정이 기우뚱한 채 끊임없이 흘러넘치기 때문이다. 나에게서 너에게로 감정이 흘러갔다가 다시 너에게서 나에게로 감정이 흘러오는 과정에서 우리가 예상치 못한 사건이 발생한다. 복잡하고 미묘한 사건이 벌어진다는 것은 나와 너 사이의 사랑의 감정을 종합하고 통합하는 일이 쉽지 않다는 것을 넘어 불가능하다는 것을 말해준다. 비록 나와 너 두 사람이 서로 '같은 노래를 듣고 같은 모자를 써도 우리는 사랑의 중심에서 멀'수밖에 없다. 나와 너 두 사람의 사랑의 감정은 시소처럼 기우뚱한 채 끊임없이 중심으로부터 어긋난 행보를 보일 수밖에 없는 것이 사실이다. 이 기우뚱함과 어긋남이라는 사랑의 감정이 깊어지면 그 사랑은 존재의 비극성을 환기하기에 이른다. 이것은 단순히 사랑의 감정의 깊이로 끝날 성질의 것이 아니라 그녀의 시의 깊이와 밀접하게 연결되어 있는 부분이기도 하다. 기우뚱한 사랑의 감정의 비극성은 그녀의 여러 시편에서 발견할 수 있지만 특히 「베란다」는 주목에 값한다.

> 나는 문, 그는 베란다
> 나는 그의 밖에 있고,
> 그는 나의 밖에 있다
>
> 나를 열면 그는 반쯤 내가 된다
> 나를 닫으면 그는 마술처럼 사라져 버린다
> 정작 그가 사라진 건 아니다
> 내 두 눈이 그를 밀어낸 것뿐이다
>
> 나를 떼어 내면
> 그는 바람 잘 통하는 훌륭한 거실이 된다
> 사랑이라는 바람만 남는다
> 내가 사라진 것도

세상이 사라진 것도 아니다
사랑의 밖이며 안이다

문을 열고 닫는 일
어쩌지 못해 혼자 생각에 잠기는 일
보이면서 보이지 않는
사람을 향해 뻗어 가는[132)]

'나'와 '그'를 '문'과 '베란다'의 관계로 치환하여 노래하고 있는 아름다운 시이다. 이 시를 아름답다고 명명한 것은 순전히 관계에서 비롯된다. 문과 베란다의 관계는 시소의 관계만큼이나 오묘하다. 시소에서 상대를 어쩌지 못하는 것처럼 문과 베란다에서도 상대를 어쩌지 못한다. 그것은 상대 역시 나와 둘이 아니기 때문이다. 그래서 시인은 '나를 열면 그는 반쯤 내가 된다/나를 닫으면 그는 마술처럼 사라져 버린다/정작 그가 사라진 건 아니다'라고 노래하고 있는 것이다. 나를 열고 닫는 일은 내 뜻대로 할 수 있는 것이 아니다. 나를 열고 닫는 것은 나에 의해서 뿐만 아니라 그에 의해서도 이루어지기 때문이다. 어쩌면 시인의 고백처럼 이 일은 '어쩌지 못해 혼자 생각에 잠기는 일'인지도 모른다. 나의 상대인 그 때문에 나는 늘 생각에 잠기고 또 불안하고 숨 막히는 긴장 속에 놓이게 되는 것이다.

이처럼 누군가를 사랑한다는 것은 깊은 번민을 불러일으킨다는 것에 다름 아니다. 흔히 누군가를 사랑하게 된 사람이 빠지기 쉬운 착각이 하나 있다. 내가 누군가를 사랑하면 그 상대를 자신이 온전히 이해하고 또 자신의 지배하에 둘 수 있을 것이라고 확신한다. 하지만 그 상대를 사랑하면 할수록 내 자신이 체험하는 것은 사랑에 대한 신기루 같은 막막함이

132) 서안나, 「베란다」, 위의 책, p.36.

다. 내 자신 안에 온전히 있다고 믿었는데 상대는 나로부터 벗어나 저 멀리 밖에 있고, 또 열심히 그 상대를 보고 쫓아가지만 막상 거기에 이르면 상대는 또 저 멀리 있고. 이러한 사랑의 회로에 빨려 들어가 허우적거리다가 지치기도 하고 급기야 사랑에 대한 환상이 환멸로 바뀌기도 한다. 누군가를 사랑해본 사람은 알 것이다. 누군가를 사랑하는 동안에는 이루 다 헤아릴 수 없을 정도로 많은 생각, 좀 더 정확히 말하면 감정들이 명멸하고 그때마다 희망과 절망, 평온과 불안이 교차하고 재교차한다는 것을. 사랑의 감정을 온전히 평정할 수 있는 사람은 거의 없을 것이다. 언제나 사랑의 감정은 기우뚱할 수밖에 없고, 이 어긋남과 결핍이 사랑의 미묘함을 만든다고 할 수 있다.

3. 먼 분홍의 더듬거림 속으로

사랑에 관한 한 서안나 시인 역시 애송이이다. 그동안 사랑을 노래한 시인들이 겉늙어버린 경우를 떠올려보면 애송이라는 말은 오히려 긍정적인 가능성의 의미를 지닌다. 자신이 사랑을 잘 안다고 생각하는 순간 시인은 늙어버린다. 사랑이 감정에서 비롯된다면 그 감정은 늘 현재진행형일 수밖에 없다. 사랑의 감정이 어디로 또 어떻게 흐를지 그것에 대해 잘 안다는 것은 불가능하다. 단지 그것이 미묘하고 오묘하다고밖에 말할 수 없는 것이 진실에 가깝다고 할 수 있다. 시인이 사랑을 잘 안다고 생각하는 순간 연애시는 더 이상 창작될 수 없다. 시인이 사랑에 대해 애송이의 태도를 보이는 것은 이런 점에서 의미심장하다. 사랑에 대해 애송이기 때문에 시인은 늘 그것이 불안하고 낯선 것이다. 어떤 세계가 시인에게 불안하고 낯설게 인식된다는 것은 곧 그 세계가 강하게 환기된다는 것을 의미한다.

사랑에 대해 애송이인 한 시인은 그 세계를 헤집고 다닐 수밖에 없다. 사랑의 세계 속을 헤집고 다니기 위해서는 그 세계 내에서 벌어지는 상황에 대해 '주의(attention)'를 기울여야 한다. 평소에 무심코 지나쳐 버린 것들이 생생하게 그 모습을 드러내게 되고 자신의 내부에 은폐되어 있던 감각이 되살아나게 된다. 이것은 사랑에 대한 시인의 발견이라고 할 수 있다. 시인이 창조할 수 있는 것은 없다. 시인은 세계의 창조자가 아니라 그 세계의 이면에 은폐되어 있는 것을 발견하는 자이다. 세계의 이면에 은폐되어 있는 의미의 발견은 애송이의 눈으로 보고 애송이의 몸으로 느낄 때 가능한 것이다. 시인이 사랑에 대해 어떤 개념을 내세운다거나 어떤 도구를 가지고 들어간다면 그 사랑은 관념의 틀 속에 꽁꽁 숨어버리게 될 것이다. 사랑이 개념이 아닌 감정이나 감각을 통해 현상하는 세계라면 사랑을 본질론적인 차원에서 접근하는 것은 위험할 수 있다. 하지만 어디 이것이 사랑만의 문제라고 할 수 있겠는가? 세계의 이해 방식이 이와 같아야 함은 많은 이들에 의해 강조되어온 바이지만 특히 감정 혹은 기우뚱한 감정을 통해 이루어지는 사랑은 이 본질론에서 벗어나 현상의 장에서 이해되어야 할 것이다. 이런 점에서 시인의

윤이월 매화는 혼자 보기 아까워 없는 그대 불러 같이 보는 꽃

생쌀 같은 그대 얼굴에 매화 한 송이 서툰 무늬로 올려놓고 싶었다 손가락 두 마디쯤 자르고 사흘만 같이 살고 싶었다

혼자 앓아누운 아침 어떻게 살아야 매화에 닿는가 꽃이라는 깊이 꽃이라는 질문 기름진 음식을 먹어도 배가 고팠다

매화는 분홍에서 핀다 분홍은 한낮의 소란을 물리친 색 점

자처럼 더듬거리다 멈춰 서는 색

새벽 짐승처럼 네 발로 당신을 몇 번이나 옮겨 적었다 분
홍이 멀다

먼, 분홍[133)]

이라는 고백은 매혹적인 데가 있다. 시인이 노래하고 있는 대상은 '매화'이다. 시인은 이 매화를 '혼자 보기 아까워 없는 그대 불러 같이 보는 꽃'으로 명명한다. 그렇다면 시인은 왜 사랑하는 사람을 불러 '윤이월의 매화'를 같이 보려고 하는 것일까? 이 물음에 대한 답은 윤이월의 매화가 '분홍에서 피'는 꽃이라는 데에 있다. 이것은 시인이 매화의 분홍에 '주의'를 기울였다는 것을 의미한다. 시인이 유독 분홍을 좋아하는 데에는 그것이 '한낮의 소란을 물리친 색'이고 또 '점자처럼 더듬거리다 멈춰 서는 색'이기 때문이다. 시인이 말하는 이 두 가지 이유는 시인의 세계 이해의 방식을 밝히는 데 중요한 근거를 제공한다. 먼저 전자의 경우를 통해 알 수 있는 것은 분홍에 대한 시인의 '주의(attention)'의 정도이다. 시인에게 분홍은 세계의 다른 여러 소리를 뒤로 물러나게 하는 힘을 가진 색이다. 세계 내에서 분홍이 전경화된다는 것은 그만큼 시인이 여기에 매혹당했다는 것을 말해준다. 그리고 후자의 경우를 통해 알 수 있는 것은 시인이 분홍을 이미 모든 것을 다 알고 있는 혹은 다 알아버린 색으로 이해하고 있지 않다는 점이다. 점자처럼 더듬거리며 알아 가야 하는 세계가 바로 분홍의 세계인 것이다.

이런 맥락에서 볼 때 분홍은 개념화된 틀로는 이해할 수 없는 색이다. 시인에게 분홍은 몸으로 더듬거리면서 알아가야 하는 색이기 때문에 그 과

133) 서안나, 「먼, 분홍」, 위의 책, p.13.

정이 막막하고 불안할 수밖에 없지만 그런 만큼 그 세계는 낯선 긴장을 유발한다. 이미 개념화된 틀로는 해명하기 힘든 낯선 무명의 세계에서는 무질서가 미덕일 수 있다. 이 세계에서는 '눈이 내리는데 꽃이 필 수도 있'[134]고, '죽음 속에서 립스틱이 빛날 수도 있'[135]으며, '가장 가까운 사람이 가장 멀리 있는 사람일 수도 있'[136]다. 또한 이 세계에서는 '부드러움과 단단함'[137], '시작과 끝', '안과 바깥'[138], '삶과 죽음'[139]이 다른 것이 아닐 수도 있다. 역설과 반어가 지극히 자연스러운 세계가 분홍의 세계라면 그것은 곧 시인이 겨냥하는 사랑의 세계이면서 동시에 시의 세계라고 할 수 있다.

시인이 겨냥하고 있는 사랑은 견고하다. 이 견고함은, 시인이 사랑을 분홍의 세계에서 지각하려고 한 데서 기인한다. 세계의 모든 소음을 물리치고 장님처럼 더듬거리면서 만난 분홍의 세계야말로 시간과 공간이 살아 있는 가짜가 아닌 진짜 세계가 아니겠는가? 시인은 이 모든 역설과 반어를 간직한 분홍으로 표상되는 사랑의 의미를 자신의 몸과 관련된 세계 내에서 발견해 내고 있다. 어쩌면 시인이 사랑에 대해 개념이나 관념에 물들지 않고 기우뚱한 감정 등 다양한 현상의 장 속에서 그것을 상상하고 표현해 낼 수 있었던 것도 몸으로 지각한 사랑의 감정을 드러냈기 때문일 것이다. 시인의 사랑은 다양한 명명을 거느리고 있지만 「새의 팔만대장경」에서 보여준 '사랑은 내 몸 가득 쓰인 부드러우면서 단단한 육필 경전'이라는 말이 유독 생생하게 다가오는 것은 모두 그 이유가 여기에 있다.

시인이 앞으로 주의를 기울이고 더듬어야 할 세계는 '분홍의 안쪽'(「분홍의 안쪽」)이다. 분홍의 안쪽에는 시인의 고백을 기다리는 수많은 언어들이

134) 서안나, 「쿤밍에서의 카드 게임」, 위의 책, p.31.
135) 서안나, 「립스틱 발달사」, 위의 책, p.32.
136) 서안나, 「당신이라는 시간」, 위의 책, p.38.
137) 서안나, 「새의 팔만대장경」, 위의 책, p.54.
138) 서안나, 「나의 천축국 1」, 위의 책, p.55.
139) 서안나, 「냉장고의 어법」, 위의 책, p.78.

은폐되어 있다. 시인이 노래한 사랑 또한 여기에 은폐되어 있다. 시인의

고백은 분홍에 가깝다
꽃잎에서 꽃잎까지
분홍이 차오르는 시간
분홍은 연못을 일으켜 세우는 색
고백은 분홍의 높이에서 터진다
상처가 넘쳐도 수련은 넘치지 않는다

분홍의 안쪽
당신은 수련의 시작이라 읽고
나는 끝이라 읽는다[140)]

에 동감한다. 시인의 말처럼 시인에게 '고백은 분홍에 가까운 색'이면서 '세계(연못)를 일으켜 세우는 색'이다. 따라서 '고백은 분홍의 높이에서 터질' 수밖에 없다. 시인의 고백이 분홍에 가까워야 하는 이유가 바로 여기에 있다. 하지만 분홍이 세계를 일으켜 세우는 색이 되기 위해서는 '분홍의 안쪽'으로 더욱 깊숙이 들어가야 한다. 분홍은 멀리 있다. 그 분홍 속으로 들어가 그 속을 더듬거리며 헤집어 낼 때 그 세계의 모습은 비로소 탈은폐되는 것이다. 시인의 시가 사랑의 문장으로 거듭나기 위해서는 분홍의 안쪽이 깊어져야 한다. 이런 맥락에서 나는 이 시의 마지막 연의 '수련(睡蓮)'을 '수련(修練)'으로 오독하고 싶다. 아니 어쩌면 이것은 오독이 아닐 수도 있다. 이미 시인은 '수련(睡蓮)'을 '수련(修練)'으로 읽고 있었는지도 모른다. 오독이든 아니든 분명한 것은 시인에게 분홍의 안쪽은 수련의 시작이자 끝이라는 사실이다.

---

140) 서안나, 「분홍의 안쪽」, 위의 책, p.27.

'달'에서 '북'으로의 이음새와 언어의 결
– 문인수의 『달북』

요즘 짧은 시가 유행이다. 여기에는 단순한 취향 이상의 의미가 내재해 있다. 젊은 시인보다는 우리 시단의 중견 이상의 시인들의 호응이 크다. 이 차이를 '지금, 여기' 혹은 '지금, 여기'의 우리 시를 바라보는 편차라고 해야 할까? 누가 뭐라고 해도 '지금, 여기'는 복잡성과 불확정성이 지배하는 세계이다. 시인은 이 세계에 어떻게 반응하고 또 어떤 태도를 취해야 할까? 한 가지 흥미로운 점은 이 세계의 복잡성과 불확정성을 그 자체로 드러내려는 시인들이 있고, 그것을 고도로 단순화하고 정제해서 드러내려는 시인들이 있다는 것이다. 전자의 경우는 시각적인 이미지와 산문의 양식을 강조하는 시의 현대성과 통하는 부분이 있으며, 후자의 경우는 율격과 운문의 양식을 강조하는 시의 고전성과 통하는 부분이 있다. 지금 이 시대에 시의 고전성을 드러낸다는 것은 시대착오적인 것으로 보일 수도 있지만 고전의 현대화 내지 과도한 복잡성과 불확정성에 대한 비판과 저항의 차원으로 볼 수도 있다.

최근 '극서정시', '선시', '디지털코드' 등의 담론들이 하나의 흐름을 형성하고 있는 것도 이러한 사실과 무관하지 않다. 고도로 단순화되고 정제된 짧은 시의 양식이 복잡하고 난해한 시의 양식에 대한 비판과 저항으로

써의 기능을 수행한다면 그것은 이 양식이 사회적인 효용성을 지닌다는 것을 의미한다. 짧은 시의 압축과 절제는 기본적으로 정신의 비만함에 대한 견제 혹은 경계의 의미를 담고 있기 때문에 온갖 욕구와 욕망으로 질퍽거리는 현대사회와는 불가분의 관계를 유지할 수밖에 없다. 극서정시와 선시를 일종의 '정신주의 시'라고 명명할 수 있는 근거가 바로 여기에 있다. 이때의 정신이 물질이나 육체, 욕망, 욕구, 허무, 퇴폐, 감각, 분열 등과 대척점에서 세계의 의미를 발견하고 정립하려 한다는 것, 길고 복잡한 시의 양식보다는 짧고 간명한 시의 양식을 통해 그것이 드러나고 있다는 것은 누구나 다 아는 사실이다. 하지만 정신이 왜 짧고 간명한 양식을 통해 드러나야 하는지에 대해서는 구체적인 논리보다는 태생적인 직관으로 그것을 받아들이고 있다는 점이다. 이것은 우리의 혹은 동양의 전통적인 시가의 양식, 이를테면 한시, 시조, 선시, 하이쿠, 와카 등이 단형이라는 점이 무의식적으로 작용한 결과라고 할 수 있을 것이다. 이 시가의 양식들은 유가와 도가의 사상을 바탕으로 심신의 수양과 삶의 실천적 도리를 강조하고 있다는 점에서 정신주의를 지향한다고 볼 수 있다.

짧은 시형 속에 깃든 압축과 절제의 세계는 '지금, 여기'의 넘침의 세계에 대한 미적 비판과 저항의 의미를 강하게 띨 수밖에 없다. 압축되고 절제된 언어는 비만한 세계에 대한 촌철살인의 미적 효과를 유발한다. 짧은 시형이 제공하는 여백과 여운은 또 다른 채움과 충만의 세계를 낳는다는 점에서 정서와 의미의 문제에 깊이 닿아 있다. 길고 복잡한 시형의 경우 그 정서와 의미를 따라가기에 급급하다면, 짧은 시형의 경우에는 그것을 주체적으로 구성하고 음미하는데 좀 더 많은 여유가 주어진다고 할 수 있다. 가령 5, 5, 7자를 기본으로 하는 일본의 하이쿠가 널리 사랑받고 있는 이유 중의 하나가 독자로 하여금 그것을 주체적으로 구성하고 음미하게 하는데 용이하고 효과적이기 때문이다. 하이쿠의 대중적인 호소력과 침투력이 강한 이유가 바로 여기에 있으며, 그것은 하이쿠가 속도와 성과가 지배하는 '피로사회'를 살아가는 일반 대중들에게 자신의 정체성을 돌아보게 하는 좋은 형식이 될 수밖에 없다는 것을 말해준다.

문인수의 『달북』이 주는 '지금, 여기'에서의 의미 역시 이와 무관하지 않다고 할 수 있다. 시조의 형식을 취하고 있는 이번 시편들은 자유시를 쓰는 시인의 것이라는 점에서 일정한 호기심이 가는 것이 사실이다. 자유시의 형식이 몸에 배인 사람에게 시조라는 새로운 시형에 대한 도전은 설레는 경험인 동시에 불안한 경험이라고 할 수 있다. 이러한 경험은 고스란히 시 속에 흔적으로 남아 있다. 이번 시편의 특징은 비록 시조의 형식을 취하고 있지만 여기에 대한 강한 자의식과 강박으로부터 벗어나 그 특유의 미학을 보여주고 있다는 점이다. 보통 현대시조를 접하면 3장 6구 45자 내외라든가 종장 첫 구가 3자라는 형식의 엄격성과 여기에서 비롯되는 기승전결의 구성과 리듬, 긴장 등 시조만의 고유한 미감을 강하게 느끼게 된다.

그러나 『달북』에서는 이러한 미감 대신 또 다른 어떤 미감이 느껴진다. 마치 외피는 시조의 형식을 취하고 있지만 그 이면에는 그것을 넘어서는 다양한 세계가 존재하는 것처럼 말이다.. 시조의 엄격한 형식이 느껴지지 않은 채 자연스럽게 시상의 흐름이 전개되면서 이루어지는 시의 세계는 이 시인에게 이러한 형식은 그야말로 하나의 형식에 불과하다는 사실을 말해준다. 시조의 기본적인 형식을 위반하지 않으면서도 그것에 얽매이지 않는 시인의 시적 태도는 아무나 흉내 낼 수 있는 것은 아니다. 형식과 내용 혹은 형식과 시상 사이의 자유로운 넘나듦을 통해 독특한 세계가 탄생하고 있다. 형식과 내용 사이의 넘나듦이 자유롭다는 것은 그것이 눈에 보이거나 거슬릴 정도로 꿰맨 자국이 드러나지 않고 '무봉'하다는 것을 의미한다. 시인의 의도가 눈에 거슬릴 정도로 드러나면 그것의 시도 자체에 의의를 둘 뿐 그 세계의 의미라든가 미감에 대해서는 관심을 두지 않는다.

이런 점에서 보면 『달북』은 좀 다르다. 가령

> 어디어디어디어디어디어디어디어디
> 어디어디어디어디어디어디어디어디
>
> 어디서 종장을 치나, 저 빗소리
>
> 어디로……[141]

나

> 봐, 달은 어디에나 떠 기울여 널 봐.
>
> 그 마음 다 안다, 그건 그래, 그렇다 하는…… 귀엣말,
>
> 환한
>
> 북
>
> 소리,
>
> 지금 다시 널 낳는 중.[142]

을 보면 어디 한군데 꿰맨 자국이 없다. 「밤새는 말」에서 가장 먼저 눈에 들어오는 것은 시의 형태이다. 종장이 초장, 중장과 분리되어 있을 뿐만 아니라 두 행으로 나뉘어 있다. 여기에 초장, 중장은 '빗소리'를 나타내는

---

141) 문인수, 「밤새는 말」, 『달북』, 문학의전당, 2014, p.24.
142) 문인수, 「달북」, 위의 책, p.29.

‘어디’라는 의성어가 띄어쓰기가 안 된 채 연이어 서술되어 있다. 시의 형태가 형식과 내용의 절묘한 조합으로 이루어져 있으며, 그것이 끊이지 않고 내리는 ‘빗소리’의 세계를 이루고 있다는 점을 고려한다면 시인이 선택한 시의 형식과 내용이 얼마나 적절했는지를 알 수 있다.

시의 형태가 이렇게 형식과 내용의 절묘한 조합으로 이루어지는 경우는 흔치 않다. 초장과 중장의 3, 4가 띄어쓰기가 안 된 채 모두 ‘어디’로 이루어짐으로써 시조의 형식이 ‘빗소리’를 드러내는 데 부족함이 없을 정도로 그것을 효과적으로 활용하고 있다. 만일 ‘어디’를 띄어쓰기를 했다면 끊이지 않고 줄기차게 내리는 ‘빗줄기’를 드러내는데 효과적이지 않았을 뿐만 아니라 ‘어디서 종장을 치나’라는 문장도 또 ‘밤새는 말’이라는 시제도 탄생하지 않았을 것이다. 한 편의 시를 이루는 형식과 내용의 유기적인 흐름을 통해 드러나는 세계(형태)는 리듬 그 자체이다. 이때의 리듬은 리듬을 위한 리듬이 아니라 하나의 세계나 삶의 형태 혹은 형상으로서의 리듬이다. 하나의 세계나 삶은 형상과 질료로 이루어지며, 여기에서의 질료는 에너지 곧 리듬이다. 이 리듬이 형상을 짓는다면 둘 사이의 관계는 하나도 아니고 둘도 상태에 놓일 수밖에 없다.

이러한 세계의 원리를 시의 질료와 형상으로 드러낸다는 것은 시인의 소명이다. 하지만 이 소명을 모두 온전히 성취하는 것은 아니다. 세계의 원리나 은폐된 의미에 대한 자각과 언어를 통한 그것의 탈은폐는 시인, 세계, 언어의 삼위일체를 통해 이루어진다. 시인의 시적 대상(세계나 사물)에 대한 깊이 있는 관조와 시인 자신이 사물이나 그 세계의 의식이 되는 과정이 전제될 때 시인, 세계, 언어의 삼위일체는 성립된다고 할 수 있다. 「밤새는 말」에서 ‘빗소리’에 대한 시인의 관조와 그것이 탈은폐된 시의 형태 사이에는 밀접한 관계가 있으며, 이것이 일정한 미적 성과로 이어지고 있다는 것은 이 시의 미덕이다. 하지만 ‘빗소리’와 ‘종장’의 연결이 강렬한 미적 충격을 불러일으킨다고는 볼 수 없다. '빗소리의 끊이지 않음'과 '종장을 친다'는 것 사이에는 낯설고 새로운 발견에서 오는 강한 미적 충격보다는 익숙한 것의 확인에서 오는 미적 관성이 존재한다. 미적 관성은 세계에 대해 낡고 상투적인 인식에 빠질 위험성이 도사리고 있다는 점에서 그것은 시인이 극복해야 할 대상이라고 할 수 있다.

시적 대상(세계)에 대한 인식의 새로움은 「달북」에서 잘 드러난다. '달북'은 시인의 인식을 통해 새롭게 만들어진 시적 대상으로 묘한 울림을 준다. 시인에 의해 '달북'이라는 세계가 만들어진 데에는 우선 '달'에 대한 주의(attention)가 있었기 때문이다. 시인의 달에 대한 주의의 과정은 '관조의 깊이'를 드러낸다. 시인과 달 사이의 주의의 과정은 점진적으로 이루어진다. 먼저 시인에게 달은 '어디에나 떠 기울여 자신을 보는 존재'이다. 이것은 세계의 다른 모든 존재 중에 달이 시인의 눈에 들어왔으며, 결국에는 그것이 초점화 되었다는 것을 의미한다. 시인에 의해 초점화된 달은 이제 눈에 보이는 차원을 넘어 눈에 보이지 않는 차원인 '마음'까지 탈은폐 된다. 달의 마음에까지 닿는 시인의 깊은 관조는 그 달을 정적인 상태에서 동적인 상태로 만들어 놓는다. 시인은 달에서 '환한 북소리'를 듣게 되고, '널 낳는 중'을 통해 알 수 있듯이 이것은 다시 생성과 잉태의 차원으로까지 이어진다. 시인의 달에 대한 주의와 관조가 가시적인 것에서 비가시적인 것, 정적인 것에서 동적인 것, 존재의 차원에서 생성과 잉태의 차원까지 끌어내면서 그만큼 달이 지니고 있는 세계의 의미는 확장되고 심화되기에 이른다.

'달'이라는 하나의 대상이 시인의 주의와 관조를 통해 그 이면에 은폐된 의미를 잉태하기까지의 과정은 이 시의 미적 가치를 결정한다. 이때 이러한 일련의 과정에 '억지스러움이 있느냐 없느냐'하는 문제가 제기된다. 한 편의 시가 높은 미적 가치를 유지하려면 이 과정에 억지스러움이 없어야 한다. 「달북」의 매력은 바로 여기에 있다. '달'에서 '북'으로 이어지는 시상의 이음새가 무봉에 가깝다. 시상의 이음새가 거칠게 드러나면 그만큼 시의 깊은 울림은 줄어든다. 어떤 시에서 눈에 보이지 않는 깊은 울림을 느낀다면 그것은 분명 무봉한 이음새의 이면에 내재해 있는 깊은 세계와 그 의미 때문일 것이다. 깊은 울림은 '하늘과 땅이 커다랗게 공(空)을 물'듯 하거나 아니면 '하늘과 땅이 서로 통해'(「범종」)야 발생하는 것이다. 어디 한 군데 틈이 있으면 이 틈으로 잡음이 개입하기 때문에 깊은 울림은 불가능할 수밖에 없다.

그의 이번 시집에는 「달북」처럼 시상의 이음새가 무봉한 시편들이 제법 많이 있다. 가령

> 물새 발자국이 한 줄 잔설 위에 찍혀 있다. 아침 햇살이 입 대고 언 종적을 따라간다.
>
> 여기다!
>
> 날개 핀 자리, 상처가 좀
> 더 깊다.[143)]

나

> 은행나무 밑둥치마다 낙엽이 몰렸다.
>
> 이 추위가 아니라면 어찌 너의 이름 알리.
>
> 반음씩, 더,
> 다가간다.

143) 문인수, 「강」, 위의 책, p.13.

따신 곁이 참 많다.[144]

그리고

저러면 참 아프지 않게 늙어갈 수 있겠다.

딱딱하게 만져지는, 맺힌 데가 없는지
제 마음, 또 뭉게뭉게 뒤져보는 중이다.[145]

등의 시편에서 읽게 되는 것은 안으로 깊어지는 울림이다. 밖이 아니라 안으로 깊어지기 때문에 읽고 나서도 그 울림이 쉽게 사라지지 않는다. 시인이 시적 대상으로 삼은 것들은 '강', '물새', '낙엽', '은행나무', '구름' 등 우리 주변에서 흔하게 볼 수 있는 아주 친숙한 질료들이다. 흔하고 친숙한 것들은 시인으로 하여금 '낯설게 하기'의 강박을 불러일으킬 수 있다. 이 강박이 심해지면 시는 억지스럽고 생경하게 될 수밖에 없다.

그러나 「강」, 「곁들」, 「구름」 등에서는 이러한 시인의 태도를 읽을 수 없다. 흔하고 친숙한 진료들을 낯설게 하려는 강박보다는 그것을 초월한 듯한 여유로움과 넉넉함이 배어있다. 이러한 시인의 태도가 오히려 시적 대상들의 이면에 은폐되어 있는 세계와 그 의미에 좀 더 가깝게 다가가게 했다고 볼 수 있다. 시인의 여유와 넉넉함은 '잔설 위에 찍힌 물새 발자국에서 날개 핀 상처의 깊이'를 들여다보게 하고, '은행나무 밑둥치에 몰린 낙엽에서 따신 곁들'을 발견해 내게 하기도 한다. 뿐만 아니라 '구름에서 마음'을 읽어내게 하기도 한다. 시인이 들추어낸 이러한 세계는 낡았다기보다는 흔하고 친숙한 것들 속에서의 새로움이라고 명명할 수 있다. 시에

144) 문인수, 「곁들」, 위의 책, p.15.
145) 문인수, 「구름」, 위의 책, p.16.

서의 낯섦과 새로움을 이렇게 흔하고 친숙한 것들 속에서 발견해낼 때 어떤 보편타당성이나 공감에서 오는 미적 매력은 그만큼 배가될 수 있다. 소월의 「산유화」의 강하고 오랜 생명력의 원천이 바로 여기에 있는 것 아닌가?

시인이 '구름'을 보고 '저러면 참 아프지 않게 늙어갈 수 있겠다.'라고 했을 때, 우리가 여기에서 체험하는 공감의 정도는 구름에서 느끼는 친숙함만큼 크다고 할 수 있다. 구름의 정처 없음이나 보헤미안적인 자유로움 같은 낭만이 아닌 삶의 현실이 투영된 이 표현은 절실함이라든가 리얼리티의 면에서 더 효과적일 수 있다. 그가 이번 시집에서 보여준 시편들이 이것을 겨냥하고 있다는 점에서 의미의 진폭이 크다. 달의 이면에 은폐되어 있는 북의 의미를 이음새가 드러나지 않을 정도로 무봉하게 들추어내어 결 고운 언어로 한 편의 시를 짓는다는 것은 '달북'에서 느껴지는 것처럼 낯설면서도 친숙하고, 낡았으면서도 새롭다. 이것은 달과 북 사이에 일정한 긴장(tension)이 존재한다는 것을 의미한다. 시에서 시상과 언어의 결이 살아 있으려면 이러한 긴장이 존재해야 한다. 달과 북이 결합하여 빚어내는 긴장 사이에는 '빛과 소리', '천상과 지상', '시각과 청각', '자연과 문명', '외면과 내면', '의식과 무의식', '밝음과 어둠' 등의 중층적인 의미의 세계가 놓여 있다고 볼 수 있다. 이 중층적인 의미의 세계가 무봉한 이음새와 결 고운 언어를 통해 드러난다면 그것은 서정의 한 경지를 열어 보일 것이 분명하다. 이런 점에서 '달북'은 '시인을 낳는 중'(「달북」)의 다른 이름이다.

말의 회복과 내면의 발견
– 고형렬의 시세계

시인이 가지는 불안에는 어떤 것들이 있을까? 시인이 다양한 인격적 지표로 이해되는 한 이 물음에 대한 답은 결코 쉽지 않다. 하지만 시쓰기의 차원으로만 국한시켜 본다면 여기에 대한 답을 못할 것도 없다. 시인에게 시쓰기는 삶의 한 과정이며, 이런 점에서 그것은 일정한 삶의 주기를 지닌다. 삶의 주기란 늘 반복과 변화에 대한 불안과 강박을 그림자처럼 달고 다닌다. 만일 그것이 구태의연한 반복만을 거듭한다면(혹은 반복만을 거듭한다고 느낀다면) 변화나 새로움에 대한 자의식은 극에 달할 것이다. 변화 없는 구태의연한 반복은 삶에서 긴장이 부재하다는 것에 다름 아니다. 긴장이 부재한 삶은 더 이상 어떤 생산성도 담보하지 못할 수도 있다는 점에서 문제적이지만 그것을 자각하는 경우 긴장을 유지하기 위해 다양한 생산적인 시도를 단행한다는 점에서 그것은 긍정적인 방향성을 내재하고 있는 것으로 이해할 수도 있다.

시쓰기가 삶의 한 과정과 다르지 않다면 시인에게도 이러한 긴장의 부재는 언제든지 나타날 수 있다. 어쩌면 시인 자신이 자각하지 못해 그것에 대해 아무런 태도도 취하지 못하는 경우가 있을 수 있다. 하지만 삶의 한 과정처럼 시쓰기의 과정이 늘 팽팽한 긴장을 유지하기란 거의 불가능하다고 할 수 있다. 긴장이 느슨해지기도 하고 또 풀어질 대로 풀어져 마치 그것이 부재하는 것처럼 보이는 경우도 있을 것이다. 시인이 자신의 시쓰기에서 긴장을 상실하게 된다는 것은 곧 시에서의 상상과 표현의 주체가 일정한 문제를 드러낸다는 것을 의미한다. 시에서 상상과 표현의 주체는 '시인'과 '언어'가 될 수밖에 없다. 시인의 상상이 언어로 표현되는 것이 시라면 긴장의 약화 내지 부재는 이 둘의 존재에 대한 탐색을 통해 해명이 가능하다는 것을 말해준다.

시인의 상상이 진부하거나 매너리즘에 빠져 있는 경우 시적 긴장은 유지될 수 없다. 상상이 시인과 관계되는 문제라면 시적 긴장을 유지하기 위해서는 시인을 주목해야 하는데, 단순히 시인에 대해 혹은 시인의 상상에 대해 주의를 기울이는 것만으로 그것이 해결될 수 있는 것은 아니다. 여기에서 보다 중요한 것은 시인의 무엇에 주목하고 주의를 기울여야 하느냐 하는 것이다. 시에서의 상상의 문제는 그것이 시인의 내면과 관계될 때 의미가 있고 또 그 문제의 핵심에 닿을 수 있다. 시인이 내면에 주의를 기울이지 않거나 자신의 내면을 발견하지 못한다면 시에서의 어떤 진보도 일어나지 않을 것이다. 시인의 내면은 가시성의 세계에서는 발견할 수 없는 비가성의 무한한 가능성과 생산성의 의미를 발견할 수 있다는 점에서 반드시 주의를 기울여야 할 대상이다.

이처럼 시인이 자신의 내면을 발견하는 일은 시의 진보를 담보하지만 이것이 보다 온전하기 위해서는 언어라는 표현의 차원을 또한 담보해야 한다. 아무리 시인의 내면의 발견 혹은 시적 상상이 이루어진다 하더라도 그것이 언어를 통해 표현되지 않는다면 그 존재 의미를 제대로 드러낼 수 없을 것이다. 이런 점에서 언어는 단순한 표현 수단이 아니다. 언어는 시인의 내면과 연결되어 있으면서 그것을 세계의 한 장으로 투사하는 표현 매체라고 할 수 있다. 우리가 언어에서 시인의 내면을 읽고 그 내면에서 이미 잠재태로서의 세계의 형식을 발견하는 일은 시인과 언어 혹은 상상과 표현 사이의 관계가 둘이 아니라는 것을 말해준다. 시인이 자신의 시 혹은 시쓰기에 대해 일정한 자의식을 가지고 그것을 들여다볼 때 여기에는 내면의 발견으로서의 시와 언어에 대한 탐색이 전제되어 있는 것이다. 이런 점에서 시인(고형렬)의 다음과 같은 고백은 주목에 값한다.

> 그 거울 속에선 구체적인 내가 아닌 '깜박' 혹은 '몰록'이 시를 썼다. 그렇게 생각하고 손을 바라본다. 언어가 스스로 말하길 바라고 나는 거기에 따라붙길 바란다. 나는 시의 주체가 아니다. 한쪽에 물러나 아주 먼 곳도 아닌 곳에 서 있길 바란다.
>
> 나는 요즘 정신 차리고 시를 쓰지 않는다. 의식, 구성, 체제보다는 잠재의식이 좋다. 모르는 쪽의 나, 불구성의 내가 나 같다. 약간 불구적인 말이 앞서갈 때가 좋다. 이런 낯선 나를 찾아 먼 길을 걸어온 것만 같다.
>
> 이번 시들은 너무 정신을 차리고 쓴 시일지 모른다. 그러나 그곳엔 겨우 잃어버린 나를 찾는 티끌만한 소회가 있다. 그것은 언어의 냄새를 맡은 것. 기분 좋은 일은 아니지만 아주 기분 나쁜 일은 더 아니다. 언어의 회복일까, 아니면 끝나버린 것일까. 눈을 끓인 그 '눈국'이 떠오른다.
>
> 다만 손끝과 눈은 어두워지고 대장(大腸)적 감각은 깊어진다. 장님의 되짚기가 위험하지만 온 장님이 이끄는 몸의 구실을 믿고 싶다. 안정된다는 것을 바람직하지 않지만 잠재된 나의 내부는 그보단 훨씬 공포적이고 불통이며 심각한 불안에 시달리고 있다.
>
> 외부와의 단절이 나와 언어를 치유하는 폐쇄였다. 그것은 현실 자체와 빛이 아니라 혼돈과 무지, 어둠이다. 나는 빛과 현실의 언어에 지쳐 있었던 것 같았다. 말이 말을 듣지 않았고 찾아오지도 않았다.[146]

시인의 고백을 통해 우리가 알 수 있는 것은 '자기 치유'에 대한 그의 진정어린 태도이다. 시인은 치유의 대상으로 자기 자신을 지목한다. 그가

---

146) 고형렬, 「폐쇄회로(閉鎖回路) 속에서 자기 치유를 위하여」, 『포지션』, 2015년 봄호, pp.274~275.

판단하기에 시인으로서 자신은 심각한 병적 상태에 처해 있다는 것이다. 자신의 상태를 자각하고 난 후 그가 취한 태도는 '외부와의 단절'이다. 이것은 시인으로서 자신과 자신의 언어를 치유하기 위한 절박함에서 비롯된 것으로 볼 수 있다. 치유의 방식으로 선택한 외부와의 단절은 그를 외부가 아니라 내부로 향하게 했으며, 이것은 결과적으로 그가 접해 보지 못한 세계를 들여다볼 수 있는 계기를 제공하기에 이른다. 자신의 시선이 외부를 향해 있을 때 미처 발견하지 못한 '불구성, 대장(大腸)적 감각, 공포, 불통, 불안, 혼돈, 무지, 어둠' 같은 잠재의식과 비가시적이고 불투명한 세계를 그의 시선을 내부로 돌림으로써 발견한 것이다. 이 발견은 그에게 일정한 혼돈으로 다가온다.

시인의 혼돈은 기존의 익숙한 '나'를 해체하여 그가 미처 알지 못한 '낯선 나'의 존재를 일깨운다. 이 낯선 나는 외부로 향한 시선으로 인해 '잃어버린 나'에 다름 아니며, 이러한 자신의 존재성에 대한 자각은 비록 그것이 혼돈의 상태를 유발한 채 깊은 상처의 모습을 하고 있지만 잃어버린 자신을 찾고 회복한다는 점에서 그것은 상처에 대한 치유의 의미를 지닌다고 할 수 있다. 시인의 혼돈은 자신의 잠재된 내부의 발견이 이루어지고 있다는 것을 의미하며, 그것은 또한 '빛과 현실의 언어'에 지쳐서 '말이 말을 듣지 않고 찾아오지도 않았던' 상태에서 벗어나 차츰 언어 혹은 말이 회복되고 있다는 것을 의미한다. 말이 회복되고 잠재된 내부 혹은 내면의 발견이 이루어지는 자기 치유의 과정 속에서 시인에 의해 탈은폐되는 세계는 낯설고 불투명할 수밖에 없다. 이 혼돈의 정도가 그의 시의 변화와 변모를 담보한다고 해도 과언이 아닐 것이다. 그의 시의 변화와 변모는 곧 그의 시의 생명력이면서 동시에 그의 삶의 생명력이라고 할 수 있다.

시인의 언어와 내면에 대한 고민은 고스란히 이번 시편들에 투영되어 있다. 시인에게 언어는 회복해야 할 대상으로 존재한다. 이것은 '지금, 여기'에서 볼 때 시인의 언어는 회복이 불가능할 정도로 병들어 있거나 아니면 시급히 회복하지 않으면 죽음에 이를 수 있다는 것을 의미한다. 시인에게 언어의 죽음은 곧 시인의 죽음에 다름 아니다. 언어 없이 시인은 어떤 것도 할 수 없기 때문이다. 그는 「마천루, 망각-말의 추억, 말의 죽음」에서 언어의 죽음을 이야기한다. 이 시의 부재인 '말의 추억, 말의 죽음'이 의미하듯이 그는 자신의 말이 죽었다고 고백하고 있다. 말에 대한 그의 고백은 실제로 말이 죽었음을 드러내는 것이 아니라 그것이 죽은 것이나 다름없다는 것을 드러낸다는 점에서 강조적인 표현이라고 할 수 있다.

그가 판단하기에 '지금, 여기'에서의 자신의 말은 죽은 것이나 다름없기 때문에 만일 이대로 두면 회복하기 어려운 지경에 이르게 된다는 것이다. 말의 죽음을 바라는 것이 아니라 역으로 그것의 부활을 절실하게 바라고 있는 그의 입장에서 보면 그에게 무엇보다도 중요한 것은 말을 부활하는 방법이라고 할 수 있다. 그렇다면 그가 겨냥하고 있는 말의 부활의 방법이란 어떤 것일까? 이 물음에 대한 답은 이미 시 속에 제시되어 있다. 그는 이전에 존재한 적이 있는 말의 세계 속에서 그 방법을 찾고 있다. 그가 겨냥하고 있는 방법은 말의 기능과 의미가 온전히 살아 있던 때 그 말이 지니고 있는 존재성을 회복하는 것이다. 그는 이 말의 존재성의 회복을 '칼'이라는 질료를 통해 드러내고 있다. 이 시에서의 칼은 말의 메타포이다. 그는

칼을 쓰는 사람이 없는 사회가 완성된 것
함을 열어보니 칼은 간 곳이 없었다
우리는 헛된 구호만 외쳤다

…(중략)…

마천루 옥상에서나 칼 갈라는 소리 들릴지
갑자기 메타포와 은유가 사라졌다
메시지도 사이렌도 없어졌다
눈구멍도 귓구멍도 같이 사라졌다

이젠 백 층 아래
마천루 광장에도 칼 가는 소리는 없다
말이 죽은 나라는 쓸데없는 것들로 바쁘고
소란할 뿐이다[147)]

라고 고백하고 있다. 시의 문맥이나 행간에서 읽을 수 있는 것은 사회 내에서의 칼의 부재에 대한 반성어린 시선이다. 그가 보기에 지금 이 사회는 '칼을 쓰는 사람'도 또 '칼 가는 사람도 없'는 상태에 처해 있다. 이 사회가 이런 상태에 놓여 있다는 것은 곧 칼을 통해 드러나는 혹은 칼이 표상하고 있는 존재성 자체가 부재하다는 것을 의미한다. 이 시에서의 칼은 말의 다른 이름이며, 그로 인해 칼의 부재는 곧 '메타포와 은유의 부재', '메시지나 사이렌의 부재', '눈구멍과 귓구멍의 부재'와 같은 말 혹은 말과 관련된 존재성의 부재가 되는 것이다.

이렇게 말이 부재하고 말이 죽은 사회나 나라에서의 문제는 분명하지만 그가 궁극적으로 겨냥하고 있는 것이 그것의 부활이라는 점에서 볼 때 여기에서 무엇보다도 중요한 문제는 '한 시절이 가도록 칼 갈 생각을 하지 않는' 데에 있다고 할 수 있다. 말의 부활이 가능하려면 그 말에 대한 부활 의지가 필요한 것이다. 일단 칼 갈 생각, 다시 말하면 메타포와 은유, 메시지나 사이렌, 눈구멍과 귓구멍의 존재성을 가능하게 하는 그러한 말을 할 생각을 해야 한다는 것이다. 하지만 말에 대한 부활 의지는 외부적인 자극으로만 생겨나는 것이 아니라 먼저 시인의 내부에서의 자각이

147) 고형렬, 「마천루, 망각-말의 추억, 말의 죽음」, 위의 책, pp.262~263.

있을 때 생겨나는 것이다. 이것은 마치 '피곤한 일요일 늦잠을 자다가도 칼 가시오 하는 소리'에 '깜짝 놀라 신발을 끌고 나가'는 데서 잘 드러나듯이 시인의 자발성에 의한 내적 충격이 전제될 때 가능하다고 할 수 있다.

시인의 내부에서의 자각이란 곧 내면의 발견을 의미한다. 시인의 내면의 발견이 이루어지면 그는 자율적이고 독립적인 존재성을 지니려 하고 그것을 위해 치열한 투쟁을 감행하게 되는 것이다. 시인의 내부가 자율적이고 독립적인 존재성을 지니지 못하고 외부에 의해 통제되고 조절되는 경우 자기 자신에 대한 온전한 자각이나 발견은 이루어질 수 없다. 이런 경우 시인은 외부를 자신의 든든한 보호막 정도로 이해하고 여기에 의지해서 어떤 실존적인 근거를 확보하는 것에 대해 아무런 반성을 하지 못한 채 그것을 당연한 것으로 받아들일 위험성에 처할 수도 있다. 자신이 그곳으로부터 벗어나면 죽을 수도 있다는 두려움과 불안 때문에 탈출을 결심하지도 또 그것을 실행하지도 못하는 것이 사실이다. 하지만 여기에서 중요한 것은 그가 자신의 두려움과 불안의 실체를 자각하고 있느냐 하지 못하고 있느냐 하는 점이다. 만일 여기에 대한 자각이 없다면 그 세계로부터 벗어나는 일은 불가능할 것이고, 여기에 대한 자각이 있다면 그것으로부터 벗어나는 일은 가능할 것이다. 이 둘 중에서 그가 보여주고 있는 것은 후자이다.

> 그래도 새는 그 나뭇가지를 벗어나고 있었다
> 수십 년 동안
> 이 나뭇가지 속에서 눈을 맞고 비를 맞고 살았으면서
> 그 나뭇가지를 탈출하고 있었다 오늘까지
> 몸부림은 저놈의 구조와 질서 안에서 벗어나려는
> 하나의 죽음 충동 같았다

나뭇가지에서 벗어난 새는 다시 생을 받지 않을 것이다

아침에는 새가 호루라기처럼 울고 있다
아마도 그가 떠난 뒤, 그 나무는 죽었을 것이다
아직도 그 흔적이 인간의 내부에 남아 있다

그대의 나여, 검수(劍樹)의 나뭇가지에서 벗어나라[148)]

시인이 자신을 구조짓고 질서화하는 '나뭇가지'로부터 벗어나려는 의지와 여기에 대한 자각이 강하게 드러나 있다. 그의 이러한 뜻은 '몸부림'과 '죽음 충동'이라는 말 속에 잘 함축되어 있다. 그의 몸부림과 죽음 충동은 '오늘까지'를 통해 알 수 있듯이 지속성을 지닌다. 그는 구조와 질서로부터의 벗어남을 자신의 죽음까지도 불사하면서 지속적으로 수행해 온 것이다. 그의 이러한 수행의 철저함은 나무와의 결별로 이어지면서 자신의 내부에 그 흔적을 남긴다. 나무 혹은 나뭇가지와의 결별은 그 자신의 독립을 의미하며, 이 독립으로 인해 그는 세계 내에서의 자율성을 획득하게 되는 것이다. 자율적인 주체가 되면 외부의 구조와 질서 속에서 틀지어진 세계는 소멸할 수밖에 없다.

이러한 소멸의 징후는 기존의 세계의 구조와 질서 속으로 침투해 들어와 그것을 일그러뜨리고 해체하기에 이른다. 이렇게 되면 세계는 그로테스크한 형상을 드러내게 된다. 가령 '머리에 도끼가 솟은 검은 새'(「어떤 새에 대한 공포」)의 형상이라든가 '눈 내리던 날 그 눈을 끓여 먹던 눈국'(「설악산 눈에 대해」)의 이미지, 그리고 '하늘에 까맣게 걸려 있는 비의 발들'(「비를 타다」)의 형상과 '상처 구멍으로 들어가 비명을 뜯어먹는 이빨들'(「부패(腐敗)의 세계 속에서는」)의 이미지 등은 세계의 기묘함을 드러내고 있는 것들로

148) 고형렬, 「내부의 나뭇가지」, 위의 책, pp.264~265.

이것은 한 세계가 소멸하고 또 다른 세계가 탄생하는 과정에서 나타나는 징후들이라고 할 수 있다. 기존의 세계에서는 드러나지 않던 기묘하고 낯선 형상과 이미지의 출현은 시인의 내면의 발견과 자율성의 획득으로 인해 발생한 것이지만 그것이 시의 양식으로 드러날 때에는 말을 통하지 않고서는 불가능하다. 이런 점에서 세계의 소멸과 탄생의 과정은 말의 소멸과 탄생의 과정이라고 하지 않을 수 없다. 시인이

> 어떤 말의 명령(命令)들이 조각조각 떠돌아다닌다
> 소리 없는 말의 입자와 그림자들이
> 광속으로 달려간다
> 부패의 세계 위에는 말의 악취가 진동한다
> 부패는 정화를 지배하고
> 부패는 정화보다 더 소멸적이고 생산적이다[149)]

라고 하는 것도 이런 맥락에서 보면 의미심장하다. 시인은 '세계의 부패'를 '말의 악취'로 간주하고 있다. 그가 보기에 세계의 부패 혹은 세계의 소멸은 '말의 명령(命令)들이 조각조각 떠돌아다니는 것'이거나 '소리 없는 말의 입자와 그림자들이 광속으로 달려가는 것'을 의미한다. 이런 세계에서는 부패를 향한 말의 운동성이 크면 클수록(말의 악취가 진동할수록) 새로운 세계의 탄생이 그만큼 빨라지기 때문에 생산적이라고 할 수 있다. '부패가 정화보다 생산적'이라는 것은 역설의 의미를 함축하고 있는 표현으로 여기에는 정체되고 매너리즘에 빠져 있는 자신의 시쓰기로부터 벗어나려는 그의 의지와 자각이 내재해 있는 것으로 볼 수 있다.

시인이 자신의 내면을 들여다보면서 시의 지평을 가늠해보는 것은 시쓰기의 지속성과 긴장을 담보한다는 점에서 주목에 값한다. 자신의 내면

149) 고형렬, 「부패(腐敗)의 세계 속에서는」, 위의 책, p.268.

에 대한 성찰과 반성이 없는 시인은 세계의 실체와 존재의 정수에 육박해 들어갈 수 없다. 이것은 시인의 내면과 밀접하게 연결되어 있는 말(언어)의 회복도 불가능하다는 것을 의미한다. 시인의 내면과 말은 발견의 대상이면서 동시에 회복의 대상인 것이다. '지금, 여기'의 상황은 내면의 발견과 말의 회복을 어렵게 하는 외부의 구조와 질서가 점점 견고해지고 또 복잡해지고 있는 것이 사실이다. 이 상황에 시인이 수동적으로 대처한다거나 저항하지 않는다면 여기에 함몰되어 헤어나기가 쉽지 않을 것이다. 고형렬의 이번 시편들이 보여주는 세계는 자신의 내면과 자신이 구사하고 있는 말에 대한 회의의 과정을 통해 혼돈을 야기하고 이 속에서 자신의 시적 지평을 모색하는 그의 태도는 충분히 주의를 환기할만한 문제성을 지닌다고 할 수 있다.

제 4 부

실존의 허기와 생의 감각

길을 버리고 꽃을 찾다

– 노창선의 『산수시첩』

1. 페이소스와 견고한 역설

노창선의 시에는 페이소스가 있다. 이 페이소스는

> 어둠과 빛의 경계에서
> 하얀 꽃은 서성대고 있다
>
> 저 꽃 속 나라에는
> 시간이 겹겹 유리알처럼 쌓이고
>
> 이 생(生)에 태어나지 못한 얼굴들
> 흔들리며 슬프게 가고 있다
>
> 어찌 기적 아니고 저 나무
> 일시에 슬픔 저렇게 쏟아내고 있을까150)

에서처럼 그것은 어둠과 빛의 경계에 있다. 시인은 그러한 페이소스의 실

150) 노창선, 「만다라의 봄」, 『산수시첩』, 천년의시작, 2009, p.24.

체를 '하얀 꽃'으로 상징화하고 있다. 그런데 이 하얀 꽃 속에는 "시간이 겹겹 유리알처럼 쌓여" 있다. 시간이 켜켜이 쌓여서 유리알 같은 투명한 슬픔, 곧 페이소스를 자아낸다면 그것은 더 이상 날것으로서의 슬픔이라고 할 수 없다. 이때의 슬픔은 오랜 시간의 과정을 거치면서 삭힌 것이기 때문에 그것은 온전히 어둠도 아니고 또 온전히 빛도 아닌, 어둠이면서 빛인 그런 존재라고 할 수 있다. 어둠과 빛, 슬픔과 기쁨, 생과 사가 오래도록 반복되면서 피우는 것이 바로 나무의 '하얀 꽃'인 것이다. 시인이 이 모든 일련의 과정을 '만다라의 봄'이라고 한 이유가 여기에 있다.

이런 점에서 만다라의 봄에 피는 하얀 꽃은 견고하다고 할 수 있다. 하지만 시인은 여기에 머물지 않고 시간이 유리알처럼 겹겹이 쌓여 하얀 꽃을 피워내는 '나무'를 다시 '바위'로 치환한다. 나무에서 피어난 꽃에서 바위 속에서 피어난 꽃으로의 치환은 그 견고함의 무게가 다르다. 이것은 단순히 나무와 바위가 주는 이미지의 차이에서 기인하는 것이 아니라 시적 자아의 내면과의 관계에서 기인한다고 할 수 있다. 전자보다는 후자가 훨씬 내면 지향적이다. 시적 자아의 내면 지향성은 자신과 세계에 대한 육화된 성찰과 반성을 동반한다는 점에서 페이소스의 견고함을 드러내는 것으로 볼 수 있다. 시인은 그 견고함을 '피'의 이미지를 통해 드러낸다.

> 어린 날 혼자 놀던 숲 속
> 햇살 아래 잘 누워 있는 바위 봉우리
> 유혈목이처럼
> 전신에 화사한 꽃잎 피워 놓고도
> 굳건하게, 딱딱하게, 슬프게, 아름답게
>
> 손톱 아프도록 뿌리 찾아
> 바위 살을 뒤적여 본 하루 한 낮
> 봉숭아물이 들었던가 핏물이었던가

줄기도 뿌리도 어둠 속에 감춰두고
바위 꽃들 피어올라, 슬픈 문신처럼[151]

바위와 피의 이미지의 결합은 무생물과 생물의 경계를 해체한다. 무생물 덩어리인 바위가 피와 결합함으로써 그것이 가지는 속성이 보다 생생하게 감각적으로 환기된다. 바위는 피와 결합하는 순간 몸을 얻는다. 몸을 얻는다는 것은 세계와의 만남에서 비롯되는 존재론적인 사건이 보다 적나라하게 그 몸 위에 새겨진다는 것을 의미한다. 바위의 몸에 '굳건하고 딱딱한, 슬프고 아름다운 문신'이 새겨지는 것이다. 시인은 이 문신을 '바위 꽃들'이라고 명명한다. 바위의 몸에 새겨진 이러한 아름다운 문신은 단순히 '꽃'의 이미지라는 겉으로 드러난 의미만을 환기하지 않는다. 겉으로 드러난 꽃의 이미지 이면에 줄기와 뿌리가 깊이 뿌리를 내리고 있는 것이다. 꽃의 밝음 이면에 줄기와 뿌리의 어둠이 한 몸으로 존재하는 것이다. 몸에 새겨진 문신이 무의식의 어두운 심층을 거느리고 있다는 것은 그것이 곧 하나의 상처로 존재한다는 것을 의미한다.

그러나 그 상처는 늘 결핍으로만 존재하면서 그것을 충족하기 위해 끊임없이 무엇인가를 욕망하는 것과는 차원이 다르다. 이때의 상처는 어둠 그 자체라고 할 수 있다. 시인이 보여주는 상처는 어둠과 빛이 함께 공존하는 세계이다. 바위에 새겨진 꽃 혹은 바위 속에 핀 꽃의 세계가 바로 그것이다. 바위 속에 핀 꽃은 저 깊고 딱딱한 어둠을 뚫고 피어난 환하디 환한 것으로 눈물겹도록 기쁜 의미를 내재하고 있는 질료라고 할 수 있다. 서로 다른 것이 한 몸을 이루고 있는 역설의 세계가 페이소스라면 바위 속에 핀 꽃이야말로 그것을 잘 보여주고 있는 예라고 할 수 있다. 이러한 예들은 시 도처에 내재해 있다. 가령 "오래 되었으나/자루에선 봄빛

151) 노창선, 「바위 속에 핀 꽃」, 위의 책, p.58.

으로 새잎이 돋아날 듯/기억은 날로 새로워지는 것/상처의 눈동자가 빛을 발하는 것"[152](「도끼」)이나 "오늘도 눈멀어/모래먼지 뒷꼭지 때리는 줄도 모르고/길 위에 서서/붉은 꽃잎들 향기에 취하고 만다"[153](「맹인의 봄」)에 드러난 '오래된 자루에서 돋아나는 새잎', '새로워지는 기억', '빛을 발하는 상처의 눈동자', '붉은 꽃잎들 향기에 취한 눈먼 자' 등이 바로 그것이다.

이러한 역설은 기본적으로 세계를 이해하는 한 방식이라고 할 수 있다. 하지만 이러한 역설이 모두 페이소스를 드러내는 것은 아니다. 페이소스의 원리 중의 하나가 역설인 것이다. 페이소스는 관계 속에서 형성되는 것이며, 이 과정에서 자신의 감정이나 정서를 대상을 향해 투사하느냐 아니면 자신의 안으로 가지고 오느냐에 따라 페이소스의 발생 여부가 결정된다. 페이소스는 감정이나 정서를 자신의 안으로 가지고 와서 그것을 내적으로 응축하는 과정에서 발생한다. 하지만 그것을 단순히 가학이냐 피학이냐로 말할 수는 없다. 여기에서 중요한 것은 내적 응축의 강도이다. 끊임없이 자기 자신을 학대하여 피폐하게 만드는 것이 아니라 스스로를 단련하고 정제하는 것이다.

2. 풀무질과 담금질로서의 참것

시인은

나를 모루 위에 얹어 다오
나는 시우쇠
나를 더 아프게 때려 다오

152) 노창선, 「도끼」, 위의 책, pp.30~31.
153) 노창선, 「맹인의 봄」, 위의 책, p.32.

맑고 고운 얼굴로 다시 태어날 수 있다면
가학의 세월을 탓하지 않으리라

붉은 맨발의 뿌리가
땅속 깊이깊이 박힐 수 있도록
괄은 풀무질의 불 속에 한 번 더 처넣었다가
푸지직 멱살을 잡아 담금질로 식힌 다음
쩡쩡쩡 고을에 울리도록 내 가슴을 때려 다오

나는 시우쇠
나를 더 세게 내리쳐 다오[154)]

라고 말한다. 시인의 갈구는 견고하다. 마치 대장장이가 불과 물을 이용해 풀무질과 담금질을 하듯 자신의 몸을 단련하고 정제한다. 자기 자신을 아프게 때리거나 세게 내리치는 단련과 정제의 과정을 통해 시인이 궁극적으로 갈구하는 것은 '맑고 고운 얼굴로 다시 태어나는 것'이다. 이때 맑고 고운 얼굴은 가학의 세월을 견디고 생성된 것이기 때문에 언제나 여기에는 그늘 혹은 그림자가 드리워 있다고 할 수 있다. 그늘이 드리워진 맑고 고운 얼굴은 분명 역설이지만 이것이야말로 시인이 가지고 있는 페이소스의 본래 모습이라고 할 수 있다.

대장장이가 시우쇠를 내리칠 때마다 달아나는 것은 쇠 속에 든 불순물이다. 대장장이처럼 시인은 자신의 시간 속에 끼어든 불순물을 제거하려 한다. 시인은 자신의 시간을 늘 참것이기를 바란다. 하지만 시인의 시간은 늘 참것으로만 존재하는 것은 아니다. 참것도 있지만 그 이면에는 늘 헛것이 있다. 시인이 말하는 헛것은 이런 것이다. '꽃이 지고나면 남는 것은 꽃의 허깨비, 곧 꽃의 헛것'이다. 꽃의 실체가 없는 헛것이 마치 참것

154) 노창선, 「젊은 대장장이에게」, 위의 책, p.19.

처럼 눈에 보인다는 사실은 참것을 갈망하는 시인의 자의식의 반영이라고 할 수 있다. 시인의 이러한 자의식의 절정은 헛것인 도깨비가 시인의 존재를 눈에 보이지 않는 것으로 간주해버리는 대목이다. 도깨비들은 시인이 보이지 않는다는 듯 제멋대로 몰려 나와 '편을 벌리고, 문을 여닫고, 벽을 무너뜨리고 뒤잽이질 등 오방난장을 치다가'[155](「도깨비」) 사라진다. 도깨비들에 의해 철저하게 무시당한 시인은 어쩌면 헛것보다도 더 존재감이 없는 헛것이라고 할 수 있다.

존재감이 없는 헛것의 삶이란 '텅 빈 공허의 나날들'[156](「불새」)일 수밖에 없다. 이 세계에서는 '모든 지난 시간들이 정지되고 모든 생시(生時)가 헛것'(「곡두」)이 되고 만다. 시간을 가득 메우고 있는 헛것들을 대장장이가 풀무질하고 담금질하듯 때리고 내려쳐 참것으로 만들려면 그 시간에 한 점 불순물조차 존재해서는 안 된다. 시간이 높은 순도를 유지하기 위해서는 헛것이 발붙일 틈을 주지 말아야 한다. 시간의 불순물은 그것이 고여 있거나 느슨해지는 순간 생겨난다. 이런 점에서 시간의 헛것이 아닌 참것은 고도의 긴장 속에서 일어난다고 해도 과언이 아니다. 시간이 드러내는 참것의 아름다운 순간을 시인은 「슬픈 목련」에서 다음과 같이 노래하고 있다.

절망처럼 친구가 곁에서 말한다

목련이 피어나는 모습 너무, 슬퍼.

그는 보아 버린 것이다, 숨이 막힐 듯

---

155) 노창선, 「도깨비」, 위의 책, p.46.
156) 노창선, 「불새」, 위의 책, p.38.

긴 호흡과

깊고 깊은 어둠의 골짜기를 쫓기면서 도망 나온

저 깨끗한 얼굴

목이 비틀어질 듯 피어나는 저 꽃의 비밀

차마 바라볼 수 없다

그림자까지 허깨비 되어

일생을 떠도는 것이었다고, 말

하지 않으려는데, 아주 게으르게

햇볕 한 가닥 목련 굵은 나뭇가지 사이에서

기지개로 일어서면서 으르렁거린다

모든 시간들은 나에게 사자의 실체였다[157)]

목련이 피는 순간이란 그야말로 '찰나'이다. 이 순간에는 불순물이 스며들 틈이 없다. "숨이 막힐 듯/긴 호흡과/깊고 깊은 어둠의 골짜기를 쫓기면서 도망 나오"는 순간인 것이다. 여기에는 생과 사, 어둠과 밝음이 숨가쁘게 교차하면서 시간의 층위를 이루기 때문에 어느 것 하나 긴장을 드러내지 않는 것이 없다. 시인에게 '모든 시간들은 사자의 실체'로 느껴지고 또 인식되는 것이다. 사자의 으르렁거림으로 존재하는 시간 속에서 누군들 긴장하지 않겠는가? 이러한 시간의 팽팽한 긴장 속에서 시인은 살

157) 노창선, 「슬픈 목련」, 위의 책, pp.44~45.

고 싶어 한다. 하지만 목련이 피는 순간 감지한 사자의 실체는 찰나에 불과한 것이며, 그것이 오래 아주 팽팽하게 지속될 수는 없다. 목련이 한철 피듯이 사자의 으르렁거림 역시 한 번의 곧추섬으로 그쳐야지 그것이 오래 지속되면 그 팽팽한 긴장감은 곧 사라지고 말 것이다. 어쩌면 팽팽한 긴장감이 '금빛 찬란하게 흩어지는 바퀴살'[158](「녹슨 자전거」)처럼 지속되기를 바라는 것은 환상인지도 모른다. 이제 으르렁거리는 사자의 실체로 표상된 시간의 긴장이 물러난 자리를 물로 표상된 시간의 흐름이 그것을 대신한다. 사자의 실체로 표상된 시간이 수직적인 속성을 드러낸다면 물로 표상된 시간은 수평적인 속성을 드러낸다. 시인은 전자의 경우에는 그 시간에 맞섰다면 후자의 경우에는 그것 속으로 스며든다.

> 오랜 삶을 방류해버리고 싶다
> 길을 버리고 흐르고 싶다, 저 강물
> 어제의 저 강물에 내가 떠온다
> 환하게 빛나는 버들잎들 보면
>
> 얼룩 집, 그 집의 기둥에 각인된
> 기억들 생각나, 삶의 마디
> 어디에서 절룩이며 걸어 나올 것 같은
> 꽃잎 몇 장 안부를 묻는다[159]

강물처럼 흐르는 시간 속에 자신을 방류해버리고 싶어 하는 시인의 모습이 잘 나타나 있다. 시인의 방류는 과거의 삶에 대한 성찰의 의미도 있지만 그것보다 더 중요한 것은 길의 버림이다. 길을 버리면 어떻게 될까? 상식선에서 답하면 그것은 길이 없는 것이다. 그러나 정말로 길이 없는

158) 노창선, 「녹슨 자전거」, 위의 책, p.69.
159) 노창선, 「봄 화류(華柳)계곡에서 놀다」, 위의 책, p.34.

것일까? 아니다. 시인은 분명 "길을 버리고 흐르고 싶다"고 했다. 흐르는 것 자체가 길을 전제로 한 것 아닌가? 길 없는 길이라는 역설이 가능한 대목이다. 이 흐름은 어떤 뚜렷한 목적지향적인 것이 아닌 무목적의 목적지향적인 것이라고 할 수 있다. 시우쇠를 풀무질하고 담금질하는 데에는 단련과 정제라는 목적이 있었지만 길을 버리고 흐르고 싶다는 데에는 어떤 뚜렷한 목적이 없다고 할 수 있다. 이런 점에서 풀무질과 담금질에서의 물과 후자의 물은 그 의미 자체가 일정한 차이를 지닌다고 할 수 있다. 전자의 물은 불에 가까운 물이지만 후자의 물은 그렇지 않다.

물에서 불이 사라지고 물 그 자체로만 존재한다면 이때의 물은 자연에 가까운 것이다. 대장간의 불이 표상하는 것은 도구와 문명이지만 화류 계곡의 물이 표상하는 것은 자연이라고 볼 수 있다. 하지만 이러한 해석은 지나치게 단선적이고 표피적이다. 이 시에서 말하고 있는 대장간은 헛것이 아닌 참것, 온전한 시간을 단련하고 정제하는 도정으로서의 세계를 의미한다. 오랜 단련과 정제의 과정을 거쳐 도달한 온전한 세계란 모든 것이 모나지 않고 둥글둥글한 그런 세계를 말하는 것이라고 할 수 있을 것이다. 그런 세계란 곧 물의 속성을 닮은 세계라고 할 수 있다. 이런 점에서 대장간에서의 불, 물과 화류 계곡의 물은 단절되어 있는 것이 아니라 연속되어 있으며, 대장간에서의 풀무질과 담금질의 목적이 이런 둥근 물의 세계를 지향하고 있는 것으로 볼 수 있다.

3. 둥글고 긴 시간의 길

시인은

물도리동에 간 적 있었지
하회 마을, 긴 저잣거리 빠져나가
둥글게 둥글게 돌고 있는 물길을 보았을 때
너무 곧게 하늘만 쳐다보고
걸어온 건 아닐까, 오던 길 돌아보았지

헛된 날들에게 바쳐진
시간의 거미줄을 보며
한때 나도 저 음흉한 거미처럼
욕망의 이슬 매달고 숲 속
질주한 적 있음을 다시 돌아보았지

물도리동에 가서 둥글게 둥글게
돌며 솟아오르는 산들을 본 적 있었지
세찬 저 강물 곧게 내지르지 않도록
어미처럼 든든하게 강물 안고 있는
산봉우리들을 돌아보았지[160)]

라고 노래한다. 시인은 "둥글게 둥글게 돌고 있는 물길을 보"면서 "너무 곧게 하늘만 쳐다보고 걸어온" 자신의 길에 대해 반성한다. 곧음에 대한 반성은 그것이 욕망과 질주의 음험함을 내재하고 있기 때문이다. 욕망과 질주란 자칫 그 목적과 방향을 상실할 수도 있다는 점에서 허무로 귀결될 수도 있다. 시인이 자신의 "시간의 거미줄을 보며" 그것이 "헛된 날들"이라고 말하는 것은 그러한 욕망과 질주의 삶에 대한 반성을 표출한 것이라고 할 수 있다. 자신의 삶이나 시간에 대한 반성이 없다면 그것보다 허무한 일도 없을 것이다. 시인은 이러한 깨달음을 하회 마을의 물도리동에 가서 알게 된 것이다. 물도리동을 휘돌아 흐르는 강과 산들에게서 곡선의 속성을 보고 그것이 지니고 있는 미덕을 깨닫게 된다. 물은 그 안에 무정

160) 노창선, 「산수시첩(山水詩帖) 8」, 위의 책, p.102.

형과 무목적의 목적성을 지니고 있기 때문에 절대 일직선적인 세계를 표상하지 않는다. 물도리동의 강과 산들이 그러한 세계를 드러내며, 이 곡선의 부드러운 세계에서 '형형색색 생명이 피어나는 것'[161](「산수시첩(山水詩帖) 6」)이다. 물도리동에서는 산과 물, 물과 산이 끝없이 이어진다. 산과 물이 곧 생명의 역사이자 인간의 역사가 되는 것이다.

산을 넘어 물에게 간다
물을 건너 산에게 간다

끝없이 이어지는
산과 물, 물과 산의 경계

생명은 거기 형형색색 피어나고
다친 사람들 끊어진 목숨 잇고자

산을 넘어 물에게로 간다
물을 건너 산에게로 간다

죽어 묻힌 내 이웃들 다시 살아나
붉고 푸른 넋으로 새로 태어나

일찍 죽은 내 할아버지
진작 나에게 와서 꽃 핀다[162]

산과 물과 인간이 둥글게 연결되어 있는 세계에서는 소외되거나 배제되는 존재들이 있을 수 없다. 산과 물, 산 자와 죽은 자, 상처와 목숨(생명)이 어우러지면서 하나의 둥근 세계를 이룬다. "물은 산을 안고 있고/산

161) 노창선, 「산수시첩(山水詩帖) 6」, 위의 책, p.100.
162) 노창선, 「산수시첩(山水詩帖) 6」, 위의 책, p.100.

은 물을 품고 있"는 세계, 이렇게 "서로 기대고 품어서/아득해진 세계"163) (「산수시첩(山水詩帖) 5」)에서 욕망과 질주는 미덕이 되지 못한다. 하지만 지금, 여기 우리의 삶과 세계를 지배하고 있는 것은 욕망과 질주이다. 이 욕망과 질주를 어떻게 다스리느냐가 우리 시대의 큰 과제라고 할 수 있다. 욕망과 질주의 세계에서는 곡선이 미덕이 될 수 없다. 욕망과 질주의 속도가 실존의 성패를 판가름하는 세계에서 둥글둥글한 곡선의 미덕을 내세우는 것은 그 자체가 곧 패배를 의미한다. 그렇다면 그것이 곧 패배라는 것을 누구보다도 잘 알면서 그것을 공공연히 드러내고 있는 시인의 태도를 어떻게 이해해야 할까?

둥근 곡선의 세계에 대한 전경화란 어떻게 보면 욕망과 질주의 속도가 지배하는 세계로부터의 도피라고 할 수도 있을 것이다. 그러나 그것이 도피냐 아니냐를 가르는 기준 중의 하나는 둥근 곡선의 세계가 지니는 반성의 정도이다. 시인이 말하고 있는 물도리동의 그 둥글둥글한 곡선의 세계가 과연 욕망과 질주의 속도가 지배하는 지금, 여기에 대해 어느 정도의 반성적인 긴장을 유지하고 있느냐하는 것은 중요하다고 할 수 있다. 시인은 "한때 나도 저 음흉한 거미처럼/욕망의 이슬 매달고 숲 속/질주한 적 있"다고 고백하고 있다. '음흉한 거미'에 투영된 시인의 의식이 결코 가볍지 않을 뿐만 아니라 다분히 의도적이라는 사실을 강하게 환기한다. 시인은 욕망과 질주의 끝이 허무로 끝날지도 모른다는 사실을 잘 알고 있다. 시인의 이 불안이 물도리동이라는 세계를 잉태한 것이다. 이것은 시인이 보여주고 있는 이러한 일련의 세계가 충분히 실존적이라는 것을 잘 말해준다. 곡선의 세계를 잘 보여주는 산과 물이 직선으로 바뀌는 것을 어렵지 않게 목도하면서 이것이 불러올 실존적인 위기에 대해 불안해하지 않

163) 노창선, 「산수시첩(山水詩帖) 5」, 위의 책, p.99.

는 현대인은 아마 거의 없을 것이다. 질주와 속도에 대한 욕망만큼 둥글고 느린 것에 대한 욕망도 큰 것이 사실이다.

4. 길 혹은 꽃을 찾아서

시인은 스스로의 존재 이유에 대해 가시 돋친 발언을 한다.

> 세상이 시를 버렸을 때
> 사랑하는 이 나를 다독였지만
>
> 빈 하늘 둥그레 보름달 뜨고
> 선인장처럼 온몸에 가시 세워
> 사막의 밤길 걸어간다
>
> 누구는 인문학의 죽음을 이야기 하지만
> 죽음의 인문학이 오랫동안 세상을 흔들었다
>
> …(중략)…
>
> 산골로 가는 것은 세상한테 지는 것이 아니다
> 세상 같은 건 더러워 버리는 것이다
> 어떤 시인은 노래했지만
>
> 세상은 잡을 수도 버릴 수도 없는 것
> 아침마다 안개가 피는 마을에서
> 꽃을 찾지 못하고 돌아온다[164]

164) 노창선, 「산수시첩(山水詩帖) 9」, 위의 책, pp.104~105.

시인은 세상에 대한 자신의 의식을 선인장의 가시처럼 곧추세운다. 시인의 날 선 의식의 출발은 '세상이 시를 버렸다'는 데에서 비롯된다. 시의 효용적인 가치가 세상에서 인정받지 못하고 있다면 우리가 취할 수 있는 태도는 두 가지이다. 하나는 시의 효용적인 가치를 회복하는 것이고 다른 하나는 세상을 버리는 것이다. 하지만 시인은 이 두 가지 모두를 취하지 않는다. 시인은 시의 효용성을 힘주어 말하지도 또 시인 백석처럼 더러워서 세상을 버리고 산골로 도피하지도 않는다. 시인은 "세상은 잡을 수도 버릴 수도 없는 것"이라고 말한다. 시인에게 세상은 여전히 날 선 긴장을 불러일으키는 대상인 것이다. '꽃'으로 상징되는 세상과의 날 선 긴장은 시인을 늘 길 위에 놓이게 한다. 꽃을 찾아 길을 떠나지만 그것을 "찾지 못하고 돌아온다"는 말 속에 시인으로서의 운명 같은 것이 강하게 느껴진다.

굽이굽이 흐르는 생의 감각
– 서원동의 『쉰일곱 편의 비가』

서원동의 『쉰일곱 편의 비가』는 시인의 세 번째 시집이다. 시인의 등단이 1977년이라는 점을 고려한다면 35년이라는 기간에 세 권의 시집을 상재했다는 것은 그가 지극히 과작의 시인이라는 사실을 말해준다. 늦으면 사오 년, 빠르면 일이 년을 주기로 시집을 내는 요즘 세태에 비추어보면 그의 이러한 행보는 주목에 값한다고 할 수 있다. 그의 과작은 시 쓰기에 대한 게으름의 산물일 수도 있고 또 그렇지 않을 수도 있다. 만일 과작이 그의 시 쓰기의 스타일에서 기인한 것이라면 그것은 이러한 판단의 대상이 되지 않는다. 하지만 여기에서 정작 중요한 것은 『쉰일곱 편의 비가』가 성취한 시적 세계이다. 그가 머리말에서 밝혔듯이 이 시집에 실린 시들은 1993년 이후 여러 문예지에 발표해온 연작시 「겨울 강가에서」를 한데 모은 것이다. 그런데 왜 시인은 '겨울 강가에서' 대신 '쉰일곱 편의 비가'를 시집 제목으로 정한 것일까? 두 제목을 서로 비교해 보면 후자는 전자에 대한 메타적인 해석의 의미가 강하다는 것을 알 수 있다. 겨울 강가로 표상되는 시인의 삶이 '비가'로 수렴된다는 의미가 여기에 투영되어 있는 것이다.

강물처럼 삶 역시 흘러가는 것이지만 그 흐름은 구구절절 의미가 아닌 것이 없다. 과거는 현재로 현재는 다시 미래로 흐르지만 그것은 순차적으로 혹은 계기적으로 이전의 것을 말끔히 지우고 흐르지는 않는다. 현재의 흐름 속에는 과거의 것이 흐르고, 그것이 그대로 미래로 흐른다. 이런 점에서 과거, 현재, 미래라는 시간의 흐름 속에 놓여 있는 시인의 존재란 그 자체가 생생한 현상의 장을 반영한다. 현상의 장은 시인의 이성이나 정신에 의해 구성되어진다기보다는 몸을 통해 감각하고 또 감각되어지는 세계라고 할 수 있다. 이렇게 몸에 의해 현상되는 세계는 늘 흔적 혹은 주름의 상태로 존재한다. 시간이 주름을 형성하지만 그 주름은 사람에 따라 다른 모습을 지닌다. 주름의 층이 두텁고 복잡하다는 것은 그만큼 시간의 흐름이 변화무쌍하고 굴곡이 크다는 것을 의미한다. '쉰일곱 편의 비가'가 표상하듯이 시인의 주름은 켜켜이 쌓인 슬픔(비)의 형태로 드러난다. 시인이 자신의 생의 흐름, 다시 말하면 시간의 주름을 슬픔으로 지각하고 그것을 쉰일곱 편의 연작으로 내놓은 데에는 시인의 몸의 주름 속에 충만해 있는 세계를 자연스럽게 들추어낸 것이라고 할 수 있다.

자신의 생의 흐름이 어떠한지를 알 수 있는 방법은 단순한 관념이나 개념을 통해서가 아니다. 자신의 생의 흐름은 몸으로 드러난다. 몸이 보고 듣고 느낀 것들이 하나의 감각 혹은 지각의 현상의 형태로 존재하기 때문에 자신의 몸의 감각을 응시하는 일은 자신의 생의 흐름과 관련하여 다른 그 무엇보다도 중요하다. 조용히 자신의 몸을 응시하면 우리가 평소에 보고 듣고 느끼지 못한 세계가 충만함으로 감각되는 체험을 하게 될 것이다. 흔히 우리는 시간의 주름을 기억이라는 방식을 통해 드러낸다고 알고 있지만 이때의 기억이란 시간의 연속이 아닌 단절의 어느 지점을 가리키는 개념이기 때문에 몸의 흐름 속에서 그것을 감각하는 일과는 거리가 있다. 가령

지난날들을 생각할 때마나
만장輓章처럼 펄럭이는 어둠이 있네
깊은 밤, 홀로 듣는
풍경 소리처럼 아련한 슬픔이 있네
그리고 되돌아보면
외롭고 고단했던 시절들이
목마름을 이기지 못해 헐떡이고 있네
납작 엎드려 있네[165)]

라고 할 때 여기에서 말하는 슬픔의 정서는 어디에서, 어떻게 발생한 것일까? 이 시의 시적 대상은 '지난날들' 혹은 '외롭고 고단했던 시절들'이다. 시간으로 보면 과거이지만 그것은 과거라는 차원에 머물러 있지 않고, 그 때의 감각은 현재까지 지속되고 있다. 지난날들에 대해 혹은 과거의 시절들에 대해 시인이 '만장처럼 펄럭이는 어둠', '풍경 소리처럼 아련한 슬픔', '납작 엎드려 헐떡이고 있네' 등처럼 말하고 있는 것들을 잘 살펴보면 이것이 현재 상태에서 현상하고 있는 감각이라는 사실을 알 수 있다.

시인이 말하고 있는 과거의 슬픔 혹은 비애는 과거 속에 화석처럼 남아 있는 것이 아니다. 과거는 시인의 감각 대상인 동시에 감각되는 대상이다. 이것은 과거가 늘 가능성으로 존재한다는 것을 의미한다. 감각의 주체인 시인에게 과거란 감각의 대상으로만 존재하는 것이 아니라 감각되는 대상으로 존재하기 때문에 늘 사건의 가능성을 함축하고 있다고 볼 수 있다. 시인이 과거를 슬픔의 대상으로 감각하고 있다는 것은 이미 현재의 순간에 그것이 자연스럽게 녹아들어 있으면서 미래를 향해 열려 있다는 사실을 말해준다. 이런 점에서 볼 때 '더듬어본다'는 시인의 표현은 체화된 의식을 통해 만들어진 말이라고 할 수 있다. 체험된 의식으로서의

165) 서원동, 「더듬어보면 가랑잎 같았던」, 『쉰일곱 편의 비가』, 책만드는집, 2014, p.33.

더듬어보는 행위는 그 감각이 직접적으로 몸 안에서 일어난다는 것을 전제한다. 그런데 시인이 더듬어 일어나는 감각을 '가랑잎 같다'고 표현하고 있다. 시인이 감각하는 과거가 가랑잎 같다는 사실은 그것이 부서지기 쉽고 곧 소멸할 운명에 처해 있는 의미성을 지니고 있다는 것을 말해준다. 시인에게 가랑잎이 이러한 의미를 지닌다면 그것은 곧 슬픔과 자연스럽게 연결된다.

시인의 몸 안에서 가랑잎 같은 슬픔이 서걱거리고 있는 것이다. 시인의 몸의 저 깊숙한 곳에 은폐된 슬픔의 감각이 솟구쳐 오르면 시인의 세계는 슬픔의 충만함으로 가득할 것이다. 감각의 충만함으로 가득할 경우 세계는 좀 더 선명하게 드러난다. 은폐된 세계는 시인의 시적 대상에 대한 주의가 이루어질 때 선명성을 띤다. 이것은 주의가 단순히 눈에 보이는 차원뿐만 아니라 눈에 보이지 않는 차원까지도 볼 수 있는 감각을 지니고 있기 때문이다. 어떤 대상이 분명 존재하는데 어떤 경우에는 그것이 보이고 또 어떤 경우에는 그것이 보이지 않는 이유는 이러한 주의의 정도 때문이라고 할 수 있다. 세계에 은폐된 사물이나 대상의 모습이 사람마다 다른 이유도 여기에서 기인한다. 세계에 은폐된 비애를 어떻게 들추어낼 것인가? 이 물음에 대한 답은 간단하다. 어떤 도구나 개념적인 연관성 없이 몸의 감각에 대한 섬세한 떨림의 정도를 잘 포착하여 그 안에 은폐된 상황을 온전히 표현하면 되는 것이다. 「세상 모든 길」에서를 보면

눈 속에 파묻혀
길은 안 보이고
보이지 않는 길 위로
눈밭 위로
아지랑이 되어 아른아른
떠오르는 아픔들

지워도 좀체 지워지지 않고
없애려 해도 끝내 사라지지 않는
내 속의 또 다른 내 모습들
비로소 선명하게 떠오르는 구나[166]

라는 대목이 나온다. 시인이 눈 속에 파묻힌 길에서 본 것은 무엇인가? 시인은 눈 속에 파묻혀 보이지 않는데도 '눈밭 위로 아지랑이 되어 아른 아른 떠오르는 아픔들'을 본다고 말한다. 그렇다면 시인은 그것을 어떻게 볼 수 있는 것일까? 단순한 연상 작용의 결과일까? 시인은 그 아픔이 '지워도 좀체 지워지지 않고' 또 '없애려 해도 끝내 사라지지 않는다'고 고백한다. 아픔이라는 존재의 확실성과 구체성이 여기에 있다면 그것은 주름의 형태로 존재하지 않고서는 불가능한 일이다. 시인의 몸에 난 주름은 지울 수도 없고 지워지지도 않는 그런 존재이다. 이렇게 주름의 형태로 존재하는 것들은 단지 은폐되어 있을 뿐이지 이 세계에 없는 것이 아니다. 시인의 감각이 강한 주의력으로 충만할 때 이 세계 속에 은폐된 존재(아픔, 슬픔)는 그 모습을 드러낸다.

시인이 본 '아픔들'이나 '다른 내 모습들'은 가시적인 봄이 아니라 비가시적인 봄의 산물이다. 가령 우리가 어떤 사물을 볼 때 눈에 보이는 앞면이 아닌 뒷면은 정말 볼 수 없는 것일까? 만일 볼 수 없다고 말한다면 그것은 공간 자체를 공존의 관계로 보지 않기 때문이다. 공간에 있는 사물들은 서로가 서로를 본다. 시인이 보지 못한 어떤 사물의 뒷면을 다른 사물이 보고 결과적으로 시인은 그 사물을 통해 보이지 않는 사물의 뒷면을 보게 되는 것이다. 이러한 예가 너무 막연하다면 우리 몸의 등을 상기해 보라. 우리 몸의 등을 눈으로 볼 수는 없다. 하지만 우리 몸은 그 등을 볼

166) 서원동, 「세상 모든 길」, 위의 책, pp.40~41.

수 있다. 등은 몸으로부터 분리되어 있는 것이 아니라 등의 세계 내에 있다. 시인은 몸으로 세계(지난날들의 아픔)를 보고 있는 것이다. 몸으로 볼 수 없는 것은 없다. 다만 우리가 그것을 의식하지 못할 뿐이다. 마치 어느 순간에 '소여'의 의식이 작동하여 보이지 않던 은폐된 세계가 선명하게 떠오르게 되는 것처럼 지금 시인에게 과거의 아픔들이 '눈 속에 파묻힌 길' 등 공간의 공존에 의한 관계 속에서 솟구쳐 오른 것이다.

시인의 의식 속에 투영된 세계는 기본적으로 비애를 지니고 있다. 이것은 세계의 본질 자체가 비애를 지니고 있기 때문이 아니라 시인의 의식이 비애를 지니고 있기 때문이다. 세계란 고정된 실체가 아니라 시인이 처해 있는 상황, 다시 말하면 시인의 입장, 태도, 시각 등에 의해 생성되는 것이다. 이것은 시인에 따라 감각 작용의 양태가 모두 다르다는 사실을 통해서도 알 수 있다. 『쉰일곱 편의 비가』에서 시인이 감각하는 혹은 지각하는 세계의 모습은 슬픔이며, 그것은 다양한 질료들을 통해 구현되고 있다. 시인이 쉰일곱 편의 비가라고 제목을 정하기 전에 이 시집에 수록된 시편들은 모두 '겨울 강가에서'라는 제목으로 연재된 연작시이다. 겨울 강가는 슬픔 이전에 시인이 처해 있는 상황을 잘 표현하고 있는 질료이다. 강 혹은 강가가 생의 흐름(시간)을 표상한다면 강가 앞의 겨울은 그 강가가 지니는 구체적인 의미를 드러낸다고 볼 수 있다. 이런 점에서

> 이 모든 모습들, 얼굴들.
> 여기, 이 겨울 벌판에 깊이 새겨져 있다
> 찬 바람에 시달리고 있다167)

는 시인이 처해 있는 상황을 잘 보여준다고 할 수 있다. 시인이 보고 또

167) 서원동, 「여기 이곳에 많은 모습들이」, 위의 책, p.43.

시인에 의해 드러나는 '모든 모습들, 얼굴들'은 '겨울 벌판'과 '찬 바람'에서 알 수 있듯이 차가운 감각으로 표상되기에 이른다. 모든 존재들이 차갑고 또 차갑게 감각되는 것은 그만큼 시인의 몸이 그렇게 느끼기 때문이다. 시인에게 세계는 차가운 겨울 혹은 겨울 강 같이 감각되며, 이것이 곧 슬픔(비)으로 표상된다고 할 수 있다. 하지만 이 슬픔이 비관적인 세계로 점철되는 긴 흐름을 의미하는 것이 아니라 그 안에 희망과 낙관이 은폐되어 있는 그런 긴 흐름을 의미한다. 겨울 벌판과 겨울 강은 눈에 보이는 것과 눈에 보이지 않는 것에 대해 감각적으로 그것을 잘 드러낼 수 있는 질료 중의 하나라고 할 수 있다.

겨울 벌판과 겨울 강은 시인에게 늘 단절된 시간의 차원으로 의식되지 않는다. 몸의 차원으로 세계를 보면 이것은 당연하며, 몸을 의식하지 않은 상태에서도 시인은 자연스럽게 겨울이 그 상태로 지속되지 않고 봄이 온다는 의식을 원형처럼 지니고 있다고 해도 과언이 아니다. 겨울이 가면 봄이 온다는 자연스러운 이치는 세계를 하나의 흐름으로 인식한다는 점에서 몸의 존재에 대한 인식과 다르지 않다고 할 수 있다. 하지만 몸으로 세계를 인식하는 경우에는 겨울이 가면 봄이 온다는 논리가 아니라 겨울의 이면에는 봄, 여름, 가을이 모두 공존한다는 논리가 투영되어 있다. 겨울의 순간 속으로 봄, 여름, 가을이 흘러들어오면서 다시 흘러가는 것이 몸으로 세계를 지각할 때 드러나는 현상이다. 시인이 이 시집에서 이러한 몸의 존재성에 대한 인식을 토대로 상상하고 표현하고 있다고는 생각하지 않는다. 그러나 시인이 시 속에서 보여주는 세계가 몸으로 감각하고 지각한 세계로 해명할 수 있는 것이 많다는 점에서 주목할 만하다고 할 수 있다. 시인은

가자, 일어나 가야 하리
보라, 바람이 휘두르는 시퍼런 칼날 맞받으며
그 속에 푸른 잎들 몰래 키우는 발가벗은 나무들을
들어보라, 꽁꽁 언 땅 속에서 뭇 생명이 두런대는 소리를

가자, 일어나 가야 하리
아직도 길은 끝나지 않았으니[168)]

라고 노래한다. 이 시에서는 시각과 청각의 감각이 교차하고 있다. 이 시에서의 감각의 교차는 단순히 두 개의 감각이 함께 나타난다는 의미 차원을 초월한다. 이 시에서의 감각의 교차는 본질적인 몸의 존재성을 드러낸다. 몸이 세계를 감각하거나 지각할 때 여기에는 반드시 다양한 감각이 공존한다. 우리의 몸은 보이면서 듣고 들으면서 보이는 혹은 또 다른 감각 작용을 끊임없이 행하고 있는 살아 있는 생명체이다. 어느 경우에도 하나의 감각만으로 감각 작용이 발생하지 않는다. 시인이 세계에 현상하는 것을 하나의 감각으로 표현한다고 해서 그것이 반드시 하나의 감각만을 의미하지는 않는다. 시인이 '시퍼런 칼바람 속에 서 있는 나무들'을 본다고 할 때 그가 본 것은 단순히 시각적인 것만은 아니다. 그 봄 속에서 시인이 체험한 것은 '꽁꽁 언 땅 속에서 뭇 생명이 두런대는 소리'이다. 시인이 들은 이러한 소리를 환상이나 환청 아니냐고 말할지도 모른다. 하지만 그것은 환상이나 환청이 아니라 실제로 이 현상 속에 존재하는 감각 작용의 모습이다.

세계란 총체적으로 바라볼 때 혹은 감각할 때 드러난다. 분명한 것은 시인의 몸(우리의 몸)은 이미 세계에 대한 총체적인 이해 속에 있다. 우리의 감각을 세계와 분리해서 그것을 구성하거나 개념화하여 이해하는 것

168) 서원동, 「겨울 강가에서」, 위의 책, p.13.

은 이러한 세계에 대한 총체성을 훼손하는 결과를 초래한다. 이런 맥락에서 볼 때 시인이 표현하는 언어는 감각 작용의 연장선상에서 이해할 필요가 있다. 시인이 표현하는 언어는 몸의 행동성과 운동성을 발생시키기 때문에 시인의 언어는 세계로 열려 있다고 말할 수 있다. 시의 언어는 무미건조한 하나의 기호가 아니라 그것은 세계의 역동적인 감각 작용을 지니고 있는 살아 있는 혹은 원초적인 생명의 실체인 것이다. 「가만히 그 귀 기울이면」에서 시인이 말하고 있는 것처럼 언어는 늘 몸부림치고 있다고 할 수 있다. 시인이

> 가만히 귀 기울이면
> 얼어붙은 하늘가로 조심조심 흐르는
> 언어言語들의 물살 소리 들린다
> 자음과 모음이 몸부림치고
> 쉼표와 마침표 의문표가 서로 부딪쳐 깨어지는
> 비명 소리, 한숨 소리,
> 겨울의 빨랫줄 위에
> 여기저기 내걸려 펄럭이는
> 사전辭典 속의 낱말들,
> 밤마다 내 가슴속에서 뒹굴다 스러져간
> 그 숱한 낱말들이 구겨지고 바스라진 채
> 아우성치고 있다
> 바동거리고 있다[169)]

에 드러난 것은 세계와의 관계 속에서 발생하는 언어의 감각 작용이라고 볼 수 있다. 시의 언어가 시인의 몸의 산물이라면 당연히 그 언어는 몸살을 앓을 수밖에 없다. 몸의 감각 작용을 언어가 온전히 드러내거나 표현하기에는 불가능한 측면들이 있다. 언어의 궁극이 몸의 언어에 있어야 하

169) 서원동, 「가만히 그 귀 기울이면」, 위의 책, p.52.

는 이유가 바로 여기에 있다. 몸은 세계와의 감각 작용으로 인해 늘 몸부림치거나 아우성치고 또 바둥거릴 수밖에 없기 때문에 그것을 표현하려는 언어 역시 그럴 수밖에 없는 것이다. 하지만 시인의 모든 언어가 이러한 생생한 현상의 장을 표현하고 있는 것은 아니다. 현상의 장의 생생함은 몸의 생생함이지만 그것을 언어로 표현하는 문제는 고도의 집중과 주의를 요한다. 시인이 노래하고 있는 쉰일곱 편의 비가가 모두 생생한 현상의 장을 온전히 구현하고 있다고는 생각하지 않는다. 하지만 쉰일곱 편의 비가 굽이굽이에는 몸으로 감각하고 지각한 생생한 삶의 세계가 존재한다. 이 시집에 드러난 세계에 공감한다면 그것은 시인이 몸으로 감각하고 지각한 것을 우리가 생생하게 공유하고 있기 때문이다. 공감은 이렇게 몸의 감각 작용을 통해 이루어질 때 그 진정성을 인정받게 되는 것이다. 이십사 년 만에 낸 시인의 『쉰일곱 편의 비가』가 우리에게 던진 감동이 있다면 그것은 바로 삶이라는 생생한 공동체의 장 속에서 감각의 상호작용을 통해서 공유하는 인간과 세계에 대한 진정성이라고 할 수 있다.

생, 울림과 떨림의 감각
– 조항록의 『지나가나 슬픔』

1. 흐르는 생 혹은 생의 흐름

조항록의 『지나가나 슬픔』은 생에 대한 감각으로 가득 차 있다. 시인이 체험한 생은 신열의 이미지로 환기되고 있다. 그 신열의 골짜기에 잠겨 시인은 슬픈 어조로 그 생에 대해 '올드 랭 사인'(자서)이라고 작별을 고한다. 하지만 고통스러운 생에 대한 작별은 미완으로 남는다. 생은 정지된 것이 아니라 끊임없이 흐르기 때문이다. '흐르는 생' 혹은 '생의 흐름' 속에 자신의 몸을 맡긴 채 시인은 그 흐름을 즐겁게 바라보고 있는 것이 아니라 그것을 스스로 즐긴다. 생에 대한 즐거움이 아니라 즐김을 통해 시인은 자신의 언어를 만들어낸다.

생에 대한 이러한 즐김은 시인이 생을 울림과 떨림이라는 리듬의 세계로 이해하고 있기 때문에 가능하다. 시인이 본 생은 하나의 긴 '음표'이며, 그 '음표'는 저마다 "화농으로 그렁그렁한 音을 품고 있"(「인간유정」)다. 이 음이 "살아가며/블루스/록/트로트/헤비메탈/재즈" 같은 "발성과 흐름과 그 장단이 다른" 생(음표)을 연출하는 것이다. 생이 "화농으로 그렁그렁한 音"이 모여 만들어내는 감각의 총체라는 사실은 "음표란 전부 흑백"이라는 진술과 그 맥을 같이 한다.

화농과 흑백의 이미지가 환기하는 생이란 드러남과 숨김의 변주가 만들어내는 아련하지만 아픈 상처를 간직하고 있는 그런 세계를 말한다. 이런 점에서 시인의 체험은 '목에 걸린 가시'(「우울한 이야기」), '숯덩이 같은 긴 시절'(「사진찍기」), '온통 고통으로 흔들리는 갈대'(「갈대」), '쉰 국밥 한 사발'(「철새」), '造化를 꽂아둔 꽃병'(「어느 중년의 출구」), '피멍으로 퉁퉁 부은 허벅지'(「그 시절 그때는」), '역류하는 하수구'(「청동시절」), '버려진 뼈다귀'(「서곡」) 등의 암울한 비유를 통해 드러날 수밖에 없다. 그러나 무엇보다도 생의 이런 고통스러운 체험을 가장 잘 보여주고 있는 시편은 「그리운 김득구」이다.

싸우다 죽는
그게 고통이든 내밀한 쾌감이든
아는 바 없다

이 즈음의 싸움이란 퀘퀘한 나무탁자에
몸 기대어 술이나 퍼마시는 것
목청 드높여 욕설에 취하다
그저 몇은 고개나 끄덕여주는 것

한 세기를 풍미하는
최강국 아메리카합중국의 잘생긴 복서
챔피언과 죽도록 싸운 것이 아니다
15라운드의 삶을 12라운드로 감형시킨
싸움을 반성하게 하는 싸움도 아니다

한때 절절했던
절절해서 애가 끓던 날밤들
무슨 떨림이고 애잔함조차

시간은 독약 같아 다 죽이고
그날 지척도 절벽이었을
밤바다에 뜬 사각의 링
마지막 싸움

이 즈음은 승자도 패자도
적당히 물어뜯다 돌아서면
수북히 먼지만 쌓여가는 링[170)]

이 시가 보여주는 남다른 생의 감각은 고통에 대한 인식에 있다. 시인은 우리의 생이 고통스러운 것은 싸움의 치열함이 아니라 싸움의 밋밋함 혹은 싸움 없음 때문이라고 말한다. 시인에게도 "한때 절절했던 절절해서 애가 끓던 날밤들"이 있었고, 그런 날에는 자신이 "밤바다에 뜬 사각의 링"에서 "마지막 싸움"을 하고 있다는 착각에 빠져들곤 했다. 그러나 사각의 링에서 싸우다 죽은 그런 싸움은 간 데 없고, 지금 여기에서 시인에게 남겨진 것은 "퀘퀘한 나무탁자에/몸 기대어 술이나 퍼마시"다 "목청 드높여 욕설" 몇 마디 하거나 "적당히 물어뜯다 돌아서"는 싸움 같지 않은 싸움이다.

싸움다운 싸움이 없기 때문에 시인은 그 옛날 "최강국 아메리카 합중국의 잘생긴 복서/챔피언과 죽도록 싸우"던 김득구를 그리워하는 것이다. 김득구가 보여준 싸움은 그것이 죽음으로 귀결되었다는 점에서 고통일 수 있지만 순간순간 세계를 향해 자신의 존재를 밀고 나가면서 생의 감각을 확인했다는 점에서 그것은 "내밀한 쾌감"일 수 있다. 시인은 김득구의 그러한 생을 고통보다는 쾌감으로 인식하고 있다. 죽임을 당하더라도 사각의 링에서 싸울 수 있다는 그 자체가 시간의 위력 앞에 점점 왜소해지

170) 조항록, 「그리운 김득구」, 『지나가나 슬픔』, 천년의시작, 2002, pp.47~48.

고 무기력해지는 자신의 존재를 추스를 수 있는 한 방법이라는 것을 시인은 알고 있었던 것이다.

김득구에 대한 그리움은 시인으로 하여금 과거의 기억을 되살려 내게 한다. 그것은 "줄마다 끊어지고 녹이 슨/낡은 기타를 버리지 못하"(「울림 혹은 떨림」)고 있는 시인을 통해 잘 드러난다. 기타는 곧 과거의 흔적을 내장하고 있는 시인 자신의 몸이다. "기타의 몸통" 속에는 "70년대와 80년대와 90년대의/푸른 노래들이 가득하"다. 이 때의 기타는 "음악(독주이고 때론 반주)"이었으며, 이 음악을 간직하고 있기 때문에 시인은 "기타를 버릴" 수 없는 것이다. 시인은 지금 그 옛날의 음악을 듣고 싶어한다. 이 음악은 '나'와 세계와의 싸움을 내장하고 있어서 줄을 튕기면 그 울림과 떨림이 세세하게 생의 무늬를 만들어낸다. 이것은 생이 정지된 것이 아니라 살아 꿈틀대는 실체이기 때문에 현재의 싸움의 부재는 과거 속의 치열한 싸움의 기억을 되살려 냄으로써 보상받을 수 있다는 그런 논리와 다르지 않다.

시인이 현재의 싸움의 부재를 넘어서기 위해 과거의 기억 속에서 애타게 불러낸 대상은 아버지이다. 시인이 아버지를 불러내는 형식은 주문에 가깝다. "아버지, 아버지의 아버지, 아버지의 아버지의 아버지, 아버지의 아버지의 ……아버지의……,"(「유전병」)로 이어지는 시인의 간절한 부름은 부름 그 자체만으로도 주술성을 띤다. 시인이 이렇게 애타게 불러내는 '아버지'는 자신과 하나도 아니고 둘도 아닌(不一而不二) 그런 존재이다. '아버지'와 '나(시인)'의 공고한 연대를 시인은 '유전병'(「유전병」)으로 명명하고 있다. "耳順"의 나이에 "이미 귀를 닫아버린" 아버지와 "立身의 나이에 자꾸만 움추려드는" 아들은 서로 닮은꼴이다. 세계에 대해 "귀를 닫"고 "움추려든"다는 것은 '아버지'와 '내'가 외적 지향의 싸움이 아니라 내적 응축으로서의 싸움을 행하고 있다는 것을 의미한다. 이러한 내적 응축으로서의 싸움은 이들이 강한 에고의 소유자임을 말해준다. '아버지'와 '나'는 하나도 아니고 둘도 아닌 존재이지만 모두 강한 에고의 소유자이기 때문에 "지나치게 커서 들리지 않는 좌익과 우익 사이의 흐느낌처럼", 또는 "보이지 않는 상행선과 하행선의 뜨거운 손짓처럼" 언제나 어긋나거나 평행선을 그을 수밖에 없다. 이 사실만으로도 시인이 '아버지'를 기억 속에서 불러낸 충분한 이유가 되리라고 본다.

2. 아버지, 비극적인 생의 가락

내적 응축으로서의 에고를 가진 아버지의 생은 쉽게 치유되지 않을 그런 상처를 가진 역사이다. 아버지의 이 역사를 시인은 「아버지들」이라는 시에서

> 세월은 흐르고 겨울은 여전히 끝나지를 않았다
> 車窓에 신파조로 부서지는 눈
> 어두운 길 위로 노선을 이탈하는 법 없는 시내버스는
> 얼어붙은 밤공기를 깨며 꽝꽝 달리고
> 손잡이에는 매달린 발 부르튼 아버지들
> 아버지들이 은밀하게 간직하고 있는
> 추억의 고리를 당기면 온통 유행가가 들린다
> 유행가 악보 위에 눈물겹게 쌓여가는 눈
> 해 저문 소양강에 황혼이 지면 마냥 슬피 우는 두견새*
> 家系의 곤고한 내력은 아버지들이 잃어버린 딸들도
> 눈 덮인 거리의 밤을 완성하는 유곽에 점등으로 떠오
> 른다
> 허리춤새의 고단한 식욕을 위해
> 다시 울려퍼지는 열여덟 딸기 같은 어린 순정*
> 밤이면 졸리운 꿈들을 추락시키는 좁은 방 이불 안에
> 딸들은 아버지들의 메마른 허벅지를 얼리던

겨울이 숨죽일 더 큰 겨울을 감추고 있다
겨울 하늘은 속달로 쉼없이 눈을 퍼붓고
얼어붙은 門들이 고함치는 거리에 갇힌 아버지
아버지들은 낡은 외투를 조이며 찬가슴을 안고 뒤척인
다
그 동네 아이들 지금 우리의 아버지들[171)]

이라는 긴 가락으로 되살려 내고 있다. 시인이 되살려낸 아버지의 생은 세월이 흘러도 끝나지 않는 겨울을 안고 살아가는 한스러운 역사의 다른 이름이다. “근근히 자라나던 유년마저 뿌리째 뽑아버린 전쟁 이후” 살기 위해 발버둥쳐도 악귀처럼 따라다니는 비극적인 운명을 떨쳐버리지 못하는 아버지의 생은 고스란히 아들·딸에게로 이어진다는 점에서 그 비극은 언제나 더 큰 비극을 잉태하고 있다고 할 수 있다. 아버지의 생이 아들·딸에게로 이어지는 이 비극적인 운명을 시인은 대중가요의 가락을 통해 생생하게 들려준다. “아버지들이 은밀하게 간직하고 있는/추억의 고리를 당기면” 들려오는 소양강 처녀의 구슬픈 가락은 아버지와 딸(「아들」)의 끊을 수 없는 질긴 운명의 고리를 환기한다. ‘소양강 처녀’의 가락이 슬픔의 정조를 강하게 띨 수밖에 없는 것은 이 노래의 “열여덟 딸기 같은 어린 순정”이 바로 “아버지들이 잃어버린 딸들”이기 때문이다. 딸들이 부르는 이 비극적인 생의 가락으로 인해 아버지는 “門들”에 의해 갇히고, 또 “찬가슴을 안고 뒤척이”게 되는 것이다.

아버지로부터 자신에게로 이어지는 비극적인 운명에 대해 시인은 아무런 거리낌없이 받아들이는 것은 아니다. 현재의 무기력한 자신의 존재에 대한 성찰의 차원에서 과거의 기억 속에서 불러낸 ‘아버지’ 혹은 ‘아버지의 아버지’의 비극을 체험하면서 심한 심적인 갈등을 느낀다. 내면 깊은

171) 조항록, 「아버지들」, 위의 책, pp.52~53.

곳에서 이는 파문으로 인해 시인은 자신의 자아를 되돌아보는 계기를 갖게 된다. 이 과정에서 시인은 자신의 존재를 대상화시켜 바라본다. 이것은 '거리두기'를 통해 자신의 존재를 좀더 객관적으로 성찰하기 위한 한 방법이라고 할 수 있다. 시인은 자신의 존재를 '별', '폐차', '청동상'으로 치환한다. "무리에서 뚝 떨어져/부스럼 취급당하는 별", 혹은 "가진 것 없고 기댈 곳 없이/밥도 어둠에 비벼 먹고/앓아도 속으로만 폭발하는 별"(「별」)로 자신의 존재를 치환함으로써 시인은 세계로부터 소외된 자신의 고독한 자아와 만난다. 그뿐만 아니라 "길이 아닐 것 같은 고약한 길을 달리며/자주 시동이 꺼지곤 했"던, 또는 "예각의 세계를 달리는 둥근 바퀴는/둥글게 좌절할 뿐인"(「폐차」) '폐차'로 자신의 존재를 치환함으로써 시인은 자신의 에고에 대해 심한 회의와 부정을 드러내기도 한다.

시인의 에고에 대한 이러한 치환이 궁극적으로 겨냥하고 있는 것은 자신의 존재를 비우고 그 안에 새로운 것을 채우는 것이다. 이 '비움'과 '채움'을 위해 시인이 먼저 할 일은 존재의 집을 나오는 것이다. 이것은 나라는 존재 자체의 소멸 내지 상실을 의미하는 것은 아니다. '나'는 그 빈집을 버리고 존재할 수 없다. 그 빈집 안에 무엇인가를 채워야 한다. 이 채움이 있고서야 '나'의 에고는 새롭게 거듭날 수 있다.

광화문 거리의 이순신은
청동상이므로 장군이다
한겨울이나 한여름이나
더욱 뜨겁고 차가우므로
그를 장군이라 인정한다

분노와 절망과 사랑과 사기가 교차하는
광화문 거리에 우뚝 솟은 이순신
슬쩍 고개 숙이는 법도 없다

잠시 앉는 법도 없이
그 모든 빛과 그늘을 견뎌낸다
그가 영락없는 청동상인 건
뒷모습을 훔쳐보아도 그렇기 때문이다

무엇이 그를 날밤으로 서 있게 하는가
무엇이 그를 굽어보게 하는가
눈멀어 반해버린 단지 비둘기 몇 마리
그의 몸에 맨살 부비다
파랗게 녹이 스는 신비로움[172)]

시인의 에고가 강렬하게 노래되고 있는 시이다. 자신의 의식을 '이순신 장군 동상'에 투사함으로써 시인은 나약함과 소외감으로부터 벗어나 굳건함과 당당함으로 거듭난다. '이순신 장군'의 "청동상"에는 한점 회의와 부정적인 요소가 뚫고 들어갈 틈이 없다. 일반적으로 틈이 없다는 것은 새로운 일이 일어날 수 없다는 것을 의미하지만 여기에서의 '청동상'은 시 전체의 틈이 되고 있다. 이 틈으로 인해 시인의 의식은, 아니 시인의 시는 새로운 생명력을 얻게 된다.

'청동상'으로 표상되는 이 변화의 흐름으로 인해 해체되는 것은 시인의 세계 속에 깊숙이 잠재해 있는 관성의 법칙이다. 세계 내 존재자로서 시인이 느끼는 불안 중에 가장 큰 것 중의 하나가 바로 이것이라고 할 수 있다. "어제도 다니던 길을 따라 출근했고/오늘도 그 어법과 그 발성법으로 이야기했습니다/급히 늦은 저녁을 먹고/한 시간쯤 텔레비전을 보다가 잠이 듭니다"(「관성의 법칙」)라는 시인의 진술 속에 담긴 것은 반복되는 내용과 형식에서 오는 불안과 공포이다. 관성의 법칙이 계속되면 세계는 새로움을 잃게 된다. 이것은 곧 생에 대한 감각의 상실을 의미하는 것이다.

172) 조항록, 「내 마음의 위인」, 위의 책, p.99.

시 전편을 통해 드러나는 생의 감각은 세계에 대한 부정과 긍정, 어둠과 밝음, 과거와 현재(미래)라는 중층적인 흐름을 내장하고 있으며, 이 흐름에 큰 영향을 준 것은 '청동상', '별', '폐차'로 표상되는 에고에 대한 탐색이다. 에고에 대한 탐색이 없다면 생은 어느 한 면만 부각되게 되고, 생은 리듬을 상실한 채 단조롭고 무미건조한 차원으로 떨어지게 될 것이다. 이와는 반대로 에고에 대한 탐색이 있다면 생은 다채로운 감각의 차원으로 드러날 것이다. 에고가 다채로운 감각의 차원으로 드러난다는 것은 '나'라는 존재가 우리의 생 속에 언제나 있다는 것을 의미한다. 그 '나'는 "먼훗날 좁은 길목에서 펼쳐보는/그대 추억의 안주머니에"도 있고, "남루가 잔뜩 깔린 흐린 길을 돌아보는 순간/그 모든 해찰스런 아픔" 속에도 있으며, "언뜻 불어오는 빛바랜 바람결 속"(「내가 있으리라」)에도 또한 있다. '나'라는 존재가 이 우주 삼라만상에 존재하는 모든 존재자 속에 있다는 시인의 인식은 시적 상상력의 풍요로움과 맥이 닿아 있다는 점에서 어떤 든실함을 느끼게 한다.

3. 생의 감각과 시의 지평

생이 울림이 없고 떨림이 없다면 무슨 의미가 있을까? 그것은 죽은 생일뿐이다. 『지나가나 슬픔』은 이런 불안으로부터 어느 정도 벗어나 있다. 시집 전편을 통해 드러나는 '음(음표)', '가락', '장단', '발성', '공명' 등의 질료가 환기하는 것은 생의 감각에 대한 시인의 민감한 자의식이다. 생에 대한 이러한 감각을 토대로 시인은 과거(기억)와 현재(미래)를 넘나들면서 시적 상상과 표현을 구체화하고 있다. 시인의 생에 대한 감각의 성취 여부는 그가 이제 첫 시집을 상재한 시인이라는 점에서 선불리 판단을 내릴 성질의 것이 아니다. 하지만 시인이 구사하고 있는 생의 감각이 그의 몇몇 시편들 속에서 빛을 발하고 있는 것은 부인할 수 없는 사실이다. 특히 시적 자아의 생에 대한 반성과 성찰의 과정에서 보여준 다채로운 '에고이즘'은 그의 시쓰기의 토대를 형성하고 있다고 할 수 있다.

이번 시편들이 보여주는 이러한 성과는 주목할 필요가 있다. 이것은 시가 다른 장르와는 달리 에고의 변주를 토대로 성립되기 때문이다. 에고가 중심에 놓이기 때문에 시를 고백 및 독백의 장르라고 하는 것이다. 이것은 시가 에고의 내밀한 체험을 필요로 한다는 것을 의미한다. 이런 차원에서 보면 이 시집은 일정한 성과를 드러내고 있음에도 불구하고 불안하다고 할 수 있다. 시인이 구사하는 생에 대한 감각이 에고의 깊은 반성과 성찰의 과정을 통해 생성된 것이라기보다는 상투적이고 관성적인 흐름 속에서 가볍게 내던져진 것이라는 느낌을 받게 되는 것이 바로 그것이다. 이로 인해 시에 표현된 생의 감각이 깊은 공감을 불러일으키지 못하고 표피적인 소통의 차원으로 떨어지고 있다.

깊고 내밀한 감성적인 소통이 이루어지지 않는 시는 우리의 의식에서 혹은 문학이라는 제도에서 배제될 수밖에 없다. 방법론적인 참신함과 강렬한 주제 의식을 가지고 있어도 깊고 내밀한 감성적인 소통이 결핍되어 있으면 좋은 평가를 받을 수 없는 장르가 시이다. 시적 장르에 대한 민감한 자의식은 리드미컬한 생의 감각을 좀더 다양하고 깊이 있는 형식과 내용으로 드러나게 할 것이다. 생이 개념이 아닌 감성의 차원에서 탈은폐(disclose) 될 수 있는 성질의 것이라는 점을 고려한다면 시적 장르에 대한 인식은 중요하다고 하지 않을 수 없다. 시인이 겨냥하는 생의 감각이 지금보다 더 나은 형식과 내용을 얻기 위해 시인은 그것을 감성의 차원에서 되풀이해 드러내 보여야 한다. 생의 울림과 떨림의 감각이 진정한 시의 감각으로 거듭나기를 기대해본다.

하염없이 엄숙한 삶의 허기
– 이영광의 시세계

이영광의 시에는 삶에 대한 시인의 독특한 비애가 숨어 있다. 그의 시 속의 행간에 은폐되어 있는 비애를 발견하는 것은 그다지 어렵지 않다. 그의 시는 어떤 대상이나 사물의 세계를 은폐하려 하지 않고 그것을 가감 없이 드러내고 있기 때문이다. 시에서 삶의 비애 혹은 비애감은 아주 흔하게 발견되는 시의 제재이자 주제이다. 흔히 말랑말랑하고 축축한 정조를 기조로 하고 있는 비애(비애감)는 그 속성으로 인해 감정 과잉이나 시적 긴장의 연성화를 불러일으킬 위험성이 늘 존재한다. 비애가 지니고 있는 이러한 일련의 사실은 달리 생각해 보면 감정 과잉이나 시적 긴장의 연성화를 적절히 조절하고 통제하면 비애의 은폐된 존재성이 탈은폐될 수 있다는 것을 말해준다. 어쩌면 삶의 비애란 그 삶으로부터 비롯되는 것이기 때문에 비애에 은폐된 의미를 발견하는 일은 곧 삶의 은폐된 의미를 발견하는 것에 다름 아니다.

시인의 비애는 삶의 모순에서 온다. 우리가 말하는 삶이란 무엇인가? 그것은 기본적으로 살려고 하는 것이다. 살려고 하니까 사는 것이며, 삶은 그 방향으로 나아갈 수밖에 없다. 그러한 방향으로 나아가는 삶은 마치 기관 없는 신체와 같은 것이다. 이것은 그 누구도 어쩌지 못한다. 시인에게 삶이란 '사는 게 대체 무언가 하고 물을 따윈 없는 그저 살고 사는데 여념이 없는 것'(「오일장」)을 말한다. 삶이란 물음에 앞서 '지금, 여기' 내 몸이 지각하고 지각되는 실존적인 현상의 장이다. 삶이란 무엇인가? 그것에 대해 사유하고, 판단하는 것은 진정한 삶의 장을 벗어난 객관화된 세계이다. 우리는 마치 그것이 진정한 의미의 삶이라고 착각한다. 시인은 이러한 삶이 지니는 진정한 현상의 세계를 '오일장(「오일장」)'에서 발견한다. 오일장에 가본 사람은 알지만 여기에서는 모든 것이 먼저 몸을 통해 지각되지 사유를 통해 이해되고 판단되지 않는다. 우리는 흔히 시장의 그 왁자한 모습을 보고 사람들이 살려고 발버둥 친다고 말한다.

그러나 그들은 살려고 발버둥 치기에 앞서 먼저 그 상황에서 그렇게 할 수밖에 없는 자연스러운 행위의 지각 구조를 지니게 되는 것이다. 살려고 발버둥 친다고 하는 것은 그 행동 이후에 그것에 대해 판단한 것에 지나지 않는다. 이런 맥락에서 시인이 '살려고 발버둥치지 않은 것', '오일장엔 아예 발버둥이 없다'(「오일장」)라고 한 말은 단순한 말장난이 아닌 것이다. 인간이 오일장에서 끊임없이 자신의 몸을 놀리고 타인 혹은 어떤 대상이나 사물을 지각하는 것은 그가 '한 덩어리의 허기', 다시 말하면 '한 덩어리의 감각'으로 이루어진 존재라는 것을 의미한다. 한 덩어리의 허기를 지닌 존재는 당연히 원초적으로 그것을 채우기 위해 움직인다. 이 과정에서는 그것이 '웃어야 할지 울어야 할지' 판단하는 것은 의미가 없다. 그래서 시인은

사는 게 웬 징역인가 하는
마음 가난한 물음은 가난하다 하염없이 살고 있는 엄숙 앞에서
나는 어이없는 대박 나세요가 싫지 않다
비루한 부자 되세요도 할 수 없다
아, 좋다, 좋아서 미칠 것 같다

> 나는 자꾸자꾸 미쳐서 반드시 삶이 되고 말 것이다
> 시장은 근본적으로 본전이어야 하므로
> 인간은 한 덩이 허기이므로[173]

라고 고백하는 것이다. 시인이 시장판에서 발견한 것은 '하염없이 살고 있는 엄숙함'이다. 시인이 보기에 삶은 하염없어야 하는 것이다. 이 하염없음 속에는 불순물이 끼어들 틈이 없다. 삶을 하염없음으로 본다는 것은 시인과 삶이 분리되지 않고 서로 뒤엉켜 있다는 것을 말한다. 시인에게 삶은 하나의 지각의 대상이면서 동시에 지각되는 대상이기 때문에 결코 분리될 수 없다. 결코 시인과 삶은 분리될 수 없는 것이지만 만일 시인이 삶을 분리한다면 그 순간 삶은 원초적인 생생함 혹은 본질적인 토대를 상실하게 될 것이다. 원초적이고 본질적인 토대가 부재한 상태에서는 자신의 주관에 입각해 그 삶을 구성하려고 한다. 이렇게 되면 삶을 삶 그 자체로 받아들이지 않고 그것에 대한 물음을 통해 그 세계를 이해하려고 한다. 인간을 '한 덩이 허기'로 보고 있는 시인에게 삶 혹은 시장은 '근본적으로 본전'이며, '좋아서 자꾸 미칠 것 같은' 그런 현상의 장인 것이다. 시인의 이러한 태도는 그가 삶을 사는 것이다. 이 말은 곧 그가 세계 내에서 삶을 살아낸다는 것을 의미한다. 시인의 이 말이 이해된다면 '나는 자꾸자꾸 미쳐서 반드시 삶이 되고 말 것이다'라는 그의 고백 역시 그것이 단순한 말장난이 아닌 진정으로 삶의 원초적이고 본질적인 세계를 들추어낸 것이라는 사실을 이해하게 될 것이다. 시인에게 오일장은 자신이 삶이 되려는 그의 간절함을 실현시켜줄 수 있는 더없이 좋은 시간과 공간의 조건이 살아 숨 쉬는 현상의 장에 다름 아니다.

그런데 여기에서 우리가 주목해야 할 것은 이미 「오일장」에서도 알 수

173) 이영광, 「오일장」, 『나무는 간다』, 창비, 2013, p.62.

있듯이 삶이 되는 것이 그렇게 매끈하고 투명하게 드러나지 않고 울퉁불퉁하고 불투명하게 드러난다는 점이다. 시인이 삶이 된다는 것은 곧 시인과 삶이 뫼비우스의 띠처럼 연결되어 있다는 것을 말하며, 그 삶의 세계가 단선적이지 않고 이중적이고 복합적이라는 것을 말한다. 시인의 관점에서 보면 아버지와 어머니 역시 자신처럼 '자꾸자꾸 미쳐서 삶이 되고 싶은 열망을 가진 존재'(「달」)라고 할 수 있다. 시인은

> 아버지 속 아프고 어지러운데 소주 마셨다. 마셔도 아프다 하면서 마셨다. 한 해에 한 사흘, 마셔도 많이 아프면 소주병 문밖에 찔끔 내놓았다. 아버지 쏟고 싶은 건 다 쏟고 살았다. 망치고 싶지 않은 것 다 망치고 살았다. 그러다 하루 소주 한 됫병으로 천천히, 자진했다. 조용한 아버지가 좋다 죽은 아버지가 좋다 아, 그러나 텅 빈 지구에 돌아온 달처럼 덩그러니 앉았노라니, 살았던 아버지가 좋다. 시끄럽게 부서지던 집이 좋다. 아버지 평생 농사 헛지었다. 나는 어두워져 허공을 갈고 다녔다. 달 하나로 살았다. 문득 문득 겨울 들판처럼, 글자를 다 잊어버린 어머니가 있다 공구 같은 손이 또 시집 그 거칠고 어지러운 것을, 고와라고와라 쓰다듬는다. 점자를 읽듯, 죽은 자식 불알 만지듯. 호두나무 가지에 찔려 오도 가도 못하는, 뚱그런 보름달 헛배.174)

라고 노래한다. 이 시에서 시인은 먼저 아버지의 삶에 주목한다. 비록 이 시에 드러난 아버지의 삶이란 남에게 자랑할 만한 것은 아니지만 시인은 그러한 세상의 평가나 평판에 주목한 것이 아니라 아버지의 삶 그 자체를 주목한 것이다. 시인이 보기에 아버지의 삶은 삶을 산 혹은 삶을 치열하게 살아낸 삶이다. '마셔도 아프다 하면서 마시고, 쏟고 싶은 건 다 쏟고, 망치고 싶지 않은 것 다 망치고 산' 아버지의 삶이야말로 원초적인 생명(삶의 본질)으로 가득 찬 그런 삶인 것이다. '마시고 쏟고 망치는' 행위들이

174) 이영광, 「달」, 위의 책, p.103.

하염없이 계속되는 상황에서는 치열한 실존만이 있을 뿐이다. 이 치열한 실존 상황 속에서는 모든 행위들이 '의미'가 된다. 우리가 흔히 의미에 대립되는 것으로 무의미를 이야기하지만 이러한 상황, 다시 말하면 현상의 장에서는 무의미란 존재하지 않는다. 아버지의 행위가 모두 의미가 되는 세계에서 그의 존재는 절대적인 충만함으로 지각될 수밖에 없다.

시인에게 아버지는 죽은 아버지면서 동시에 살았던 아버지라는 사실은 그가 하나의 주름으로 존재한다는 것을 말해준다. 시인과 아버지 사이의 관계 속에서 현상되는 주름은 그 자체로 '좋은 것'이다. 나무에 나이테가 있듯이 인간에게는 주름이 있으며, 이 주름의 정도에 따라 현상의 장의 정도가 달라지는 것이다. 그런데 아버지의 행위는 단선적이지 않고 중층적이다. '마셔도 아프다 하면서 마시는 것'이 바로 그것이다. 아픔을 해소하기 위해서 마시면 그 아픔이 해소되어야 하지만 아버지의 그것은 이러한 차원과는 다르다. 아버지의 마시는 행위에는 '아픔'과 '마심'만이 있을 뿐이다. 마시니까 아프고 아프니까 마시는, 이 하염없는 행위 속에 아버지는 놓여 있는 것이다. 아버지의 행위는 오일장에서 벌어지는 행위와 다르지 않으며, 이것은 또한 어머니의 행위와도 다른 것이 아니다. 시인이 시 속에서 '겨울 들판처럼 글자를 다 잊어버린 어머니'라고 했을 때 그녀는 '글자'가 아닌 '겨울 들판'으로 존재한다. 글자 역시 감각을 드러낼 수 있지만 겨울 들판에 비하면 원초적인 현상의 세계로부터 일정한 거리가 있는 그런 세계라고 할 수 있다. 글자에 비해 겨울 들판은 원초적인 현상의 세계 그 자체이다.

현상의 장에서 이루어지는 치열한 지각 행위들은 세계의 진정성을 드러내는 것으로 시인은 아버지와 어머니의 행위에서 이것을 체험한다. 하지만 시인은 자신의 행위에 대해서는 비판적으로 바라보고 있다. 시인은 자신의 행위를 '노는 것'으로 간주한다. 시인은 「놀았다고, 놀고 있다고

해야겠지만」에서

> 마시면서 놀고 부르면서 놀고, 출근하며 놀고 먹으면서 놀고, 세상모르고 오늘 모르고 놀았다고

하거나 아니면

> 절교당하며 놀고 졸려 죽겠는데 놀고 주리면서 놀고 옥을 짓고 놀고 쇠창살을 밀어내며 놀고, 정조를 지키듯 놀고 마지막 잎새처럼 폭탄의 안전핀처럼 놀았다고

하기도 하고 또

> 생시에도 놀고 꿈에도 놀고 잠시만 잠시만 더 놀며 썼다고, 겨우겨우 놀면서 쓴다고[175]

하기도 한다. 시인에게 노는 것은 하염없는 것이다. 하지만 시인은 자신의 노는 것이 '아마추어 같은 몽매함'이라고 말한다. 자신의 행위 하나하나가 모두 노는 것이지만 그것에 대해 아마추어라고 말하는 것은 그 행위의 실존적인 치열함이 부재하다는 것을 깨달았기 때문이다. 행위 하나 하나가 실존적인 치열함으로 가득 찰 때 아마추어 같은 몽매함이 사라지고 세계는 비로소 의미의 지평이 열리게 된다. 이 사실은 노는 것이 중요한 것이 아니라 그것이 어떻게 의미 지평으로 나아가느냐 하는 점이다. 시인은 자신의 노는 것에 대해 말하고 있지만 그 노는 것의 하염없는 행위에 대해 이야기하고 있지 않다. 시인이 말하고 있는 것은 그 행위의 아마추어 같은 몽매함이다. 이런 점에서 노는 것과 아마추어 같은 몽매함은 동격이다. 시

175) 이영광, 「놀았다고, 놀고 있다고 해야겠지만」, 위의 책, p.115.

인은 자신의 행위의 치열하지 못함을 노는 것으로 표상한 것이다.

시인이 이렇게 자신의 행위를 비판적으로 성찰하고 있는 데에는 '사방에서 습격해 오는 현실'과의 싸움에서 너무 안이하게 대처한 것이 크게 작용했다고 할 수 있다. 시인의 실존의 정도는 이 현실과의 관계에서 결정된다고 해도 과언이 아니다. 현실이 사방에서 습격해 오면 시인의 몸은 여기에 대응하여 자신의 안에 있는 떨판을 작동시켜야 한다. 시인의 실존적인 치열함은 현실 혹은 세계에 대해 자신의 안에 있는 떨판의 떨림이 치열하게 작동될 때 성립되는 것이다. 그렇다면 시인이 인식하고 있는 그 실존적인 떨림이란 무엇을 말하는 것일까? 우리는 이 물음에 대한 답을 「개구리 지옥」과 「독도들」에서 엿볼 수 있다. 「개구리 지옥」에서 시인은 '수로에 잠겨 죽는 개구리들에 대해' 이야기하고 있다. 이 개구리들은 서로 '한 개구리가 죽으면 그 개구리를 다른 개구리가 뜯어먹고 설악의 겨울을 버티는' 그런 존재들이다. 이들의 울음은 그 죽음을 슬퍼하는 것도 또 살아 있음을 기뻐하는 울음이 아니다. 그 울음은 '삶도 죽음도 두려움도 아닌 것'이다. 그 울음은 그러한 상황에서는 그렇게 밖에 할 수 없을 때 자연스럽게 튀어나오는 실존적인 울음이다. '어떻게 개구리가 개구리를 뜯어먹을 수 있느냐?' 하고 따지는 것은 언제나 실존 뒤에 오는 본질적인 물음에 불과하다.

개구리들의 이러한 행위는 세계에 대한 총체적인 감각으로부터 비롯된 것이기 때문에 그것은 가장 온전한 것일 수 있다. 개구리가 개구리를 뜯어 먹은 사태가 발생한 것에 대해 도덕적이고 윤리적인 판단을 여기에 적용하는 것은 그러한 현상 자체를 보다 정확하고 투명하게 이해하려는 것으로 볼 수 있지만 오히려 그것은 그 현상 자체를 제대로 파악하지 못할 위험성이 크다. 우리가 이성적으로 판단하면 그것은 끔찍하고 엽기적인 사건이지만 그것을 하나의 현상의 차원으로 바라보면 그 사건은 '하염없이 살고 있는 개구리들의 엄숙함'을 드러낸 것이라고 할 수 있다. 그래서 시인은 자신을 '개구리 울음에 잠 못 드는 개구리 이상도 개구리도 아니'라고 고백하고 있다. 시인이 겨냥하고 있는 삶이란 개구리들처럼 개구리를 뜯어 먹을 수 있는 치열한 실존적인 삶이다. 개구리들의 울음이 곧 시인의 울음이라는 인식 혹은 독도의 아픔이 투영된 '소주잔을 보면서 그것을 내 심장'(「독도들」)이라고 말하는 것은 모두가 이런 맥락과 무관하지 않다.

시인이 지향하는 삶은 하염없는 엄숙함 속에 있다. 시인은 하염없이 살고 싶어 한다. 이것은 시인이 하염없이 엄숙한 삶의 허기를 느끼고 있다는 것을 말해준다. 이 하염없이 엄숙한 삶의 허기는 마땅히 채워져야 한다. 하지만 그 허기는 억지로 무엇인가를 실행함으로써 채워지는 것이 아니다. 그것은 그저 하염없을 때, 다시 말하면 실존적인 현상의 장 속에서 어떤 행위가 생생하게 튀어나올 때 채워지는 것이다. 이 과정에서 중요한 것은 현상의 장 속에서 발생하는 사건 속에 시인 자신이 있어야 한다는 점이다. 우리는 종종 하나의 사건과 시인이 다른 차원에 놓여 있는 경우를 본다. 이렇게 되면 사건은 생생함을 잃고 관념이나 객관화된 세계 속에 머물게 된다. 삶은 관조의 대상도 또 객관화의 대상도 아닌 감각을 사는 생생한 실존의 현상 그 자체이다. 이영광 시인이 발견하고 들추어내려고 한 삶의 세계가 바로 여기에 있다. 시의 의미는 시인이 몸의 감각으로 충만한 세계 속에 놓일 때 탄생하는 것이다. 다시 시인의 하염없이 엄숙한 삶의 허기가 발견하고 들추어낼 세계의 의미가 기다려진다.

이순(耳順)의 시학

– 김광규의 『처음 만나던 때』

1. 처음에 대한 그리움

김광규의 최근 시적 경향을 잘 보여주는 시집이 바로 『처음 만나던 때』(2003)이다. '시인의 말'에 드러나 있듯이 이 시집의 시들은 1998년 여름부터 다섯 해 가까이 발표한 작품 가운데서 가려 뽑은 것이다. 이 다섯 해에 대해 시인은 특별한 의미를 부여한다.

> 그동안 글쓰기와 책만들기에도 많은 변화가 일어났다. 그러나 오늘도 '글을 쓴다'는 말의 정신이나 자세는 나에게 변함없는 의미를 가지고 삶의 구심점으로 작용하고 있다.
>
> 봄이 오면 꽃이 피고 세월이 가면 세상이 바뀌는 시간의 순환 속에서 나는 언제나 이 원점을 그리워하면서도 자꾸 멀어져가는 동심원을 그려왔다. 이제 처음으로 돌아갈 수 없다 해도, 처음 만나던 때처럼 머뭇거리며 다시 경어로 말을 걸고 싶다.[176)]

시인의 시간에 대한 자의식이 깊이 투영되어 있는 글이다. 시간은 흐르

176) 김광규, 「시인의 말」, 『처음 만나던 때』, 문학과지성사, 2003, p.3.

고, 이 흐름은 많은 변화를 동반한다. 하지만 시인은 이 흐름을 무조건 쫓지는 않는다. 오히려 시인은 그 흐름 속에서 변함없는 의미를 견지하려고 한다. 이것의 상징화된 기표가 바로 '처음'이다. 시인은 "이제 처음으로 돌아갈 수 없다 해도, 처음 만나던 때처럼 머뭇거리며 다시 경어로 말을 걸고 싶"어 한다.

시인의 처음에 대한 이러한 태도는 어디에서 기인하는 것일까? 처음에 대한 그리움은 어느 날 갑자기 생겨난 것이 아니라 시인이 언제나 가지고 있는 것이다. 시인은 이제 그 그리움을 숨기지 않고 드러내려 한다. 이 드러냄의 욕구는 시인에게 하나의 강박심리로 작용하고 있다. 시간의 순환 속에서 시인이 그리워하는 것은 '원점'이다. 하지만 시인은 지금까지 '동심원'을 그려왔다. "원점을 그리워하면서도 자꾸 멀어져가는 동심원을 그려옴"으로써 시간의 흐름에 비례해 그만큼 불안 또한 가중되어 온 것이다.

불안의 가중은 처음에 대한 반성적인 인식을 가능케 하여 그것이 글쓰기 혹은 시쓰기로 이어진다. 여기에서 주목할 만한 것은 그 반성의 지점이다. 이것은 시인의 내적 성숙과 통하는 것으로 시인에게 그 지점은 1998년 여름부터 다섯 해 곧 이순(耳順) 전후인 것(시인이 1941년생이니까 1998년부터 다섯 해면 57세에서 63세까지가 된다)이다. 이런 점에서 시인에게 이순은 특별한 의미를 지닌다. '귀가 순해진다'는 이순의 의미처럼 시인 역시 순(順)해진 것이 사실이다. 시인이 돌아가려고 하는 그리움의 세계인 처음이란 온갖 얼룩과 억지스러움이 없는, 머뭇거릴 줄 아는 부끄러움과 경어로 말을 걸고 싶은 공경과 순수가 있는 그런 세계인 것이다.

이런 점에서 이순과 처음은 통한다. 이순의 나이에 처음을 그리워하는 시인의 정신이나 자세는 그의 삶의 구심점이자 시쓰기의 구심점인 것이다. 이순의 나이에 처음으로 돌아갈 수 없는 것을 알면서도 그것을 그리워하는 시인의 정신이나 자세 그리고 그것이 드러내는 시의 세계를 '耳順

의 시학'이라고 하면 어떨까?

2. 매개와 교감

이순의 나이에 그동안 늘 그리워해온 처음의 의미를 반성적으로 인식하는 과정에서 시인이 관심을 표한 대상 중의 하나가 '어린 아기(새끼)'이다. 처음의 의미를 고려할 때 어린 아기에 대한 관심은 당연한 것이라고 할 수 있다. 이순의 시인에게도 어린 아기의 시기가 있었을 것이다. 하지만 그 시기란 시인 스스로 그것을 인식하지 못한 채 흘러가 버린 그런 시기인 것이다. 그것에 대한 인식은 어느 정도 이 시기로부터 멀어지면서, 다시 말하면 일정한 거리를 가질 수 있게 되면서 생겨나는 것이다.

어린 아기의 시기로부터 멀어질수록 처음에 대한 잠재의식은 점차 확대되기에 이른다. 이미 그로부터 너무 멀리 왔기 때문에 그 다가갈 수 없음에서 비롯되는 의식의 형태들은 다양하게 드러난다. 이순의 시인과 어린 아기 사이에 가로놓인 이 거리는 물리적인 차원에서 보면 이 거리는 절망적인 거리이다. 하지만 다른 차원에서 보면 그 거리는 회복 가능한 거리이기도 하다. 그 차원이란 다름 아닌 정서의 차원인 것이다. 두 대상 사이의 정서적인 차원의 교감은 이순의 시인의 그 '順'에서 비롯되며 이것은 처음과 처음의 토대 위에서 행해지는 순수의 대화인 것이다. 시인과 어린 아기 사이의 정서적인 친밀한 교감은 우선 어린 아기를 바라보는 시인의 따뜻한 시선과 공경의 태도 속에서 느껴진다.

산사태 일어나는 이 잔혹한 우기에
마른 곳만 골라 다니던 고양이

이웃집 암고양이가
천둥 벽력도 아랑곳없이 지붕 위에서
질척거리는 뒷동산 숲에서 밤새도록
쉰 목소리로 짝을 불러댄다
수고양이들 모두 어디로 갔나
빨리 한 놈 나타나라
어둠의 빗줄기 속에 잉태된
새끼 고양이 까만
줄무늬도 귀여울 텐데[177]

시인의 마음이 먼저 가닿은 대상은 암고양이이다. “잔혹한 우기에”, “쉰 목소리로 짝을 불러대”는 암고양이에 대해 시인은 연민을 느낀다. 특히 “쉰 목소리”에서 읽을 수 있는 행간의 의미가 그렇다. 시인이 암고양이에 대해 이렇게 연민의 정서를 느끼는 것은 그것이 새끼 고양이의 잉태와 관련되어 있기 때문이다. 시인이 진정으로 바라는 것은 ‘새끼 고양이’이다. 시인은 어둠의 빗줄기 속에서 쉰 목소리로 짝을 부르는 암고양이를 통해 이미 “잉태된/새끼 고양이”를 상상하고 있다.

시인의 상상 속에 새끼 고양이는 그 “까만/줄무늬도 귀여운” 그런 존재인 것이다. 여기에는 어떤 가치 판단 차원의 의미도 스며들 틈이 없다. 시인이 보기에 새끼 고양이는 그 자체로 귀여운 것이다. “까만 줄무늬”로 표상되는 새끼에 대한 시인의 개념이나 의미를 초월한 태도는 아기 세대주에서도 그대로 드러난다. 이 시에 드러난 아기의 행동은 행동 그 자체가 목적이다. 아기의 행동에는 음험함이 없다. 자신의 마음 내키는 대로 행동할 뿐이다. 마음 내키는 대로 행동하면서 경계를 해체하고 모든 것들을 탈영토화 하는 아기의 행동은 유희의 무한한 생산성을 환기한다.

시인은 그 아기의 행동을 보면서 즐거워한다. 아기의 처음의 모습 자체

177) 김광규, 「줄무늬 고양이」, 위의 책, p.11.

를 즐기고 또 그 자체를 그리워한다. 하지만 시인의 아기에 대한 태도는 여기에만 머물러 있는 것은 아니다. 새끼 고양이의 모습이나 아기의 행동에 대한 시인의 즐거움 이면에는 '끈'이라는 의미가 강하게 작용하고 있다. 아기는 아기 그 자체로도 좋지만 그 존재가 나(시인)와 하나의 끈으로 연결되어 있다는 점에서 더 좋은 것이다. 시인과 아기 사이에 끈이 개입되면서 처음의 의미는 더욱 중층화되고 확장되기에 이른다.

> 낡은 혁대가 끊어졌다
> 파충류 무늬가 박힌 가죽 허리띠
> 아버지의 유품을 오랫동안
> 몸에 지니고 다녔던 셈이다
> 스무 해 남짓 나의 허리를 버텨준 끈
> 행여 바람에 날려가지 않도록
> 물에 빠지거나
> 땅으로 스며들지 않도록
> 그리고 고속도로에서 중앙선을 침범하지 않도록
> 붙들어주던 끈이 사라진 것이다
> 이제 나의 허리띠를 남겨야 할
> 차례가 가까이 왔는가
> 앙증스럽게 작은 손이 옹알거리면서
> 끈 자락을 만지작거린다[178)]

'아버지-시인-아기'가 하나의 끈으로 연결되어 있음을 알 수 있다. 여기에서의 끈은 연속의 의미를 강하게 드러내면서 끝과 처음이 둥글게 연결되어 있음을 환기한다. 시인이 아기에 대해 무한한 애정의 시선으로 바라보는 이유가 여기에 있는 것이다. "나의 허리띠를 남겨야 할" 대상이 아기이며, 그 아기에 대해 시인은 "앙증스럽게 작은 손이 옹알거리면서/

---

178) 김광규, 「끈」, 위의 책, p.14.

끈 자락을 만지작거린다"고 노래하고 있다. 아기의 존재가 바라만 보는 대상에서 만지작거리는 대상으로 바뀐다. 앙증스러울 정도로 작은 손이지만 그 손은 시인과 아기를 이어주는 손이자 처음의 의미를 담지한 손인 것이다.

아기의 존재가 아버지-시인-아기로 끈처럼 이어지면서 아기는 더 이상 아기 자체로만 존재하는 것이 아니라 타자와의 관계 속에서 존재하게 된다. 아기는 홀로 세상에 나온 것이 아니라 타자의 관심과 배려 속에서 나온 것임을 시인은 이야기하고 있다. 시인은 그것을 '아기는 모른다'(「손님맞이」)는 어법을 통해 곡진하게 표현하고 있다. 이 말은 아기에게 하는 말인 동시에 시인 자신에게 하는 말이기도 하다. 시인 역시 아기였던 시기가 있었기 때문이다. 어디 그뿐인가. 아기의 탄생은 그 자체가 축복이라기보다는 "빽빽한 공간을 사방으로 밀어내"고 "모든 압력을 물리친"(「토끼잠」, p.15) 후에야 비로소 가능한 일인 것이다. 이것은 처음이 늘 새롭고 좋은 의미만 내장하고 있는 말이 아니라 일정한 고통과 불안의 의미를 내장하고 있는 말이라는 것을 의미한다.

이런 점에서 볼 때 처음은 시인의 반성적인 인식이 만들어낸 말이다. 처음으로 다시 되돌아가려는 인식의 갱신이 그 안에 은폐되어 있는 것이다. 그동안 세계에 대해 늘 지적인 성찰을 견지해온 시인의 저간의 사정을 놓고 보면 이것은 별반 새로운 것이 아니다. '처음부터 혹은 처음에서 다시 생각해보자, 순(順)에 입각해서'가 시인이 드러내려는 시적 태도라고 할 수 있다. 시인의 반성적인 인식의 세계 안으로 아기(새끼)가 들어오고, 뒤이어 들어온 것은 '초록색 속도'이다.

이른 봄 어느 날인가
소리 없이 새싹 돋아나고

산수유 노란 꽃 움트고
목련 꽃망울 부풀며
연녹색 샘물이 솟아오릅니다
까닭 없이 가슴이 두근거리며
갑자기 바빠집니다
단숨에 온 땅을 물들이는
이 초록색 속도
빛보다도 빠르지 않습니까[179)]

이 시를 지배하고 있는 이미지는 어린 아기나 처음과 다르지 않다. 봄, 새싹, 움, 꽃망울 등과 돋아나고, 부풀며, 움트고, 솟아오르고, 두근거리는 등이 결합해서 만들어내는 이미지가 그렇다. 이 이미지는 초록색 속도의 지배를 받는다. 시인이 견지하고 있는 처음의 의미가 초록색 속도의 지배를 받는 자연으로 확산된 것은 반성적 인식의 확대로 볼 수 있다. 자연의 처음의 모습을 드러냄으로써 시인이 궁극적으로 겨냥하고 있는 것은 그것을 망각한 혹은 그것을 상실한 시인을 포함한 우리의 현재 삶에 대한 반성과 성찰이라고 할 수 있다.

초록의 속도란 문명의 광폭한 기계음 내지 테크놀로지의 파시스트적인 가속도와는 차원이 다른 것이다. 파시스트적인 가속도란 소외를 낳을 수밖에 없는 성질의 것이다. 하지만 초록색 속도는 어떤 것도 소외시키지 않는다. 소외가 아니라 그것은 배제 없는 조화와 융화이다. 봄이 아름다운 것은 각자각자가 조화와 융화의 차원에서 끊임없는 생명의 유출 활동을 보여주기 때문이다. 자연이 드러내는 이 아름다움에 시인은 "까닭 없이 가슴이 두근거린"다고 말한다. 그리고 시인은 자연의 이 초록색 속도가 빛보다도 빠르다고 말하기까지 한다. 이것은 자연의 초록색 속도에 절

179) 김광규, 「초록색 속도」, 위의 책, p.23.

대성을 부여한 것이라고 볼 수 있다.

흔히 자연의 초록색 속도에 대해 느림이라는 의미를 부여하지만 이 느림이란 문명의 속도에 대한 상대적인 개념에서 비롯된 것이다. 또한 자연의 속도가 느리다고 단정하는 것은 눈으로 보이는 수치에 의존한 결과이다. 눈에 보이지 않는 세계의 이면에서 행해지는 속도는 시인의 말처럼 빛보다도 빠를 수 있다. 우리의 인식이 미치지 못하는, 우리의 인식으로는 도저히 도달할 수 없는 눈에 보이지 않는 자연의 비밀이 있는 것이다. 자연의 초록색 속도가 지배하는 세계는 속도에 대한 격차가 아니라 편차가 있을 뿐이다.

> 봄볕의 따스한 손길
> 닿는 곳마다
> 겨울잠에서 깨어나
> 기지개를 켜면서
> 산수유와 목련
> 개나리와 진달래
> 꽃망울 터뜨리고
> 게으른 모과나무 가지에도
> 새싹들 뾰족뾰족 돋아납니다
> 아직도 깊은 잠에 빠진
> 능소화와 대추나무
> 마구 흔들어 깨우려는 듯
> 횡단보도 아랑곳없이 한길을 가로질러
> 달려오는 봄바람 맞아
> 벽돌 담벼락 기어오르는 담쟁이덩굴
> 움찔움찔 몸을 비꼽니다[180]

---

180) 김광규, 「바람둥이」, 위의 책, p.24.

속도의 논리에 소외당함 없이 모두가 각각의 속도에 따라 흥성거리는 풍경을 보여주고 있는 시이다. 이 세계에서는 대립과 갈등이 없다. 이 세계에서는 "작약의 새싹이 돋아날 무렵"이면 "대나무의 그 무성한 가지와 잎이" "스스로 몸집을 곧추 세워서 작약의 새순/이 돋아나는 공간을 비켜 준"(「작약의 영토」, p.25)다. 또한 이 세계에서는 "승부와 관계없이/산개구리 울어대는 뒷산으로/암내 난 고양이 밤새껏 쏘다니고/밤나무꽃 짙은 향내가/동정의 열기를 뿜어낸"(「오뉴월」, p.28)다. 각자각자의 속도로 소란스러운 이 세계에서는 모두가 승리자이며, 스스로 자족하고 이로 인해 모두가 내적 풍요로움으로 충만해 있다. "건너편 산비탈에 홀로 떨어져 탐스럽게 피어난" "후박나무꽃"의 향기는 아무도 맡지 않는다. 하지만 후박나무꽃은 여기에 아랑곳하지 않고 "환하게 날아올라가/온 하늘에/녹색별 소식"(「녹색별 소식」, p.26)을 퍼뜨린다.

초록색 속도가 지배하는 자연에 대한 시인의 경사는 속도에 대한 인식의 갱신을 드러내는 것인 동시에 그 속도를 불가능하게 하는 것에 대한 미적 비판으로 볼 수 있다. 문명의 속도를 표상하는 차량 소음과 가로등 불빛이 '새소리를 대신하'고 '가로수들의 어둠을 빼앗아가버리'(「새들이 잠든 뒤」, p.32)는 현실을 개탄하고, "냉방기를 틀고 TV를 보거나 CD 음악을 듣"기 위해 "이 모든 세상의 소리를 듣지 않고 창문을 닫"(「늦여름」, P.31)게 하는 현실을 시인은 안타까워한다. 시인의 자연과 문명에 대한 반성적인 성찰은 고통받는 대지의 여신으로서의 '어머니의 몸'에 대한 인식으로 발전한다.

허옇게 드러난 속살
부끄러움도 없이 이제는
마구 쑤셔대고

파내고
잘라버린다

늦었나
때늦게 뉘우치지 말고
가려라 숲으로 덮어라
우리를 낳아서 기른
어머니의 몸[181)]

어머니의 몸을 통해 시인이 드러내려고 한 것은 자연에 대해 우리가 저지른 행위에 대한 부끄러움이다. 어머니의 몸이 적나라하게 드러나면 날수록 그에 비례해 부끄러움 역시 그만큼 커진다. 그래서 시인은 그 부끄러움을 가리라고 말한다. 시인이 드러내는 이 부끄러움이야말로 처음("우리를 낳아서 기른/어머니의 몸"은 그 안에 처음의 의미를 잉태하고 있다고 할 수 있다)을 통해 그가 이순의 나이에 행하는 자신의 삶과 세계에 대한 반성적인 인식이라고 할 수 있다.

3. 공경과 모심의 언어

시인의 반성적인 인식이 좀더 구체성을 띠고 드러나는 것은 그것이 일상의 차원과 만나면서부터이다. 그의 시적 상상력의 뿌리가 일상에 있음은 이미 널리 알려진 사실이다. 이런 점에서 그의 반성적인 인식이 일상의 차원과 만난다는 것은 어쩌면 당연한 귀결이라고 할 수 있다. 평범한 일상 속에서 비범한 삶의 의미를 건져 올리는 그의 감각은 이 시집에서도

181) 김광규, 「어머니의 몸」, 위의 책, p.34.

고스란히 드러난다.

시인의 눈에 포착된 일상은 "필경 진실함과는 거리가 먼"(「옳은 자와 싫은 자」, p.43) 세계이다. 일상의 진실 없음에 대한 인식은 안과 밖 혹은 내면과 외면의 괴리의 형태로 드러난다. 그것은 가령 "선물만 받아 챙기고" "외국의 눈 나리는 창가에서 써 보낸" "연하장은" "그대로 버린"(「쓰레기」, p.44) 수취인의 행위라든가 "낡고 퇴락한 마을일수록 멀리서 지나가는 사람에게는 아름답게 보이"(「전원 마을」, p.93)는 것이라는 시인의 말이 담지하고 있는 의미가 바로 그것이다. 이렇듯 안과 밖 혹은 내면과 외면의 괴리는 시의 어조를 반어적이고 냉소적으로 흐르게 한다.

이처럼 세계가 완전히 무장 해제된
평화의 봄에
전투기와 미사일 및 대량 살상 무기를
강매하려는 압력은 더욱
거세지고 있다
병정놀이가 아니라면 도대체
누구와 싸우라는 것인가[182)]

나무 한 그루 손수 심은 적 없지만
생명의 존엄을 역설하고
자유 평등 박애를 부르짖어 당신은
세상의 이목을 사로잡을 수 있습니다
별다른 직업도 없이 평생을
그렇게 살아온 당신의
손은 갓난아기보다도 곱습니다
굳은 못 박인 두 손으로
당신의 보드라운 손
잡아본 사람은 문득 깨닫게 됩니다

182) 김광규, 「2002번째 봄 2」, 위의 책, p.57.

인생을 이렇게 살아갈 수도 있구나
삶의 새로운 길을 보여준 당신을
모두들 사상가라고 부릅니다[183)]

반성적 인식의 대상으로 끌어들인 어린 아기나 초록색 속도가 지배하는 자연을 바라볼 때와는 사뭇 다르게 이 시의 대상을 향해 시인은 차가운 태도를 보인다. 그것은 융화적인 태도라기보다는 분리와 거리 두기의 태도라고 할 수 있다. 이런 점에서 볼 때 대상에 대한 시인의 태도는 고정된 것이 아니라 유동적이라고 할 수 있다. 하지만 시인의 이러한 태도가 궁극적으로 겨냥하고 있는 것은 서로 다른 것이 아니다. 그것은 모두 시인 자신의 삶과 세계에 대한 반성적인 인식을 거느린다는 점에서 서로 통한다고 할 수 있다. 시인의 시선이 어린 아기와 자연을 향할 때 그것은 시인 자신의 반성적인 인식을 강하게 드러내며, 이 시에서처럼 반어와 냉소의 대상을 향할 때 그것은 타자의 반성적인 인식을 강하게 드러내기에 이른다.

그러나 처음으로부터 너무 멀리 와버렸다는 점에서 보면 시인 자신이든 아니면 시인이 냉소하는 타자든 다를 바가 없다. 시인이 냉소에 마지않는 사상가의 손을 잡으면서 한 "당신의 보드라운 손/잡아본 사람은 문득 깨닫게 됩니다/인생을 이렇게 살아갈 수도 있구나"라는 말은 타자에 대한 시인의 냉소로 볼 수도 있지만 그것은 또한 '나는 인생을 이렇게 살아가면 안 되겠구나'라는 의미가 내포된 말로도 볼 수 있을 것이다. 반어와 냉소의 대상에 대한 의미가 이러하다면 그것은 반성적 인식의 강화를 위해 시인이 끌어들인 것으로 이해해도 무방할 것이다. 시인의 반성적 인식이 어린 아기와 초록색 속도가 지배한 자연에서 일상의 차원으로 이동

---

183) 김광규, 「당신의 보드라운 손」, 위의 책, pp.62-63.

하면서 그만큼 반성의 밀도도 강화되고 구체화되는 것이다. 일상의 차원에서 좀 더 강화되고 구체화된 반성의 밀도는 다음의 시에서 그 진면목을 보여주고 있다.

> 그레이하운드 버스를 타고 콜로라도 고원을 달려가던 인디언이 갑자기 벌판 한가운데서 내려달라고 고집했다.
> 이렇게 고속으로 달려가면, 영혼이 육신을 쫓아올 수 없기 때문에, 육신을 멈추어 서서 영혼을 기다리겠다는 것이었다.
>
> … (중략) …
>
> 정신은 서울에 돌아왔지만, 육체는 아직도 서양의 어느 도시를 헤매고 있구나.
> 인디언과 다른 점인가.
> 정신보다 느린 나의 육체가 우랄알타이 산맥을 넘어
> 고비 사막을 지나
> 동쪽으로 동쪽으로 나를 찾아오려면, 앞으로 두 주일은 더 걸릴 듯.184)

인디언과 나의 몸에 대한 인식의 차이를 통해 시인 자신의 반성적인 인식을 드러내고 있는 시이다. 인디언은 육신과 영혼의 분리에서 불안을 느끼지만 나는 그렇지 않다. 나의 정신은 서울에 있고 육체는 서양의 어느 도시를 헤매고 있어도 나는 불안해하지 않는다. 그것은 나 자신이 문명인이기 때문이다. 육체는 서울의 어느 고층 아파트 작은 방에 있어도 정신은 케이블을 타고 런던이나 파리 혹은 시카고로 정신없이 돌아다닐

184) 김광규, 「인디언과 다른 점」, 위의 책, pp.100-101.

수 있는 나는 문명인인 것이다.

시인이 인디언과 나의 몸에 대한 인식을 대비하여 보여준 것은 인디언을 통해 나의 존재 상황을 부각시키기 위해서이다. 인디언과 나는 다르다는 점을 부각시킴으로써 전경화되는 것은 문명인으로서의 나의 영혼성의 상실이다. 이것은 달리 말하면 인디언이 처음의 의미를 그대로 가지고 있는 존재라면 나는 그것을 상실한, 그로부터 너무 멀리 떨어진 존재라는 것을 말해준다. 육체와 정신의 분리는 인간을 점점 분열적인 존재로 만들어 버렸으며, 이로 인해 인간은 늘 불안에 시달리게 되었다고 할 수 있다. 육체와 정신의 분열을 가속화시키고 있는 것은 두말할 필요도 없이 그것은 현대 문명이다. 이것은 현대 문명에 의해 분열된 육체와 정신을 통합하고 융합하는 것은 초록색 속도가 지배하는 자연이라는 것을 의미한다.

근대 이후 문명이 가속도를 내며 질주하면서 인간은 점점 자연으로부터 멀어지게 되고, 그 결과 현대인들은 불안이라는 질병에 시달리게 된 것이다. 멀어진 자연과 융화하지 못한다면 근대 이후 인간이 앓고 있는 이 질병은 치유될 수 없는 것이다. 문명의 속도만 쫓아가다 보면 영혼성은 상실될 수밖에 없다. 이런 점에서 문명의 시대를 살아가는 지금 이 시대의 인간들은 모두 영혼성을 상실한 존재들이라고 할 수 있을 것이다. 영혼성을 상실한 인간들이 진실 없음을 드러내는 것은 당연하며, 그것을 시인은 냉소적인 시각으로 바라보는 것이다. 하지만 시인의 냉소는 맹목적인 거리 두기와는 다르다. 그 냉소의 이면에는 상실된 영혼성을 회복하려는 강한 의지가 내재해 있기 때문이다. 그렇다면 영혼성 상실을 회복할 수 있는 길은 없는 것일까?

이 물음에 대한 답은 이미 어린 아기와 초록색 속도가 지배하는 자연의 의미의 수용 속에 들어 있다. 그것은 우리가 처음 혹은 처음 만나던

때로 되돌아가는 것이다. 그것은

처음 만나 악수를 하고
경어로 인사를 나누던 때를
기억하십니까
앞으로만 달려가면서
뒤돌아볼 줄 모른다면
구태여 인간일 필요가 없습니다
먹이를 향하여 시속 140km로 내닫는
표범이 훨씬 더 빠릅니다
서먹서먹하게 다가가
경어로 말을 걸었던 때로
처음 만나던 때로 우리는
가끔씩 되돌아가야 합니다[185)]

에 잘 드러나 있듯이 처음 만나 "경어로 인사를 나누던 때"로 되돌아가는 것이다. 처음이 시인에게 특별한 것은 "경어로 말을 걸었던 때"이기 때문이다. 말이 경어라는 것은 그것을 쓰는 주체의 내면에 세계에 대한 공경의 의미가 포함되어 있다는 것을 의미한다. 처음 만나던 때의 이 공경의 태도를 견지했더라면 이성의 우월성을 내세워 자연을 포함한 타자들을 소외시키지 않았을 것이다. 자연에 대해 경어로 말을 걸었다면 영혼성의 상실로 인한 불안에 시달리지 않아도 되었을 것이다.

이 시에 드러나 있듯이 공경과 모심이야말로 자연으로부터 멀어짐으로써 영혼성 상실이라는 위기에 직면한 현대 문명의 황폐함을 치유할 수 있는 길이라고 할 수 있다. 경어로 말을 거는 것과 함께 시인이 하나의 방안으로 내세우고 있는 것은 '다시 연필로 쓰기'이다. 여기에는 컴퓨터의

185) 김광규, 「처음 만나던 때」, 위의 책, pp.72-73.

키보드가 익숙하지 않은 세대의 발언으로만 간주할 수 없는 의미가 숨어 있다. 이 연필로 쓰기야말로 경어로 말을 거는 것과 다른 것이 아니다. “정성들여 연필을 깎아 손에 힘을 빼고 슬금슬금 글씨를 써나가”(「다시 연필로 쓰기」, p.107)는 일이란 세계에 대한 진지하고 공경하는 마음을 드러낸 행위로 볼 수 있다. 경어로 말하고 또 연필로 글을 쓰는 시간은 시인에게 “미룰 수 없는 시간”이다. 그 절박함을 시인은 “미룰 수 없는 시간이 다가오고 있었다/잠들게 될지, 깨어나게 될지, 알 수 없는 순간이었다”(「미룰 수 없는 시간」, p.118)라는 말로 표현하고 있다. 이렇게 말과 글을 통해 처음(옛날)으로 되돌아가려는 시인의 의지는 최근 그가 궁극적으로 겨냥하고 있는 시쓰기의 모토라고 할 수 있다. 이 시쓰기의 모토는 시인의 시간이 죽음(인식론적인 차원의 끝)에 가까워질수록 더욱 강하게 드러날 것이다.

4. 귀의 열림과 시의 발견

이순의 나이에 처음의 의미를 시쓰기의 모토로 들고 나온 시인의 자기반성적인 인식은 그의 지적인(시적인) 편력에 비추어 볼 때 그다지 놀랄만한 일도 또 새로운 일도 아니다. 하지만 이순을 넘기고 육체적으로 노쇠해지면 자신이 밀고 온 시적 모토가 흐려지고 긴장이 떨어지는 것이 일반적인 현상이다. 이에 비추어보면 『처음 만나던 때』에 드러난 그의 자기반성적인 인식은 주목에 값한다고 할 수 있다. 이 시집에서 우리가 읽을 수 있는 것은 자기반성적인 인식에 토대를 둔 시인의 ‘자기갱신’의 의지이다. 그리고 그것을 표상하고 있는 상징적인 기표가 ‘처음’인 것이다.

시인은 이 처음을 처음으로 만나기 위해 이순의 나이에 귀를 연 것(귀를 순하게 한 것)이다. 특히 그동안 자신의 인식 체계 안에서 배제되고 소외되어 온 것들에 시인은 더욱 귀를 활짝 열어 보인다. 그것은 넓게 말하면 자연이고, 조금 좁게 말하면 그동안 배제되고 소외되어온 일상의 온갖 것들이다.

후박나무 잎에 내리는 가을비
늘어진 담장이 넝쿨 흔들면서
유리창을 후드득 두드리는 빗줄기
수녀원 회랑을 스쳐가는 옷자락 소리처럼
그것은 일종의 침묵이라고 생각했다

… (중략) …

그것은 침묵이 아니었다
말없이 오랫동안 참아온
바위와 나무와 조개의 침묵
그 침묵의 소리도 이제는 듣고 싶다[186)]

시인은 "가을비" 속에 은폐되어 있는 침묵의 소리까지 듣고 싶어 한다. 시인의 이러한 의지는 자기반성적인 인식을 통해 자신의 삶과 세계를 갱신하려는 시적 태도로 볼 수 있다. 그 갱신의 의지가 나무의 '우듬지'처럼 "돋아나고/피어나고/익어가"(「우듬지」, p.33)기를 바랄 뿐이다. 그래서 시인 안에 "정정한 늙은이처럼 잎은 여름마다/무성하게 돋아나"(「詩나무」, p.36)고 그 줄기를 타고 능소화 덩굴, 호박 덩굴이 어우러져 꽃을 피우고 열매를 맺는 그런 '詩나무' 한 그루 키우기를 바랄 뿐이다. 나무(詩나무)의 우듬지란 늘 처음의 의미를 담고 있는 말 아닌가.

186) 김광규, 「귀」, 위의 책, p.79.

적막하고 텅 빈 생
– 유장균의 『구름의 노래』

1. 죽음 혹은 거리의 서늘함

시인의 죽음은 언제나 상징적인 흔적을 남긴다. 그 흔적은 때때로 이승에 남은 자들이 헤아릴 수 없을 정도로 깊고 또 애매모호하여 마치 안개처럼 우리의 주변에 잔득 포진하기도 하고, 파편화되고 끊어진 여러 기억들이 희미한 잔상의 형태로 우리의 무의식의 저편에 자리하고 있다가 어느 날 불쑥불쑥 그 모습을 드러내기도 한다. 우리는 이승에서 살냄새 나는 감각을 서로 나누다가 어느 날 문득 죽음을 맞이한 시인의 잔상이 밤 속을 헤집고 다녀 불면에 시달리기도 하지만 이러한 불면은 떨쳐버리고 싶은 것이 아니라 오히려 오래오래 고통스럽게 붙들어 두고 대면하여 '기억의 고집'으로 남기려 한다.

기억의 고집 속으로 들어와버린 시인의 죽음은 우리에게 아픈 상처가 되어 흐르다가 그것이 흘러넘치면 우리는 문득 '그'와 '나' 사이에 가로놓인 거리의 서늘함에 놀라 그의 죽음에 대해 반추한다. 그는 이미 우리가 닿을 수 없는 먼 거리– 어쩌면 그 거리는 절망적인 거리라고 할 수 있을 것이다 –에 있기 때문에 그에 대한 반추는 현실적인 무거움을 떨쳐버리고 가볍고 아련한 정서적인 흐름 속에서 끊임없이 환기되다가 결국 희미한 기억으로 남게 된다. 그에 대한 기억이 점점 희미해진다는 것은 우리가 반추하게 되는 대상이 단순히 나와 살냄새 나는 감각을 공유한 시인이 아니라 나와 그러한 감각의 공유가 없는 시인에게까지 미친다는 것을 의미한다.

나와 한 번도 현실에서 실제적인 감각의 공유를 한 적이 없는 시인의 죽음에 대해 우리가 그 죽음을 외면할 수 없는 것은 그런 시인과 나 사이의 거리의 아득함에서 오는 정서적인 소격효과와 대상이 지워지고 그 자리에 나 자신이 들어서면서 죽음이 그의 문제가 아니라 나의 문제가 되는 사건의 전이 때문이다. 시인의 죽음, 그중에서도 요절한 시인에 대해 우리가 아주 민감한 정서적인 반응을 보이는 것은 그의 죽음이 결국에는 나에 대한 자기연민의 차원으로 기능하기 때문이다. 더욱이 요절한 시인이 죽음의 미스터리를 지니고 있다면 그 죽음은 숭고함의 차원에서 해석되고, 또 강한 자기연민의 소용돌이를 불러일으킨다. 그 시인의 죽음에 감염되어 마치 자신이 그 상황에 놓인 것처럼 어떤 정서적인 반응을 보인다. 우리가 종종 이런 시인의 죽음에 대해 '내가 그를 죽였다'는 식의 발언을 보게 되는데 이것이야말로 정서적인 감염의 극단적인 모습이라고 할 수 있다. 가령 기형도의 죽음에 대해 우리가 그토록 정서적으로 감염되는 것은 나와 시인 사이의 거리의 무화, 죽음의 미스터리 그리고 신성성과 순수한 영혼이 사라진 이후의 우울의 세계를 그가 노래하고 있기 때문이다. 그는 우리 시에 우울의 문제를 본격적으로 도입한 최초의 시인이다.

그런데 그의 우울은 일상의 속되고 비천함에서 비롯되는 단순히 심리적인 억압이나 강박증의 차원을 넘어 신성성과 순수한 영혼이 사라진 이후의 시대적인 우울을 보여준다는 점에서 다른 시인들의 우울과 차별화된다고 할 수 있다. 우울은 누구나 체험하는 심리적인 현상이지만 신성성과 순수한 영혼이 사라진 이후의 우울은 누구나 체험할 수 있는 것이 아니다. 시인의 우울, 특히 기형도의 우울이 멜랑콜리하거나 거북한 심리적인 덩어리로 뭉쳐 있는 것이 아니라 그것이 가시고 난 이후의 선연하면서도 여리고 희생양적인 비극성을 환기하는 이유가 바로 여기에 있다.

유장균의 죽음은 이런 비극성을 환기하지는 않는다. 그는 요절을 한 것도 시대의 희생양도 신성성과 순수한 영혼 이후의 세계를 노래하고 있는 것도 아니다. 그는 쉰여섯 살에 죽었다. 쉰여섯은 요절의 애절함과는 거리가 먼, 조금 이른 나이이긴 하지만 세상을 알 만큼 안 그런 나이이다. 그의 죽음에 대해 애절한 헌사가 있었던 것도 아니다. 그의 죽음은 잊힌 죽음이라고 해도 과언이 아니다. 일상인의 죽음과 크게 다를 바 없는 평범한 시인의 죽음을 그는 남기고 떠난 것이다. 이것은 그의 시 혹은 그 자신이 평범하다는 것을 의미하는 것이 아니라 그의 죽음 자체가 평범한 하나의 사건으로 존재한다는 것을 의미한다. 이 사실은 그의 죽음을 이벤트화하거나 거기에 대해 무슨 특별한 의미를 부여하겠다는 것이 아니다. 다만 그가 쉰여섯 해를 살다 가면서 쓴 시에 대해 이야기해 보겠다는 것이다.

2. 생의 적막함, 적막한 생

그의 시를 읽으면서 떠올린 단어가 '적막'이다. 그의 행간에 생의 적막함이 배어 있다. 생의 역동과 생명의 충일함이 아니라 적막함이다. 이 적막함은 어디에서 기인하는 것일까? 시인은 「구름의 노래」에서

> 한 생애의 욕망과 좌절은 결국
> 여기에 와서야 조용히 만나 갈등을 풀었다

라고 노래하고 있다. 이 시에서 "한 생애의 욕망과 좌절"은 적막함과는 거리가 멀다. 그것은 적막함이 아니라 생의 소란스러움이다. 하지만 시인은 그 생의 소란스러움이 결국 "여기에 와서야 조용히 만나 갈등을 풀었다"고 말한다. 이때 "조용히 만나 갈등을 풀었다"는 생의 적막함을 드러낸다. 그런데 이 적막함을 함의하고 있는 곳이 바로 '여기'이다. 여기는

> 덜컥 관이 멈추고 따라 들어갔던
> 시선들이 하릴없이 다시 이승으로 되돌아와서
> 비로소 쏟아지는 햇살을 받으며
> 풀잎을 흔드는 바람소리를 들었다[187)]

에 드러난 것처럼 그곳은 곧 이승과 저승이 만나는 접점이다. 이승과 저승의 접점은 이승도 저승도 아니다. 이승은 햇살이 쏟아지고 풀잎을 흔드는 바람소리를 들을 수 있는 세상이다. 이승은 온갖 물상이 살아 움직이는 감각이 살아 있는 소란스러운 세상이다. 이러한 이승의 세계 속으로 저승의 세계가 틈입해 들어오면 이승의 소란스러움은 생동하는 감각을 상실하게 된다. 저승은 우리가 볼 수 없는 세계이기 때문에 이승의 세계를 통해 추체험할 수밖에 없다. 이런 점에서 저승이 어떤 세계인지는 어쩔 수 없이 이승의 세계에서의 감각을 통해 체험할 수밖에 없다.

그러나 저승은 우리의 지각 밖의 세계이기 때문에 이승에서 그것을 인지한다는 것은 불가능하다고 할 수 있다. 따라서 우리가 지각하는 것은 죽음을 통해 드러나는 이승에서의 감각적인 체험이다. 이승의 우리는 타자의 죽음이나 자신의 죽음 가까이 간 체험을 통해서 저승을 체험하게 되는 것이다. 이 시에서는 그것을 죽은 자를 땅에 묻을 때의 모습을 통해 드러내고 있다. 산 자나 세상은 "이제 모를 것이다/그를 찾아 내지 못할

187) 유장균, 「구름의 노래」, 『구름의 노래』, 한국문연, 2005, p.31.

것이다" 또한 "그를 다시 깨우지도 못할 것이다" 산 자와 죽은 자는 절망의 거리에 놓이게 되면서 이승과 저승은 견고하게 분리된다. 저승에 대한 이러한 인식은 이승의 산 자들에게 불안과 공포를 불러일으켜 극도의 숨 막히는 긴장을 야기한다.

> 하늘에 떠 있는 작은 점 하나
> 시작인지
> 끝인지
> 시작하려면
> 꽃씨처럼 정충처럼 움직여야지
> 움직여야 생명이지 바람을 타고
> 반대쪽으로 저어가야 생명이지
> 바람 속에 불려 가는구나 밀려 가는구나
> 티끌인가 봐 흘러가는 꿈인가 봐
> 죽음이 모여 사는 저 쪽으로 가는 끝인가 봐
> 아니다. 아 되돌아오는 구나
> 바람을 타 넘어 생명선을 넘어
> 이 쪽으로 날아오는구나
> 작은 새 한 마리[188)]

시인이 노래하고 있는 시적 대상은 "작은 새 한 마리"이다. 이 작은 새를 통해 시인은 이 쪽과 저 쪽에 대한 인식태도를 보여준다. 시인은 작은 새가 저 쪽이 아닌 이 쪽으로 날아오기를 갈망한다. 시인은 그것을 생명이라고 말한다. 시인은 생명이 없는 저 쪽으로 새가 밀려가지나 않나 하는 두려움을 강하게 드러낸다. 이것은 "죽음이 모여 사는 저 쪽으로 가는 끝인가 봐/아니다. 아 되돌아오는 구나"에 잘 드러나 있다.

시인에게 저 쪽은 이 쪽을 집어삼키는 블랙홀이다. 이 블랙홀에 대해 시

188) 유장균, 「새」, 위의 책, p.32.

인은 민감한 반응을 보인다. 이것은 시인으로 하여금 이 쪽과 저 쪽 혹은 이 쪽과 저 쪽의 접점에 대해 성찰하게 하는 계기를 마련해 준다. 시인은

어떻게 살면
저렇게 백골만 곱게 남기고
백골 속에 반짝이는 사리 몇 개만 남기고
갈 수가 있을까. 어떻게 살면
어느 날 일제히 미련없이
속살만 빠져나와 사라질 수 있을까
조개껍질 속으로 색깔 속으로
자취없이 숨어버릴 수 있을까, 일제히.[189)]

라고 말한다. 이 시는 '조개무덤'을 통해 조개의 생을 노래한 시이다. 조개의 생은 결국 '조개껍질'로 귀결된다. '속살'이 없고 '백골', '사리', '껍질'만 남는 것이 조개의 생이라는 인식은 시인의 생에 대한 인식의 메타포로 볼 수 있을 것이다. '백골', '사리', '껍질'은 견고한 질료들이다. 그것은 시간의 퇴적물이자 결정체이다. 그것은 침묵의 형식으로 존재한다. 그것은 생의 적막함 혹은 적막한 생을 표상한다. 우리가 이승에서 살다가 결국 남기는 것은 '조개'처럼 '백골', '사리', '뼈(껍질)' 같은 것 아닌가.

그런데 '백골', '사리', '뼈(껍질)'는 이승에서의 세속적인 욕망의 퇴적물이 아니다. 그것은 욕망의 비움을 표상한다. 「알라스카의 빛」에서 읽을 수 있는 세계가 바로 그것이다. "세상을 비우고 떠난 빛이/모두 이 곳에 와 있네/아직 깨어나지 않은 처녀의 하늘을 찢어/푸른 피를 철철 흘리면서/백 퍼센트 순수하게 내장되어 있네/빙산은 그 투명한 빛을 꽁꽁 얼려 가두고/금강석으로 배고 있네"에서 '푸른 피', '빙산', '투명한 빛', '금강석' 등

189) 유장균, 「조개무덤」, 위의 책, p.33.

의 질료가 표상하는 세계는 욕망이 빈 세계이다. 욕망이 없으면 그 세계는 투명하고 순수하며, 틈이나 균열이 없기 때문에 그러한 투명과 순수의 상태가 일정한 균형과 안정을 통해 지속되기 때문에 적막함을 드러낼 수 밖에 없다.

3. 마른 북어의 적막한 침묵

그의 시 속의 적막함은 이러한 투명하고 순수한 질료들을 통해서만 드러나는 것이 아니다. 그의 시의 적막함은 '풀', '바람', '강', '흙', '산'이나 '마른 북어'를 통해 드러나기도 한다. 이 질료들은 투명하고 순수한 질료가 아니라 그것의 파괴 및 훼손을 통해 성립된 것들이다. 순수하고 투명한 생명성이 이 질료들로부터 빠져나가면서 그것은 죽음에 대한 불안을 강하게 환기한다.

나이보다 훨씬 빠르게
탱탱히 익은 아이들에게서
이미 풀 냄새가 사라졌다.
뒷동산 유년을 돌아와 안기는 바람
바람 속에서 소리와 색깔이 사라졌다.
강은 강 속에 죽어 있고
흙은 흙 속에 죽어 있고
신은 산 속에 쓰러져 죽어 있다.[190)]

이 시의 적막은 죽음의 적막이다. '아이들', '바람', '강', '흙', '신'이 죽어 있기 때문에 적막하지만 그 적막은 '고향'의 그것이라는 점에서 의미심장

190) 유장균, 「귀향」, 위의 책』, p.38.

하다. 고향의 모든 것들이 죽어 있다는 것은 그의 시의 맥락과 관련해서 그 적막이 고향을 토대로 전개되고 있다는 것을 의미한다. 고향의 적막은 시인 자신이 고향에 있지 않고 먼 이국에서 생을 영위하고 있기 때문에 그것의 진폭은 더욱 클 수밖에 없다.

시인이 정착해 있는 이국(미국 로스엔젤레스) 땅에서의 생은 살아 있지만 죽어 있는 그래서 늘 불안하고 두려운 불면의 시간이다. 이국 생활은 저들의 말이나 사고방식 그리고 문화를 육화 없이 앵무새처럼 따라하는 것이고, 진정한 소통이 이루어지지 않는 상황 속에서 시인이 할 수 있는 것이란 자신만의 성에 고립된 채 앵무새가 아닌 진정한 자아 정체성을 가지고 살던 시간과 공간을 반추하고 그리워하는 일이다. 이러한 행위는 이국 땅에서의 삶이 불안하면 할수록 더욱 강하게 나타난다. 시인은 자신이 체험한 이러한 불안을

> 나는 안다 옮겨 심는 뿌리
> 연한 실뿌리에 닿는 다른 토양의 충격을,
> 며칠 분의 기억력과 함께
> 일제히 퇴색해버린 내 가지의 엽록소
> 그 시절 아내와 나는 입덧을 하며
> 며칠 밤을 울어 샜는가.[191]

혹은

> 나무도 못되면서 선인장도 못되면서
> 고작 사막과 속세의 중간쯤을 헤매면서
> 가시만 돋는다, 그 가시로 무엇 한 가지
> 시원하게 찔러 보지 못한 조수아 트리가
> 무더기로 떠돈다, 이 땅에는.[192]

---

191) 유장균, 「아마존 밀림에서 온 앵무새」, 위의 책, p.58.

이라고 하여 그것을 부유와 불모의 이미지로 형상화하고 있다. 시인의 부유와 불모는 귀향에 대한 그리움과 비례하지만 그 고향은 이미 죽어 있기에 실제로 시인이 돌아갈 수 있는 고향은 없다. 고향이 없다는 것은 곧 기댈 곳이 없다는 것과 다르지 않다. 그래서 이렇게 "기댈 곳 없는 저녁이면" "나는 너에게서 오늘 중/가장 쓸쓸한 짐승 하나를 불러내고/너도 나에게서 가장 쓸쓸한/짐승 하나를 불러내" "서로 마음 속을 기웃거릴"(「기댈 곳 없는 저녁이면」) 뿐이다.

이미 죽어 있는 고향을 가진 자의 삶이란 또 다른 고향을 찾아 그곳에 뿌리를 내리는 일이다. 시인이 뿌리내려야 할 곳은 고향이 아니라 이국의 땅인 것이다. 이렇게 뿌리를 내리기 위해서는 그것이 뻗어나가고 물과 공기, 거름을 충분히 제공할 수 있는 땅이 있어야 하지만 이미 그곳에는 다른 사람들이 견고하게 뿌리를 내고 있다. 그들이 견고하게 뿌리를 내린 '다운타운'은 시인에게 결코 뚫고 들어갈 수 없는 견고한 벽으로 존재한다. 이러한 다운타운은 시인에게 희망의 공간이 아닌 절망의 공간인 동시에 부정과 어둠의 공간인 것이다. 시인의 눈에 들어온 다운타운은

> 용케 악취를 뚫고 일단의 개미 떼가
> 시장바닥을 가로 질러 가지만
> 찾아가는 아름다운 꿈은 다 증발[193]

해버린 채, "길가에 사는 나무"처럼 "떨고 있는" "겁 많은 식물"(「다운타운 · 7」, p.126)이 사는 곳이다. "아무도 살지 않는" 이 "적막하고 무서운 도시"(「다운타운 · 8」, p.128)의

192) 유장균, 「조수아 트리」, 위의 책, p.208.
193) 유장균, 「다운타운 · 1」, 위의 책, p.116.

고장난 수고꼭지에서 한밤중
밤의 피가 떨어지

고

어둠의 저
독한 피냄새 곁으로
한낮에 추방당한 바퀴벌레들이 몰려든다[194]

어디 그뿐인가. “밤마다 구렁이가 내실을 들여다보”고, “혓바닥을 날름거리며 꿈속을 기어다니”(「다운타운 · 10」)다가 시인과 함께 잠들기도 하며, “도심을 흐르는 폐수 속에”“죽은 고양이”(「다운타운 · 13」)가 내던져져 있기도 하다. ‘바퀴벌레’, ‘구렁이’, ‘고양이’는 불안함과 불길함을 표상하는 질료들이다.

시인이 이 도시(다운타운)에서 발견한 것은 “끝내 사라지지 않는” 악마의 모습이다. 그것에 대해 시인은 불안해한다. “피가 멎고 호흡이 답답하고/시청각이 아득해지”며 “온 내장이 기능을 멈추고/헛구역질만 나온”(「다운타운 · 14」)다. 그 악마는 이미 시인의 무의식의 심층까지 장악한 채 조금씩 시인의 숨통을 틀어막고 있다. 머지않아 도시는 “죽음이 횡행하는”(「다운타운 · 18」) 곳으로 변할 것이다.

돌아가야 할 곳은 죽어 있고, 지금 살고 있는 곳 역시 죽음이 횡행하는 상황에서 시인에게 ‘길’은 의미를 상실한다. 죽은 세상 속으로 “길 하나 열기”가 어렵고 “고독을 뚫기는 바위를 뚫기보다 더 힘”(「전선 한 쌍」)이 들 수밖에 없다. 길이 막혀 그것을 뚫고 나갈 수 없을 때 그것에 저항하는 한 방식으로 시인이 택한 것은 ‘침묵’이다. 시인은 그것을 “마른 북어의

194) 유장균, 「다운타운 · 9」, 위의 책, p.129.

적막한 침묵"(「사창고개 · 4」)이라고 명명하고 있다. 이 북어는 생명성이 없는, 다시 말하면 "음지에 땅심이 남아 있"지 않은 "석녀"(「사창고개 · 6」)의 의미에 다름 아니다. 시인을 둘러쌓고 있는 이러한 실존적인 상황은 더 이상 그것이 가망이 없다는 것을 의미한다.

4. 호명, 그 아름다운 실존

시인은 가망 없는 희망을 꿈꾸지 않는다. 그가 한 일은 그 어두운 실존의 어두운 비를 고스란히 맞는 일이다. "젖은 마음 절벽에 다 토해 버리고" 시인은 "겨울비 엉망진창길 속으로 되돌아 간다"(「겨울비」) 비에 젖은 생을 환기하는 대목이다. 내리는 비를 맞겠다는 시인의 의지는 세상에 대한 부정성을 드러내는 것이라기보다는 긍정적인 의식을 드러내는 것이라고 할 수 있다. 또한 그것은 자포자기의 상태를 의미하는 것이 아니라고 할 수 있다. 시인의 생에 대한 긍정 의식은 이기적인 자기함몰이 아니라 이타적인 의식으로 드러난다.

> 남은 시간은 길지 않았다 해질 무렵
> 흐려져 가는 물상들의 이름을
> 하나씩 불러 주기로 했다
> 못 생긴 저 바위의 이름도
> 말라 비틀어진 저 나무의 이름도
> 보이는 그대로 불러 주기로 했다
> 막 날아오르던 몇 마리 새도 흐려져 버리고
> 언덕을 오르던 몇 사람도 언덕 너머로
> 꼴깍 침몰해 버렸다 별 수 없었다
> 저 현상을 일단은 인정하기로 했다

그러나 가 닿는 곳이 휴식이 아니라 번민의
연속이라면, 번민을 견디지 못한 이름들
우리들 곁에서 또 하나씩 지워져야 한다면!
흐려져 가는 물상들을 불러 주기로 했다
두렵겠지만 끝까지 깨어 있기를 바라며
그 끝에서 다시 떠오르기를 바라며
귀한 본명을 불러 주기로 했다.[195]

이 시에 드러난 '물상들의 이름을 하나씩 불러주는' 시인의 태도는 단순한 명명이 아니다. 물상의 이름을 불러줌으로써 그 물상이 시인에게 하나의 의미가 되기를 바라는 것이 아니다. 시인은 물상의 이름을 "보이는 그대로 불러 주"고 그것들이 "끝까지 깨어 있기를 바"랄 뿐이다. 시인의 이러한 태도 속에는 물상이라는 타자에 대한 따뜻한 배려와 사랑의 의식이 배어 있다. 이 의식은 흐려져 가고 사라져 가는 또 지워질 수밖에 없는 절박한 실존적인 상황에 대한 시인의 의지와 행위의 일단으로 볼 수 있을 것이다. 이 시를 물상에 대한 시인의 감정 이입 내지 투사로 이해한다면 여기에는 시인의 실존에 대한 절박함이 배어 있다고 볼 수 있다.

하지만 이 시에는 시인의 감정이 자기연민으로 흐르지 않고 있다. 자기연민에 빠지면 물상의 이타성은 제대로 드러나지 않는다. 자기연민에 대한 절제가 가능했던 것은 마음을 비운 채 투명하고 순수함을 바라는 그 의지와 절망과 고독의 맨 끝까지 이르러 그것을 온몸으로 고민했기 때문이다. 이런 점에서 "두렵겠지만 끝까지 깨어 있기를 바라며/그 끝에서 다시 떠오르기를 바라며/귀한 본명을 불러 주기로 했다"는 대목은 자기소멸에 대한 불안과 공포보다는 어떤 희망과 자기 확신의 한 표현으로 읽을 수 있을 것이다.

195) 유장균, 「저녁에」, 위의 책, p.295.

어쩌면 우리는 혹은 세상은 “이제 그를 모를 것이다” 또 “그를 찾아내지”도 “깨우지도 못할 것이다”(「구름의 노래」) 하지만 그는 우리를 혹은 세상을 불러 주고 또 찾아내고 깨우려 할 것이다. 그가 우리를 혹은 세상을 호명하기 전에 우리가 그를 불러 주고 또 찾아내고 깨우는 것은 어떨까? 비록 그것이 불가능할지라도.

제5부

의식의 지향과 초월의 형식

순수 고독, 순수 허무의 시학
– 조병화의 『넘을 수 없는 세월』

1. 시간의 한계 혹은 생명의 한계

조병화의 시에 대한 태도는 한결같다. 그의 시는 복잡하고 애매모호한 세계와는 거리가 멀다. 이것은 그의 시가 문자보다는 말의 운용 체계를 드러내고 있다는 사실과 무관하지 않다. 그의 말하듯이 쓰는[196] 시작 태도는 시인의 몸과 일상의 현실로부터 기인하기 때문에 문자의 관념성이나 복잡 미묘한 이미지와 상징보다는 쉽고 질박한 진술을 지향한다. 그의 시의 이러한 시작 태도는 양가성을 드러낸다. 하나는 삶의 실존과 밀착된 형식과 내용을 포괄하고 있다는 것이고 또 다른 하나는 그것이 삶을 긍정하고 안위를 긍정하는 과정에서 고통의 내면화와 갈등이 없다는 것[197]이다. 흔히 삶의 실존과 밀착된 경우에는 고통의 내면화와 갈등이 뒤따를 수 있지만 그의 시에서는 그것이 나타나지 않는다. 그렇다면 고통의 내면화와 갈등 없이 어떻게 삶의 실존과 밀착될 수 있는가?

이 물음에 대한 답은 삶의 태도에 있다. 시인이 삶을 긍정하느냐 부정

196) 유종호, 「조병화의 시세계」, 『조병화 전집』 10권, 학원사, 1985, p.193.
197) 권영민, 『한국현대문학사 Ⅱ』, 민음사, 2002, pp.127~128.

하느냐에 따라 고통과 갈등의 유무는 결정될 수 있다. 그의 시에 고통의 내면화와 갈등이 없는 이유는 그가 삶을 긍정하고 있기 때문이다. 고통이 없는 인간의 삶이란 존재하지 않는다. 이런 점에서 고통은 그의 삶의 한 부분이지만 그는 그것을 전경화하거나 내면화하지 않고 자연스럽게 넘어서는 여유 있는 태도를 보인다. 자신의 의지로 삶의 흐름을 거스르지 않고 여기에 대해 강한 자의식을 보이지 않음으로써 그의 시에는 삶의 과정 속에서 체험한 다양한 현실 혹은 현실의 소재들이 하나의 질료로 들어와 있다. 이 질료는 시 자체의 내적 질서를 드러낸다기보다는 그것과 분리된 시인의 인격적인 여러 상태를 드러낸다고 볼 수 있다. 여기에는 시인의 삶의 과정에서 발생하는 정서는 물론 그 체험의 양태가 쉽고 질박한 진술을 통해 그대로 표현되어 있다.

이처럼 시인의 쉽고 질박한 진술 속에는 자신의 정서에 대한 솔직함과 삶에 대한 긍정과 여유가 담겨 있다. 이것은 분명 그의 시 전체를 관통하는 보편적인 속성이기는 하다. 하지만 우리가 여기에서 간과하지 말아야 할 것은 이 보편적인 속성이 그의 시의 흐름 속에서 일정하게 변주되어 나타난다는 사실이다. 첫 시집인 『버리고 싶은 유산』(산호장, 1949)에서 유고 시집(제 53번째 시집)인 『넘을 수 없는 세월』(동문선, 2005)에 이르기까지 그의 시 세계는 시인과 분리되지 않은 채[198] 자신의 정서와 그 의미를 추구하는 하나의 흐름을 견지해 왔지만 그 흐름의 이면에는 다양한 변주의 세목들이 내재해 있다. 시인과 시가 분리되지 않은 채 그 흐름을 유지해 왔다는 것은 곧 시의 세계가 삶의 흐름을 반영하고 있다는 것을 의미한다. 시인의 삶 혹은 인간의 삶이란 시간의 흐름에 다름 아니다. 시간이란 시인의 주관에 의해서 얼마든지 그 의미가 바뀔 수 있지만 그럼에도 불구

198) 김윤식, 「조병화 시학의 구성원리」, 『한국현대시사연구』, 일지사, 1987, pp.635~645 참조.

하고 변하지 않는 것은 '탄생-성장-소멸'이라는 거역할 수 없는 흐름이다. 탄생에서 성장으로 다시 성장에서 소멸로 이어지는 시간의 흐름 속에서 시인의 의식이란, 더욱이 삶을 자신의 시에 적극적으로 수용하고 있는 경우에는 그 흐름의 궤적을 따르지 않을 수 없을 것이다.

자신의 삶을 긍정하고 그것을 여유 있게 받아들이는 시인에게 이렇게 이어지는 시간의 흐름은 어떤 의미로 받아들여질까 하는 문제는 단순한 호기심을 넘어선다. 그것은 삶의 존재성의 문제와 맞물려 있다는 점에서 시인의 주제 의식을 강하게 환기한다고 볼 수 있다. 시인의 시에서 관심을 두는 주제는 '시간과 죽음'으로 요약된다. 그의 시에서의 죽음은 '시간의 한계' 혹은 '생명의 한계'[199] 속에서 운용된다. 시인의 시간과 죽음에 대한 민감한 자의식은 제 51시집 『세월의 이삭』(월간에세이, 2001), 제 52시집 『남은 세월의 이삭』(동문선, 2002), 제 53시집 『넘을 수 없는 세월』(동문선, 2005) 등에서 '세월'이라는 이름으로 전경화되기에 이른다. 비록 시인의 '넘을 수 없는 세월'이라는 명명은 시간과 죽음의 문제와 관련하여 의미심장함을 환기한다. 이 명명은 '세월의 이삭'(『세월의 이삭』)이나 '남은 세월의 이삭'(『남은 세월의 이삭』)에서 알 수 있듯이 이미 타계하기 전 시인이 민감하게 의식한 '세월'이라는 시간의 의미 속에서 탄생한 것이라고 할 수 있다.

넘을 수 없는 세월은 시간의 한계 혹은 생명의 한계를 의미한다. 시인이 말년에 세월이 지니고 있는 의미를 민감하게 자각한 데에는 그것이 곧 시간의 한계이면서 생명의 한계 속에서 운용되고 있다는 사실을 깨달았기 때문이다. 이런 맥락에서 보면 그의 세월 혹은 시간에 대한 자각은 한계 의식 속에서 이루어지며, 이 한계 의식 속에서의 삶은 이미 그 삶 속에 죽음이 내재해 있다는 것을 말해 준다. 그에게 삶과 죽음, 생성과 소

199) 이승훈, 『한국현대시론사』, 고려원, 1993. pp.223~224.

멸, 변화와 영원 등의 문제는 단순히 하나의 사물이나 도구 그리고 현실의 차원의 의미로 이해되지 않는다.[200] 그에게 이러한 문제는 과거, 현재, 미래가 통합된 상태에서 이루어지는 자신의 기투 및 피투의 행위이다. 그의 삶과 죽음, 생성과 소멸, 변화와 영원 등을 포함하는 시간에 대한 의식은 그것이 어떤 본질보다는 실존을 함의하고 있는 것으로 볼 수 있다. 실존이 본질에 선행하는 의식 속에서 이루어지는 시간 혹은 세월에 대한 흐름은 어떤 실존으로부터 벗어나 본질을 겨냥하는 것과는 거리가 멀다. 그가 세월을 넘을 수 없다고 한 데에는 그 세월이 시간과 생명의 실존 상황 속에서 이루어지는 하나의 현상이기 때문이다. 세월이 본질적으로 규정되어 있는 것이 아니라 과거, 현재, 미래가 통합된 현상의 장 속에서 이루어지는 것이라는 점에서 '넘을 수 없는 세월'이라는 시인의 말은 어떤 가식도 또 숨김의 의도가 내재해 있지 않은 그야말로 현상의 소리를 의미한다고 볼 수 있다.

2. 고독과 허무의 견고함과 순수의 의미

삶과 죽음이 '시간의 한계' 혹은 '생명의 한계' 속에서 운용된다는 것을 자각한 시인에게 세월이란 어떤 의미일까? 삶과 죽음이 본질이 아닌 실존의 상황 속에서 현상의 장을 통해 드러난다는 사실은 어떻게 보면 보편적인 시간의 의미를 내재하고 있다. 하지만 이 보편의 시간 속에서 살아간다고 해서 모두가 동일한 존재성을 드러내고 있는 것은 아니다. 존재 각각이 처한 상황에 따라 얼마든지 그 모습이 달라질 수 있을 뿐만 아니라 그 의미 또한 달라질 수 있다. 누군가가 세계를 하나의 현상으로 지각

200) 이승훈, 위의 책, p.224.

한다는 것은 곧 그 존재가 은폐하고 있는 각기 다른 위치나 모습을 자연스럽게 탈은폐한다는 것을 말해준다. 조병화 시인의 경우에는 시와 시인이 분리되지 않은 관계로 시간이라는 현장의 장으로 기투하고 피투하는 주체가 시인의 기질과 밀접하게 연결되어 있다. 시인의 기질에 따라 현상은 그 모습을 달리하며, 그의 기질은 그대로 시에 투영되어 있다고 할 수 있다. 흔히 그를 보헤미안 시인이라고 부른다. 이때 보헤미안이란 세상의 구속과 억압으로부터 벗어나 끊임없이 방랑하는 자유로운 영혼의 소유자를 의미한다.

이러한 보헤미안 시인이라는 명명은 세상의 억압과 구속으로부터 개인의 자유를 함의하고 있다는 점에서 독특한 존재론적인 상황을 드러낸다. 그렇다면 여기에서 이야기하는 자유란 어떤 것을 말하는 것인가? 이 물음은 곧 왜 시인이 세상의 구속과 억압으로부터 벗어나 끊임없이 방랑하는가? 하는 문제와 다르지 않다. 시인이 자유로운 영혼의 소유자라면 그의 방랑은 개인의 문제와 밀접한 관계가 있다. 그의 방랑은 방황일 수도 있지만 보다 궁극적인 것은 그것을 넘어 자신의 가치나 구원 그리고 존재성에 대한 탐색에 있다고 할 수 있다. 하지만 그의 방랑이 궁극적으로 겨냥하고 있는 것이 여기에 있다고 하더라도 여기에서 우리가 간과하지 말아야 할 것은 그 중심에 '나' 혹은 '나라는 존재'가 있다는 사실이다. 이런 점에서 그의 방랑의 궁극은 나의 존재성에 대한 탐색에 있다고 볼 수 있다. 이와 관련하여 시인은

> 나는 나를 찾아서
> 너무나 먼 곳을 헛되게 헤매돌았지
> 바로 눈앞에 나를 두고
>
> 나는 나를 찾아서

너무나 먼 길을 헛되게 헤매돌았어
바로 눈앞에 피고 지는 꽃이
바로 나인 것을 모르고

실로 나는 나를 찾아서
너무나 먼 길, 먼 곳을 헛되게 헤매돌았어라
바로 눈앞에 야들야들 작게 피고 지는 꽃이
바로 나의 "있음"인지도 모르고

나에게 배당된 세월 다 끝나는 지금
나를 찾아서
먼 곳, 먼 길, 먼 세월 덧없이 헤매돈 것이
바로 "헤매인 그것"이
다름 아닌 바로 나의 그 "있음"이었어

아, 그걸 지금 알았어.[201)]

라고 말하고 있다. 시인은 '자신의 헤매돎' 자체를 '나의 있음'으로 간주한다. 시인의 이러한 자각은 그에게 '배당된 세월이 다 끝나는 시점'에서 이루어진다. 죽음이 시간의 한계 혹은 생명의 한계 속에서 운용된다면 시인의 헤매돎은 무의미한 것이 아니라 그 자체로 중요한 의미를 지닌다. 시인의 헤매돎이 의미의 집적체라는 것은 그것이 시간과 생명의 현상으로 드러난다는 것을 말해준다. 이 현상의 세계 내에서는 추상화되고 개념화된 분리의 의미가 통용되지 않는다. 현상의 세계에서는 모든 존재들이 서로 관계를 통해 총체적으로 드러나며, 시간과 생명이란 이런 총체적인 관계성의 표상으로 볼 수 있다. 시인이 놓여 있는 세계가 하나의 현상으로 존재한다는 것은 지극히 당연하고 자연스러운 것이다. 하지만 이 당연하

201) 조병화, 『넘을 수 없는 세월』, 동문선, 2005, pp.33~34.

고 자연스러운 세계를 개념화하고 추상화하면서 그것의 현상성은 소멸하고 만 것이다. 시인의 헤매돎은 개념화하거나 추상화가 불가능한 하나의 통합된 현상 그 자체이다. 하지만 이러한 헤매돎이 통합된 의미의 집적체임에도 불구하고 많은 사람들이 그것을 자각하지 못한다. 그 이유는 '주의(attention)'[202]를 기울이지 않기 때문이다. 어떤 현상에 대해 주의를 기울이지 않으면 그것의 존재를 발견할 수 없다.

이 주의는 일종의 존재론적인 자각이라고 할 수 있다. 「나의 "있음"」에서 시인이 보여주고 있는 세계가 바로 그것이다. 나의 있음을 발견 혹은 자각하기 위해 시인은 '너무나 먼 길, 먼 곳을 헛되게 헤매돌았'던 것이다. 시인의 이 헤매돎 전체가 나의 있음이지만 시인은 그것을 미처 발견하지 못한 것이다. 그런데 시인은 '바로 눈앞에 야들야들 작게 피고 지는 꽃이 바로 나의 "있음"인지도 모른다'고 말한다. 이것은 꽃과 나를 동일시한 것으로 볼 수 있다. 꽃의 피고 지는 현상이 곧 나의 있음이라는 시인의 말은 어떻게 이해해야 할까? 우리가 이것을 하나의 동일시한 표현으로만 인식해서는 이 현상을 이해할 수 없다. 현상의 차원으로 보면 세계는 분리되어 있는 것이 아니라 통합되어 있다. 꽃과 나는 현상의 장 속에 있으며, 이 속에서는 모든 사물이나 존재가 평면이 아닌 입체적으로 복잡하게 얽혀 있다. 꽃과 나의 관계성은 일방적인 것이 아니라 상호작용성의 차원에서 긴밀하게 얽혀 있는 것이다. 이런 점에서 볼 때 나의 헤맴의 과정 속에는 꽃의 피고 짐이 내재해 있다.

꽃 속에 내가 있고 내 속에 꽃이 있다는 사실 혹은 먼 길 먼 곳의 헤매돎이 곧 나의 있음이라는 사실에 대한 발견은 단순한 것이 아니라 하나의 존재론적인 사건이라고 할 수 있다. 시인의 경우 이러한 존재론적

202) 메를로 퐁티, 류의근 옮김, 『지각의 현상학』, 문학과지성사, 2004, pp.70~103 참조.

인 사건은 '나에게 배당된 세월이 다 끝나는 지금'에 와서 발생한다. 시인이 말하는 '나에게 배당된 세월'이란 시간의 한계 혹은 생명의 한계를 내포하고 있다는 점에서 그것은 '죽음'과 연결된다. 나에게 배당된 세월이 다 끝나는 지금이야말로 그동안 세계 속에 은폐되어 있던 죽음이 그 모습을 나타내는 시기이며, 이것은 곧 그만큼 죽음이 발견(자각) 될 가능성이 크다는 것을 의미한다. 은폐된 죽음이 탈은폐되는 순간 그동안 자신의 잠재의식 속에 있던 죽음의 실체가 그 모습을 선명하게 드러냄으로써 진정한 나에 대한 자각이 이루어지게 되는 것이다. 흔히 죽음의 순간을 맞이하면 인간은 그동안의 일들이 파노라마처럼 흘러간다고 말하는데 이러한 상황은 시간과 생명으로 표상되는 나의 존재성을 의미하는 것이라고 할 수 있다.

나의 존재성을 이렇게 자각하는 경우 보헤미안적인 기질을 지닌 시인에게 그 세월은 어떤 질료로 어떻게 의미화 되어 나타나는 것일까? 파노라마처럼 흘러온 시간과 생명의 세월에 대해 시인은 그것을 '헛되고', '덧없다'고 말한다. 자신이 살아온 세월을 헛되고 덧없다고 느끼고 또 그렇게 말하는 것은 특별한 것은 아니다. 하지만 그것이 왜 헛되고 덧없는 것인지에 대해서 자각하느냐 하지 못하느냐의 문제는 특별한 것이다. 시인이 자신이 살아온 세월을 헛되고 덧없다고 느끼고 또 말하는 데에는 자각이 전제된 것으로 볼 수 있다. 그리고 이 자각이 시간과 생명의 한계 속에서 운용되는 죽음을 전제하고 있다는 점에서 시인이 느끼고 말하는 헛됨과 덧없음은 진정성을 지닌다. 시인이 세월을 넘을 수 없는 것으로 명명한 데에는 시간과 생명의 한계 속에서 자신의 생의 헛됨과 덧없음을 표현하려고 한 의도가 내재해 있다고 할 수 있다. 시인은 자신의 생의 헛됨과 덧없음을

할아버지가 살아온 것은 바람이었어
바람에 밀려가는 한 조각 구름이었어
조각 구름에 실려가는 한 알의 작은 물방울이었어
우주를 안고 흘러가는 작은 물방울이었어

너도 내 나이가 되면 알 거야
네가 살아온 너를

그것이 바람이었는지
비였는지.[203)]

라는 형식을 통해 표현하고 있다. 이 시에서 한 인간의 생애를 표현하기 위해 사용된 질료인 '바람', '구름', '물방울' 등은 시간과 생명으로 표상되는 현상의 세계를 들추어내는데 적절하다고 할 수 있다. 바람, 구름, 물방울 등은 모두 전체 현상의 장 속에서 서로 관계성을 드러내면서 생성과 소멸을 거듭하는 변화의 질료들이다. 바람이다가 구름이 되기도 하고, 구름이다가 물방울이 되기도 하는 이 현상은 변하지 않는 것은 없다는 점에서 생의 헛됨과 덧없음을 표상한다고 볼 수 있다. 한 인간의 생애가 끊임없이 생성과 소멸의 변화 과정 속에 있다는 것은 어떤 집착이나 구속, 속박에 얽매이지 않는 자유로움을 의미하지만 그 자유로움이란 '너무나 먼 길, 먼 곳을 헛되게 헤매돌았다'는 시인의 진술에서 알 수 있듯이 여기에는 방랑자로서의 고독과 허무가 강하게 투영되어 있다.

바람, 구름, 물방울이라는 질료가 그동안 표상해온 각각의 의미의 영역이 고독과 허무와 밀접하게 관계되어 있을 뿐만 아니라 그것들이 결합된 의미의 영역이 또한 그러한 세계를 드러내고 있다는 점에서 「한 인간의 생애」는 시인의 시세계를 겨냥하고 있는 시편이라고 해도 무방하다. 특히

203) 조병화, 앞의 책, p.31.

'할아버지가 살아온 것은 바람이었어/바람에 밀려가는 한 조각 구름이었어/조각 구름에 실려가는 한 알의 작은 물방울이었어'에서의 '조각 구름'은 바람과 물방울을 매개하면서 고독과 허무의 독특한 속성을 잘 응축하고 있는 그런 질료라고 할 수 있다. 시인이 자신의 호를 '편운(片雲)' 곧 조각구름이라고 한 데에서도 이 질료가 지니고 있는 의미를 잘 알 수 있다. 뭉게구름도 먹구름도 아닌 조각구름에서의 '조각'은 고독과 허무의 의미를 더욱 강하게 전경화하고 있는 말이다. 전체에서 떨어져 나왔다는 사실과 소멸에 좀 더 가까워지고 있다는 사실에서 조각구름의 고독과 허무가 더욱 강하게 전경화되고 있는 것이다. 하지만 이 고독과 허무의 전경화는 곧 조각구름에 의해 매개되고 있는 바람과 한 알의 작은 물방울의 속성에 다름 아니다. 바람의 고독과 한 알의 작은 물방울의 허무 혹은 바람의 허무와 한 알의 작은 물방울의 고독을 조각구름은 그 안에 응축하고 있는 것이다.

이렇게 바람, 조각구름, 한 알의 작은 물방울의 고독과 허무는 긴밀한 관계성으로 연결되어 있으며, 이것이 주목할 만한 점이다. 만일 이 각각의 질료들이 긴밀한 관계성이 아닌 분리 독립적으로 고독과 허무의 의미를 드러낸다면 그 효과는 반감되고 말 것이다. 이 질료들의 긴밀한 관계성 속에서 생성과 소멸을 통한 끊임없는 변화가 전제된 상태에서의 고독과 허무는 시인의 궁극을 표상하는데 더없이 적절한 방식이라고 할 수 있다. 바람, 조각구름, 한 알의 작은 물방울이 시간과 생명의 흐름 속에서 서로 관계하면서 드러내고 있는 것이 고독과 허무라면 그것을 강렬하게 표상하고 있는 형식은 이 질료들이 융합되어 하나의 형태로 구현되는 상황을 담고 있어야 할 것이다. 바람, 조각구름, 한 알의 작은 물방울이 제각각의 형태로 존재할 때가 아닌 이 모든 질료들이 하나로 이어지면서 시간과 생명이라는 현상의 장을 흐를 때 이 상황은 성립된다. 시인은 생의 고독과 허무가 현상의 장에서 하나로 흐르는 순간을 죽음과의 관계 속에서 발견한다. 죽음이 시간과 생명의 한계 속에서 운용되기 때문에 아무래도 그 한계에 대한 절감이 죽음과의 관계 속에서 더욱 강렬하게 발생할 수밖에 없다. 시간과 생명의 한계를 강하게 절감하면 절감할수록 그만큼 고독과 허무 역시 커질 가능성이 있다. 시간과 생명의 한계 속에서 운용되는 죽음이 전제된 고독(허무)에 대해 시인은 그것이 마치 '콘크리트 같은 寂寞 속에 전율처럼 머물러 있는 것'(「現狀報告」)이라고 하여 그것이 얼마나 견고한 것인지에 대해 말하고 있다.

시인이 말하고 있는 이 견고함은 딱딱하게 굳어 있는 상태의 견고함이라기보다는 시간과 생명의 끊임없는 흐름의 견고함이라고 할 수 있다. 죽음이 시간과 생명의 한계 속에서 운용된다는 것 자체가 이미 그 견고함을 전제한 것이라고 볼 수 있다. 이런 점에서 죽음은 결코 시인이 넘을 수 없는 견고한 존재성을 지닌 그 무엇이 된다. 바람, 조각구름, 한 알의 작은 물방울 등의 질료들을 통해 구현되고 있는 시인의 고독과 허무의 견고함은 급기야 한 줄기의 흐름으로 표출되기에 이른다.

> 비석이 쭈르르 비를 맞고 있다
> 純粹 孤獨, 純粹 虛無.[204)]

단 두 줄로 되어 있지만 이 시가 환기하는 이미지는 강렬하다. '쭈르르 비를 맞고 있는 비석'의 이미지는 죽음(비석)이 헤어나기 어려운 시간의 견고한 흐름(비) 속에 놓여 있다는 것을 의미한다. 여기에서의 비석은 조각구름에서의 조각처럼 세상으로부터 분리된 고독과 허무를 예각화하는 존재성을 드러낸다. 비석이 쭈르르 내리는 비로부터 벗어날 수 없는 운명을

204) 조병화, 위의 책, p.107.

지니고 있다면 그것은 외부로부터의 잡스러운 것이 끼어들 수 없는 상태를 말한다. 시인은 비석이 처해 있는 이러한 상태를 '순수 고독', '순수 허무'라고 명명한다. 시인이 자신의 시속에 '비석'이라는 질료를 끌고 들어온 의도는 시간과 생명의 한계 속에서 운용되는 죽음을 전경화하여 그것의 순수성을 극대화하기 위해서라고 할 수 있다. 죽음과 관련한 많은 시적 질료들 중에 비석만큼 시간 혹은 시간성에 대한 인간의 자의식을 드러내고 있는 것도 없기 때문이다.

시인은 자신의 생 혹은 세월이 순수 고독과 순수 허무를 겨냥한 것이었음을 비석이라는 질료를 통해 강렬하게 제시하려고 한 것으로 볼 수 있다. 비석이란 죽은 자의 흔적을 기록한 상징적인 실체 아닌가. 시인은 이 비석에다 자신이 살아온 세월의 흔적과 자신이 추구해온 생의 의미를 새기고 싶었던 것이다. 이런 점에서 볼 때 '純粹 孤獨, 純粹 虛無'는 시인 자신의 묘비명이라고 할 수 있다. 순수 고독, 순수 허무를 시인 자신의 생의 흔적이자 의미라면 쭈르르 내리는 비를 고스란히 맞고 있는 비석은 시인의 육체 혹은 육체성이라고 해도 무방할 것이다. 「碑石」이 한낱 언어로 된 개념화된 형식을 넘어 시인의 육체 혹은 육체성이 깃든 하나의 실존적인 현상으로 지각되는 데에는 바로 이러한 이유 때문이라고 할 수 있다. 시인의 정신인 '純粹 孤獨, 純粹 虛無'와 시인의 육체인 '비석'이 결합되어 하나의 몸으로서의 시인의 존재성을 체험하는 것은 그것이 단순한 개념이나 관념이 아닌 '살'을 통한 현상의 장 속에서 부피감으로 소통된다는 것을 의미한다.

3. 눈물의 일체성과 텅 빈 실존

순수 고독과 순수 허무라는 시인의 생의 자각이 넘을 수 없는 세월로부터 비롯된 것이라면 이때 여기에서 말하는 '순수'는 시간과 생명의 감각을 함의한다. 이것은 순수가 추상적이고 관념적인 형식을 넘어 살아 있는 현상의 장을 표상하고 있다는 것을 말해준다. 현상의 장에서는 일상의 시간과 공간이 중요한 의미를 가진다. 일상의 시간과 공간, 다시 말하면 일상의 현상의 장에서는 시인의 감각 작용 하나하나가 그대로 의미가 된다. 일상에서 체험하는 시인의 희로애락(喜怒哀樂)과 애오욕(愛惡慾) 같은 감정은 개념화할 수도 또 추상화할 수도 없는 생의 감각 작용 그 자체라고 할 수 있다. 이런 맥락에서 보면 순수 고독, 순수 허무라고 하는 명명 역시 그 이면에는 이러한 감각 작용이 전제된 것이다. 순수 고독, 순수 허무라는 말보다 '쭈르르 비를 맞고 있다'는 표현이 더 감각적인 이유가 바로 여기에 있다.

시인의 시세계가 일상의 감각을 토대로 이루어진다고 할 때 순수 고독과 순수 허무는 그의 평범한 일상 속에서 들추어낸 자연스러운 감각 작용의 산물이라고 할 수 있다. 시인에게 순수 고독과 순수 허무는 일상 혹은 현실과는 단절된 시공 속에서 참선의 과정을 통해 어렵게(고통스럽게) 탈은폐된 것이 아니라 일상이나 현실과의 자연스러운 체험의 과정 속에서 생겨난 것으로 볼 수 있다. 시인 역시 자신의 순수 고독과 순수 허무가 무슨 '도'나 '선'의 세계에서의 수행 과정을 통해 얻어지는 그런 것이 아닌 세속의 과정 속에서 발생한 것이라고 말하고 있다. 일상생활의 세계 속에서 발생한 것이기에 시인은 그것을 도나 선의 세계에서의 심오하고 고상한 용어가 아닌 일상에서 사용하는 용어를 그대로 가져다 쓴다. 시인은 속세의 일상 속에서 자신이 깨달은 바를 '눈물'로 규정하고 있다.

면벽참선하신 달마 스님은
한 10년 면벽하시면서 무엇을 깨달으셨을까
그것이 무엇이었을까
또 그것은 무엇 무엇이었을까

일체 무상
일체 시공
일체 허상

그것을 깨달으셨을까
그것을 깨달으시기가 그렇게도 어려웠었을까

일체는 눈물인 것을!

허허 세월 80여 년,
내 속세의 깨달음이어라.[205)]

시인은 달마의 탈속한 깨달음인 '일체 무상, 일체 시공, 일체 허상'과 자신의 속세의 깨달음인 '일체 눈물'을 대비하고 있다. 시인은 달마의 탈속한 깨달음에 대해 일정한 거리를 두고 있다. '그것을 깨달으셨을까'나 '그것을 깨달으시기가 그렇게도 어려웠었을까'에 드러난 시인의 어조가 그것을 잘 말해준다. 시인은 달마의 그 깊고 높은 탈속의 경지를 선망하지도 또 그것을 폄하하지도 않는다. 이 시에서 시인이 말하고 있는 것은 '80여 년 속세에서 깨달은 일체는 눈물'이라는 사실이다. 시인이 볼 때 이것은 그 어느 깨달음과 비교의 대상이 될 수 없는 그 자신만의 오리지널리티인 것이다. 일체 눈물, 다시 말하면 모든 것은 눈물이라는 시인의 속세에서의 깨달음은 다른 무엇보다도 그것이 일상 속에서 얻어진 것이라

205) 조병화, 위의 책, p.53.

는 점에서 주목에 값한다. 흔히 생활세계라고 하는 일상의 장 속에서 깨달은 일체가 곧 눈물이라는 사실은 시인이 몸으로 지각한 생의 의미라는 점에서 의미가 크다.

시인이 말하고 있는 일체 눈물은 가설적으로 꾸며낸 것도 또 개념화한 것도 아니다. 그것은 그야말로 순수한 것이다. 시인이 순수의 의미를 '쭈르르 비를 맞고 있는 비석'을 통해 감각적으로 제시했듯이 일체 눈물에서의 눈물 역시 이와 다르지 않다. 쭈르르 내리는 비의 하염없음과 눈물의 하염없음이 다른 것이 아니며, 여기에는 다른 어떤 잡음이 끼어들 틈이 없다. 일체 눈물에서의 일체(一切)는 모든 만물을 뜻하는 것이지만 그것이 마음(一切唯心造)이 아니라 눈물이라고 한 것은 심신(心身) 혹은 정신과 육체의 아우름을 강하게 환기하는 것으로 보아도 무방하리라고 본다. 유심이냐 유물이냐 하는 사실이 중요한 것이 아니라 시인의 80여 년 세월을 관통하는 자연스러운 일상의 흐름으로부터 눈물이 비롯된 것이라는 사실이 무엇보다도 중요하다고 할 수 있다. 이런 점에서 이 눈물 속에는 시인의 삶의 일체가 은폐되어 있다고 볼 수 있다. 시인에게 눈물은 그 자신의 과거이면서 현재이고 현재이면서 미래인 것이다. 시인에게는 과거의 세월이 눈물이었듯이 현재와 미래 또한 눈물일 수밖에 없는 것이 바로 시인의 운명인 것이다.

일생 동안 시인이 흘린 눈물 일체 혹은 일체의 눈물은 시인의 삶의 무게라고 할 수 있다. 일체가 눈물이라면 그 눈물의 무게는 얼마나 될까? 이 물음에 대한 답을 시간의 차원에서 헤아려 보면 어떤 답이 나올까? 하지만 시간에 대한 인식을 어떻게 하느냐에 따라 결과는 다를 수 있다. 만일 시간이 과거에서 현재, 현재에서 미래로 일직선적으로 흐른다면 그 눈물을 시간이 지날수록 커지겠지만 그것이 순환론적으로 흐른다면, 곧 바람이 구름이 되고 구름이 물이 되고, 물이 다시 바람이 된다면 눈물의 무게는 현상하는 시간에 따라 각기 다르게 나타날 수 있다. 시인의 삶의 무게 혹은 눈물의 무게에 대한 물음은 헛되고 덧없는 것이 된다. 시인이 일체가 곧 눈물이라고 한 것은 그 일체를 가득 차 있으면서도 비어 있는 것으로 인식하고 있다는 것을 의미한다. 일체에서의 '일'이란 하나이면서 여럿이고 여럿이면서 하나인 삶 혹은 우주의 현상을 담고 있는 말이다.

이러한 논리 하에서라면 채움은 곧 비움이 되고 비움은 곧 채움이 되는 실존의 세계가 탄생하게 된다. 우리가 미처 이와 같은 생의 원리를 깨닫지 못하면 비움보다는 채움을 더욱 욕망하게 된다. 어제보다는 오늘 그리고 오늘보다는 내일로 갈수록 점점 많은 것들을 채우려는 욕망을 드러낸다. 하지만 일체에 깃든 생의 원리를 깨닫게 되면 이러한 욕망으로부터 벗어날 수 있다. 죽음이 시간과 생명의 한계 내에서 운용된다는 사실을 깨달은 시인에게 세월의 흐름은 곧 비우는 것이 채우는 것이라는 사실을 더욱 공고히 하는 일련의 과정으로 이해되기에 이른다. 시인은 늙는다는 것에 대해 그것을 첫째 '버리며 사는 것', 둘째 '나누며 사는 것', 셋째 '물러나며 사는 것', 넷째 '물려주며 사는 것', 다섯째 '포기하며 사는 것', 여덟째 '초월하며 사는 것', 아홉째 '비어주며 사는 것'(「늙는다는 것은」)이라고 말한다. 시인의 이 말 속에는 그가 늙는다는 것을 채움보다는 비움, 다시 말하면 비움이 곧 채움이라는 의미로 이해하고 있다는 것을 알 수 있다.

그런데 우리가 여기에서 한 가지 간과하지 말아야 할 것은 늙는다고 해서 사람들이 모두 자신을 비우려고 하는 것은 아니라는 사실이다. 시인처럼 비움이 곧 채움이라는 사실을 깨닫기 위해서는 자기 스스로에 대한 수양이 전제되어야 한다. 수양이 적은 사람은 늙는다고 해서 이러한 자각이 이루어지지 않는다. 이와는 달리 수양이 많은 사람은 늙을수록 자신을 비우고 그 비움이 일정한 경지에 이르게 되면 존재의 무게를 지니게 된다. 시인은

사람의 무게는
스스로 스스로를 닦아 온 그 세월
그 세월의 빛의 무게이려니
스스로 스스로를 닦아 온 그 세월, 그 삶의
그 총량의 빛의 무게이려니

아, 그것은 무게가 없는 무게이려니
무게가 아닌 무게이려니.[206)]

라고 고백한다. 시인은 '사람의 무게'를 '스스로를 닦아 온 세월'로 규정하고 그것을 '세월의 빛의 무게'라고 명명한다. '스스로 스스로를 닦아온 세월'이란 시인이 자신의 삶의 자각을 통해 탈은폐된 세계를 말한다. 이것이야말로 진정한 '삶의 총량' 혹은 '삶의 총량의 빛'인 것이다. 그렇다면 이 삶의 총량의 빛의 무게는 얼마나 될까? 시인 스스로 스스로를 닦아온 세월의 빛의 무게는 과연 측정이 가능한 것일까? 이 물음에 대해 시인은 '그것은 무게가 없는 무게' 혹은 '무게가 아닌 무게'라고 답한다. 시인의 이 답은 무게의 존재성을 '없음을 전제로 한 없음'이 아니라 '있음을 전제로 한 없음'으로 이해하고 있다는 것을 의미한다. 이것은 있음(有)의 존재성만을 인정하는 'nothing'의 개념을 넘어 없음(無)의 존재성을 인정하는 '無'의 개념으로까지 그 해석의 영역을 확장한 것이라고 볼 수 있다.[207)]

무게가 없는 무게나 무게가 아닌 무게의 존재성은 무게의 의미를 우리의 이성이나 지식의 영역, 다시 말하면 로고스의 영역에 확정하지 않고 그것을 '무'라는 동양적인 존재의 영역으로까지 확장함으로써 현상의 장에서 발생하는 시인의 삶의 총량을 가늠해 본 것이라고 할 수 있다. 무게가 없는 무게나 무게가 아닌 무게의 삶을 살아낸 사람 혹은 시인의 경우

206) 조병화, 위의 책, p.83.
207) 이재복, 「동양적 존재의 숲-윤대녕론」, 『소설과 사상』, 1996년 겨울호, p.208.

그 무게는 마치 무의 세계처럼 크기나 형태를 알 수 없을 정도로 크고 또 텅 비어 있을 뿐만 아니라 끊임없는 생성과 소멸을 통한 변화와 관계성 속에서 독특하고 역동적인 실존 상황을 드러낸다. 무게가 없는 무게나 무게가 아닌 무게의 존재성은 순수 고독과 순수 허무의 존재성의 논리와 다르지 않다. 시인이 말하는 순수 속에는 '없다'와 '아니다'의 의미가 내재해 있다. 사람의 무게, 곧 시인의 무게가 이런 상황에 놓인다면 그것은 시인이 '텅 빈 실존의 상황'에 놓인다는 것에 다름 아니다. 텅 비어 있지만 기실 그것이 없음을 전제로 한 없음(nothing)이 아니라 있음을 전제로 한 없음(無)이기 때문에 시인이 놓인 실존 상황은 가득 찬 상태를 말한다고 할 수 있다. 텅 비어 있기 때문에 움직이고, 텅 비어 있기 때문에 가득 채울 수 있다는 자신의 실존적인 상황에 대한 자각은 시인의 삶의 무게를 '총량의 빛의 무게'로 만들어놓은 것이라고 할 수 있다.

시간의 한계와 생명의 한계 속에서 자신의 죽음을 발견하고 또 그것에 대해 자각한 시인에게 자신의 삶을 구속하거나 억압하고 또 끊임없이 욕망하게 하는 여러 요인들은 더 이상 갈등과 대립의 대상으로 존재하지 않는다. 시인의 삶이 갈등과 대립으로 점철된다면 그것은 텅 빈 실존의 상태를 가질 수 없다. 삶의 갈등과 대립을 넘어서고 단순한 있음과 없음에 대한 뚜렷한 경계가 없어지면 존재 자체는 무언가가 빠져나가거나 묵묵히 말이 없는 상태를 나타내게 된다. 그래서 시인은 자신을

> 청동으로 구워 버려진 두상을 보고 있노라니
> 80여 년 세월이 이곳에 굳어 있음에
> 표정이 있는 것인지
> 표정이 없는 것인지
> 생각이 있는 것인지
> 생각이 없는 것인지

자못 심각하여라
텅 비어 있어라

그 많던 방황, 고뇌, 번뇌들이
쑥 빠져나간 허상
그곳에 내가 있음이어라,

하고
두상은 묵묵 말이 없어라.[208)]

라고 노래하고 있는 것이다. 시인이 자신의 존재에 대해 '표정이 있는지 없는지', '생각이 있는지 없는지'라고 말하고 있는 데에는 로고스적인 판단의 차원보다는 그것을 넘어선 무의 존재론적인 차원이 작용했기 때문이다. 시인이 '청동으로 구워 버려진 두상'을 보고 그것을 '그 많던 방황, 고뇌, 번뇌들이 쑥 빠져나간 허상'으로 이해한다는 것은 시인의 80여 년 세월 동안의 생에 대한 자각에서 비롯된 것으로 볼 수 있다. 자신의 표정과 생각이 텅 비어 있고, 묵묵히 말이 없으며, 많은 것들이 쑥 빠져나간 허상에 불과하다는 자각은 곧 시인의 텅 빈 실존에 대한 자각이라고 할 수 있다. 허상이 곧 '나의 있음'이라는 시인의 말은 「나의 "있음"」에서 '나에게 배당된 세월 다 끝나는 지금/나를 찾아서/먼 곳, 먼 길, 먼 세월 덧없이 헤매돈 것이/바로 "헤매인 그것"이/다름 아닌 바로 나의 그 "있음"이었어'라는 자각만큼이나 실존적인 울림을 강하게 환기한다.

허상 속에 내가 있고 헤매인 그것이 바로 나의 있음이라는 시인의 발견과 자각은 생의 무게를 무화시켜버린다. 시인이 자신이 살아온 세월 혹은 삶의 총량을 '빛의 무게'라고 한 것도 이런 맥락에서 이해할 수 있을 것이다. 빛의 무게는 무게가 없는 무게이면서 동시에 무게가 아닌 무게인

208) 조병화, 앞의 책, p.51.

것이다. 빛으로 충만한 시인의 삶의 실존은 역설적으로 텅 빈 세계(허상, 헤맴)가 있어 가능한 것이다. 총량의 빛은 그 이면에 어둠을 은폐하고 있기 때문에 빛의 무게는 눈에 보이는 세계는 물론 눈에 보이지 않는 세계까지를 포함한 것이라고 할 수 있다. 시인의 80여 년 세월은 그가 말하고 있듯이 그것은 텅 빈 실존의 세월이다. 어쩌면 시인은 80여 년 세월을 자신을 비우기 위해 살아왔는지도 모른다. 이 비움의 과정은 '스스로를 닦아 온 세월'이며, 그 닦음이 바로 '빛'인 것이다. 시인의 무게 없는 무게, 무게 아닌 무게로서의 빛은 스스로를 닦고 비우는 과정 속에서 생겨난 나의 있음을 표상하는 존재의 징표라고 할 수 있다.

4. 세월의 안과 밖

시인은 세월을 넘을 수 없다고 했다. 이것은 시인의 죽음에 대한 해석이다. 시인에게 죽음은 시간과 생명의 한계 속에서 운용되는 그 무엇이다. 죽음, 다시 말하면 세월의 한계 상황에 대한 시인의 인식은 오히려 죽음의 실존적인 구체성을 강화하기에 이른다. 시인에게 죽음은 끝이 아니라 단지 넘을 수 없는 세월일 뿐이다. 세월 내에서 시간과 생명의 한계를 절감하지 못한 상황에서는 감지하지 못한 세계가 시인의 존재 안으로 들어오면서 새로운 현상의 장이 펼쳐지게 된다. 그중의 하나가 바로 무게 없는 무게 혹은 무게 아닌 무게를 지닌 존재의 출현이다. 이 존재의 출현은 현상의 장을 단번에 부피감으로 지닌 세계로 바꾸어 놓는다. 시인이 말하는 무게 없는 무게 혹은 무게 아닌 무게를 지닌 대표적인 존재는 빛이고, 이것의 가시성에다 역동성까지 지닌 존재는 '나비'와 '새'이다.

시인은 나비에 대해 '너는 무게가 없으면서 이곳저곳 떠다니며 하늘의 수태복음을 전달하는 천사'(「나비」)라고 명명한다. 무게 없는 나비의 팔랑거림으로 인해 하늘이 하나의 부피감을 가지게 된다. 나비와 하늘이 동일한 차원에 놓이면서 부피감이 생겨나는 것이다. 나비와 더불어 세계의 부피감을 형성하는 존재는 '새'이다. 시인은 이 새를 '보이지 않게 이곳저곳에서 하늘을 말짱히 닦아내는 존재'(「종달새」)로 보고 있다. 하늘이 평면이 아니라 부피감을 지닌 입체적인 존재라는 사실을 가능하게 해주는 것이 바로 종달새인 것이다. 어쩌면 시인은 시간과 생명의 한계 상황에 직면해 그것에 승순(承順)하면서 그것이 주는 억압과 구속으로부터 벗어나 무게가 없는 무게 혹은 무게가 아닌 무게로서의 존재(빛, 나비, 종달새)를 꿈꾸었던 것이다. 이것은 시인이 세월을 초월해 세월과 다른 차원에 있으려고 한 것이 아니라 세월과 동일한 차원에서 이 세계를 지각하려고 한 의도가 강하게 투영되어 있다는 것을 의미한다.

시인은 세월을 넘을 수 없다고 고백하였으며, 이 고백으로 인해 세월은 하나의 세계로 존재하게 된다. 이 세계는 시인에 의해 구축된 것이다. 넘을 수 없는 세월이 하나의 세계가 되면서 그 세계 내에서의 모든 존재와 행위는 그대로 의미가 된다. 이 세계가 그대로 의미가 된 데에는 무엇보다도 시인의 헤맴과 비움이 크게 작용했기 때문이라고 할 수 있다. 시인의 헤맴과 비움은 곧 나의 있음으로 연결되고, 이 나의 있음에 대한 발견과 자각은 시인이 세월 속에 은폐된 의미를 탈은폐하는 데에 결정적인 계기를 제공한다. 세월 속에 은폐된 의미가 시인에 의해 어떤 개념이나 도구적인 연관성 없이 일상 혹은 일상세계의 꾸미지 않고 가공되지 않은 감각이나 언어에 의해 탈은폐되기에 이른다. 조병화 시의 특장이 여기에 있음은 누구나 다 아는 사실이지만 그것이 죽음과의 강한 연관성 속에서 비롯된 것이라는 점은 우리가 새롭게 보아야 할 그의 시의 덕목이라고 할 수 있다. 그의 시에 나타난 죽음이 시간과 생명의 한계 속에서 운용된 것이라는 점을 전경화한다면 그의 헤맴과 비움을 통해 드러난 텅 빈 실존의 세계는 그 자체로 익숙하면서도 낯선 삶의 미학을 환기한다고 볼 수 있다.

낭만적 실존과 관절의 사상
- 공중인의 시세계

1. 기억의 오류와 정열의 현존

공중인(孔仲仁, 1925~1965)은 1950년대 시인이다. 1949년 『백민』에 「바다」, 「오월송」 등을 발표하면서 본격적으로 작품 활동을 하였고, 1957년 첫 시집 『무지개』를 발간하였고, 이어서 1958년에 두 번째 시집인 『조국』을 발간하였다. 이 두 권의 시집이 그가 우리 시사에 남긴 족적이다. 시작 기간이 길지 않은 것을 고려하더라도 시집 두 권은 과작이라고 하지 않을 수 없다. 이것이 시인으로서의 그의 위상과 평가에 일정한 영향을 주었다고 할 수도 있지만 시집 한 두 권으로도 우리 시사의 절대적인 위상을 차지하고 있는 시인들을 염두에 둔다면 과작은 크게 문제가 될 수 없을 것이다. 시집의 양이 아니라면 질이 문제의 본질이라는 것인데, 그 질에 대한 가치 평가 역시 어떤 절대적인 기준이나 객관적인 판단이 담보된다고 볼 수 없기 때문에 여전히 논란의 여지는 존재한다고 할 수 있다.

우리의 시사에서 공중인 시인에 대한 평가는 미미한 편이다. 공식적인 문학사나 시사에서는 거의 언급된 적이 없고 주로 신문이나 잡지의 단평이나 강연과 같은 방식으로 몇몇 사람들에 의해 언급된 것이 전부이다.

이들의 언급을 통해서 알 수 있는 것은 1950년대 시단에서의 그의 위상은 물론 그 이후 그의 시에 대한 문학사적인 평가이다. 그런데 그에 대한 언급에서 흥미로운 것은 그의 시의 위상에 대한 평가가 나누어진다는 것이다. 한쪽에서는 그의 시를 '분방한 정열'과 '심미적 감동의 풍부함'[209]으로 높이 평가하고 있는가 하면 다른 한쪽에서는 '시의 남발', '결벽증의 부재', '억지부림'[210] 등으로 혹평하고 있다. 이러한 상반된 평가는 시에 대한 취향과 관점 및 태도의 차이에서 비롯된 것이다. 이런 점에서 그의 시에 대해 혹평하고 있는 신경림의 경우에도 그 나름의 타당한 이유가 존재한다고 할 수 있다. 하지만 그의 말 중에서 '기억'이라는 부분에 대해 한번쯤 찬찬히 따져보고 넘어가야 할 필요가 있다. 지금 그의 시를 아무도 기억하지 못하는 것이 과연 시의 남발, 결벽증의 부재, 억지부림 때문일까 하

209) 詩를쓰는대로詩集이흘러나오는중에서詩人 孔仲仁氏의詩集만은 나오지않앗다 혹시는 나로서 은연히 기다린때도 있었다 한篇의詩로써 그詩人을 萬代에거느릴수있으나 한詩人의 面貌는 한詩集에서于先 具現되는 것이다 그런意味에서 詩集"무지개"는 의미있는 出現이라고할 것이다 첫째로 一貫하여 强調되는것은 詩篇하나에 나타난 奔放한 情熱이었다그것을 或是 空虛하다는 듯이 論斷하는 評價도있으나 나는 孔仲仁氏에게對象을審美的感動에서捕捉하는情熱의 量이豐富함을높이 評價한다 어떠한意味로든지 詩人이 타고난情熱은 곧詩글 이루는情熱인 것이다 孔仲仁氏의詩는 여기에 引用할것없이 어느篇에도 그情熱이넘치고 있다 다음으로 들수 있는特色은 그情熱을 通하여詩魂을 세우려는 것이다"재빠르게도 순간 이열어준 幽玄의 길을향하여이제야 말로 새벽을 딩구는天性의 바다처럼 나의生涯는 再現하고 飛躍하고 融合하리니"(푸른婚歌의一節) 이것은 浪漫主義 情神에 依한 自我實現이요순간마다 變容하는 詩魂의世界인 것이다. 다음으로 한가지 더들고자하는 것은 理念의世界다 그것이 大部分"記念碑"篇에 실려져 있다 우리가 黙念할때마다무엇을 생각하고 고개를숙이는것인지 다시 한번反省할 때 詩人들이야 말로 그根源에 부딪쳐볼만한일일 것이다. 枯渴되어지는 國民的情熱 또는 民族의根源的인것에 부딪쳐보려는 努力을 위하여서도 그長點이 再評價되는同時에 浪漫主義精神이 이詩集을機會로 讀者에게 널리 鑑賞되었으면한다(金珖燮의 「무지개」와 浪漫主義精神, 京鄕新聞, 1957. 4. 25.)

210) 시를 함부로 써서 남발하기보다는 단 한 편으로 승부를 거는 그런 결벽증이 아쉽다는 이야기였습니다. 가령 1920년대 '백조'의 초기 동인으로 노자영(盧子泳)이라는 시인이 있었습니다. 시를 수없이 썼고 아주 인기 있는 시인이었죠. 그런데 지금 노자영이라는 시인을 누가 압니까. 또, 50년대에 가장 인기 있는 시인은 공중인(孔仲人)이라는 시인이었습니다. 신문에 시를 연재했는데 가판에서 그 사람의 시가 없으면 안 팔릴 정도였죠. 그런데 지금 누가 그를 기억하고 있습니까. 그러나 「해바라기의 비명」이라는 단 한 편밖에 남아 있지 않은 함형수 시인 같은 사람은 오래도록 기억될 수 있다는 거죠. 그 이야기는 곧 너무 억지부려서 시를 쓰지 말자는 이야기도 되겠죠. 단 한 편을 써도 좋은 시를 쓰는 게 의미 있는 것이 되겠지요.(신경림, 「어떤 시를 읽을 것인가」, 한국문화예술진흥원 금요이야기, 2004. 6. 18.)

는 점이다. 이와 같은 이유가 한 원인이 될 수도 있었겠지만 여기에는 '외세에 의한 근대화와 식민지, 분단, 전쟁을 거쳐 개발독재'로 이어지면서 자연스럽게 구축된 '민족, 근대, 리얼리즘, 민중'[211] 같은 이념이 강하게 지배력을 행사했기 때문이라고도 할 수 있다.

김광섭의 단평에 언급된 것처럼 공중인의 시는 낭만성에 기반을 두고 있다. 그의 이 낭만성이 개인의 차원을 넘어 국가나 민족의 차원으로 확장되어 드러나는 것이 사실이지만 이때의 국가나 민족은 민족문학 진영이 추구해온 리얼리즘적인 이념 하에서의 그것과는 차이가 있다. 그가 추구하는 낭만성과 민족문학 진영의 리얼리즘과는 그 안에 불화와 갈등의 요인을 잉태하고 있다고 할 수 있다. 그의 낭만성은 자연스러운 개인의 감정의 발로에 가깝다면 리얼리즘은 집단적인 이념이나 이데올로기의 구현에 가깝다. 또한 그의 낭만성은 지적이고 파편화된 세계의 불안을 드러내는 모더니즘과도 일정한 차이를 보인다고 할 수 있다. 우리 문학사에서 그의 시가 소외되고 배제된 원인이 이와 무관하지 않을 것이다. 만일 이것이 사실이라면 그의 시는 우리의 기억으로부터 멀어진 것이지 시로서 평가받을 만한 가치가 없는 것이 아니라는 것을 의미한다.

1950년대에 가장 인기 있는 시인이었던 그가 우리의 기억 속에서 사라져버렸다고 해서 그 인기가 의미 없는 것은 아니다. 그 당대 독자의 감성과 감각, 더 나아가 의식 전반에 대한 검토를 통해 그것을 밝혀내고 여기에 의미를 부여하는 일이야말로 문학 연구의 중요한 덕목이다. 이미 「낭만적 실존과 관절(冠絕)의 사상」[212]에서 그의 시 세계를 검토한 바 있는 경험자로서 말한다면 그의 시는 충분히 재평가할만한 가치가 있다고 본다.

---

211) 이재복, 「낭만적 실존과 관절(冠絕)의 사상」, 『무지개』해설, 문학세계사, 2015.
212) 공중인 시인 사후 50년 만에 아들 공명재에 의해 『무지개』라는 이름으로 2015년 9월 20일 문학세계사에서 시전집이 복간되었다. 이 글은 여기에 부쳐진 해설이다.

특히 그의 시의 낭만성 혹은 낭만주의에 대한 검토는 우리 시사와 관련해서 충분히 의미 있는 일이 될 것이다. 그의 시의 낭만성과 1920년대 우리 낭만주의 시인들의 감상적이고 퇴폐적인 경향과 서로 비교하여 그 흐름을 분석해 보는 것도 필요하고, 또 1950년대의 전통적 서정시와 모더니즘 시와의 관련성 속에서 그 흐름을 분석해 보는 것도 필요하다. 이와 관련하여 한 가지 고무적인 것은 그의 사후 50년을 맞이하여 『무지개』라는 이름으로 전집이 복간된 것, 이 과정에서 '전집에 묶이지 못한 시들이 다수 존재한다'[213]는 사실이 밝혀진 것 등은 앞으로 그의 시 연구에 일정한 기반을 제공한다는 점에서 의의가 크다고 할 수 있다.

2. 정감의 충만과 비전의 투사로서의 낭만주의

공중인 시의 낭만성은 그의 시 전반에 걸쳐 드러나 있다. 그의 시의 낭만적인 정서는 행간에 숨어 있다기보다는 밖으로 흘러넘치고 있다. 흔히 낭만주의를 '스스로 흘러넘치는 힘찬 정감'[214]이라고 표현하는데 그의 시는 이 정의에 잘 맞는다고 할 수 있다. 낭만주의는 비례, 조화, 질서, 규칙, 규범, 관례 등을 중시하는 고전주의와는 달리 느낌, 직관, 충동, 열정, 믿음 등을 중시하는 예술의 한 사조이다.[215] 이런 이유로 낭만주의자의 내면은 언제나 정감으로 가득 차 있다. 이 들끓는 자신의 내면의 다양한 정감들이 밖으로 흘러 넘쳐 그것이 어떤 사물이나 대상에 투사되어 하나

213) 『무지개』복간 인터뷰(『한국일보』 2015년 10월 12일)에서 공중인 시인의 차남 공명재 씨는 '부친이 책을 내는데 큰 뜻이 없어 미출간한 원고만 열 상자가 넘는다'고 말한 바 있다. 이것이 사실이라면 그에 대한 연구와 이를 통한 문학사적인 평가는 얼마든지 달라질 수 있다.

214) W. Wordsworth, Preface to the Lyrical Ballads, Wordsworth's Literary Criticism, ed. N.C. Smith, London, 1905, pp.30, 15-6.

215) W. 타타르키비츠, 손효주 옮김, 『미학의 기본 개념사』, 미술문화, 2011, p.234.

의 형상을 짓게 되는 것이다. 낭만주의자의 내면을 가득 채우고 있는 정감은 지금, 여기라는 현실보다는 그것을 초월해 저기나 영원을 겨냥한다. 이들에게 현실은 이상적이고 진정한 존재로 인식되지 않기 때문에 그것을 넘어 이상적이고 영원한 세계를 희구하는 것이다.

시인의 이러한 낭만적인 희구를 가장 잘 표상하고 있는 대상이 바로 '무지개'이다. 낭만주의자인 시인이 지을 수 있는 형상이란 자신의 내면의 정감이 투사된 존재일 수밖에 없으며, 이런 점에서 그것은 현실적인 리얼리티를 지닌 실재나 견고한 형식으로 이루어진 대상과는 거리가 멀 수밖에 없다. 낭만주의가 '형식과 조화의 추구와는 대조를 이루는 것으로서 하나의 의식적인 무정형성(無定型性)을 추구하는 것을 기본적인 특징으로 한다'[216]는 말은 이런 이유에서 나온 것이라고 할 수 있다. 시인의 정감을 솟구치게 하는 혹은 시인의 정신이 발견해 낸 무지개는 낭만성을 표상하기에는 가장 적합한 대상일 수 있다. 무지개는 자유분방하고 초월적이면서 영원한 것을 동경하는 시인과 닮아 있기 때문에 워즈워스는 나이가 들어서도 무지개를 보면 가슴이 뛴다고 한 것이다.

공중인 시인의 무지개에 대한 희구 역시 이에 못지않다. 아니 어쩌면 무지개에 대한 들끓는 정감을 더 직접적으로 강하게 표출하고 있다고도 볼 수 있다. 시인은

……무지개여!
저토록 너를 그리다 못해 우짖는 심원心願,
귀촉새 피를 쏟고 마침내 땅에 쓰러진,
— 너는 내 노래의 무덤!
나의 심이心耳는 한결같은 그 음성을 더듬어
울렁이는 가슴 바다처럼 일어서나니

216) W. 타타르키비츠, 위의 책, p.235.

> 이 겹겹한 푸름으로 내 목숨이 영원히
> 마음 바쳐 죽어갈 사랑을 더불어
> 이제야 너처럼 있으리라
> 무지개여, 무지개여[217)]

라고 노래한다. 이 시의 '무지개'는 시인의 '마음(心願, 心耳)'의 산물이다. 그런데 시인의 이 마음이란 '무덤', '바다', '목숨' 등의 질료들이 말해주듯이 그것은 정감 혹은 감정의 정도가 극에 달한 상태를 표상한다. 시인의 희구에 의해 탄생한 무지개는 밝고 환한 것이 아니라 어둡고 무거운 것이다. 형형색색 무지개가 그 안에 이렇게 무덤과 같은 어둡고 무거운 것을 내포하고 있다는 것은 그의 무지개의 독특한 점이라고 할 수 있다. 우리가 일반적으로 알고 있는 무지개와는 상반되는 의미를 내포함으로써 강한 역설의 효과를 창출하고 있다.

시인이 탄생시킨 무덤처럼 어둡고 무거운 무지개의 이면에는 역설적으로 그의 의지의 찬란함이 깃들어 있다. 그는 '비록 죽음이 나를 불러/이 몸 묻을 무덤 하나 없어도/나는 서럽지 않노라'[218)]라고 말한다. 시인의 고백은 어떤 비전의 투사 혹은 투시처럼 읽힌다. 이것은 무지개를 통해 드러나는 시인의 낭만성이 퇴폐적이고 허무적으로만 읽히지 않는다는 것을 의미한다. 만일 무지개가 퇴폐와 허무로만 표상된다면 그것을 매개로 한 어떤 비전도 제시할 수 없을 것이다. 시인의 낭만성이 단순히 개인의 정감 차원을 넘어 조국이나 민족의 차원으로 나아간 데에는 무지개에 투사된 비전의 제시 같은 것이 없었다면 불가능했을 것이다. 무지개에 투사된 시인의 의지로 인해 무덤이 목숨이나 생명의 비전을 잉태한 것으로 읽힌다. 가령 『오월제祭』의

---

217) 공중인, 『무지개』, 문학세계사, 2015, pp.71~72.
218) 공중인, 위의 책, p.75.

끝끝내 흔들 수 없는 영원의 거리距離여!
우짖어 쓰러지는 종달이처럼 나는 가리니,
내 노래의 불길이 항시 타오르던
그 밀어密語의 통로로, 스쳐질 바람의 시름을
이제는 결코 두려워하지 않으련도다.

일찍이 무지개 피워 올린
늬 오월의 짙푸른 제전祭典에 내 목을 놓아
마지막 사랑의 노래를 흔들도다.[219)]

에 드러난 의미가 바로 그것이다. 이 시에 투영되어 있는 시인의 태도는 '우짖어 쓰러지는 종달이'나 '무지개 피워 올린 오월의 제전에 내 놓은 목'이 환기하듯이 그것은 좌절이나 패배 혹은 두려움이나 불안의 의미하고는 거리가 있다. 시인은 절박한 상황에서도 '가고' 또 '흔든다'. 시인이 보여주는 몸짓은 마치 창공의 별을 보고 나아가듯이 무지개를 좇아 나아가는 그런 비전이 투영된 행위이다. 시인이 보려는 것은 무지개의 환하고 화려한 세계만이 아니라 그 이면에 자리하고 있는 어둡고 은폐된 세계까지이다. 어둠이 밝음이 되고 죽음이 생명이 되는 역설적인 세계의 이치를 꿰뚫어 볼 때 비전은 성립될 수 있다. 시인은 그 비밀을 훤히 다 알고 있다. 그래서 '지금은 귀촉새 피를 구을려/하늘 나래쳐 쓰러졌을 그 새벽에 피는가,/모란이여'(「모란꽃」, p.23)라고 노래하는 것이다. '귀촉새의 피 흘림과 쓰러짐'이 '모란의 핌'으로 연결된다는 사실에 대해 이미 알고 있기 때문에 시인은 이렇게 고백할 수 있는 것이다.

무지개에 깃든 역설의 의미는 그의 시 전편에 걸쳐 변주되어 드러난다. 「무지개」에서 '귀촉새의 피와 무덤', '겹겹한 푸름과 목숨'의 강렬한 역설은 그의 시가 겨냥하는 세계를 환기하는데 기능적으로 작용하고 있으며,

219) 공중인, 위의 책, p.19.

「코스모스」에서는 그것이 하나의 온전한 미적 차원으로 드러난다. 이 시에서 '코스모스'는 '끝내 푸름이 흩어져, 재가 될지라도'[220]라는 표현을 만나 온전한 질료로 탄생하기에 이른다. '푸름'과 '재'의 충돌은 '귀촉새의 피와 무덤', '겹겹한 푸름과 목숨'의 충돌 때에서 체험할 수 없는 신선한 미적 충격과 존재론적인 깊이를 체험하게 한다. '코스모스' 내에 '푸름'과 '재'의 의미가 은폐되어 있다는 사실에 대한 발견이 주의를 끈다. 이 발견은 나무가 타서 재가 된다는 표현과 비교해 보면 그 정도를 쉽게 알 수 있다. 나무가 재가 되는 것은 그 자연스러움 때문에 그렇게 충격적이지는 않지만 코스모스의 푸름이 재가 된다는 표현은 이질적인 것의 결합이라는 차원에서 신선한 충격이 느껴진다. 물론 이 표현이 '타고 남은 재가 기름이 된다'(『님의 침묵』)와 같은 표현에서 느껴지는 미적 충격과 존재론적인 깊이에는 미치지 못하지만 시적 대상의 예각화라는 미적 평가를 받을 수 있는 정도는 된다고 본다.

'푸름'과 '재'의 충돌로 인해 '코스모스'는 강렬한 미적 질료로 거듭나고, 이에 비례해 '코스모스'에 투사된 시인의 정감 역시 강렬해지게 된다. 시인이 '코스모스'를 향해 '사랑하는 꽃이여, 사랑하는 꽃이여'[221]라고 할 때 여기에 드러나 있는 정감의 정도는 '푸름'과 '재'의 역설적인 충돌로 인해 '죽음'의 이미지를 더욱 강렬하게 환기하게 된다. 시인의 정감이 시적 대상에 투사할 때 그의 내면의 스스로 흘러넘치는 정서적인 충동을 어떻게 드러내느냐의 문제는 시의 낭만적 성격을 결정짓는 중요한 대목이라고 할 수 있다. 그의 시의 낭만성을 표상하고 있는 대표적인 질료인 '무지개'를 통해 알 수 있듯이 그 방식 중의 하나는 시인의 정감이나 의식을 틀 짓거나 가둘 수 있는 여지를 지닌 것들로부터의 해방과 자유를 겨냥하고

220) 공중인, 위의 책, p.54.
221) 공중인, 위의 책, p.54.

있다는 사실이다. '무지개'의 무정형성이 그렇고 '바다', '구름', '비', '꽃', '새' 등 그의 시의 주요한 질료들 또한 그러한 무정형성을 지니고 있다.

시인은 이 무정형성의 질료들에 자신의 정감을 투사하는데 그것은 건조하거나 딱딱하지도 또 단선적이거나 평면적이지도 않다. 그것은 마치 물결처럼 무정형의 흐름을 드러낼 뿐이다. 이런 점에서 낭만주의자의 정감이란 고정되지도 또 어떤 틀로 가둘 수 없는 끊임없이 생성과 소멸을 반복하는 죽지 않는 흐름 같은 것이라고 할 수 있다. 낭만주의자의 내면에 이는 정감은 이처럼 바다의 파도를 닮아 있으며, 그 변화와 변주의 변화무쌍함이 낭만주의의 성격을 결정짓는다고 볼 수 있다. 시인의 시 「바다」는 이미 그러한 낭만의 징후를 강하게 예시하고 있다.

구름다리 바람에 아쉬운
억천億千의 가슴!
바다야
새벽 노을로 뒹굴고 오라

오색빛 만갈래 채색하고
바다야, 바다야,
별과 더불어
나는 무너지는 하늘이 되리라

……

바다,
수정빛 아름 움켜서
꽃피는 순간을 휘어잡고!

물결에서 물결로 여릿여릿 빛을 놓아
흘러라, 흘러라……222)

이 시는 1949년 『백민』에 발표한 그의 등단작이다. 시적 대상으로 '바다'를 선택한 것 자체가 낭만주의자로서의 그의 기질을 잘 말해준다. 시인은 자신의 들끓는 내면의 정감을 '바다'에 투사하여 자연스럽게 그것을 흘러넘치게 한다. 수많은 시적 대상들 중 시인이 선택한 '바다'야말로 무정형의 대표적인 질료라고 할 수 있다. 바다의 이러한 특성은 그것이 초월과 영원을 표상하는 질료라는 것을 의미한다. 무정형이기 때문에 시인의 들끓는 낭만적인 정감을 투사할 수 있는 것이다. 이런 점에서 시인의 내면을 표상하고 있는 '억천億千의 가슴'이나 '오색빛 만갈래 채색'은 그대로 '바다'를 표상하고 있는 것이기도 하다. 낭만성의 표상으로서의 '바다'는 시인의 마르지 않는 상상력의 원천 같은 것이라고 할 수 있다. 시인은 '무지개'에서처럼 이 '바다'를 통해 자신이 겨냥하고 있는 낭만주의자로서의 이상을 표출하고 있는 것이다. 시인의 '물결에서 물결로 여릿여릿 빛을 놓아/흘러라, 흘러라'라고 고백하는 이 희구 속에 어쩌면 끊임없이 초월과 영원을 꿈꾸고, 서로 반대되고 불일치한 것들조차 아우르려는 그의 낭만적인 비전이 투사되어 있는 것인지도 모른다.

3. 원시 혹은 원형 회귀로서의 낭만주의

공중인 시의 낭만성이 다른 시인의 그것과 차이를 드러낸다면 그것은 아마 '국가'나 '민족'과 같은 대상이 중요한 인식의 범주 안으로 수용되었기 때문일 것이다. 시인의 낭만성이 개인의 주관적인 내면의 들끓는 정감의 표출 차원에 머물렀다면 그의 시에 대한 평가는 다소 단선적이었을 것

222) 공중인, 위의 책, p.21.

이다. 국가나 민족이 시적 대상으로 수용되는 것은 특별할 것이 없지만 그것이 리얼리즘의 차원이 아닌 낭만주의 차원에서라면 문제는 달라질 수 있다. 리얼리즘, 특히 사회주의 리얼리즘에서 '혁명적 로맨티시즘'이라고 해서 낭만성이 하나의 창작 원리로 수용되고 있기는 하지만 그것은 어디까지나 주관적인 자발성과는 거리가 먼 집단의 이념에 의해 강제되는 정형화된 틀로서 기능하는 것이라고 할 수 있다. 이렇게 되면 국가와 민족은 이념성과 계급성을 띠게 되고, 이 과정에서 대립과 갈등과 같은 현실적인 문제가 발생하게 된다.

국가와 민족의 의미가 현실적인 차원에서 드러날 경우 낭만성은 그것을 극복하기 위한 수단과 방법의 하나로 간주될 뿐이다. 열악한 현실 상황을 넘어서기 위해 우선 필요한 것은 낭만성이라기보다는 현실의 직시와 그러한 부조리하고 불합리한 세계와의 투쟁이라고 할 수 있다. 이 사실은 리얼리즘에서 말하는 낭만성과 그의 시가 드러내는 낭만성과는 차이가 있다는 것을 의미한다. 국가와 민족을 겨냥하고 있는 그의 낭만성은 이런 이념이나 계급 투쟁과는 거리가 멀다. 그의 시의 낭만성은 '동경의 일종으로서의 낭만성'이다. 나는 그것을 '신라에의 동경'[223]으로 이야기한 바 있지만 이 동경을 신라 혹은 경주로 국한시킨 것은 문제라고 할 수 있다. 그의 시의 동경이 경주로 국한되는 것은 아니다. 신라는 그 동경의 중요한 일부분일 뿐이며, 동경에 대한 논의에 중요한 단초를 제공하는 정도로 이해하는 것이 타당하리라고 본다.

동경의 형태로 드러나는 그의 시의 낭만성이 궁극적으로 겨냥하고 있는 것은 원시적이고 원형적인 세계이다. 지금, 여기의 현실을 초월하여 국가와 민족의 원시성과 원형성이 그대로 훼손되지 않은 채 존재하는 그

223) 이재복, 앞의 책, p.225.

런 세계를 말하는 것이다. 만일 시인이 신라를 동경하고 있다면 그것은 분명 이곳이 국가와 민족의 원형을 그대로 보존하고 있기 때문인 것이다. 시인은 자신이 이상적으로 생각하는 국가와 민족의 원형을 신라에서 발견한 것이다. 시인이 동경의 대상으로 여기고 있는 신라의 '불국사', '석굴암', '낙산사' 등은 지금, 여기에 존재하면서 역으로 시간을 거슬러 올라가 신라라는 국가 혹은 그것을 통한 우리 민족의 원형을 지니고 있는 것들이다. 시인이 이상적으로 생각하는 국가나 민족의 원형이 이러한 신라의 건축물과 경주라는 공간이라는 데에 공감한다면 그것은 신라와 경주가 지니는 '시간성'에서 그 원인을 찾을 수 있을 것이다. 천 년 넘게 유지되어 온 신라와 고도 경주는 시간의 차원에서 국가라는 원형을 그 어떤 국가보다도 잘 보존하고 있는 것이 사실이다. 국가와 민족의 원형과 관련하여 시인이 신라와 경주에서 발견하려고 한 것이 바로 이것이라고 할 수 있다. 가령 시인이 「불국사」에서

> 지광地光에 나풀거리는 억천億千 이야기는
> 만당滿堂에 어리어, 외치며 눈물져 달려온
> 경주 불국사![224]

라고 노래한 대목이라든가 혹은 「석굴암」에서

> 하늘은 바다에 잠겨, 고요는 '토함'을 휘덮어
> 임은 우리 종 속에 하늘과 함께 어리었소!
> 누억만년, 초연히 임 호을로
> 영원의 빛을 마시며 살고 있소![225]

224) 공중인, 앞의 책, p.88.
225) 공중인, 위의 책, p.98.

라고 노래한 대목에서 우리가 발견하게 되는 것은 '불국사'와 '토함'의 오랜 시간성이다. '억천億千'과 '누억만년'의 표현 속에서 우리는 시인이 '불국사'와 '토함' 혹은 '석굴암'의 오랜 시간성을 강조하려고 한다는 것을 알아차리게 된다. 시인의 오랜 시간성에 대한 강조는 국가와 민족의 원형성을 발견하려는 의지를 드러낸 것에 다름 아니다. '불국사'와 '토함'의 존재를 천년이 아닌 '억천'이나 '누억만년'으로 표현한 것은 시간성 자체를 유한이 아닌 무한으로 설정해 그 존재를 원형에 가깝게 가져가려는 의지를 드러낸 것으로 볼 수 있다. '불국사'와 '토함'의 존재를 원형에 위치시켜 놓아야 자연스럽게 '지광地光에 나풀거리는'과 '영원의 빛을 마시며 살고 있소' 같은 낭만적인 표현이 가능한 것이다.

국가와 민족의 의미를 낭만성의 차원에서 찾아내려는 시인의 의지가 겨냥한 것이 존재의 원형이라는 사실은 그 대상이 '불국사', '석굴암', '낙산사' 등을 넘어 더 확장될 수도 있다는 것을 암시한다. 낭만주의적인 맥락에서 보면 이 대상들은 무정형이라고 할 수 없다. 분명한 형체를 지니고 있는 유정형의 존재들이기 때문에 무정형성을 주요한 조건으로 하는 낭만주의와는 갈등을 일으킬 수 있다. 시인이 궁극적으로 겨냥하고 있는 것은 무정형성을 지닌 원형의 존재들이다. 무정형으로 국가와 민족의 원형을 지니고 있는 존재란 '물', '불', '공기', '흙' 같은 가장 본질적인 물질로 이루어진 그 무엇일 것이다. 하지만 흔히 4원소라고 하는 이 물질들은 세계 곳곳에 모두 존재하는 것들로 시인이 겨냥하는 우리의 국가나 민족의 원형을 드러내기에는 너무 막연하다. 이런 점에서 시인이 겨냥하고 있는 원형을 발견하기 위해서는 이 물질들을 보편성을 넘어 특수성의 차원에서 들여다보면 답을 구할 수 있을 것이다.

바다 가물지도록
나를 그리며 눈물지을
동해 머언 어머니.

그 야윈 모습. 외로움을 엮어오면
어머니여, 그리다 못해 아니 그리지 못해
푸른 바다 외치며 달려간
머언 발자욱, 자욱마다 마음은 흐느껴 울고

……어머니의 보헤미안
나의 바다 머언 고향이여
예대로 회복할 수 없음은
이리도 만류할 수 없음은
영영 돌아갈 수 없는 내 젊음이라
머얼리만, 자꾸만 머얼리로 쓸려간 이전 날,
이제는 네가 도리어 멀어졌구나[226)]

이 시는 「고향」이다. 제목이 말해주듯이 이 시는 시인이 겨냥하는 원형에 대한 발견을 강하게 환기한다. 시의 문맥으로 보아 '고향'은 '원형'으로 치환해도 무방할 듯하다. 시인이 돌아가고자 하는 '고향'은 '바다'이며, 그것은 물의 원형을 지니고 있는 존재이다. 그런데 이 물 혹은 '바다'가 보편성을 띠기도 하지만 또 특수성을 띠기도 한다. 그것은 이 '바다'가 '동해'이기 때문이다. 우리에게 '동해'는 해가 뜨는 바다의 이미지를 품고 있는 시원(始原)의 존재이다. 국가와 민족의 원형으로 존재하는 '동해'를 통해 시인은 둘 사이의 심연을 강하게 느낀다. 이 둘 사이의 거리는 회복하기 힘든 거리이지만 그로 인해 '동해'는 더욱 절절한 정감의 대상으로 존재하게 된다. 시인과 동해 사이에는 무한의 시간성이 가로놓여 있다. 이 시간

226) 공중인, 위의 책, p.126.

성이 무한이기 때문에 시인은 자신이 처해 있는 현실을 초월해 그것을 동경할 수 있는 것이다.

무한의 시간만큼 멀리 존재하는 '동해'를 향해 시인은 들끓어 오르는 내면의 정감을 투사한다. 시인의 투사의 대상이 다른 그 무엇도 아닌 무한의 시간성과 무정형의 상태로 존재하는 '동해'라는 점은 그의 정감의 투사가 끊임없이 계속될 수밖에 없는 운명을 지니고 있다는 것을 의미한다. '동해'라는 바다는 이미 앞서 이야기한 것처럼 그것은 무정형성의 질료이며, 건조하거나 딱딱하지도 또 단선적이거나 평면적이지도 않다. 그것은 마치 물결처럼 무정형의 흐름을 드러낼 뿐이다. 이런 점에서 '동해'를 향해 자신의 정감을 투사하는 시인의 행위는 낭만주의자의 정감이 그렇듯이 그것은 고정되지도 또 어떤 틀로 가둘 수 없는 끊임없이 생성과 소멸을 반복하는 죽지 않는 흐름 같은 것이라고 할 수 있다. 시인의 내면에 들끓는 정감은 '동해'의 파도를 닮아 갈 수밖에 없으며, 그것은 상실된 어머니의 자궁을 향한 동경처럼 원초적인 떨림으로 존재할 수밖에 없을 것이다.

이처럼 시인의 정감이 국가나 민족의 차원으로 투사되면서 다양한 낭만성이 탄생한 것이 사실이다. 이 낭만성은 시인의 시간성에 대한 인식으로부터 비롯된 것이다. 시간, 그중에서도 무한의 시간성을 겨냥하고 있는 시인의 태도는 '신라'와 '경주'를 거쳐 무정형의 '동해'라는 바다를 향해 나아가면서 원시적이고 원형적인 낭만성을 드러내기에 이른다. '동해'와 같은 원형이 살아 숨 쉬는 세계라든가 '신라'와 '경주' 같은 천년고도의 아득한 시공간 속으로의 투사는 현실로부터의 초월과 이상적인 세계에 대한 동경이 자연스러우면서도 강렬하게 드러난다는 점에서 낭만성의 일반적인 특징을 잘 보여주지만 투사 대상이 당대 현실을 겨냥할 때에는 낭만성이 약화되거나 과장되어 그것이 생경하게 보일 때가 있다. 특히 '기념비'

의 장에 실린 시편들은 그 생경함이 더하다.

그러나 그의 시의 낭만성은 일정한 변주와 함께 유연함을 유지하고 있다. 개인적인 낭만의 차원을 넘어 '국가와 민족 차원의 낭만으로 시적 지평을 확장해 온 것' 또 시인 자신의 들끓는 정감을 '유워한 감성과 정서의 발견을 통해 섬세하게 표현한 것'[227] 등은 낭만주의 시인으로서의 그의 면모를 잘 보여주고 있는 것이라고 할 수 있다. 그가 자신의 시적 대상을 개인의 차원을 넘어 조국이나 민족으로 정한 데에는 1950년대라는 실존적 위기 상황에서 그 나름의 현실적 비전을 제시해야 한다는 낭만주의자로서의 고뇌를 반영한 것으로 볼 수 있다. 하지만 낭만주의자에게 현실은 낭만으로 대응해야 한다는 점에서 원시나 원형을 지닌 시적 대상을 발견해 그것을 드러내는 데서 그의 시는 미적 정체성을 유지하고 있다. 원시나 원형으로의 회귀에서 그의 낭만성의 단초를 발견할 수 있다는 사실은 '무지개'가 지닌 역설의 의미를 통해 그의 낭만성의 단초를 발견한 것에 견줄만한 중요한 사항이라고 할 수 있다.

4. 낭만성의 발견과 낭만주의의 복원

공중인 시의 낭만성에 대한 논의는 시사적인 차원에서 다루어질 필요성이 있다. 우리 현대시사에서 다루어진 낭만성이라고 해야 1920년대 다양한 문예사조의 유입 차원에서 간단하게 언급된 것이 고작이다. 우리 시사에서 낭만주의 혹은 낭만성은 서구의 그것처럼 비중 있게 논의된 바가 없다. 이것은 우리 현대시사에서 이러한 흐름이 미미하다고 판단해서 그

227) 이재복, 앞의 책, p.236.

럴 수도 있고, 아니면 그것의 존재를 제대로 발견해내지 못해서 그럴 수도 있다. 서구의 경우 낭만주의는 고전주의와 함께 예술사조를 대표하는 양대 산맥이다. 어쩌면 서구의 예술은 이 둘의 길항 관계 속에서 형성되어 왔다고 해도 과언이 아니다. 비록 서구의 경우이기는 하지만 우리의 경우에도 낭만주의는 어느 한 시기에 일시적으로 나타난 흐름이 아니라고 할 수 있다.

우리 현대시사에서 낭만주의를 이런 관점에서 살펴본다면 그 흐름은 지금까지 계속되고 있다는 것을 발견하게 될 것이다. 낭만주의에 대한 이해가 이 차원에서 이루어지면 자연스럽게 낭만주의의 계보가 만들어지게 되고, 이렇게 되면 공중인 시의 낭만성 내지 낭만주의도 이런 맥락에서 이해되고 또 평가될 것이다. 그의 시가 보여주고 있는 정감의 충만과 비전의 투사로서의 낭만주의와 원시와 원형 회귀로서의 낭만주의에 대한 시사적인 의미와 가치가 보다 선명하게 드러나야 그의 시 세계의 전모가 밝혀질 것이다. 그의 시에 대한 본격적인 연구는 거의 전무한 상태이며 간혹 단편적으로 언급된 것들의 경우 자신들의 취향이나 이념에 따라 해석된 것들이기 때문에 왜곡의 위험성이 크다고 할 수 있다.

1950년대 우리 시의 낭만성은 전쟁으로 인한 파괴, 궁핍, 폭력, 환상, 불안, 공포 등과 깊은 연관성을 지닐 수밖에 없다. 그의 시의 낭만성 역시 이러한 시대와의 관계 하에서 해석되어야 할 것이다. 우리 시인들의 시에 은폐되어 있는 낭만성을 찾아내어 그 차이를 해석해 낼 때 그의 시의 낭만성 혹은 낭만주의는 보다 구체성을 띠게 되리라고 본다. 이번에 그의 시에서 읽어낸 낭만성의 보편성과 특수성을 다른 시인의 그것과 서로 비교하다 보면 자연스럽게 그의 시의 낭만성이 지니는 문학사적인 의미도 드러날 것이고 또 이것이 모이면 우리 시의 낭만주의적 흐름도 드러나게 될 것이다. 우리 시사에서 혹은 우리 문학 연구의 장에서 배제되어

온 시인을 복원하는 일은 단순히 배제와 소외되었기 때문에서가 아니라 그들의 시가 어떤 의미를 지니고 있기 때문에 행해지는 작업이라고 할 수 있다. 어쩌면 그의 시에 대한 나의 이해와 판단이 잘못되었을 수도 있다. 만일 그렇다면 또 다른 연구자가 그것을 증명하면 된다. 단 어떤 선입견과 고정관념에 의해 그를 포함해 또 다른 시인을 선불리 판단하고 평가해서는 안 된다는 것이다.

시여유산(詩如遊山)의 감각
– 이성부의 『도둑 산길』

1. 탈이념화와 죄의식의 양가성

이성부의 시 세계는 흔히 1960년대의 참여시와 1970년대의 민중시의 맥락에서 이해되어 왔다. 『이성부 시집』(1969년)으로 대표되는 그의 60년대 시적 상상력은 전후시가 가지는 정서적인 맹목성이나 폐쇄성을 거부하고 현실의 모순과 부조리에 대해 강한 부정성을 보여준다. 그의 시가 드러내는 이러한 부정성은 시인의 시적 상상력의 원천이자 생의 근거지인 남도의 뿌리 깊은 사회 역사적인 원한으로부터 기인한다. 시의 출발부터 이미 시인의 의식이나 무의식 속에 깊이 내재해 있는 사회 역사적인 원한은 이후 『백제행』(1977)으로까지 거슬러 올라간다. 시인에게 백제는 단순히 역사 속의 흥망성쇠를 거듭했던 국가가 아니라 지금, 여기까지 그 영향과 운명이 면면이 이어져 내려오는 현재적 역사인 것이다. 백제의 슬픔 혹은 슬픈 백제의 역사란 억압적이고 폭력적인 강자의 논리에 의해서 늘 핍박받고 소외되어온 역사이면서 동시에 그 안에 인간과 세계에 대한 보다 진실한 의미를 은폐하고 있는 역사라고 할 수 있다.

시인의 백제행은 가혹한 지금, 여기의 현실에 대한 역사적인 이해와 실천의 의지를 반영하고 있다. 70년대의 상황은 시인으로 하여금 백제행을 단행하지 않으면 안 될 정도로 억압의 정도가 극에 달한 시기라고 할 수 있다. 60년대의 참여시의 흐름이 70년대에 와서 보다 폭넓은 민중적 정서를 기반으로 하여 사회 역사에 대한 통찰과 저항 의지를 드러낸 민중시의 개념을 발행시킨 것은 이러한 상황과 무관하지 않다고 할 수 있다. 결국 극에 달한 억압은 80년 5월 광주의 비극을 불러온다. 이 사건은 단순한 우발적인 충돌이 아니라 멀리 백제로부터 근대(70년대)에 이르는 한국 역사와 사회의 모순이 폭발한 것이라고 할 수 있다. 하지만 이 모순은 또 다른 모순을 낳는다. 시인은 80년 광주의 비극을 말할 수 없게 된 것이다. 말이 말로서의 기능을 하지 못하고 벙어리가 된 아이러니한 상황을 지켜보면서 시인은 절망과 함께 자신의 무기력함에 대해 커다란 회의와 죄의식에 시달리게 된다. 『전야』(1981년)와 『빈산 뒤에 두고』(1989년)에 드러난 시인의 허무주의적인 의식이 이것을 잘 말해준다.

시인의 허무주의적 의식은 '역사적 진보에 대한 의식을 강하게 키워내지 못했다'(권영민)는 비판과 함께 '그의 시세계가 과연 민중과 역사로부터의 도피인지, 아니면 시인의 정신세계의 발전과 성숙인지를 판단하는 것은 손쉬운 일이 아니'(남기혁)라는 평가를 면하기 어려운 점이 있다. 하지만 분명한 것은 이 시기부터 그의 시 세계의 변모가 시작되었다는 점이다. 그의 변모에는 80년대 탈이념화의 시대정서와 광주의 비극에 대한 일정한 죄의식이 작용한 것으로 볼 수 있다. 탈이념화와 죄의식은 '역사'라는 차원에서 보면 양가성을 지닌다고 할 수 있다. 탈이념화가 역사로부터의 도피를 드러내고 있다면 죄의식은 역사로의 참여를 드러낸다고 할 수 있을 것이다. 어떻게 보면 이 문제는 80년대 이후 90년대와 2000년대에 들어와 참여시와 민중시를 쓰는 시인들이 처한 딜레마를 반영하고 있는 것으로도 볼 수 있다.

시인은 이 대목에서 '산'이라는 명제를 들고 나온다. 산이 하나의 도피나 은일의 개념과 긴밀하게 연결되어 있다는 점은 우리 시사를 들추어보면 누구나 쉽게 알 수 있다. 하지만 시인이 들고 나온 산은 그러한 개념과는 일정한 거리가 있다. 만일 시인이 그러한 개념으로 산을 이해한다면 죄의식의 문제는 쉽게 해결되지 않을 것이다. 시인이 산에 은거하고 도피해버리는 것은 죄의식을 해결하는 것이 아니라 그것을 더 키우는 일이다. 그래서 시인은 산을 '산행'의 의미로 구현하고 있는 것이다. 이 사실은 시인이 산행을 통해 죄의식을 덜어낼 수 있는 길을 모색한다는 것을 말해준다. 산에 은거하고 도피하는 것이 아니라 그 산을 통해 다시 현실의 장으로 자신의 의식을 투사하려는 시인의 태도는 산행의 궁극이 '역사'와의 만남이라는 점을 부각하려는 의도에서 비롯된 것이라고 할 수 있다.

이러한 시인의 태도는 『야간 산행』(1996년)을 거쳐 『지리산』(2001년)에 와서 구체화되기에 이른다. 지리산이라는 지명의 전경화는 이미 시인이 역사와의 만남을 의도한 것이라고 해도 과언이 아니다. 시인은

이 길에 옛 일들 서려 있는 것을 보고
이 길에 옛 사람들 발자국 남아 있는 것을 본다
내가 가는 이 발자국도 그 위에 포개지는 것을 본다
하물며 이 길이 앞으로도 늘 새로운 사연들
늘 푸른 새로운 사람들
그 마음에 무엇을 생각하고 결심하고
마침내 큰 역사 만들어갈 것을 내 알고 있음에랴
산이 흐르고 나도 따라 흐른다
더 높은 곳으로 더 먼 곳으로 우리가 흐른다[228)]

라고 노래하고 있다. 그 산, 다시 말하면 지리산에서 시인이 보고 싶어

---

228) 이성부, 「그 산에 역사가 있었다」, 『지리산』, 창작과비평사, 2001, pp.12~13.

하는 것은 '옛 일들과 늘 새로운 사연들', 그리고 '옛 사람들의 발자국과 늘 푸른 새로운 사람들'이다. 지리산의 과거, 현재, 미래는 그 자체로 역사이며 시인 자신도 그 길을 가고 싶어 한다. 지리산의 길을 따라 흐르는 산행은 역사의 거대한 물줄기를 거슬러 올라가는 행위이면서 동시에 앞으로 흘러갈 행위를 가늠하는 척도인 것이다.

그런데 여기에서 한 가지 주목해야 할 것은 '더 높은 곳으로 더 먼 곳으로 흐른다'는 말이 지니고 있는 의미이다. 이것은 높고 멀다는 추상적이고 관념적인 의미보다는 지리산이 지니는 큰 역사의 흐름을 고려할 때 이 말은 백제로부터 근대의 전라도 혹은 광주로 이어지는 시공간의 의미를 구체적으로 확대하고 있는 것으로 볼 수 있다. 이 사실은 『지리산』의 부제를 시인이 '내가 걷는 백두대간'이라고 붙인 것과 무관하지 않다. 지리산은 남도의 한 산으로 존재하는 것이 아니라 백두대간의 큰 흐름 속에서 존재하는 것이다. 우리 역사에서 지리산은 늘 백두대간의 흐름 속에 놓여 있었고, 지리산을 어떻게 인식하고 또 여기에서 오는 여러 문제들을 어떻게 실천하느냐의 문제는 곧 역사에 대한 자신의 정체성을 정립하는 데 더없이 중요한 척도로 작용해 온 것이 사실이다.

지리산으로의 산행을 단행함으로써 시인은 무엇보다도 과거로부터 면면이 이어져 내려온 우리의 역사의 흐름에 동참하려 한다. 시인의 강한 태도 표명은 그만큼 광주로 표상되는 역사의 비극에 침묵한 자신의 태도(말, 시)에 대한 죄의식으로부터 벗어나려는 의지가 크다는 것을 의미한다. 하지만 지리산으로의 산행을 단행한다고 해서 이것이 곧 거대한 역사의 흐름에 동참하게 되는 것은 아니다. 이 흐름에 동참하기 위해서는 시인 자신이 산을 닮아야 하는 것이다. 산과의 동일시를 통해 시인은 자신이 발견하고 추구하려는 참다운 가치와 그것의 진정성을 구현하려고 한다. 시인이 산에서 발견한 최고 가치 중의 하나는 '바위'로 표상되는 세계의 순수함과 견고함이다. 이런 점에서 볼 때 시인은 산 혹은 바위를 통해 순수하지도 견고하지도 못한(못했던) 자신의 의지와 삶을 반성하고 있다고 할 수 있다. 시인이 산 혹은 바위 같은 순수함과 견고함을 유지했더라면 역사의 비극 속에서 침묵하지 않았을 것이라는 후회와 반성은 시인의 산행의 진정한 의미이다. 시인은 이것을 구현하기 위해 산행을 하고 또 시를 쓴다고 할 수 있다. 『야간 산행』부터 본격화된 이러한 시 쓰기는 최근의 『작은 산이 큰 산을 가린다』(2005년)와 『도둑 산길』(2010년)에 이르기까지 일정한 변모 과정을 거치면서 계속되고 있다.

2. 산의 발견과 삶의 리얼리티

『도둑 산길』은 이전의 산 시리즈에서 드러낸 의미를 이어받으면서 좀 더 인간과 세계에 대한 유연한 상상력을 보여준다. 이전의 『야간 산행』과 『지리산』에서 보여준 극한과 본질을 향하는 강렬한 상상력과 과거와 현재 미래의 역사를 관통하는 유장한 상상력이 이 시집에서는 잘 드러나지 않는다. 이것은 이전의 시집들과 『도둑 산길』 사이의 시간적인 거리를 드러내는 것으로, 시인의 역사적 비극에 대한 회한과 반성이 시간적인 거리 속에서 어떻게 시 속에 구현되고 있는가를 반영하고 있는 것으로 볼 수 있다. 시인이 처음 산에 들었을 때 그 산이 자신의 죄의식을 구원해 줄 높고 큰 대상으로 느껴지는 것은 어쩌면 당연한 것이라고 할 수 있다. 시인이 극한과 본질을 향해 강렬한 파토스를 보이거나 역사를 관통한 큰 흐름 속에 자신을 내던지려 한 것 역시 이와 무관하지 않다. 이 경우 시인은 산의 크기와 높이에 압도당해 그것이 은폐하고 있는 구체적인 세계를 돌아볼 여유를 가지지 못한 것이라고 할 수 있다.

산의 크기와 높이에 압도당해 그것과의 동일시가 이루어지면 시는 추상적이고 관념적인 이미지를 강하게 띨 수밖에 없다. 산에 압도당하지 않고 그것과의 일정한 거리 확보를 통해 유연함을 보인다는 것은 시인의 산에 대한 언술에서 잘 드러난다. 산행 시편에서 시인의 순수성과 견고성을 가장 잘 표상하고 있는 질료 중의 하나가 바로 '바위'인데 『도둑 산길』에서의 그것은 이전 시집에서와는 달리 언술 자체가 한결 유연하다는 것을 알 수 있다. 이전 시집 속의 바위는 다소 추상적이고 관념적인 언술로 표상되고 있지만 『도둑 산길』에서의 그것은 구체적이고 사실적인 언술로 표상되고 있다. 가령

> 인수봉 벼랑 끝 독야청청 서 있는 소나무 한 그루
> 망망대해에 뜬 조각배 하나
> 세상에 물들지 않은 그 어르신 꼿꼿함이
> 사나운 바람 맞아 쓰러질 듯 휘어지다가도
> 다시 바르게 서서 조심스럽게 몸을 추스릅니다
>
> …(중략)…
>
> 바위 틈새기에 가까스로 손가락이 걸치자
> 그분이 내 속내를 들여다보는 것 같아 두렵습니다[229)]

에 표현된 언술은 더 이상 바위에 압도당한 시인의 그것이 아니다. 오히려 시인은 바위 타기 과정에서 만난 '한 그루 소나무'의 외양과 내면을 모두 꿰뚫어 보고 있는 것 같은 느낌을 줄 정도로 아주 편안하면서 여유 있는 언술을 구사하고 있다. 특히 인수봉 벼랑 끝에 있는 소나무를 향해 '그분이 내 속내를 들여다보는 것 같아 두렵습니다'라고 한 시인의 말은 대

---

229) 이성부, 「바위 타기」, 『도둑 산길』, 책만드는집, p.31.

상과의 거리 유지가 되지 않으면 불가능한 언술이라고 할 수 있다. 산 혹은 바위와 같은 시인의 시적 대상에 대한 언술의 이러한 변모는 그만큼 세계를 보는 여유가 생겼다는 것을 의미한다.

시인이 어떤 대상을 자꾸 당기거나 또 밀기만 하면 그 대상 자체를 온전히 볼 수 없다. 시인의 내적인 정서나 감정이 지나치게 대상에 투사되거나 아니면 그러한 것들이 대상에 전혀 투사되지 않을 때 대상의 이면에 은폐된 세계는 제대로 드러나지 않는다. 따라서 시인이 대상을 가장 잘 볼 때에는 밀고 당기는 것이 일정한 거리를 유지하면서 적절한 긴장을 불러일으킬 때라고 할 수 있다. 이러한 거리 유지는 전적으로 시인 자신의 의지나 깨달음을 통해 얻어진 것이 아니라 산을 통해 얻어진 것이라고 할 수 있다. 산은 이미 그 안에 그러한 세계를 은폐하고 있으며 시인이 그것을 발견한 것에 불과하다. 시인이 처음 산에 들어섰을 때 발견한 산행의 의미는 그저 오르는 것이었다면 그 후 오랜 시간이 지나면서 여기에 내려간다는 의미가 더해졌다고 할 수 있다. 산행의 의미가 단순히 오르는 것이 아니라 오르는 것과 내려가는 것이 합쳐진 것이라는 사실은 시인으로 하여금 인간과 세계를 바라보는 태도를 변화시키기에 충분하다고 할 수 있다.

이러한 깨달음의 결과가 바로

이 오르막길은 위로 올라갈수록
내가 더 낮아진다는 것을 깨닫게 합니다
높은 산에 오르는 것이
하늘에 가까워지는 길이라고들 말합니다만
나에게는 오히려 속진 속에서
낮게 사는 길을 가르쳐줍니다
한없이 너그럽고 바쁘지 않고
오랜 기다림에도 참을성이 깊어져

늘 새로운 것들을 살피느라 고개만 숙여집니다.
산길을 걸어 올라갈 적에는 행여
벌레 한 마리라도 밟을까 봐 조심스럽고
드러난 나무뿌리들도 피해 가느라
천천히 발걸음을 딛습니다[230]

와 같은 사실이라고 할 수 있다. 시인은 산행의 과정을 통해 자신이 '올라갈수록 더 낮아진다는 것'을 깨닫는다. 산행의 진정한 목적이 정복이 아니라 타인을 위해 자신을 낮추고 희생하는 것이라는 사실을 깨닫는 데에 있는 것이다. 이런 점에서 여기에서 보여주는 시인의 산행은 천상의(정신의) 고상함을 추구하지 않고 오히려 지상의(속진의) 질박함을 추구한다고 할 수 있다.

그러나 시인의 이러한 삶의 추구가 곧 지상의 타락함과 연결되는 것은 아니다. 시인이 지상에서 구현하려는 삶은 '너그러움'과 '느림', '인내와 생명' 같은 가치들이다. 이 가치들은 지금, 여기의 지상의 삶 속에서 점점 망각하거나 상실하고 만 것들이다. 지금, 여기에 사는 사람들이 이 가치를 망각하거나 상실한 데에는 모두가 천상의 고상함만을 위해 오를 뿐 지상을 향해 낮아지기 위해서는 오르지 않기 때문이다. 산행의 진정한 목적이 올라가기(높아지기) 위해서가 아니라 내려가기(낮아지기) 위해서라면 산에 들어서는 것조차도 조심스럽고 또 불경스러운 것이 된다. 내려가는 것 혹은 낮아지는 것이 순결하고 아름다운 것인데 '살겠다고 기를 쓰며 바위 모서리를 잡아당기'(「도둑 산길」)는 자신을 보고 시인은 시정잡배와 다름없다고 조소한다.

시인의 자신에 대한 가혹한 반성 행위는 산의 주체에 대한 인식으로 확대된다. 시인이 산행에서 낮아지고 내려가는 것을 강조하는 데에는 산

230) 이성부, 「오르막길」, 위의 책, p.22.

의 주체가 사람이 아니라 산 혹은 그 산에 살고 있는 생명체라는 깨달음이 있기에 가능한 것이다. 시인이 산길을 오르면서 '벌레 한 마리라도 밟을까 봐 조심스러워 하고 드러난 나무뿌리들도 피해 가느라 천천히 발걸음을 딛는 것'도 산의 주체가 자신이 아니라는 인식에서 비롯된 것이라고 할 수 있다. 시인의 산의 주체에 대한 인식은 급기야 자신을 '산(자연)에 침입한 도둑'(「도둑 산길」)이라고 규정하는 데까지 나아간다. 자신이 산에 침입한 도둑이기 때문에 시인이 산행하는 길은 '도둑 산길'이 되는 것이다. 이렇게 되면 산행의 목적이 산과의 동일시라든가 산에서 자신의 자아를 새롭게 발견하거나 그것을 강화하는 것이라는 생각 자체도 시인에게는 부담스러운 것이 될 수 있다.

시인이 산행을 통해 보여주고 있는 이러한 일련의 사실들은 그의 윤리의식을 드러낸 것이라고 할 수 있다. 시인은 산행에서 자기 자신에 대한 성찰과 반성을 통해 타자를 본 것이다. 시인의 산행의 동기가 고통 속에 놓인 타자의 얼굴을 외면한 데서 오는 죄의식 때문이라고 한다면 결국 그것을 극복하기 위해서는 타자의 얼굴을 대면해야 한다는 결론이 나온다. 시인이 궁극적으로 대면해야 할 고통 속에 놓인 타자의 얼굴은 비록 산을 통해 발견하고 깨닫긴 했어도 그 존재들은 산에 있는 것은 아니다. 그 얼굴들은 산 아래에 존재한다. 이런 점에서 시인의 시선이 산 아래, 사람에게로 향하는 것은 당연하다고 할 수 있다. 시인은 「하산(下山)」에서

> 내려가는 일이 더 높은 곳에 이르는 길이라고
> 산이 나에게 가르친다
>
> 깊게 생각하므로 말수가 적어지고
> 낮게 밑바닥에 숨어서 지내므로
> 아래로 아래로 스며드는 물처럼 흐르다가

겸손하게 잦아지거나 앙금으로 남거나
아무도 알아보는 사람 없어 진흙 밭에 뒹굴다가
그때마다 내 영혼은 몸에서 빠져나가
별에 가 닿았음을 알아차리므로
차분하게 사람 사는 모습 내려다보는 이 기쁨![231]

이라고 노래한다. 하산은 말 그대로 산을 내려오는 것이지만 여기에는 의미심장한 역설이 숨어 있다. 산행의 완성은 하산이 있기에 가능한 것이다. 시인의 산행에서 하산이란 커다란 변모의 과정을 거쳐 완성된 것이기 때문에 의미가 크다. 하산 이후의 시인의 의식과 삶을 한마디로 표현하면 그것은 '진흙 밭 속에 뒹굴면서 별을 꿈꾸는 아름다운 역설'의 세계라고 말할 수 있다. 산행 전에 시인의 육체와 영혼은 진흙 밭에 뒹굴면서 불투명한 전망 부재의 삶을 살았다면 산행의 과정을 거치면서 그 육체와 영혼은 비록 진흙 밭에 뒹굴지만 별을 꿈꾸는 투명하고 아름다운 전망을 거느린 삶으로 변모하게 된 것이다. 시인이 차분하게 내려다보는 저 진흙 밭에는 타자들의 고통스러운 얼굴이 존재하며, 시인은 그들의 얼굴을 외면하지 않고 함께 그 진흙 밭에서 뒹군다. 하지만 시인은 어떠한 희망도 없이 그 진흙 밭에서 뒹구는 것이 아니라 전망에 대한 의지를 가진 채 기쁘게 삶을 구현하기 위해 타락한 세상과 몸을 섞는다. 이것은 타락한 세상에서 타락한 방식으로 진정한 가치를 추구하는 것이 시라는 리얼리즘 정신이 이 시에 깃들어 있다는 것을 의미한다.

231) 이성부, 「하산(下山)」, 위의 책, p.95

3. 산의 존재론적 불안과 그 의미

『도둑 산길』이 구현하고 있는 시인의 산행의 궁극적인 지향이 '하산'의 의미를 품고 있다면 그것은 지극히 바람직한 귀결이라고 하지 않을 수 없을 것이다. 시인의 산행의 계기와 목적을 고려해 볼 때 하산의 의미는 거대한 물의 흐름 속으로 들어서는 행위와 다르지 않다. '낮게 밑바닥에 숨어서 아래로 아래로 스며드는 물처럼 흐르는 것'(「하산(下山)」)이 하산의 의미라고 시인은 말하고 있다. 하지만 어떻게 세상 속으로 물처럼 아래로 아래로 스며들 수 있을까? 마치 오랜 산행의 결과로 시인이 우리 앞에 툭 던져놓은 화두처럼 하산의 의미는 지극히 추상적인 것이 사실이다. 물은 그 속성상 아래로 흐를 수밖에 없는 점을 상기한다면 시인의 세속에서의 태도는 한없이 낮고, 자연스러운 것을 지향하는 것이라고 할 수 있다. 이러한 태도는 시인이 초기 시에서 보여준 세속적인 현실의 모순이나 부조리에 대해 부정적인 인식이나 날선 저항으로 일관하는 것과는 다른 방식이라고 말할 수 있다.

시인이 모순되고 부조리한 현실에 대응하는 방식에 무슨 정해진 답이 있는 것은 아니다. 중요한 것은 지금, 여기의 상황 속에서 시인의 대응 방식이 어떤 시대정신을 구현하고 있느냐 하는 점이다. 시인이 살고 있는 시대가 불과 같은 격렬한 저항을 필요로 하는 시대인지 아니면 물과 같은 아래로 스며드는 부드러운 저항을 필요로 하는 시대인지 그것은 대응 방식의 진정성을 결정하는 중요한 덕목이다. 『도둑 산길』에서 시인이 제시하고 있는 하산의 의미를 헤아려 본다면 전자보다는 후자 쪽에 가깝다고 할 수 있다. 시인은 산에서 발견하고 깨달은 것을 자신이 놓여 있는 지금, 여기의 상황 속으로 끌고 들어와 현실의 대응 논리를 마련하려고 한다. 이것이 가능한 것은 산이 시인과 분리되지 않은 채 끊임없이 그의 의식을 간섭하기 때문이다.

> 산에서는 듣지 못했는데
> 산에서 돌아온 이튿날 아침이면 어김없이
> 산 울음소리 내 방에 가득하다
> 우리나라 산천 곳곳을 떠돌다가
> 그 산에서 내려와 잠시 눈 붙인 영혼들이
> 날이 밝자 다시 내 창을 넘나드는 것인가
> 세상의 온갖 소리들 가운데에서도
> 가장 고요하게 가만가만 흐느끼는 소리들
> 맑고 다사롭게 나를 채우는 소리들
> 산 울음소리들
> 흐르는 것이 생명인 소리들
> 이튿날 아침마다 내 귀를 씻어준다[232)]

산은 이미 시인의 안으로 흘러들어 와 있다. 그것도 시인의 무의식의 깊은 곳까지 스며들어 와 있다. 이렇게 산이 시인의 존재의 심층까지 흘러들 수 있는 것은 그것이 생명의 소리이기 때문이다. 산 울음소리, 다시 말하면 생명의 소리는 '세상의 온갖 소리들 가운데에서도' 특별할 수밖에 없다. 그 산의 생명의 소리로 '아침마다 귀를 씻음'으로써 시인은 더럽고 추한 세상 속에서도 '가장 고요하고 맑은' 소리를 들을 수 있는 것이다. '세상의 온갖 소리들'과 '산 울음소리들'의 대비가 구체적이지 않아 두 소리 사이에 긴장이 제대로 형성되지 않고 있지만 시인에게 산이 어떤 의미인지에 대해서는 비교적 선명하게 제시하고 있다고 할 수 있다. 만일 산 울음소리가 세상의 온갖 소리에 묻혀버린다면 시인은 어떻게 해야 하는가? 다시 산행을 통해 세상 속에서 그 산 울음소리를 회복해야 하는가? 시인의 산행이 산속에서만 이루어지고 세상 속에서 이루어지지 않는다면

232) 이성부, 「세이(洗耳)」, 위의 책, p.87.

그것은 별다른 의미를 지니지 못할 것이다. 가령

> 아파트들이 하나씩 등 뒤로 솟고
> 저 아래쪽으로도 공사가 한창이다
> 하늘 좁아지고 햇볕도 많이 줄었다
> 가까운 산들이 아파트에 포위되어 꼼짝 못하지만
> 우리나라는 아직도 모두 산이다
> 내 집도 높은 창들이 많이 내려다보므로
> 이웃들 어려움 나누어 갖지 못한 나의 서울살이
> 속속들이 보여질 날 오겠지만
> 나는 흔들거리는 나를 내버려 두기로 한다[233)]

에서처럼 시인의 산행의 의미가 이런 식으로 제시된다면 어떨까? '아파트'와 '산'은 '세상의 온갖 소리들'과 '산 울음소리들'의 대비보다는 구체적이다. 점점 늘어나는 아파트에 포위되어 꼼짝 못하는 산은 인간의 문명에 의해 위기의식에 처한 산의 생명성을 강하게 환기한다. 이 위기의 상황에서 시인은 '우리나라는 아직도 모두 산'이라는 말을 한다. 이 말 속에는 이러한 위기를 극복할 수 있는 대안을 산에서 찾으려는 시인의 강한 의지가 투영되어 있다고 볼 수 있다. 산에 대한 강한 믿음이 있기에 시인은 '흔들거리는 나를 내버려 두기'로 결심하는 것이다. 산들이 아파트에 포위되어 꼼짝 못하는 상황에서 시인이 보여주고 있는 산에 대한 이러한 강한 의지와 믿음은 다소 나이브해 보인다. 그렇다고 이 상황에서 저항의 기치를 내세워 현실 문명을 비판하다 보면 자칫 시가 생경한 이념적인 도구나 추상과 개념화의 늪으로 빠질 위험성이 있다. 여기에서 필요한 것은 아파트로 표상되는 문명화된 현실 속에서 점점 상실되어 가는 생명이나 인간성 같은 보다 본질적인 문제를 구체적으로 통찰하는 일이라고 할 수 있다.

---

233) 이성부, 「집」, 위의 책, p.82.

시인의 물처럼 아래로 아래로 스며드는 하산의 상상력이 지향하는 세계가 현실의 첨예한 문제를 갈등이나 대립 없이 무화시키자는 의미는 아닐 것이다. 지금, 여기에는 여전히 쉽게 해결할 수 없는 문제들이 상존하고 있다. 어쩌면 그 대상이 예전에 비해 더 복잡하고 이해 불가능한 모습을 하고 있다는 점에서 그것에 대응하는 보다 새로운 상상력이 요구된다고 할 수 있을 것이다. 시인의 산행을 통해 드러나는 상상력이 과거에 대한 성찰과 반성을 겨냥하고 있는 것이 사실이다. 산에 은폐된 과거의 역사를 통해 현재를 보고 또 미래를 전망하려는 시인의 의도가 시 속에 드러나지만 그것이 구체적으로 지금, 여기의 현실을 어떤 식으로 반영하고 있는지 말하기는 쉽지 않아 보인다. 이것은 현실에 대한 깊이 있는 통찰이 부재하다는 것을 의미한다. 시인의 산을 통한 지금, 여기의 현실을 새롭게 보려는 시도가 오히려 그 산 때문에 제대로 구현되지 않는다면 시인의 산행은 그 진정한 의미를 상실하게 될지도 모른다.

4. 시여유산(詩如遊山)의 감각

시인에게 산은 삶이면서 곧 시라고 할 수 있다. 산이 시인의 삶을 품고 시를 품었다고 해도 과언이 아닐 것이다. 일찍이 산이 좋아 산의 품에 안긴 사람들은 헤아릴 수 없을 정도로 많다. 시인이 즐겨 인용하는 퇴계의 '독서여유산(讀書如遊山)'이라는 말의 의미를 상기해 보면 이들에게 산이 어떤 존재인지 알 수 있다. 시인은 '산에 들어가 보고 느끼고 생각하는 천변만화의 길, 산길에서 문득 보이는 세속의 일들, 산속에서의 적요함에서 깨닫게 되는 삶의 깊이……. 이런 것들은 산에 들어가면 들어갈수록, 내가 더 늙어갈수록 끝이 없어 보인다'(「시인의 말」, 『도둑 산길』)고 고백한다.

시인의 이 말을 통해 우리는 그의 산행이 자신과 세상에 대한 이해의 정도에 비례한다는 것을 알 수 있다. 산이 높고 깊다는 것을 이해하면 할수록 자신과 세상에 대한 이해 역시 그만큼 어렵다는 것을 시인은 고백하고 있는 것이다.

시인이 산을 닮아가고, 산이 다시 시인을 닮아가는 이 경지야말로 독서여유산, 다시 말하면 '시여유산(詩如遊山)'의 세계가 아니고 그 무엇이겠는가? 시와 산의 친밀함은 비단 시인에게만 해당하는 것은 아닐 것이다. 시인도 말한 것처럼 '우리나라는 아직도 모두 산'이기 때문이다. 더욱이 그 산은 늘 우리 눈앞에 있으며, 구체적으로 느낄 수 있는 거리에 있다. 이 사실은 산이 우리의 삶과 분리될 수 없을 정도로 친연성을 지니고 있다는 것을 의미한다. 시인이 산을 닮아가고, 산이 다시 시인을 닮아가듯이 우리의 삶도 산을 닮아가고, 그 산이 다시 우리 삶을 닮아가는 것이 진정한 시여유산의 세계일 것이다. 시인이 궁극적으로 겨냥하는 시여유산의 세계를 일찍이 이산(김광섭)의 시 「산」에서도 발견할 수 있다는 것은 우연이 아닐 것이다.

산은 사람들과 친하고 싶어서
기슭을 끌고 마을에 들어오다가도
사람 사는 꼴이 어수선하면
달팽이처럼 대가리를 들고 슬슬 기어서
도루 험한 봉우리로 올라간다

산은 나무를 기르는 법으로
벼랑에 오르지 못하는 법으로
사람을 다스린다[234)]

---

234) 김광섭, 「산」, 『김광섭 시전집』, 문학과지성사, 2005, p.251.

인간과 산의 관계를 통해 시인은 자연과 인간, 인간과 현실의 화해를 꿈꾸고 있을 뿐만 아니라 '관념에 얽혀 있던 자신의 시들을 일상의 현실로 끌어내고 있'(권영민)는 그런 시이다. 산과 시 혹은 시인과 산의 관계에서 중요한 것은 이러한 둘 사이에 이루어지는 긴장이라고 할 수 있다. 시인이 산을 닮아간다고 산이 시인이 되는 것은 아니다. 마찬가지도 시인의 삶이 산을 닮아간다고 그 산이 시인의 삶이 되는 것은 아니다. 시인과 산 혹은 시와 산은 하나도 아니면서 둘도 아닌 그런 관계를 유지하면서 시적 긴장을 드러낼 때 의미가 있는 것이다. 이 둘 사이의 긴장이 부재하면 그 시는 추상적이고 관념적인 산의 세계를 표상할 수밖에 없을 것이다. 시인의 산행의 목적이 산을 대상화하여 여기에서 즐거움을 구하는 것이 아니라 시인 자신과 세상을 가로지르면서 즐거움을 구하는 것이라면 이런 긴장은 더없이 중요하다고 할 수 있다.

은폐된 역사, 기억의 복원
– 곽효환의 시세계

1. 은폐된 역사의 그늘

곽효환의 시를 읽어나갈 때 우리가 주목하게 되는 것은 시적 자아의 태도이다. 시적 자아가 어떤 태도를 취하느냐에 따라 시의 어조와 분위기는 물론 주제와 의미에까지 결정적인 영향을 미친다. 그의 시 속의 시적 자아는 언제나 역사적 맥락을 탐색하고 성찰하는 그런 특성을 지닌 존재이다. 시적 자아의 이러한 특성은 그 존재가 현재의 단선적인 역사 인식을 넘어 과거와 현재 그리고 미래를 아우르는 통시적이고 종합적인 역사 인식을 하고 있다는 것을 의미한다. 단순히 공시적인 차원이 아닌 통시적인 차원에서 세계를 인식함으로써 시적 자아의 시공에 대한 태도가 확장된 양태를 띠게 된다. 이렇게 되면 그의 시의 상상 지리학은 '지금, 여기'를 넘어 '이전·이후, 저기'까지를 포괄하는 폭 넓은 의미역을 지니게 된다. 상상 지리학의 확장은 '지금, 여기'의 차원에서 인식이 불가능하여 온전히 그 모습이 드러나지 않는 존재의 시공간과 의미역을 새롭게 발견하는데 일정한 계기를 제공하기에 이른다.

시인의 이러한 시적 태도는 멀리 라틴아메리카의 '인디오 여인'(『인디오 여인』, 2006)의 역사에 대한 탐색으로 드러나기도 하고, 또 '지금, 여기'의 '지도에 없는 공간'(『지도에 없는 집』, 2010)일 뿐만 아니라 아예 인식 자체가 성립되지 않는 세계에 대한 탐색으로 드러나기도 한다. 다소 막연하고 낭만적인 성격이 엿보이는 시인의 이와 같은 시적 태도는 그가 겨냥하고 있는 세계가 구체적으로 어떤 것인지에 대한 결정이 없는 상태에서 행해지는 탐색으로 볼 수 있다. 하지만 『슬픔의 뼈대』(2014)에 오면 그것이 구체적으로 드러난다. 이전 시집에서 시인이 보여준 우리의 기억이나 상상 속에서 배제되거나 망각된 세계에 대한 탐색이 '북방'이라는 구체적인 방향성과 목적성을 지니게 되면서 그의 시의 정서와 의미도 구체화되기에 이른다. 시인이 탐색하고 추구하고자 하는 방향이 북방으로 정해지고 수렴되면서 여기에 은폐되어 있는 역사성이 새롭게 드러나게 된다. 시인에게 혹은 우리에게 북방은 단순한 낭만이나 호기심의 대상으로 존재하는 시공간이 아니라 그것은 지금도 우리의 삶 곳곳에 면면히 살아서 꿈틀대는 실존의 대상으로 존재하는 시공간이다.

이런 점에서 시인이 겨냥하고 있는 북방은 우리의 망각에 대한 반성과 성찰의 문맥을 거느릴 수밖에 없으며, 그것의 망각으로부터의 회복과 복원은 우리의 역사적 실존의 장과 한국 문학사의 지평을 확장하는 일에 다름 아니라는 것을 말해준다. 우리의 기억 속에 희미하게 남아 있거나 아니면 아예 그 기억조차 망각해버린 북방은 불과 한두 세대만 거슬러 올라가면 몸의 감각으로 드러나는 실존의 세계인 것이다. 근대 이후 우리 이전 세대들에게 북방은 아름답고 온화한 삶이 기다리는 이상향으로 존재하는 곳이 아니다. 이들에게 북방은 '매운 계절의 채찍에 갈겨 마침내 휩쓸려 온 곳'(이육사의 「절정」)이다. 자발적으로 온 곳이 아니라 폭압적인 힘에 의해 마지못해 오게 된 곳이 바로 북방인 것이다. 척박하고 낯선 곳에서의 실존은 해방 이후 고국으로의 회향이 불가능하게 되면서 이들의 고

난은 계속되었을 뿐만 아니라 고국과의 불통과 단절로 인해 이쪽으로부터 망각된 채 소수자 내지 호모 사케르적인 존재(Homo Sacer는 조르조 아감벤Giorgio Agamben에 의해 널리 알려진 개념이다. 이 말은 '벌거벗은 생명'이란 뜻으로 주권 권력으로부터 어떤 보호도 받지 못한 채 실존을 연명할 수밖에 없는 그런 문제적인 존재를 가리킨다.)로 남겨지게 된다.

이들에 대한 망각은 곧 역사에 대한 망각에 다름 아니다. 만일 이들의 존재에 대해 그 누구도 기억하지 못한다면 이들의 역사는 은폐되거나 소멸되고 말 것이다. 우리의 역사에서 북방은 수난과 시련의 대상으로서만 존재하는 것이 아니라 민족의 시원과 영광의 대상으로도 존재한다는 점에서 그것의 망각은 은폐된 역사를 들추어내지 못한 채 그대로 묻어버리는 결과를 초래할 수 있다. 북방의 역사를 망각하거나 배제한다는 것은 우리 스스로가 역사를 연속이 아닌 단절의 차원으로 인식한다는 것을 의미하며, 이렇게 북방이 배제된 한반도 내로 우리 역사의 영토를 축소시켜서 바라보게 되면 그것이 지니고 있는 민족이나 국가에 기반 한 역사로서의 잠재적인 가능성이나 한국 문학사의 차원에서 시의 지평을 확장하는데 일정한 한계를 드러낼 수밖에 없다. 어떤 역사적인 맥락이 단절된 상태에서 우리의 과거와 현재와 미래를 말할 수는 없으며, 설령 말해진다고 하더라도 그것은 온전한 것이 될 수 없을 것이다.

시인이 겨냥하고 있는 북방이라는 시공간은 우리 문학사의 흐름 속에 하나의 큰 축으로 놓여 있을 뿐만 아니라 무엇보다도 그 공간이 우리 민족의 수난과 영광의 역사를 은폐하고 있다는 점에서 주변이면서 동시에 중심으로서의 성격을 지닌다고 할 수 있다. 우리 역사에서 북방은 새로운 시작을 가능하게 한 중요한 통로였으며, 한반도 내의 한계 상황을 돌파하고 미래에 대한 실존적 전망을 가늠하고 제시하는데 중요한 역할을 해 왔다고 할 수 있다. 북방의 이러한 존재성은 남북 분단으로 인해 약화되면서 우리의 기억 속에서 차츰 망각되기에 이른다. 북방의 망각은 곧 역사의 망각이고, 이 망각이 오래 이어지면 그것은 북방이라는 존재 자체의 상실로 이어질 수밖에 없다. 북방에 대한 기억이 희미하다거나 그것이 아주 낯선 대상으로 인식된다면 이 공간은 우리가 실감하는 차원을 벗어나 있는 것으로 볼 수 있다. 실감의 차원을 벗어난 대상은, 만일 우리가 그것을 발견해 들추어내지 못한다면 여기에 대한 존재 지평은 역사 속에 불가능성의 상태로 유폐되고 말 것이다.

2. 길과 집의 모색과 발견

시인의 의식이 정주(定住)를 넘어 어떤 흐름 속에 있다는 것은 대상에 대한 지향성을 드러낸다는 것을 의미한다. 의식의 지향 대상이 분명하고 명확하다면 시인은 아무런 망설임 없이 그 방향으로 나아가면 된다. 하지만 의식 주체가 지향하는 대상을 처음부터 분명하게 알고 있는 경우란 지극히 이상적이나 이념적이지 않으면 불가능하다. 일반적으로 여기에는 탐색이나 모색의 과정이 개입될 수밖에 없다. 시인이 지향하는 대상 역시 처음부터 분명하게 드러나고 있지는 않다. 시인의 의식의 지향 대상인 북방은 이러한 모색이나 탐색의 과정을 거친 연후에 드러난다. 이런 점에서 시인의 모색의 과정은 긴밀하게 북방과 연결되어 있다고 할 수 있다. 시인의 모색의 과정이 북방으로 귀결됨으로써 그의 시에는 과도한 낭만적인 정처 없음이나 막연한 동경이나 이상 같은 것이 아닌 역사 속에 은폐된 사람들의 실존의 흔적이나 삶의 의미를 발견하려는 의도가 강하게 내재해 있다.

시인의 의식의 이러한 지향은 관념 속에서 이루어지는 것이 아니라 역사의 현장 혹은 실존의 흔적을 직접 발로 찾아 나서 그 의미를 발견하는 과정에서 이루어진다. 천상이 아닌 지상에 발을 딛고 있는 시인의 상상력은 그래서 늘 지상의 '길' 위에 있다. 시에서 길의 상징성은 오랜 전통을 지니고 있는 질료로 그것의 보편화된 감각은 이미 많은 공감의 과정을 거쳐서 형성된 것이다. 길의 상징성과 공감의 보편성은 시인이 겨냥하고 있는 대상에 대한 의식과 의미를 더욱 선명하게 하거나 강화하는 역할을 한다. 어떤 대상을 향해 놓여 있는 길은 의식 주체가 그것을 적극적으로 모색하거나 탐색하지 않으면 발견할 수 없다. 이로 인해 의식 주체가 대상을 어떻게 모색하느냐의 문제는 중요하다고 할 수 있다. 여기에는 모색의 방식을 표상하는 길이 추상 혹은 관념으로 제시되고 있느냐 아니면 그것이 구체적인 현실이나 실존의 차원에서 제시되고 있느냐 하는 문제가 중요한 관건이 될 수 있다.

이와 관련하여 시인은 그의 첫 시집인 『인디오 여인』에서 주목할 만한 대상을 시의 장으로 불러내고 있다. 시집 표제에 잘 드러나 있듯이 그 대상은 바로 '인디오'이다. 아메리카 대륙의 원주민을 일컫는 인디오는 시인이 길 위에서 만난 존재들이다. 하지만 이들은 길을 가다가 우연히 만난 존재들은 아니다. 이들과의 만남은 시인에 의해 의도된 것이며, 이런 점에서 볼 때 여기에는 대상에 대한 시인의 목적성 강한 모색과 발견의 과정이 전제되어 있다고 할 수 있다. 아메리카에 가면 으레 둘러보는 코스의 하나로 인디오 마을이나 유적지를 보는 것과는 달리 시인의 여행길에는 그런 순간적이고 말초적인 호기심 차원을 넘어 그들의 삶의 이면에 은폐되어 있는 세계라든가 또는 그들의 오랜 역사적인 맥락 속에 담긴 의미를 탐색하려는 의도가 내재해 있다. 시인의 대상에 대한 이런 태도는 단순히 인디오에 대한 관심이라기보다는 그들을 통해 우리 혹은 우리의 역사를 되돌아보려는 의도를 지닌다고 할 수 있다.

사람들도 신들도 사라진 분지
문명의 기억을 찾아가는 길
인디오의 신들이 이룬
고대 도시로 가는 길목을 지키는
길에 서린 엄숙함
끝없이 펼쳐지는 하여 장엄한
빈민가, 그 거리의 아이들
산체스의 아이들 루이스의 딸들
다시 그 아이들이 나고 자라는 도시 빈민의 숲
그 거대한 숲의 노래는 아련하고 비장한 단조(短調)
침묵하는 숲의 사람들과 내가 함께 나누는 꿈은
천오백 년 전 테오티우아칸인들의 전설
어느 날 흔적도 없이 사라지는 것
이 길 끝에 그냥 그렇게 이름 없이 말없이 사라진
이들을 위해 피라미드 닮은 작은 무덤 하나 있었으면
그들에게 그리고 우리 아이들에게
희망을 줄 수 있었으면
아니 무엇이든 줄 수만 있다면[235)]

시인의 목적지는 '테오티우아칸'이며, 그는 지금 그 '고대 도시로 가는 길목'에 있다. 시의 행간을 고려할 때 시인이 이 고대 도시를 찾아가려는 중요한 이유는 그곳이 '어느 날 흔적도 없이 사라지고 전설'로만 남아 있는 데에 있음을 알 수 있다. 그렇다면 시인에게 인디오의 신들과 사람들에 의해 건설된 고대 문명 도시인 테오티우아칸의 사라짐이 왜 이렇게 문제가 되는 것일까? 시간의 흐름에 따라 문명 도시가 소멸하는 것은 어쩌면 당연한 것이며, 여기에 대해 회한의 감정을 드러내는 것은 시인을 회고주의자나 복고적 감상주의자로 비치게 할 수도 있다. 하지만 시인의 경우 그것은 이런 회고나 감상과는 궤를 달리한다. 그의 인디오와 그들의

235) 곽효환, 「테오티우아칸 가는 길」, 『인디오 여인』, 민음사, 2006, pp.26~27.

문명에 대한 관심은 그것이 스스로 소멸해간 것이 아니라 제국의 정복자들에 의해 사라진 데에 있다. 인디오의 이 수난의 역사가 그로 하여금 길을 나서게 한 것이라고 할 수 있다.

원래 자신들의 영토였음에도 불구하고 정복자들에게 그것을 빼앗긴 채 소멸의 길을 걷게 된 이들의 수난의 역사가 우리 역사와 겹쳐지면서 시인의 테오티우아칸행은 분명한 이유와 목적을 드러내게 된다. 이와 같은 맥락에서 볼 때 시인의 인디오에 대한 관심과 애정은 그가 궁극적으로 지향하고 있는 북방의 우리 민족의 역사와 그곳을 삶의 터전으로 살다간 혹은 살아가고 있는 사람들에 대한 관심과 애정에 다름 아니다. 이 시에 드러난 시인의 기본적인 세계 인식의 태도는 역사를 단절이 아닌 연속의 차원에서 이해하고 해석한다는 사실이다. 이미 흔적도 없이 사라진 고대 도시에 서린 '길의 엄숙함과 장엄함' 속에서 그는 현재의 아이들(인디오 아이들과 우리 아이들)을 보게 되고, 그들의 안녕과 함께 그들에게 희망을 주고 싶어한다. 과거의 사람들과 현재의 아이들이 하나의 길 위에 놓임으로써 수난의 역사는 구체화되고 또 일정한 존재성을 드러내게 된다.

시인의 수난의 역사에 대한 강조는 자연스럽게 현재에서 과거로의 의식의 흐름을 통해 이루어진다. 지금, 여기의 길 위의 아이들을 통해 과거 속 그들의 부모들(산체스와 루이스)을 떠올린다거나 '군옥수수를 파는 인디오 여인의 그늘진 얼굴'을 통해 과거의 '어머니의 어머니'를 떠올리고 이어서 그녀들을 욕보인 '배를 타고 건너온 말을 탄 정복자'를 불러내 '아메리카의 혼혈의 역사'[236]를 상기하기도 한다. 이렇게 시인의 부름에 의해 길 위에 놓인 인디오의 역사에 대해 그는 침묵하거나 에둘러 말하지 않고 직설적으로 말한다. 그는 인디오 여인의 어머니들에 대해 '정복자의 언어

236) 곽효환, 「군옥수수를 파는 인디오 여인」, 위의 책, p.19.

로 삶과 죽음을 넘나든 절망과 희망을 낳은 어머니'[237]로 평가한다. 이것은 인디오의 역사를 부정적으로만 그렇다고 긍정적으로만 바라보지 않으려는 균형 잡힌 역사의식을 드러낸 해석이라고 할 수 있다.

인디오의 순수한 혈통은 더 이상 존재하지 않는다는 인식은 지극히 현재적이면서 동시에 미래적인 의미를 지닌다. 과거에 대한 집착이 아닌 과거와 현재와 미래를 아우르는 과정을 통해 인디오와 우리의 상황을 이해하고 판단하려는 시인의 태도는 역사의 길을 잃지 않으려는 의지로 볼 수 있다. 시인의 이 의지는 일종의 강박처럼 느껴진다. 아이러니하게도 시인은 이 강박으로 인해 자주 길을 잃기도 하고 또 길을 잃고 싶어 하기도 한다. 가령 시인이 "우습지 않은가/뒷산에서 길을 잃다니", "자네도 길을 잃어보게/뒷산에서 길을 잃었다고 말할 수 있는지"[238]라고 했을 때 시의 행간에서 느껴지는 것은 길을 잃은 것에 대한 안타까움을 넘어선 두려움과 공포의 감정이다. '길을 잃지 않아야 한다'는 강박이 시인으로 하여금 뒷산에서 길을 잃게 했고, 다른 곳도 아닌 뒷산에서 길을 잃은 것에 대해 시인은 심한 자책이나 죄의식에 가까운 발언을 쏟아낸다. 심지어 시인은

> 3월에 큰 눈이 내린 후
> 황새 한 무리 길을 잃었다
> 검고 흰 날개를 펴고
> 철원평야를 건너 순담계곡을 배회하다
> 날개를 접었다
> 바이칼호가 아득하다
>
> 나도 어딘가에 길을 잃고 버려지고 싶다
> 아득히 잊혀지고 싶다[239]

237) 곽효환, 「군옥수수를 파는 인디오 여인」, 위의 책, p.20.
238) 곽효환, 「뒷산에서 길을 잃다」, 위의 책, p.61.

고까지 말한다. 이것 역시 지독한 역설이다. 그런데 이 시에는 '길을 잃고 싶지 않다'는 것 이외에 '잊혀지고 싶지 않다'는 역설까지 내재해 있다. '잊혀지고 싶지 않다'는 것은 곧 '기억되고 싶다'는 것이고, 이것이 전제되어야 '길을 잃지 않는다'는 점에서 길과 기억은 깊은 연관성을 지닌다고 할 수 있다. 시인이 늘 길 위에 있으려고 하는 것도 망각으로부터 자신을 지키려고 하는 행위로 볼 수 있다. '테오티우아칸'이나 '아즈텍'의 사라진 흔적을 되살리기 위해서는 이 고대 인디오의 도시에 대한 기억을 되살려야 한다. 기억의 복원은 고대의 시공간을 물리적으로 고스란히 되살리는 것이 아니라 '지금, 여기'의 존재를 통해 그것을 의식의 차원으로 드러내는 것이다.

시인이 인디오와 그 도시를 탐색하면서 그들의 역사를 기억해내려 하고 그것을 통해 현재는 물론 미래에 대한 전망을 제시하려고 하는 데에는 기억이 하나의 실존이 될 수 있다는 사실을 깨달았기 때문이다. 기억과 망각은 단순한 차이가 아니라 역사의 실존을 가능하게 하느냐 불가능하게 하느냐 하는 차이라는 점에서 길과 기억의 문제는 그의 시세계와 관련하여 중요한 입각점을 제공한다고 하지 않을 수 없다. 시인에게 기억은 부재하는 역사의 현존을 가능하게 하는 방식이다. 우리가 망각하고 있는 북방의 역사 역시 기억의 방식을 통해 복원해야 하며, 기억의 복원을 가능하게 하는 물질성이 점차 약화되거나 소멸의 길을 걷고 있는 상황에서 이 문제는 그야말로 절박한 실존에 다름 아니다. 실존이란 본질에 선행하는 것으로 인간이 처한 '지금, 여기'의 상황이나 세계의 이면에 은폐되어 있는, 고정되거나 개념화되어 있지 않은 하나의 현상에 대한 발견을 전제로 한다. 이렇게 되면 시인에게 기억은 실존이 되고, 그 실존은 과거, 현

---

239) 곽효환, 「길을 잃다」, 위의 책, p.11.

재, 미래를 아우르는 전망을 제시하게 될 것이다.

3. 기억의 실존, 실존의 기억[240)]

기억은 인간의 실존을 가능하게 하는 중요한 질료이다. 만일 인간이 어떤 기억도 가지고 있지 못하다면 그는 인간으로서의 존재성을 상실한 것이라고 할 수 있다. 인간의 현재와 미래는 과거의 기억을 통해 이루어지는 것이다. 기억의 축적이 인간의 실존을 보다 풍요롭게 하며, 인간의 치열한 실존의 현장은 언제나 기억의 흔적으로 남는다. 기억은 치열한 실존의 현장을 그대로 재현하는 것이 아니라 일정한 거리를 두고 그것을 재현한다. 이것은 기억이 거리의 개념을 통해 미적 질료로 거듭난다는 것을 의미한다. 거리의 개념을 통해 기억은 실존의 부분적인 생경함에서 벗어나 전체를 통찰하고 판단하는 원숙함으로 거듭난다. 이런 점에서 기억은 복고적이고 감상적인 차원을 넘어 미래적이고 현실적인 차원을 드러낸다고 할 수 있다.

『지도에 없는 집』에서 시인이 보여주는 기억 역시 이와 다르지 않다. 이 시집에서 시인이 구현하고 있는 기억은 단순히 과거의 어느 시간이 아니라 강렬한 실존을 내장하고 있는 그런 시간이다. 이런 점에서 이 시집은 기억과 실존의 기록이라고 할 만하다. 이미 흘러가 버린 시간은 그 자체가 실존의 흔적일 수 있지만 그것이 모두 미적인 질료가 되는 것은 아니다. 실존의 흔적들 중에서 인간의 삶과 관련하여 누구나 인정할 수 있는 보편타당한 가치와 의미를 획득한 것만이 미적인 질료가 될 수 있다.

---

240) '3. 기억의 실존, 실존의 기억'은 『본질과 현상』(2010년 겨울호)에 실린 「기억의 실존, 실존의 기억–곽효환의 『지도에 없는 집』을 수정·보완한 것이다.

강렬하고 보편타당한 실존의 흔적은 시간의 흐름과 무관하게 반복되면서 미적인 아름다움의 세계를 드러낸다. 시인은 그 보편타당한 실존의 흔적을 여러 차원에서 발견하지만 그중에서도 특히 주목해 보아야 할 대목은 '여행' 혹은 '길' 모티프와 관련된 시편들이다. 여행이나 길 모티프는 자신이 미처 발견하지 못한 세계를 드러내는 데에는 더없이 좋은 시적 질료라고 할 수 있다.

시인의 여행이나 길 모티프는 개인의 기억을 찾아가는 여정에 머물러 있지 않다. 그것은 개인을 넘어 민족이나 겨레의 기억에 닿아 있다. 민족이나 겨레의 기억이란 의식의 차원에서뿐만 아니라 집단 무의식의 차원에서 자연스럽게 형성되는 것이기 때문에 쉽게 사라지지 않는 원형성을 지닌다. 시인의 민족이나 겨레에 대한 기억은 그것이 우리가 쉽게 다다를 수 없는 거리에 있거나 망각의 정도가 클수록 더욱 강렬하게 환기된다. 시인이 체험한 여행이나 길 모티프를 토대로 이것을 살펴보면 민족이나 겨레의 기억이 국내보다 국외, 특히 민족의 수난사를 드러내고 있는 시간과 공간의 경우에 그것이 더욱 두드러진다. 과거 우리 민족의 삶의 무대였지만 현재는 그 흔적조차 찾아볼 수 없거나 우리의 영향력이 전혀 미치지 않아 소외된 채 버려진 곳이 바로 그러한 수난사의 시공간이다.

이런 점에서 시인의 '열하기행 시리즈(1~8)'는 주목에 값한다. 시인이 여행이나 길의 모티프로 열하를 내세웠다는 것은 특별한 의미가 있다. 이것은 열하라는 공간이 중요하다는 것을 의미하는 것은 아니다. 익히 알려진 것처럼 열하는 청나라 건륭제의 피서지이다. 연암이 종형인 박명원을 따라 건륭제의 고희 축하 사절단에 끼여 이 열하를 여행하고 『열하일기』를 쓴 일은 누구나 다 아는 사실이다. 시인이 연암이 걸었던 이 길에 주목한 것은 그것이 가지는 현재적인 의미 때문이다. 연암이 열하를 여행하던 조선 후기에는 교통수단이라야 말이나 마차(수레) 아니면 두 다리가 전부였지만 지금은 비행기와 배, 자동차 같은 그 당시와는 비교할 수 없을 정도로 발달된 교통수단을 통해 여행을 하는데도 불구하고 시인은 오히려 연암의 시대를 부러워하고 있다. 왜, 그런 것일까? 시인은

> 가없는 대륙이 펼쳐지는 동쪽 끝
> 안개 가득한 압록강 하구의 국경도시
> 끊어진 철교를 따라 나란히 난 새로운 철길
> 나는 경계의 둑을 걷고 있다
> 사방으로 열린 광활한 대륙에서
> 새 길이 열리듯이 새로운 소통을 꿈꾸면서도
> 몸은 주저주저
> 끊어진 철교 앞에
> 더는 갈 수 없다는 경계석 앞에 멈춰 서 있다[241)]

고 고백한다. 연암의 처지와 시인의 처지의 다름이 '경계'라는 말 속에 잘 드러나 있다. 연암은 새 길 새로운 소통을 꿈꾸며 경계를 넘었지만 시인은 그것을 꿈꾸면서도 경계석 앞에 멈춰 설 수밖에 없는 것이다. 만일 시인의 경계 넘기가 여기서 그친다면 그것은 곧 길의 끝남을 의미한다. 시인의 경계 넘기가 개인 차원을 넘어 민족의 실존 문제를 담지하고 있다는 점에서 길은 커다란 상징성을 띤다. 이런 점에서 보면 길의 끝남은 민족의 새로운 소통 의지에 대한 끝남으로 볼 수 있다.

그러나 시인은 새로운 소통 의지를 멈추지 않는다. 시인으로 하여금 의지를 멈추지 않게 하는데 결정적인 계기를 제공한 것은 연암의 열하기행에 대한 기억이다. 민족이나 겨레의 기억으로 명명할 수 있는 연암의 열하기행은 시인으로 하여금 '다시 길에 서게 하는 실존의 동력'으로 작용한다. 연암이 새로운 소통을 꿈꾸며 경계를 넘었듯이 비록 상황은 다르지만

241) 곽효환, 「다시 길에 서다 - 열하기행 1」, 『지도에 없는 집』, 문학과지성사, 2010, p.46.

시인 역시 기억을 되살려 열하기행에서 경계를 넘기 위한 힘을 얻고 싶어 한다. 시인은 지금은 사라져 흔적조차 없지만 그 궤적을 쫓아 '길을 내고 가야만 하는 사람'으로 남고 싶은 것이다. 연암의 열하기행의 궤적을 쫓아가는 길은 일단 압록강이라는 경계를 넘어야 하는데 이 과정에서 시인은 수나라, 당나라, 명나라, 청나라와 우리의 삼국, 고려, 조선 사이의 영욕의 역사를 마주해야 하고, 철조망과 끊어진 철교로 표상되는 현대사의 비극의 현장과 고구려의 역사를 통째로 삼키려는 중국의 음험함이 고스란히 반영된 동북공정의 현장과 마주해야 하는 고통을 감내해야 한다.

시인이 단행한 열하기행은 새로운 실존을 모색하기 위해 우리 민족이나 겨레의 고통스러운 역사에 대한 기억을 반추해 내는 일도 마다하지 않는 적극적인 의지와 태도를 보여주고 있는 것이 사실이다. 시인의 이러한 의지와 태도는 우리가 망각하고 있거나 점점 희미해져가는 민족이나 겨레의 은폐된 시공간에 대한 기억을 되살려 줌으로써 새로운 실존을 모색하는데 어떤 구체성을 강하게 환기시킨다고 할 수 있다. 하지만 기억의 재생을 위해 시인이 주목한 것은 은폐된 시공간만이 아니다. 구체적인 시공간의 흔적이나 궤적을 발견할 수 없거나 그것을 되살리기가 어려운 경우 시인은 사람에게서 민족이나 겨레에 대한 기억을 구하려고 한다. 시간이 생성과 소멸을 거듭하고 공간이 끊임없이 변모하듯 사람 역시 그럴 수밖에 없다. 특히 인종이나 민족이 자신들과 다른 곳으로 이주하여 오래 살다보면 자연스럽게 정착한 곳에 동화되어 본래의 모습을 찾기가 점점 어려워지게 된다.

시인은 그 비근한 예를 '멕시코의 인디오 노파'[242]와 '중국의 만주족 사내'[243]와의 만남을 통해 보여준다. 시인이 멕시코의 인디오 노파에게서

242) 곽효환, 「내 이름은 멕시코언」, 위의 책, p.39.
243) 곽효환, 「북방에서 온 사내」, 위의 책, p.110.

민족과 겨레의 기억을 끄집어내는 데에는 그럴만한 역사적인 사건이 있다. 구한말 가난 때문에 멕시코 유카탄 반도의 에네켄 농장으로 떠난 조선인 노동자들을 기억한다면 시인이 왜 인디오 노파에게 과도한 관심과 연민의 감정을 가지는지 이해할 수 있을 것이다. 흔히 '애니깽'으로 불리는 이들은 당시 모국인 조선은 물론 멕시코 정부로부터도 전혀 보호받지 못한 채 벌거벗은 생명으로 살다간 호모 사케르 같은 존재들이다. 에네켄 농장에서 노예처럼 비참한 생활을 하다가 최후를 맞이한 이들의 존재들이야말로 한민족 수난사의 대표적인 표상이다. 사실 인디오 노파를 조선인 노동자들과 연결할 수 있는 구체적인 근거는 없다. 억지로라도 그 근거를 찾자면 그것은 이들이 모두 황인종이라는 사실이다. 시인 역시 그것을 잘 알고 있다. 그래서 시인은

> 두 눈에 그득한 슬픈 천진함 그 눈에 어린 또 다른
> 황색 인디오들
> 아, 내 어머니 할머니, 그 어머니 할머니 다시 그……
> 볼펜 꾹꾹 눌러 입국 카드 빈칸을 채우고 나니
> 그네 주름 가득한 두 손을 모으고
> 몇 번이나 감사하다고 감사하다고 하는데
> 이름이라도 준 조국이 있는 그네가 나는 부럽네[244)]

라고 말하고 있는 것이다. 시인이 인디오 노파에게서 우리의 어머니 할머니를 떠올리지만 그것은 이 둘 사이의 구체적인 관계를 발견했기 때문이라기보다는 단순히 그녀가 '황색'이라는 사실 때문이라고 할 수 있다. 시인이 인디오 노파를 통해 이야기하려고 한 것은 조국의 어떤 보호도 받지 못한 채 멕시코 에네켄 농장에서 비참하게 살다간 우리의 어머니 할머니

---

244) 곽효환, 「내 이름은 멕시코언」, 위의 책, p.40.

의 비극적인 역사이다. 시인이 '조국이 있는 그네가 부럽다'고 한 이유가 바로 여기에 있다. 이들의 흔적은 분명 우리 역사의 한 부분이며, 우리는 그들의 비극적인 삶을 찾아내어 복원해야 할 의미가 있음에도 불구하고 그것이 제대로 이루어지지 않은 것은 이들의 비극적인 역사가 망각되어 기억의 저편으로 사라질 수도 있다는 것을 말해준다.

우리가 이들의 삶을 망각한다는 것은 그것이 또 다른 망각으로 이어질 수 있다는 점에서 불안을 내재하고 있다고 할 수 있다. 이러한 불안은 시인이 만주족 사내를 만나는 과정 속에 잘 나타나 있다. 자신이 만주족의 후예임을 자랑스럽게 여기는 중국 작가단의 리샤오밍을 만나 이제는 기억 속에서나 희미하게 존재하는 고구려를 되살려내기에 이른다. 시인은 만주족인 리샤오밍의 꿈이 '이백만 명으로 삼 억의 대륙'[245]을 점령했던 자랑스러운 만주족의 역사와 이상을 복원하는 것이라는 이야기를 듣고 자신과 강한 동질감을 느낀다. 그를 통해 시인은 잃어버린 북방의 꿈을 확인한 것이다. 북방의 기억에 대한 복원이라는 동질감을 확인한 순간 시인은 "내내 추위를 머리에 이고 살아온 이들의 후예로서 와락 그를 끌어안"고 "뜨거운 가슴으로 오랫동안 꼭꼭 품어준"다. 이어서 "꼭 한 번 환인의 졸본천따라 이끼 낀 북방 오녀산 흘승골성에 같이 가자"[246]고 제안한다.

시인의 만주족 사내에 대한 태도와 여기에서 느끼는 공감대는 북방이라는 공통된 인식의 대상이 있어 가능한 것이다. 역사적으로 볼 때 우리에게 북방은 자존감의 상징적인 공간이며 그것에 대한 망각은 커다란 상실감을 안겨줄 수 있다는 점에서 남다른 데가 있다. 더욱이 그 북방에 대한 흔적을 동북공정이라는 미명하에 은폐하고 왜곡하고 있는 현실을 고려할 때 북방의 기억을 되살리는 일은 시인에게 주어진 절실한 숙명 같은

245) 곽효환, 「북방에서 온 사내」, 위의 책, p.110.
246) 곽효환, 「북방에서 온 사내」, 위의 책, p.111.

것이라고 해도 과언이 아닐 것이다. 지금의 한반도, 그것도 남북한이 분단된 채 존재하는 우리의 현 상황을 되돌아보면 북방에 대한 향수는 더욱 절실할 수밖에 없다. 하지만 현실은 시인이 상상하는 것 이상으로 엄혹하다. 북방에 대한 꿈을 꾼다고 해서 만주족 사내와 시인이 하나가 될 수 없으며, 심지어는 한 민족이라고 하더라도 남한 사람과 북한 사람이 하나가 되기에는 해결해야 할 일이 너무나 많다. 가령 탈북자인 이소희 씨가 '남쪽에서 가장 힘든 일은 부모 형제 그리운 것보다 말씨를 고치는 것과 북한에서 왔다는 사실을 숨기는 것'[247)]이라고 말하는 대목에서 우리는 이상과 현실 사이의 커다란 괴리를 알 수 있다. 여기에서 우리는 시인의 민족과 겨레에 대한 기억이 단순한 내셔널리즘에 대한 향수를 지향하는 것이 아니라는 것을 암시 받을 수 있다.

탈북자인 이소희 씨는 우리와 한 민족 한 겨레라는 사실 못지않게 다수 권력에 의해 소외받는 소수자이다. 이런 맥락에서 보면 시인이 만난 멕시코 인디오 노파와 만주족 사내, 그리고 구한말 에네켄 농장으로 이주한 한인들, 중국, 러시아, 일본, 중앙아시아에 흩어져 살고 있는 조선족 모두 소수자라고 할 수 있다. 시인의 기행의 목적이 실존의 위기 속에서 살다간 혹은 지금도 살고 있는 이들 소수자의 삶에 놓여 있다면 그것은 또 다른 경계를 넘는 일이라고 할 수 있다. 사실 이들 소수자들을 실존의 위기 속으로 몰아넣은 것은 민족주의나 국가주의 같은 이데올로기라고 해도 과언이 아니다. 만일 그것이 사라지지 않고 지배력을 행사한다면 과거나 현재, 미래에도 수많은 소수자들이 양산될 것이다. 시인은 민족주의 이데올로기가 가지는 이러한 음험함에 대한 날카로운 통찰을 「Beyond right」라는 시에서 잘 보여주고 있다. 이 시는 일본의 축구 선수인 나카타

247) 곽효환, 「탈북자 캐디 이소희」, 위의 책, pp.114~115.

히데요시에 관한 이야기를 담고 있다. 시인이 그를 주목하는 이유는 축구 경기 때마다 그가 보여주는 행동 때문이다. 그는 경기 시작 전에 실시하는 세리머니 중에도 일본 국기나 국가 앞에서 경건하고 엄숙한 표정보다는 '여기저기 기웃거리고 가볍게 제자리에서 뛰며 주위에 아랑곳하지 않고 딴청을 부리는 경쾌한 몸놀림'[248]을 보여준다. 시인은 그의 이러한 행동을 '유쾌한 놀음'이라고 명명한다. 시인이 그에게 가지는 호감은 한일전과 같은 민족주의 이데올로기가 강하게 충돌하는 현장을 가볍게 무력화시키는 어떤 힘 때문이라고 할 수 있다.

시인이 경계하고 불안해하는, 그래서 그것을 넘어서고 싶어 하는 민족주의 이데올로기 혹은 세상의 모든 이데올로기들은 지금도 사라지지 않고 계속되면서 많은 사람들을 실존의 위기 속으로 몰아넣고 있는 것이 사실이다. 어린 아이 앞에서 할아버지와 할머니, 아버지와 어머니 등 일가족을 총으로 몰살시켜 버린 미군의 광기[249]라든가 4월에 발칸 반도에서 있었던 인종청소[250] 등은 민족이나 이념의 고착이 불러온 비극이다. 시인의 기행, 좀더 정확히 말하면 시인의 고행이 우리에게 던지는 메시지가 바로 이러한 고착에서 벗어나 보다 자유롭고 평화로운 삶을 추구하려는 의지라고 할 수 있다. 시인의 기행이 궁극적으로 지향하는 목적이 여기에 있다면 그것은 세상의 모든 경계를 허무는 일로부터 시작하여야 할 것이다. 그것은

> 함석지붕을 머리에 인 처마가 깊은 집이 있다
> 산나물이 들풀처럼 자라는
> 담도 길도 경계도 인적도 없는 이곳은

248) 곽효환, 「Beyond right」, 위의 책, pp.26~27.
249) 곽효환, 「하디사에서 생긴 일」, 위의 책, pp.42~45.
250) 곽효환, 「발칸에서 부치는 편지」, 위의 책, pp.108~109.

> 세상에 대한 기억마저도 비워낸 것 같다 그래서
>
> 지도에 없는 길이 끝나는 그곳에
> 누구도 허물 수 없는 집 한 채 온전히 짓고 돌아왔다[251]

에서처럼 기행의 인식 자체를 모조리 바꿔야 이루어질 수 있는 일이다. 시인이 가고자 하는 기행의 목적지는 '담도 길도 경계도 인적도 없는 곳', '세상에 대한 기억마저도 비워낸 곳', '지도에 없는 길이 끝나는 곳'이다. 앞서 살펴본 시인의 기행이 늘 넘고자 하는 경계가 뚜렷했고, 민족이나 겨레의 기억을 되살리려고 노력했으며, 언제나 새롭게 시작되는 길이 있던 것과 비교해 보면 분명 이 세계는 일정한 차이를 드러낸다고 할 수 있다. 마치 모든 목적이나 의미를 초월해버린 것 같은 무화된 세계의 인상을 강하게 환기한다. 어떻게 이러한 차이와 변주가 가능할까? 갑자기 무슨 목적이나 의도를 가지고 길을 찾아 떠나는 기행이 허무해진 것일까?

이 물음에 대한 답은 바로 여기, '누구도 허물 수 없는 집 한 채 온전히 짓고 돌아왔다'는 말 속에 있다. 시인이 궁극적으로 겨냥하고 있는 기행의 의도와 목적이 여기에 강하게 투영되어 있다. 시인의 기행의 목적이 허무와 무화로 귀결되는 것이 아니라 온전한 집 혹은 견고한 존재로 귀결된다는 것을 이 말은 잘 보여주고 있다. 사정이 이러하다면 시에서의 허무와 무화는 온전한 집을 짓기 위한 하나의 조건이라고 할 수 있다. 이것은 일종의 역설이다. 허무와 무화를 통해 새로운 존재를 잉태하는, 즉 무가 없음이 아니라 있음을 전제로 없음이라는 역설이 여기에 투영되어 있는 것이다. 시인은 길을 가기를 포기한 것이 아니라 그 길에 대한 온전한 반성과 성찰을 통해 다시 기행을 시작하고 싶은 것이다. 길이 끝나는 곳

251) 곽효환, 「지도에 없는 집」, 위의 책, p.79.

에 길이 다시 시작된다는 역설이 여기에 해당된다고 할 수 있다. 이때의 길은 단절이면서 연속인 것이다.

4. 북방의 복원과 시의 지평

시인의 길 위의 상상력이 궁극적으로 겨냥하고 있는 곳은 북방이다. 이 공간은 우리 역사에서 구체적인 실존의 공간으로 존재해 왔지만 시대의 흐름 속에서 점차 망각의 길을 걸어왔다고 할 수 있다. 북방이 지니고 있는 영광으로서의 역사와 수난으로서의 역사가 교차하면서 이루어진 이 공간은 시인에게 쉽게 망각되어서는 안 되는 그런 공간으로 인식되기에 이른다. 이미 이러한 역사적 공간을 폭넓게 탐색해 온 시인의 저간의 행적을 놓고 볼 때 여기에 대한 망각이 상실의 고통과 함께 깊은 자의식을 불러일으키는 요인으로 작용하게 되리라는 것을 어렵지 않게 예상할 수 있다. 자신이 주인이면서도 정복자들에 의해 배제되고 소외되어 소멸의 길을 걸어온 인디오에 대한 탐색이라든가 지도에 없는 길 하나를 만나 그것이 끝나는 곳에 온전한 집 한 채 짓고 돌아오기를 희구하는 시인의 태도는 북방의 존재성을 드러내기 위한 과정에 다름 아니다.

시인에게 북방은 '슬픔의 뼈대'와 같은 곳이다. 이것은 북방을 관념이나 개념이 아닌 정서의 차원에서 인식하고 있다는 것을 의미한다. 시인이 지각하고 싶어 하는 이 북방의 정서를 그는 '백석과 용악을 읽는 시간'[252] 속에서 발견하기도 하고 또 북방의 여러 곳을 여행하면서 이곳을 거쳐 간 '사람들의 시간'[253] 속으로의 투사를 통해 추체험하기도 한다. 시

252) 곽효환, 「백석과 용악을 읽는 시간」, 『슬픔의 뼈대』, pp.24~25.
253) 곽효환, 「시베리아 횡단열차 1·2」, 위의 책, pp.34~37.

인이 북방이라는 공간을 정서의 차원에서 불러내려고 하는 데에는 부재하는 북방의 현존 내지 복원의 구체화와 실감을 위해서라고 할 수 있다. 북방의 시인인 백석과 용악 그리고 이곳을 삶의 터전으로 하여 살다 간 사람들의 시간과 정서 속으로 들어서기 위해 시인은 현재의 '나' 이외에 또 다른 과거의 '나'를 설정하여 대화를 시도한다.

뼛속까지 스미는 한기가
불현듯 치미는 슬픔을 불러오는
한여름 시베리아벌판 국경의 밤
좀체 움직이지 않는 차창에 어린
낯익은 얼굴, 아득한 시절의 내가 있다

북방과 산과 강과 짐승과 나무와 친구들이 붙들던
그 말들을 그 아쉬움을 그 울음을 뒤로하고
먼 앞대로 더 먼 앞대로 내려온
아득한 옛 하늘 옛날의 나를 찾아가는 길
셰퍼드를 앞세운 군인들의 수색과 검문이
지루하게 이어지는 삼엄한 국경의 밤
침대칸에 누워 혹은 복도를 서성이며
나는 북으로 북으로
바이칼의 가장 깊은 알혼섬으로 걸음을 재촉했다[254)]

시인이 시베리아 횡단열차를 탄 이유는 '아득한 시절의 나' 혹은 '옛날의 나'를 찾기 위해서이다. 옛날의 나에 대한 시인의 지향은 지금의 나가 북(북방)으로부터 너무 멀어진 데에 원인이 있다. 옛날의 나는 북, 다시 말하면 '바이칼의 가장 깊은 알혼섬'에 위치해 있었고, 그곳으로부터 멀어짐으로써 슬픔이 뼈대를 드러내게 된 것이다. 슬픔의 뼈대를 드러낸 지금의

254) 곽효환, 「시베리아 횡단열차 1」, 위의 책, pp.34~35.

나가 아닌 '북방의 시원'을 지닌 옛날의 나를 찾아 "북으로 북으로" 나아갈 수밖에 없는 절박함이 이 시의 행간에 내재해 있다. 북방의 시원인 "바이칼의 가장 깊은 알혼섬"으로 "걸음을 재촉하"는 시인의 모습을 통해 우리는 북방의 시간 혹은 역사를 복원하고자 하는 그의 의지가 얼마나 강한 것인 지를 가늠해 볼 수 있다.

그러나 북방의 시원인 '알혼섬으로의 걸음의 재촉'에서 중요한 것은 그것의 귀착으로서의 의미보다는 과정으로서의 의미라고 할 수 있다. 시원에 이르는 과정에서 시인이 걷게 되는 길과 이 길에서 만나는 사람들과 여기에서 느끼는 감정과 의미들이 중요한 것이다. 시인이 겨냥하고 있는 북방의 시원으로의 회귀는 마치 연어나 은어가 자신이 원래 태어났던 곳으로 돌아오기 위해 바다에서 강의 상류를 거슬러 오르는 과정을 통해 알 수 있듯이 그것은 죽음까지 감수할 정도로 온몸으로 밀고 나가는 치열함이 전제되어야 가능한 것이다. 시인의 북방을 향한 길이 단순히 낭만적이고 이상적인 기행이 아니라 치열한 실존의 한 과정임을 간과하지 말아야 한다는 것은 바로 이런 맥락에서 이야기 된 것이다. 광폭한 시대의 흐름 속에서 점점 잊히고 소멸해가는 북방의 존재를 되살려내기 위해서는 그에 상응하는 의식 작용과 행위가 반드시 뒤따라야 한다. 가령 「시베리아 횡단열차 2」에서 시인이

> 이 강을 이 산을 이 황야를 그리고 이 길을
> 얼마나 많은 사람들이 건너고 넘었을까
> 수흐바타르나 하얼빈 혹은 블라디보스토크에서
> 나우슈키 올란우데 슬루지안카 이르쿠츠크 크라스
> 노야르스크 노보시비르스크 옴스크 예카테린부르크
> 그리고 우랄산맥 혹은 그 너머까지
> 하늘 아래 가장 광활한 평원 시베리아

녹슨 철로에 몸을 실은 사람들
그 붉은 이름들이 흘러간다
징용이었을까 독립이었을까 혹은 혁명이었을까255)

라고 했을 때 그가 강조하고 있는 것은 '광활한 시베리아 평원'에 남겨진, 그 혹독한 북방의 길을 건너고 넘었던 수많은 사람들의 흔적이다. 이 흔적은 "붉은 이름들이 흘러간다"는 말이 드러내듯이 여기에는 피와 살이 섞인 실존의 시공간을 살다간 사람들의 체취가 물씬 배어 있다. 광활한 시베리아 평원에 배어 있는 수많은 사람들의 체취 중에는 우리 조상의 그것도 함께 섞여 있으며, 시인이 진정으로 느끼고 알고 싶어 하는 것은 이 체취와 흔적이라고 할 수 있다. 이들이 간 붉은 체취와 흔적이 배어 있는 길을 따라가면서 시인은 이들의 삶에 대해 모색의 시간을 갖는다. 시인은 이들의 삶에 대해 그것이 "징용이었을까 독립이었을까 혹은 혁명이었을까"하고 스스로에게 묻는다. 시인의 이러한 물음은 이들의 삶에 의미를 부여하려는 것으로 볼 수 있다.

격렬한 시대의 흐름 속에서 망각되고 소멸해가는 이들의 부재한 삶을 복원하고 현존케 하려는 시인의 의지는 인간의 삶을 과거와 현재와 미래 사이의 끊임없는 대화로 인식하고 있다는 점에서 그의 역사 감각을 드러낸 것이라고 할 수 있다. 이러한 역사 감각을 지닌 시인에게 북방은 단순한 자의식의 차원을 넘어 뿌리 깊은 불안의 문제를 제기하는 대상으로 존재하게 된다. 시인이 지니는 불안은 역사가 드러내는 대화의 끊김에 대한 두려움에서 비롯된 것으로 여기에는 역사적 주체로서의 시인의 역사에 대한 강한 책임감이 투영되어 있다. 시인은 그것을 「오래된 책」에서 고백하고 있는데, "아직 글을 다 깨치지 못한 어린 내게/할머니는 살아 있는

255) 곽효환, 「시베리아 횡단열차 2」, 위의 책, p.37.

귀한 책이었다/할머니에게도 그런 책이 있었을 테고/다시 그 할머니의 할머니에게도/오래된 그런 책이 있었을 게다/오래오래 전해져 내려오다/그만 내가 잃어버리고 만"이 바로 그것이다. '할머니의 할머니로부터 전해져 내려오는 오래된 책'을 '내가 잃어버렸다'고 고백하는 이 대목에서 우리는 책으로 상징되는 역사에 대한 시인의 강한 책임 의식과 함께 역사의 단절을 두려워하는 시인의 불안을 감지할 수 있다.

시인에 의해 북방이 어떻게 복원되고 회복되느냐 하는 문제는 그의 시의 지평을 확장하는 중요한 일이다. 우리 시사의 중요한 시공간으로 존재해 온 북방이 점점 망각과 소멸의 길을 걷고 있다는 것은 그것의 복원을 겨냥하는 시인의 시쓰기의 위상과 의미를 잘 말해준다. 북방이 관념이 아닌 실존의 공간으로 복원된다면 과거의 시간 속에 은폐되어 부재한 모습들이 현존하면서 과거와 현재 그리고 미래가 서로 대화하는 역사의 장이 만들어질 것이다. 북방의 정서와 서사는 지나치게 개인의 정서와 감각에 갇힌 우리 시의 영역과 위상에 대한 반성의 계기를 제공하리라고 본다. 우리의 기억 속에서 북방이라는 시공간의 부재와 단절은 '슬픔의 뼈대'가 표상하듯이 그것은 우리 시의 정서와 서사의 뼈대를 상실한 것이라고 해도 과언이 아니다. 북방의 복원과 회복이 앞으로 어떻게 이루어질 것인가에 대해서는 지금까지 시인이 걸어온 길을 살펴보면 어렵지 않게 예상할 수 있다. 이런 점에서 북방은 주목에 값한다. 그의 시의 지평은 북방을 전제로 하며, 이곳에 이르기 위해서는 아이러니하게도 늘 길 위에 있어야 한다. 인간의 "역사는 길"이고, 그 길을 인간이 열고 "그 길이 다시 길을 열어/사람을 이끌고 시간을 빚는"[256] 것이 바로 시의 지평을 여는 일이라고 할 수 있다.

---

256) 곽효환, 「초원의 길」, 위의 책, p.71.

새로운 낡음 혹은 낡은 새로움
– 손택수의 『호랑이 발자국』

1. 낡음과 새로움의 역설

손택수는 1970년생이며, 1998년 《한국일보》 신춘문예에 「언덕 위의 붉은 벽돌집」으로 등단한 시인이다. 다소 도식적이긴 하지만 세대론을 적용하면 그는 60년대 생 시인들과 차별화되는 시적 감각과 세계를 가지고 있는 신세대 그룹에 속한 시인이 분명하다. 70년대 생 시인들의 전반적인 특성은 이들이 이전 세대보다 역사나 민족에 대한 부채의식이 없다는 점이다. 60년대 생만 하더라도 유신독재 체제 하에서 초등학교, 중학교, 고등학교 교육을 받은 세대이고, 광주 민주화 운동과 6월 항쟁을 몸으로 체험한 세대(우리가 흔히 말하는 386세대)이다. 어떻게 보면 이들은 역사나 민족 이데올로기 속에서 시적 상상력과 표현력을 키워온 마지막 세대라고 할 수 있다. 하지만 70년대 생은 여기에서 자유로울 뿐만 아니라 디지털 문명 및 대중문화의 세례를 받고 자란 세대라고 할 수 있다. 이것은 이들이 사용하는 언어가 앞 세대와는 다르다는 것을 의미한다. 우선 이들의 언어의 전체적인 특성은 시적 언어가 주는 압박으로부터 상당히 벗어나 있다는 점이다. 앞 세대들은 알게 모르게 언어의 압축과 절제 그리고 재현의 측면에 민감한 자의식을 가지고 있었던 것이 사실이다.

그러나 70년대 생 시인들의 언어는 이런 압박으로부터 벗어나 일종의 '즐김'의 대상으로 존재한다고 할 수 있다. 시에 대한 지나친 경건함 내지 신성함보다는 그 자체를 스스로 즐기는 세대하고 말할 수 있다. 어쩌면 이들의 시가 가볍고 거칠며 산문 투로 드러나는 것은 여기에서 기인한다고 볼 수 있다. 이런 경향은 우리 환경이 점점 인공화 되고 디지털화 되어가는 한 계속되리라고 본다. 70년대 생이 가지는 이러한 경향을 비교적 선명하게 잘 드러내고 있는 시인으로는 강정, 서정학, 김언, 김참, 김행숙, 김태형, 정재학, 진은영, 윤이나, 조동범, 문혜진, 신동옥, 황병승 등을 들 수 있다.

이런 식의 세대론적인 논의는 시에 대한 진보 내지 변증법적인 의미를 포함한다. 우리가 늘 새로운 세대의 출현에 관심과 기대를 가지는 이유가 바로 여기에 있다. 이들 70년대 생 시인들의 시가 모던한 감각을 보이는 이유 또한 여기에 있다고 할 수 있다. 그렇다면, 만약 이런 논리대로라면 손택수의 경우는 이 세대론적인 시각에서 비껴서 있는 것이 아닐까? 그의 시는 70년대 생 시인들이 보편적으로 드러내는 시적 이탈과 실험과 같은 형식적인 변화라든가 인공과 디지털에 토대를 둔 대중문화적인 감각을 보여주지 않고 있다. 오히려 그의 시는 언어의 압축과 절제 그리고 재현의 논리에 충실한 모습을 보여주고 있다. 따라서 그의 시는 동세대 시인들이 가지고 있는 시 형식의 미숙함 내지 진보적인 의식보다는 이미 어느 정도의 완숙함이라든가 보수적인 의식을 드러내고 있다. 이로 인해 그의 시는 신세대 시인들이 가지고 있는 미덕을 상실함으로써 다소 오래되고 노쇠한 시 형식을 고수하고 있는 것은 아닌가 하는 의심을 받기에 이른다.

이러한 의심이 단순한 우려가 아니라는 점에서 그의 시는 그 안에 불안의 요소를 가지고 있는 것이 사실이다. 하지만 그의 시를 조금 주의 깊게 읽어보면 그 불안이 그다지 크게 우려할만한 것이 아니라는 것을 알 수 있을 것이다. 그의 시는 보수적인 세계를 겨냥하고 있으며, 이것은 그의 오래되고 낡은 것에 대한 깊은 애착에서 비롯된다. 이 애착은 시인의 취향일 수 있다는 점에서 그것은 논쟁의 대상이 될 수 없지만 그것이 오래되고 낡은 시 형식을 생산한다는 점에서 보면 문제는 달라질 수 있다. 우리가 불안해하는 것은 그의 시의 오래되고 낡은 형식과 세계이다. 만일 그의 시가 이 형식과 세계에 안주하거나 함몰되어 있다면 그의 시는 시적 가치를 가지지 못한, 기존의 시를 그대로 답습한 있으나 마나 한 시로 존재할 것이다.

그러나 그의 시는 이 오래되고 낡은 형식과 세계로부터 어느 정도 벗어나 있다. 그의 시가 보여주는 형식과 세계는 오래되고 낡은 것이라기보다는 '오래되고 낡은 새로움' 혹은 '새로운 오래됨과 낡음'이다. 이 역설의 논리는 '모던함이 전통과의 순응 관계 속에서 잉태된다'는 논리와 다른 것이 아니다. 오래되고 낡은 것은 우리가 쉽게 폐기처분할 수 없는 어떤 역사성을 지니고 있다고 할 수 있다. 이것은 하루아침에 이루어지는 것이 아니라 긴 시간 속에서 잉태되는 인간의 의식의 퇴적물이다. 여기에는 개인의 재능으로는 어쩔 수 없는 집단적인 무의식이라든가 공동체 의식이 내장되어 있기 때문에 그것을 발견하고 들추어내는 일은 소중하다고 할 수 있다. 이 일은 오래되고 낡은 감각이 아닌 새로운 감각으로 이루어질 수 있는 것이다. 이렇게 되면 오래되고 낡은 과거는 현재 속에서 살아 숨쉬게 되는 것이다. 과거가 의미 있는 것은 그것이 현재 속에서 새롭게 의미화 될 때라고 할 수 있다.

손택수 시의 미덕이 여기에 있음은 두말할 필요가 없을 것이다. 특히 그의 시를 리얼리즘을 옹호해온 민족문학 진영에서 주목하고 있는 것도 그 이유가 이러한 모던함과 전통, 과거와 현재, 개인과 집단의 상호 순응 속에서 존재하기 때문이다. 이 계열의 많은 선배 시인들이 지나치게 개인의 정서에 몰입한다거나 파편화된 세계에 대한 과도한 욕망을 지향하는 시에 대해 비판적인 시각을 견지하는 이유가 여기에 있는 것이다. 이 계열의 시인들이 우상처럼 떠받들고 있는 시인이 김수영이라는 사실을 상기해 보면 모던함과 전통, 과거와 현재, 개인과 집단의 상호 순응이 얼마나 중요한 시적 태도인지 알 수 있을 것이다. 이와 같은 맥락에서 볼 때 오래되고 낡은 새로움이라는 그의 시적 태도는 충분히 주목받을 만한 여지를 가지고 있는 것이다. 그와 같은 70년대 생인 문태준이 주목을 받고 있는 이유도 여기에 있다고 할 수 있다. 그의 시에 대해 장석남이 '새로운 낡음'이라고 한 것도 모두가 그와 같은 맥락에서 이해할 수 있을 것이다.

손택수 시의 미덕이 여기에 있다면 그의 시에서 이러한 오래되고 낡은 새로움이 어떻게 드러나는지 살펴보는 일은 중요하다고 하지 않을 수 없다. 이것이야말로 이제 막 첫 시집을 상재한 시인의 가능성을 진단하고 전망하는 일인 동시에 90년대 이후 뚜렷한 이념이나 방향을 갖지 못한 채 리얼리즘과 모더니즘, 개인과 집단, 주체와 구조, 실재와 기호 사이의 어떤 정체성의 혼란에 빠져 있는 민족 문학 진영의 시적 태도를 진단하고 전망하는 하나의 좋은 기회가 될 수도 있을 것이다.

2. 설화의 수용과 시적 현실의 탄생

손택수의 시가 오래되고 낡은 것에 애착을 갖고 있다는 것은 그의 시쓰기가 기억에 의존하고 있다는 것을 의미한다. 등단 5년 만에 상재한 첫 시집인 『호랑이 발자국』을 보면 이러한 그의 시쓰기의 특장이 잘 드러나 있다. 이 시집은 총 4부로 구성되어 있으며, 대부분이 시인 자신의 과거 체험에 의존하고 있다. 그런데 시인의 과거 체험은 몇 가지 형태로 드러나는데 그것은 첫째 시 전체를 지배하는 정서가 농경문화적인 전통에 뿌리를 두고 있다는 점이고, 둘째, 그러한 농경문화적인 체험의 대상이 가족 구성원을 중심으로 이루어지고 있다는 점이며, 셋째, 설화적인 양식이 시적 세계를 이루고 있다는 점이며, 넷째, 시적 인식이 과거에 머물러 있지 않고 현재 상태 속에서 재해석되고 있다는 점이 그렇다.

먼저 시인의 농경문화적인 전통은 시 전체를 관통하고 있는 정서이다. 70년대 생이면 일반적으로 도회적인 문명이나 문화의 세례를 받고 자란 세대들을 지칭하지만 그의 시 속에서는 믿기지 않을 정도로 여기에 대한 체험의 흔적을 좀처럼 발견할 수 없다. 이것은 그가 도회적인 문명이나 문화의 세례를 받지 못하고 살아온 것이 아니라 의도적으로 그것을 배제한 채 농경문화에 대한 체험을 기억의 형식으로 되살려 낸 것으로 볼 수 있다. 그렇다면 그는 왜 이토록 농경문화에 애착을 보이는 것일까? 그것은 그가 도회적인 문명이나 문화와 갈등 관계에 놓여 있어 그것으로부터 부정성을 깊게 체험하고 그 갈등을 치유하고 보듬어 줄 수 있는 대상으로 농경문화에 애착을 갖게 되었다고 볼 수 있을 것이다. 이러한 가정이 틀리지 않다는 것을 보여주는 시편이 바로 「쇠똥구리는 다 어디로 갔을까」이다.

똥장군 지고 밭일 가시던
우리 할아버지 때는
밭에 뿌린 씨앗들은 모두
쇠똥구리 애벌레였다

라면과 햄버거 방부제만 잔뜩 먹은 채

썩지도 못하고 거름도 못되는 똥
그야말로 똥이 돼버린
요즘 시세와는 달리

쇠똥을 골러 애벌레를 놓고
쇠똥을 속 뜨신 알로 만들고
쇠똥 속을 야금야금
알껍질을 깨고 나오는

배추, 고추, 상추, 푸성귀밭의
식물과 곤충이란 것들이
예전엔 그렇게 다들 한통속이었다

그걸 먹고 사는 사람도 순하디순한 소처럼
철퍼덕, 철퍼덕, 차진 똥을 누며
식물과 곤충과 혈연으로 두루
일가를 이루었다[257)]

이 시에 드러난 시인의 현문명과 문화와의 불화는 똥이 거름이 되지 못하고 있다는 사실에서 기인한다. 라면, 햄버거 방부제로 표상되는 현문명과 문화는 똥이 거름이 되고 그 거름이 다시 씨앗(곡식, 식물)을 키우고 그것을 인간이 먹어 똥이 되는 이러한 생명의 순환논리를 보여주지 못한다. 생명의 고리가 끊겨버림으로써 식물과 곤충 그리고 인간이 일가를 이루지 못하게 된 것이다. 하지만 할아버지 때는 이들이 두루 일가 혹은 대가족을 이루며 살았던 것이다. 모든 생명들이 일가를 이루면서 살던 '할아버지 때'야말로 시인이 꿈꾸던 삶의 진경 아닌가.

하나의 생명도 잉태하지 못하는 문명이나 문화란 '그야말로 똥이 돼버린' 세계인 것이다. 시인의 이 말 속에는 불임의 문명이나 문화에 대한 환

257) 손택수, 「쇠똥구리는 다 어디로 갔을까」, 『호랑이 발자국』, 창작과비평사, 2003, pp.56-57.

멸 내지 냉소가 도사리고 있다고 할 수 있다. 시인의 환멸과 냉소가 강하게 드러날수록 '할아버지 때' 혹은 '할아버지'에 대한 그의 애착은 점점 더 커진다. 이것의 날이 선 시편이 바로 「할아버지의 송곳니」이다. 시인은 할아버지가 그 송곳니로 '얼어붙은 땅을 갈'고, '우렁이 한 마리 거머리 한 마리 살지 않/는 땅'곁에서 또는 '논가에 들어선 가든과 러브호텔, 주유소를 두르고/읍내 다방에서 차 배달을 시켜 새참을 대신하는 사람/들 곁에서' 잘 벼린 보습날처럼 뿌드득 뿌드득 날을 세우고 있다고 상상한다. 날이 선 할아버지의 송곳니란 시인의 현 문명이나 문화에 대한 환멸과 냉소의 예각화를 드러낸 질료에 다름 아니며, 그것은 결국 농경문화에 대한 지극한 애착으로 드러난다.

할아버지 때 혹은 할아버지에 대한 시인의 애착은 생명의 평등과 순환의 논리를 잉태하고 있는 땅에 대한 그리움인 동시에 그 위에 터를 만들고 발을 딛고 사는 사람에 대한 그리움이라고 할 수 있다. 이때의 땅이란 서로를 배제하고 소외시키는 존재가 아니라 서로를 포용하고 섭생케 하는 그런 존재인 것이다. 시인은 '추수가 끝난 가을 들판'의 '벼톨 하나의 온기가 가장 높은 새들까지 끌어당긴다'[258)]고 노래하고 있다. 이렇듯 땅(가을 들판)은 어머니가 새끼를 품듯 새들을 품는다. 그들에게 생명의 양식(벼톨)을 주고, 살아갈 희망을 준다. 땅의 포용력은 시인으로 하여금 '벼이삭'이 '들판에만 있는 게 아니라/차디찬 저 하늘에도 있'다는 것을 깨닫게 한다. 그래서 시인은 결국 '저문 하늘에 드문드문 숨어 빛나는/별들을 한동안 바라보며 살아도 되겠다'는 의지를 드러낸다. 이렇게 땅·새·하늘·시인이 벼톨 혹은 벼이삭으로 연결되어 있다는 것은 우주적인 생명론에 그 상상력이 맞닿아 있다는 것을 말해준다.

258) 손택수, 「저문 들판이 새들을 불러모은다」, 위의 책, p.41.

상생과 생명의 논리를 통해 비교적 선명하게 드러나는 시인의 할아버지 때 혹은 할아버지에 대한 애착은 시 속에서 다양한 모습으로 변주되어 드러난다. 이 변주는 시의 내용과 형식을 모두 포함한다. 먼저 땅을 통해 드러나는 할아버지 때의 상생과 생명의 순환 논리는 보다 다양한 체험으로 이어지고, 그것은 결국 화해와 포용의 논리로 귀결되기에 이른다. '밥(모이)' 모티프를 통해 이 논리를 가장 아름답게 형상화하고 있는 시편들 중의 하나인 「외할머니의 숟가락」과 「곡비」를 보자. 이 시 속에 등장하는 외할머니와 함평 할머니는 각각 자신의 집을 찾아온 사람과 새들에게 밥과 모이를 주는 존재이다. 외갓집을 찾아온 사람에게는 '누구에게나 한 그릇의 따순 공기밥'을 대접하고, '자물쇠 대신 숟가락을 꽂고 마실을 가는' 외할머니, '눈이 많이 내린 한겨울이면 새들에게 모이를 주'던 함평 할머니의 행위는 그 자체가 숭고한 생명 보듬기이다.

밥(모이)이란 얼마나 소중한 생명이며, 밥을 먹는다는 것은 또한 얼마나 숭고한 생명 행위인가. 밥을 먹는다는 것은 단순히 음식물을 섭취하는 행위를 넘어서는 것이다. 그것은 대기 혹은 산소와 만나는 것으로 마치 숯불을 넣고 풀무질을 하는 것과 같은 행위인 것이다. 이런 점에서 밥을 먹는다는 것은 곧 생명사름에 다름 아닌 것이다. 어렸을 적 밥풀을 흘렸을 때 할아버지나 할머니가 무섭게 혼을 내던 그런 기억을 우리는 가지고 있다. 단순한 밥풀 하나의 아까움보다는 그만큼 생명이 달아나는 것에 대한 그분들의 애정의 표현으로 이해할 수 있을 것이다. 누구에게나 따순 밥을 대접한 외할머니나 새들에게 정성껏 먹이를 주는 함평 할머니의 행위는 곧 '생명사름'이며, 사람과 사람, 사람과 새, 더 나아가 이 우주의 모든 존재들은 생명으로 연결되어 있으며, 바로 그런 존재들이기 때문에 모두가 서로서로 공경하고 또 공경 받아야 한다는 숭고한 생명의 논리가 여기에 내재해 있는 것이다.

시인의 생명에 대한 공경의 논리는 외부 대상에만 머물지 않고 그 자신에 대한 체험으로 이어진다. 시인은 자신을 향해 성찰의 화살을 당긴다.

> 언뜻 내민 촉들은 바깥을 향해
> 기세 좋게 뻗어가고 있는 것 같지만
> 실은 제 살을 관통하여, 자신을 명중시키기 위해
> 일사불란하게 모여들고 있는 가지들
>
> 자신의 몸 속에 과녁을 갖고 산다
> 살아갈수록 중심으로부터 점점 더
> 멀어지는 동심원, 나이테를 품고 산다
> 가장 먼 목표들은 언제나 내 안에 있었으니[259]

시인이 '제 살을 관통하여, 자신을 명중시키'려 하는 것은 그만큼 그 자신이 피해 갈 수 없는, 그래서 정면으로 맞서야 하는 그 무엇이 자신의 내부에 존재한다는 것을 말해준다. 이것은 시인이 나이테처럼 품고 산 상처라고 할 수 있다. 어쩌면 그것은 자신의 '살속을 파고든 비수를 품고'사는, 다시 말하면 '욱신거리는 상처를 머금고 사는 일'[260]이라고 할 수 있을 것이다. 그렇다면 시인이 나이테처럼 품고 사는 그 상처란 무엇일까? 이 물음에 대한 답은 시 속에서 시인의 자의식에 끊임없이 상처를 내는 대상이 무엇인지를 찾으면 알 수 있을 것이다.

「옻닭」에서 시인는 다음과 같은 고백을 하고 있다. '삼십년 지게꾼살이 주식으로 삼아온/술담배에 속을 상한 당신/술담배보다 서른이 넘도록 빈둥대는 아들놈 때문에 더/얼굴이 까맣게 타들어가는 당신/알코올과 니코틴의 독성, 갈수록 짐만 되는 아들놈의 독성'[261] 자기 자신을 '독성'이라고

259) 손택수, 「화살나무」, 위의 책, p.10.
260) 손택수, 「탱자나무 울타리 속의 설법」, 위의 책, p.17.
261) 손택수, 「옻닭」, 위의 책, p.15.

할 만큼 시인의 자의식이 잘 드러난 시이다. 이렇게까지 시인의 자의식을 자극한 대상은 아버지이다. 시인의 아버지에 대한 기억은 밝은 면보다는 어두운 면을 더 많이 가지고 있다. 시인이 기억 속에서 아버지는 어머니와의 관계 속에서 더욱 어두운 이미지로 각인되어 드러난다.

> 소는 죽어서도 매를 맞는다
> 살아서 맞던 채찍 대신 북채를 맞는다
> 살가죽만 남아 북이 된 소의
> 울음소리, 맞으면 맞을수록 신명을 더한다
>
> 노름꾼 아버지의 발길질 아래
> 피할 생각도 없이 주저앉아 울던
> 어머니가 그랬다
> 병든 사내를 버리지 못하고
> 버드나무처럼 쥐어뜯긴
> 머리를 풀어헤치고 흐느끼던 울음에도
> 저런 청승맞은 가락이 실려 있었다[262)]

아버지의 폭력성이 어머니의 피학성과 만나면서 강하게 환기되고 있다. 소가죽북처럼 '맞으면 맞을수록 신명을 더한다'는 역설적인 표현은 아버지의 폭력성에 대한 시인의 비극이 드러나 있다. 그 북소리가 '둥 둥 둥 둥' 울릴 때마다 시인에게 각인될 상처의 깊이를 상기해 보라. 이 상처는 쉽게 치유될 수 없는 성질의 것임에 틀림없다. 하지만 시인은 그 상처에 정면으로 맞서면서(「화살나무」) 아버지의 이면에 드리워진 고뇌의 흔적들을 읽어내려고 한다. 시인은 자신의 '글이 실린 잡지에서', '아버지의 지문을'[263)]보고 그의 진심을 읽어내기도 하고, '단 한번도 아들을 데리고 목욕

---

262) 손택수, 「소가죽북」, 위의 책, p.28.
263) 손택수, 「지장」, 위의 책, p.29.

탕을 가지 않았던' 이유가 자식에게 자신의 '등짝에 살이 시커멓게 죽은 지게자국을'[264] 보여주고 싶지 않으려는 아버지로서의 진심 또한 읽어낸다. 그래서 결국 시인은 자신의 '등의 굴곡을 통해, 무너져가는 가계를 떠맡은 채 일찌감치 그의 곁을 떠나간' 아버지의 존재와 '그가 꾸다 만 꿈과 슬픔까지를'[265] 알게 된다. 시인 자신과 아버지와의 사이에 견고하게 버티고 서 있던 벽이 허물어지고 서로가 하나로 융화되는 이 대목을 통해 알 수 있는 것은 시인의 세계에 대한 태도이다. 무조건적인 배제가 아니라 아버지를 포용하려는 이러한 태도는 기본적으로 농경문화 속에서 땅이 가지는 상생의 생명력에 대한 시인의 경외감에서 비롯된 것이라고 할 수 있다.

시인의 농경문화에 대한 동경과 여기에서 비롯되는 이러한 상생의 생명력은 그의 시세계의 한 특장이라고 할 수 있다. 하지만 이것은 어디까지나 주제적인 차원의 해석에 지나지 않으며 그의 시는 여기에 머물러 있지 않은 것이 사실이다. 이렇게 말할 수 있는 것은 그가 주제적인 차원에다가 양식적인 차원을 동시에 수용하고 있기 때문이다. 그는 자신의 시에 다 설화적인 이야기 양식을 수용하고 있다. 그의 시에는 이야기가 있으며, 그것은 순수한 시인의 창작이라기보다는 입에서 입으로 전해져 내려온 그래서 조금은 오래되고 낡아 보이는 그런 이야기이다. 「오동나무 지팡이」, 「놋물고기 뱃속」, 「감나무 낚시에 관하여」, 「대추나무 신랑」, 「송장뼈 이야기」, 「호랑이 발자국」, 「당나귀는 시를 쓴다」, 「곡비」등이 대표적이다. 이 시편들은 대개 어떤 사물에 얽힌 유래를 하나하나 논리적으로 혹은 논쟁적으로 검증해 가는 것이 아니라 다소 허황되고 신비한 사실을 때로는 진지하게 또 때로는 유머러스하게 풀어가면서 시 세계를 형상화

264) 손택수, 「아버지의 등을 밀며」, 위의 책, p.30.
265) 손택수, 「아버지와 느티나무」, 위의 책, p.33.

해 내고 있다.

가령 그것은 이런 식이다. '저 그늘 속엔 얼마 전까지 노파가 혼자서 앉아 있었다. …(중략)…자리를 뜬 노파는 더이상 나타나지 않았고/이듬해 밑동에서 어린 가지 하나만이 쑥 올라왔다./허리 구부정한 나무가 짚은 지팡이었다'[266] 아니면 '대청 뒤주에 놋물고기가 살았다. 배를 따면 아침 저/녁 쌀을 내주던 요술쟁이, 그 신통한 재주도 바닥이 나면 머리카락 보일라 허기진 뱃속으로 꼭꼭 숨어들던 아/이'[267], 또는 '고목은 예전처럼 올해도/씨알 굵은 외손주 하나를 장가보냈을까/촉촉이 젖은 그늘 속에 불쑥 꼬마신랑 잠지를 꺼내놓고/자라야, 자라야, 고개를 내놓아라/안 내놓으면 구워먹고 말겠다'[268] 등이 바로 그것이다. 이 시편들이 보여주는 세계는 근대 이전의 전근대, 다시 말하면 설화의 세계인 것이다.

이러한 설화의 세계는 진보의 논리(변증법적인 논리)가 개입되지 않는 비역사성의 영역에 속한다. 이것은 이 세계가 시공간의 역동성을 상실한 채 자칫하면 폐쇄적인 차원으로 떨어질 위험성이 도사리고 있다는 것을 말해준다. 이런 점에서 볼 때 설화의 세계가 의미를 가지기 위해서는 현실적인 시공간의 역동성과 상호소통의 형태로 존재해야 한다. 우리가 살고 있는 세계는 온전한 근대 혹은 현대의 모습을 가지고 있는 것은 아니다. 이 세계의 이면에는 분명 설화적인 세계가 존재한다. 가령 문명 속에 야만이 존재하듯이 근대 속에 설화의 세계가 존재하는 것이다. 그것이 비록 근대의 논리에 어긋나고 근대의 시각에 포착되지 않아 부재하는 것처럼 보일지라도 설화의 세계는 그 나름의 존재성을 지니고 있다고 할 수 있다.

시인이 이야기 한 '오동나무 지팡이', '놋쇠물고기', '대추나무 신랑', '호

266) 손택수, 「오동나무 지팡이」, 위의 책, pp.20~21.
267) 손택수, 「놋물고기 뱃속」, 위의 책, p.36.
268) 손택수, 「대추나무 신랑」, 위의 책, p.60.

랑이 발자국'이 현실에서 발견할 수 없다고 해서 이들의 존재 가치를 부정할 수는 없는 것이다. 이들은 분명 현실 속에 존재한다. 따라서 시인의 역할은 그 존재를 현실의 차원으로 끌고 들어와 중층적인 인식의 영역을 확장하는 일이다. 이런 점에서 그의 첫 시집의 표제이기도 한 「호랑이 발자국」은 주목에 값한다.

호랑이가 나타났다. 호랑이가 나타났다
호들갑을 떨며 사람들이 몰려가고
호랑이 발자국 기사가 점점이 찍힌
일간지가 가정마다 배달되고
금강산에서 왔을까, 아니 백두산일 거야
호사가들의 입에 곶감처럼 오르내리면서
호랑이에게 물려가도 정신만 차리면 된다는
호랑이를 잡으려면 호랑이 굴에 들어가야 한다는
속담이 복고풍 유행처럼 번져간다고 하자
아무도 증명할 수 없지만, 오히려 증명할 수 없어서
과연 영험한 짐승은 뭐가 달라도 다른 게로군
해마다 번연히 실패할 줄 알면서도
가슴속에 호랑이 발자국 본을 떠오는 이들이
줄을 잇는다고 치자 눈과 함께 왔다
눈과 함께 사라지는, 가령
호랑이 발자국 같은 그런 사람이[269]

이 시의 호랑이는 설화적이지도 또 현실적이지도 않은 그런 존재이다. 이것은 호랑이가 설화와 현실 사이에 걸쳐 있다는 것을 의미한다. 우리가 이 땅의 현실에서 호랑이를 볼 수 없다는 점에서 그것은 설화적이지만 우리 모두는 그것을 알고 있다는 점에서 또한 그것은 현실적이다. 호랑이는

269) 손택수, 「호랑이 발자국」, 위의 책, pp.72~73.

지금 여기의 현실에 존재하지 않지만 그것은 우리 겨레의 기억 속에 생생하게 살아 있다. 만일 호랑이가 우리의 기억 속, 더 나아가 현실과는 다른 어떤 차원에도 존재하지 않는다고 믿는다면 그것보다 무미건조하고 황폐한 일이 어디에 또 있을까?

호랑이는 있으면서 없고 또 없으면서 있는, 기억과 실재 속에 존재하는 시적 대상인 것이다. 호랑이는 시인이 자신의 기억 속에서 불러낸 대상이지만 그것이 현실 속으로 투사될 때 어떤 돌발적인 혹은 신선한 이미지를 환기하는 것이 사실이다. 호랑이가 적절하게 표상하고 있듯이 그의 시의 중요한 흐름을 이루는 설화적인 세계 역시 '지금, 여기'의 현실 속으로 투사되어 서로 섞일 때 보다 중층적인 의미를 생산할 수 있을 것이다. 설화적인 세계는 기억에 의존할 수밖에 없다. 기억이 기억으로 그친다면 그것은 심적인 혹은 감각적인 굴곡이 없는 평면적인 세계를 드러낼 수밖에 없을 것이다. '호랑이 발자국'이 평면이 아닌 입체적인 굴곡을 지닌 강렬한 미적 파토스로 존재하기 위해서는 설화적인 세계의 기억과 '지금, 여기'라는 현실 사이의 상호침투가 전제되어야 한다.

3. 열린 형식으로서의 시

손택수 시의 장점은 곧 단점이 될 수 있다. 그의 시는 시적 형상화의 면에서 고른 수준을 유지하고 있다. 그의 시적 형상화의 정도는 고전적이라고 해도 무방할 정도로 안정감을 준다. 이것은 그의 시의 언어 체계가 균형과 질서를 유지하고 있다는 것을 의미한다. 균형과 질서는 하나의 완성된 구조를 지향한다는 점에서 중요한 미학적 덕목이다. 하지만 이 균형과 질서가 미적 질료들의 충돌에서 오는 낯선 세계의 체험을 방해할 수가 있다. 시의 균형과 질서는 독자들로 하여금 수동적인 몰입을 가져와 자아를 강화시켜 주는 대신 일정한 모험과 여기에서 오는 불안으로 인해 체험하는 자아 상실의 즐거움을 차단시켜 버릴 수 있다.

손택수의 시가 신진답지 않은 높은 수준의 시적 형상화 능력을 보여주고 있음에도 불구하고 아쉽고 불안한 점이 바로 여기에 있다. 그의 시의 문법이 이미 독자들에게 읽혀 버렸다면 낯설게 하기의 효과는 기대하기가 어렵다. 지나치게 고전적인 차원의 균형과 질서보다는 다소 역설적인 균형과 질서, 다시 말하면 〈기우뚱한 균형과 질서〉 같은 미학적 원리에 대해 한번 쯤 생각해 보는 것도 좋을 것 같다. 기우뚱한 균형과 질서란 그 안에 틈이 존재한다는 것을 의미한다. 틈이 있어야 독자들이 시 속에 참여해서 그 텍스트를 재구성해 볼 수 있는 것 아닌가?

그의 시에서 이러한 틈을 쉽게 발견할 수 없다는 것은 그가 균형과 질서라는 시적 체계에 대해 고정관념과 강박의식에 사로잡혀 있다는 것을 말해준다. 그렇다면 이 고정관념과 강박의식으로부터 스스로를 놓아버리는 것은 어떨까? 다소 이것으로부터 방심(放心)하면 어떨까?

> 한낮 대청마루에 누워 앞뒷문을 열어놓고 있다가, 앞뒷문으로 나락드락 불어오는 바람에 겨드랑 땀을 식히고 있다가,
>
> 스윽, 제비 한 마리가,
> 집을 관통하고 있다
>
> 그 하얀 아랫배,
> 내 낯바닥에
> 닿을 듯 말 듯,
> 한순간에,
> 스쳐 지나가 버렸다

집이 잠시 어안이 벙벙
그야말로 무방비로
앞뒤로 뻥 뚫리려는 순간,

제비 아랫배처럼 하얗고 서늘한 바람이 사립문을 빠져 나가는 게 보였다 내 몸의 숨구멍이란 숨구멍을 모두 확 열어젖히고[270]

그가 '그야말로 무방비로/앞뒤로 뻥 뚫리'는 체험을 한다면, '내 몸의 숨구멍이란 숨구멍'이 '모두 확 열'리는 체험을 한다면 지나친 균형과 질서라는 고정관념과 강박의식에서 벗어나 새로운 시적 문법을 만들어 낼 수 있을 것이다. 이렇게 되면 '새로운 낡음' 혹은 '낡은 새로움'이라는 그의 시의 모토 역시 보다 분명한 형식을 얻게 될 것이다.

270) 손택수, 「放心」, 『목련 전차』, 창비, 2006, p.14.

수직의 꿈과 수평의 사랑
– 오세영의 시세계

1. 절제와 균형의 묘

오세영의 시는 고전적이다. 그의 시에는 과도한 정서의 유출이나 언어 유희의 작란(作亂)이 없다. 그의 시의 정서는 충분히 유출이 가능한 질료들로 이루어져 있음에도 불구하고 그것은 언제나 균제 된 미의 체계 안에 있다. 정서의 유출과 언어의 작란이 균제미를 넘어서는 파괴와 해체의 충동에서 기인하는 것이라면 그의 시는 이와 대척점에 있는 질서와 균형 그리고 절제 같은 온건한 세계를 지향한다고 할 수 있다. 유출이나 작란은 정제되지 않은 감각이나 의식 혹은 무의식적인 충동의 산물이다. 시에서의 애매모호함, 난해함, 기괴함, 환각이나 환상 등이 모두 여기에서 기인한다. 이 시들은 대개 독자의 마음을 불편하게 하고 흔들리게 하면서 결핍감과 불안감을 느끼게 한다. 최근 우리 젊은 아방가르드 시인들의 시의 세계가 바로 그렇다.

이러한 결핍과 불안은 근대 이후 인간이 자연으로부터 멀어지면서 가속되고 있는 것이 사실이다. 근대인들이 필연적으로 지닐 수밖에 없는 결핍과 불안은 시인들의 감성을 날카롭게 자극하고 있으면 그것이 시대적인 징후를 드러낸다는 점에서 주목에 값한다. 하지만 시인들이 보여주는 결핍과 불안은 균열된 세계에 대한 평정을 되찾으려는 욕망에 다름 아니다. 결핍과 불안을 넘어 평정을 회복하려는 욕망 역시 시인의 감성의 한 흐름으로 존재한다는 점이다. 결핍과 불안을 결핍과 불안으로 보여주느냐 아니면 그것을 넘어선 평정의 세계를 보여주느냐의 문제는 긍정과 부정, 현실과 이상과 같은 가치에 대한 태도의 차이를 반영한다고 할 수 있다. 시인의 태도의 차이는 그것을 향유하는 독자에게로 그대로 이어지며, 평정을 지향하는 시는 대체로 독자를 만족시키거나 채워주면서 편안함과 행복감을 준다.

오세영의 시를 읽으면 이러한 편안함과 행복감이 느껴진다. 실험적이고 전위적인 시에서 느끼는 극도의 불안과 불편함 대신 그의 시에서는 지극히 정제되고 안정감이 넘치는 한 편의 잘 다듬어지고 균형 잡힌 세계와 마주하게 된다. 그가 추구하는 시적인 주제는 변화를 거듭해 왔지만 이러한 시적 태도만큼은 그대로이다. 이런 점에서 그는 외골수의 시인이다. 이렇게 그의 시적 태도가 일관성을 유지하기 위해서는 세계에 대한 확고한 신념이 전제되어야 한다. 이 신념이 그의 시를 가능하게 한 원천이자 토대이며, 그것은 시 속에 강하게 투영되어 있다. 시인의 신념은 그것을 은폐하거나 변장하려는 의도가 전혀 개입되어 있지 않은 아주 투명하고 명쾌한 언술의 형태로 드러난다. 시인은 자신의 확고한 신념 혹은 시적 태도를 「아, 타클라마칸 3」에서

> 사막은
> 서 있기를 허락지 않는 땅
> 사구砂丘도 누워 있고, 산맥도 누워 있고
> 멀리 나른하게 지평선도 누워 있고
> ……

사막은
가로 누운 선線
흰 자크는 누워서 꽃을 피우고
대상隊商은 낙타 등에 누어서 가고
아, 그러나 바람이 불면
사막도 수직垂直의 꿈을 꾼다.
나무와 같이
야수와도 같이
일시에 곧추서 하늘을 노려보는
모래의 저 용오름.271)

이라고 노래한다. 이 시는 단순히 사막의 아름다움을 노래한 시가 아니다. 여기에서 중요한 것은 사막에 투영된 시인의 세계에 대한 태도 혹은 신념이다. 시인이 타클라마칸 사막에서 본 것은 '모래의 용오름', 다시 말하면 '수직의 꿈'이다. 시인의 눈에 이것이 하나의 경이로 다가온 것은 '서 있기를 허락하지 않아 모든 것이 누워 있는 땅 위'기 때문이다. 사막에서 바람이 불면 모래의 용오름이 발생하는 것은 지극히 자연스러운 현상이다. 하지만 시인의 눈에 그것은 무의미한 것으로 흘려보낼 수 없는 아주 중요한 의미를 지닌 현상으로 지각되기에 이른다. 시인은 여기에 '수직의 꿈'이라는 의미를 부여한다. 그 의미는 "나무와 같이/야수와도 같이/일시에 곧추서 하늘을 노려보는"에서 알 수 있듯이 견고하고 강인하다.

사막은 일상이나 현실의 속도가 존재하지 않는 절연과 단절의 공간이다. 이 무(無)의 공간에 시인은 자신의 의지를 투사한다. 현실의 간섭이나 구속으로부터 벗어나 있기 때문에 시인의 의지의 투사는 그 순도와 견고함을 더해준다. 바람에 의한 '모래의 용오름'이 한순간이라는 점에서 허무를 드러내기는 하지만 이것이 곧 '수직의 꿈'의 허무를 의미하는 것은 아

271) 오세영, 「아, 타클라마칸 3」, 『시간의 쪽배』, 민음사, 2005, p.83.

니다. 시인이 전경화하고 싶어 하는 것은 '모래의 용오름'이라는 자연 현상이 아니라 '수직의 꿈'이라는 의지와 신념이다. 시인은 자연 현상이나 사물을 자신의 의지와 신념으로 그것을 재의미화 한다. 이때 재의미화의 방법은 투명하고 이성적인 인식을 토대로 하며, 그것이 때때로 진리의 탐색이나 발견의 형식을 띠기도 한다. 그의 수직의 꿈에 대한 의지와 신념은 시인의 언술을 통해 세계에 대한 진리를 높은 위치에서 아래를 향해 자연스럽게 발설하게 한다.

수직의 세계를 꿈꾸는 자는 자신의 언술이 지니는 고도의 숭고함과 진실함을 믿는다. 그의 언술은 이런 점에서 환유적이라기보다는 은유적이다. 환유는 수평적인 언술에, 은유는 수직적인 언술에 더 가깝다. 그의 시의 언술은 인접성 혹은 비동일의 원리를 토대로 은폐되어 있는 진리를 찾아 세계 내를 가로지르는 모험을 단행하지 않는다. 오히려 그것보다는 유사성 혹은 동일성의 원리를 토대로 세계 내의 화해와 숭고의 구조를 밝히고 그것을 고양시키려고 한다. 그가 관심을 보인 '무명(無明)', '모순', '적멸(寂滅)' 같은 비동일성의 질료들도 그것의 궁극에는 화해와 숭고라는 의미가 내재해 있다. 시인은 세계 내 존재에 대해 화해와 숭고 그리고 진실함이라는 의미를 부여한다. 시인은

> 멀리 있는 것은
> 아름답다.
> 무지개나 별이나 벼랑에 피는 꽃이나
> 멀리 있는 것은
> 손에 닿을 수 없는 까닭에
> 아름답다.
> 사랑하는 사람아,
> 이별을 서러워하지 마라,
> 내 나이의 이별이란

헤어지는 일이 아니라 단지
멀어지는 일일 뿐이다.[272)]

라고 말한다. 시인은 '이별'을 자신의 논리로 규정한다. 그러나 이별에 대한 시인의 논리는 어떤 보편타당성을 드러낸다. 이를 위해 시인은 '손에 닿을 수 없는 것은 아름답다'라는 논리를 내세운다. 손에 닿을 수 없는 것이란 숭고의 대상이다. 숭고한 대상은 거리가 멀 수밖에 없고, 그것은 쉽게 손에 넣을 수 없다. 시인이 규정한 논리 내에서 보면 이별도 손에 닿을 수 없는 거리에 불과하다. 그만큼의 거리에 놓여 있기에 사랑하는 사람과의 이별은 '헤어지는 일이 아니라 멀어지는 일'이 되는 것이다. 시인이 말하는 아름다움이란 바로 여기에 있는 것이다. 이런 점에서 시인과 사랑하는 사람과의 거리는 절망적인 거리가 아니다. 사랑하는 사람은 단지 시인으로부터 멀리 떨어져 있는 존재일 뿐이다. 이것은 시인이 세계 내에서의 관계를 파편화된 것으로 이해하고 있는 것이 아니라 화해와 융화의 관계로 이해하고 있다는 것을 말해준다.

이처럼 시인이 이별을 서러워하는 것이 아니라 하나의 아름다운 거리로 인식하고 있다는 것은 곧 그가 세계에 대해 평정을 유지하고 있다는 것을 의미한다. 세계에 대한 평정심을 회복하기 못하면 이별은 추하고 기괴한 정서나 감정의 찌꺼기로 존재할 수밖에 없다. 시인에게 있어서 평정심은 단순한 초월을 말하는 것은 아니다. 그것은 시인의 세계에 대한 절제와 균형 감각이 만들어낸 것이라고 할 수 있다. 시인은 어떤 대상이나 사물에 대해 과도한 정서의 투영이나 인식론적인 과잉을 드러내지 않을 뿐만 아니라 어느 한쪽에 치우친 태도나 자세를 드러내지 않는다. 흔히 낭만주의자의 전유물로 간주되어 온 '눈물'이라는 질료에 대해서 시인이

272) 오세영, 「원시」, 『꽃들은 별을 우러르며 산다』, 시와시학사, 1992, p.37.

보인 태도는 정서 과잉보다는 절제와 균형이다. 시인은 눈물을 주관화하여 바라보기보다는 그것을 객관화하여 바라봄으로써 절제와 균형의 묘를 유지할 수 있었던 것이다.

2. 중도와 허무의 의지

시인의 객관화는 특히 사물이나 대상에 대한 중도적인 사고를 통해 이루어진다. 시인은 하나의 사물이나 대상을 볼 때 서로 반대적인 것을 동시에 고려한다. 가령 시인에게 '눈물'은 단지 물의 이미지로만 제시되지 않는다. 시인에게 '눈물'은 '물로 타오르는 빛'(「눈물 2」)[273], 다시 말하면 물과 불의 이미지의 결합으로 제시된다. 시인에게 있어서 물은 '불로 타오를 수 있는 것'이다. 물과 불은 서로 반대로만 존재하는 것이 아니라 반대일치의 상태로 존재하는 것이다. 물과 불의 질료는 다시 전류와 얼음으로 변주되어 드러나기도 한다. 시인은 "냉장고는 알리라/뜨거운 전류가 또한/차가운 얼음을 만든다는 것을"(「법에 대하여」)[274]이라고 말한다. 전류와 얼음 사이의 경계가 해체되면서 이 둘은 서로 대립적인 관계를 유지하는 것이 아니라 상호보충대리의 관계를 유지한다. 시인의 이러한 태도는 결국 '눈에 보이는 것'과 '눈에 보이지 않는 것'이라는 차원의 보충대리의 관계로까지 확장된다. 이 두 차원의 보충대리는 사실 눈에 보이지 않는 것에 대한 새로운 인식을 동반한다는 점에서 주목에 값한다. 눈에 보이지 않는 것을 배제하지 않고 그것을 눈에 보이는 것과의 관계 속에서 새롭게 정립한다는 것은 존재 일반에 대한 확장된 인식을 보여주는 것이라고 할 수 있다. 그 둘의 관계를 시인은 「감자를 캐며」에서

273) 오세영, 「눈물 2」, 『어리석은 헤겔』, 고려원, 1994, p.23.
274) 오세영, 「법에 대하여」, 『봄은 전쟁처럼』, 세계사, 2004, p.53.

보이지 않는 것은 보이는 것의 어머니,
세상이란 보이지 않는 반쪽이 서로 지고 있을지니
눈에 보이는 것보다
보이지 않는 것의 헌신은
얼마나 아름다운 경이이더냐.[275)]

라고 노래하고 있다. 시인이 더 관심을 두는 쪽은 '눈에 보이지 않는 차원'이다. "보이지 않는 것이 보이는 것의 어머니"라든가 "보이지 않는 것의 헌신"으로 인해 세상이 온전히 유지될 수 있다는 진술은 눈에 보이는 것만을 절대적으로 믿는 행위에 대한 반성이자 존재의 또 다른 '반쪽'에 대한 발견이라고 할 수 있다. 이 발견을 시인은 "아름다운 경이" 혹은 "찬란한 경이"라고 명명한다. 존재의 양면을 모두 봄으로써 발견하는 경이는 시인으로 하여금 존재의 이면에 은폐된 진리나 진실을 탈은폐하도록 한다. 시인이 "사철 허공에 매달려 맵시를 뽐내는 눈금의 허영"보다 "겉으로 드러난 줄기와 잎새는 시들어 보잘 것 없지만" "튼실하고 풍만한" 알맹이를 지닌 감자의 은폐된 모습에 더 진실함을 느끼는 대목에서 그것을 확인할 수 있다.

시인의 눈에 보이지 않는 것에 대한 발견은 사물의 차원을 넘어 인간의 차원으로 이어진다. 어쩌면 시인의 감자에 대한 경이와 그 미덕에 대한 찬사도 궁극적으로는 인간을 겨냥한 것이라고 할 수 있다. 「감자를 캐며」가 드러내는 이러한 궁극적인 의도는 「소나무 2」에 와서 좀 더 구체화되기에 이른다. 시인은 소나무의 '굳건한 뿌리', '하늘을 향해 뻗은 가지', '대지 위에 드리우는 푸른 그늘', 그리고 '바람 부는 사월이면 날리는 꽃가루' 등에 대해 이야기한 다음 "밖으로 드러내지 않는다 해서 아무 것도/없다고 하지 마라/인간이라면 누구나 가슴에/한 송이 꽃을/피우고 있는 것

275) 오세영, 「감자를 캐며」, 『시간의 쪽배』, 민음사, 2005, p.59.

이다"(「소나무」)[276]라고 말한다. 소나무의 안과 밖이 인간의 안과 밖으로 치환되면서 인간은 누구나 '가슴 깊은 곳에 한 송이 꽃을 피우고 있는 존재'라고 규정하기에 이른다. 소나무와 인간의 은유적인 상사성에 토대를 둔 진술은 그것이 인간, 특히 지기 자신을 표상할 때 보다 강렬한 어조와 이미지를 드러낸다.

> 전신이 검은 까마귀,
> 까마귀는 까치와 다르다.
> 마른 가지 끝에 높이 앉아
> 먼 설원을 굽어보는 저
> 형형한 눈,
> 고독한 이마 그리고 날카로운 부리,
> 얼어붙은 지상에는
> 그 어디에도 낟알 한 톨 보이지 않지만
> 그대 차라리 눈밭을 뒤지다 굶어죽을지언정
> 결코 까치처럼
> 인가人家의 안마당을 넘보진 않는다.
> 검을 테면
> 철저하게 검어라. 단 한 개의 깃털도
> 남기지 말고……
> 겨울 되자 온 세상 수북이 눈은 내려
> 저마다 하얗게 하얗게 분장하지만
> 나는
> 빈 가지 끝에 홀로 앉아
> 말없이
> 먼 지평선을 응시하는 한 마리
> 검은 까마귀가 되리라.[277]

276) 오세영, 「소나무」, 『꽃피는 처녀들의 그늘 아래서』, 고요아침, 2005, pp.52~53.
277) 오세영, 「자화상 2」, 『불타는 물』, 문학사상사, 1988, p.57.

시인이 주목한 것은 길(吉)과 흉(凶)으로서의 '까마귀'가 아니다. 시인은 까마귀는 흉하고 까치는 길하다는 인습 자체를 깨뜨려버린다. 시인의 논리대로라면 까마귀와 까치를 이렇게 이분법적으로 규정하고 있는 것은 눈에 보이는 것만이 진리라는 오래된 고정관념 때문인 것이다. 눈에 보이는 것만이 진리라는 차원에서는 까마귀의 검은 외양은 부정적일 수밖에 없다. 그 부정성이 굳어지면 그것은 쉽게 바꿀 수 없는 하나의 도그마가 되는 것이다. 이것을 깨뜨리기 위해서는 눈에 보이지 않는 차원에 대한 인식이 선행되어야 한다. 검은 외양 이면에 은폐된 눈에 보이지 않는 차원에 대한 인식이 선행되어야 까마귀라는 존재에 대한 정당한 이해가 이루어지는 것이다. 까마귀의 검은 외양이 드러내는 긍정과 부정, 참과 거짓의 여부는 그 이면에 은폐된 눈에 보이지 않는 차원을 결정한다고 할 수 있다.

이런 맥락에서 시인의 까마귀에 대한 태도는 그가 까마귀의 이면에 은폐된 진실을 보았다는 것을 의미한다. 검은 까마귀에 대한 부정의 신화가 시인에 의해 무너지면서 까마귀의 진면목이 드러난다. 안과 밖 혹은 겉과 속이 다르지 않는 까마귀의 모습이야말로 시인이 겨냥하는 자신의 진면목인 것이다. 안과 밖의 다르지 않음을 유지한다는 것은 시인에게 고독한 실존 그 이상도 그 이하도 아니다. '눈발을 뒤지다 굶어죽을지언정 남의 것을 넘보지 않는다'는 것이나 '단 한 개의 깃털도 남기지 말고 철저하게 검으라'는 것 속에 담긴 의미는 한 치의 타협이나 용납하지 않으려는 시인의 실존적인 의지와 신념이 잘 드러나 있다. 특히 시의 말미에 "빈 가지 끝에 홀로 앉아/말없이/먼 지평선을 응시하는 한 마리/검은 까마귀가 되리라"는 시인의 말은 진리나 진실을 향한 시인의 수직의 꿈을 강렬하게 표상하고 있다고 할 수 있다.

검은 까마귀로 표상되는 시인의 진리나 진실에 강한 고집은 또 다른 도그마로 흐를 위험성이 없는 것은 아니다. 하지만 진리나 진실에 대한 시인의 그 의지와 신념이 고독한 자기반성을 통한 허무에의 의지로 흐르고 있다는 점에서 그것을 벗어나고 있는 것이 사실이다. 존재의 이면에 은폐된 진리나 진실을 굽어보는 고독한 눈이라든가 단 한 개의 깃털도 용납하지 않는 철저한 자기 응시는 실존의 순도를 높여준다고 할 수 있다. 그러나 그 무엇보다도 실존의 순도를 높여주는 것은 시인의 수직의 꿈이 지향하는 것이 허무의 세계라는 데에 있다. 검은 까마귀로 표상되는 시인이 응시하는 것이 바로 "먼 지평선"이다. 시인의 응시가 닿는 먼 지평선이란 우리가 손에 넣을 수 있는 색(色)의 세계가 아니라 그것이 끊임없이 연기되는 텅 빈 공(空)의 세계라고 할 수 있다. 이런 점에서 수직의 꿈은 색을 향한 욕망이 아니라 공을 향한 동경인 것이다.

시인의 수직의 꿈이 지향하는 이러한 허무의 세계를 가장 잘 드러내는 질료 중의 하나가 '새'이다. 새의 비상을 유심히 지켜본 사람을 알 것이다. 그 새가 나는 세계가 허공이며, 여기에서는 끊임없는 활공만이 의미가 있다는 것을. 활공하는 새는 흔적을 남기지 않는다. 흔적이란 구속이며, 따라서 자유롭기 위해서는 흔적을 남기지 않아야 한다. 시인이 희구하는 '먼 지평선'이 바로 그런 세계라고 할 수 있다. 먼 지평선은 끝없이 지연되기 때문에 둥근 원의 세계와 다르지 않다. 둥근 원의 세계에서는 다른 어떤 질료보다 그것의 존재태를 잘 드러내는 것이 새이다. 천장지구(天長地久)의 존재태를 드러낸 것이 '제비'라는 것을 상기한다면 이 말의 의미를 이해할 수 있을 것이다. 이런 점에서 인간은 누구나 활공하는 새의 꿈을 꾼다고 할 수 있다. 이 지점에서 시인은 새를 삶과 연결시킨다. 시인은 「산다는 것은」에서

산다는 것은
가슴에 새 한 마리 기르는 일일지도
모른다.
날려야 될 그 한때를 기다려
안으로 소중히 품어 안은
새,

산다는 것은
먼 박명의 하늘을 날아
암흑을 건너가는 일인지도 모른다.
가뭄수록 더 찬란하게 예비 된
그의 비상.[278]

이라고 고백한다. 시인에게 "산다는 것"은 "가슴에 새 한 마리 기르는 일"이다. 그가 새를 기르는 이유는 "먼 박명의 하늘을 날아 암흑을 건너가기" 위해서이다. 이때 '먼 박명의 하늘'은 '먼 지평선"과 다른 것이 아니다. 시인이 궁극적으로 도달하고자 하는 세계는 "먼 박명의 하늘"이며 그것을 위해서는 반드시 "암흑을 건너"야 한다. '박명'과 '암흑'이 분리되거나 대립되어 있는 것이 아니라 상보적이고 상호침투적인 관계로 존재하기 때문에 이것이 가능한 것이라고 볼 수 있다. 암흑(가뭄)을 건너가야 더 찬란한 비상이 온다는 믿음은 수직의 꿈을 위한 하나의 역설이다. 역설의 논리는 그가 세계를 보는 관점이자 태도이다. 이미 '물'과 '불', '눈에 보이는 것'과 '눈에 보이지 않는 것', '박명'과 '암흑', '가뭄'과 '비상' 등을 통해 역설의 논리를 강하게 실존의 장으로 투사한 시인의 일련의 행위는 존재의 이면에 은폐되어 있는 진리와 진실을 드러내기 위한 방식이라고 할 수 있다.

역설은 일종의 모순 어법으로 진실이나 진리를 말하는데 효과적이다.

278) 오세영, 「산다는 것은」, 『마른하늘에서 치는 박수소리』, 민음사, 2012, p.25.

이것은 진리의 드러냄이 언어를 초월해 존재하기 때문이다. 반대되는 것은 서로 통한다는 논리는 존재의 세계를 단선적으로 드러내는 위험성으로부터 벗어나 있는 것이 사실이다. 모순 어법과 같은 이러한 논리는 시적 주체의 깨달음을 동반한다. 모순 어법을 통한 수직의 꿈이 이루어지기 위해서는 어떤 대상이나 자연 그리고 일상 속에서 시적 주체가 깨달음을 얻어야 한다. 시적 주체의 깨달음은 무엇보다도 자기 자신을 버리는 행위로부터 시작된다. 자기 자신을 버리지 못하면 진정한 관계란 성립될 수 없다. 시적 주체를 포함하여 모든 존재 자체가 자성(自性)을 버리고 무자성(無自性)을 가질 때 보다 큰 차원의 관계가 이루어진다. 무자성은 스스로에 대한 절제와 반성의 깊이에 비례한다. 스스로에 대한 절제와 반성은 자기 스스로에 대한 신념과 의지가 있어야 한다.

3. 깨달음 혹은 사랑의 묘약

까마귀로 표상되는 시인의 세계에 대한 신념과 의지는 강하다. 이 강함이 자기 자신에 대한 절제와 반성으로 이어지고, 이것은 결국 다른 존재와의 관계에 대한 깨달음을 낳는다. 시인은 이것을 '사랑의 묘약'으로 명명한다. 이런 맥락에서 볼 때 시인의 수직의 꿈은 수평의 꿈과 다른 것이 아니다. 수평의 꿈, 다시 말하면 사랑으로 충만한 존재와의 관계를 위해 시적 주체의 절제와 반성 같은 고양되고 숭고한 의식이 필요한 것이다. 수직이 수평이 되고 수평이 수직이 되는 사랑의 묘약을 시인은 '비누'를 통해 발견한다.

비누는
스스로 풀어질 줄을 안다.
자신을 허물어야 결국 남도
허물어짐을 아는 까닭에

오래될수록 굳는
옷의 때,
세탁이든 세수든
굳어버린 이념은
유액질의 부드러운 애무로써만
풀어진다.

섬세한 감정의 올을 하나씩 붙들고
전신으로 애무하는 비누,
그 사랑의 묘약妙藥.

비누는 결코
자신을 고집하지 않은 까닭에
이념보다 더 큰 사랑을 안는다.[279)]

시인이 '비누'로부터 발견한 것은 '스스로 풀어질 줄 아는 미덕'이다. '자신을 허물어야 남도 허물어진다'는, 이 평범한(그러나 결코 평범하지 않은) 진리를 시인이 발견했다는 것은 그 스스로의 깨달음이 있었기 때문에 가능한 것이다. '스스로 허물어지면 남도 허물어진다'는 믿음은 주체 이외의 존재 역시 무자성으로 이해하고 있다는 것을 의미한다. 주체와 타자 사이의 상호교감은 각자 각자가 무자성일 때 더욱 빛을 발하며, 그것은 관계의 무한성을 드러내는 것이다. 각자 각자는 관계 속에서 무한한 존재성을 드러낸다는 이러한 인드라망의 논리는 시인의 세계 인식의 한 방법이라

279) 오세영, 「사랑의 묘약」, 『사랑의 저쪽』, 미학사, 1990, p.93.

고 할 수 있다. 시인이 꿈꾸는 사랑이 여기에 있음은 두말할 필요가 없다. 그 사랑은 각자의 자성만을 강조하는 이념과는 실적으로 다른 것일 뿐만 아니라 그것으로 결코 해명할 수 없는 숭고함을 지닌다.

시인이 비누로부터 발견한 "이념보다 더 큰 사랑"이야말로 그의 시의 화두가 아닐까? 이 사랑은 너무 크기 때문에 그저 멀고 아득한 것이리라. 시인은 '먼 지평선', '먼 박명의 하늘'에서처럼 '아득한 봄' 언저리에 자신이 꿈꾸는 사랑의 묘약을 비누 거품처럼 풀어놓고 있다. 비누 거품은 사라지지만 그것은 존재들 사이로 스며들어 그들을 이어주는 사랑의 묘약이 되는 것이다. 비누 거품처럼 자신은 사라지지만 그것은 또 다른 생성을 의미한다. 하지만 소멸과 생성이 너무 크기 때문에 시인은 그것을 단지 '멀고 아득하다'라고 표현할 뿐이다. 중요한 것은 멀고 아득함 속에서도 사랑의 묘약이라는 이름으로 관계는 끊임없이 계속되고 있다는 사실이다.

봄이 온다는 것은
누군가 이름을 불러 준다는
것이다.
……
봄이 온다는 것은
누군가 흔들어 깨워준다는
것이다.
……
봄이 온다는 것은
누군가를 그리워한다는
것이다.
……
봄이 온다는 것은
아득히 누군가를 사랑한다는
것이다.[280)]

봄은 홀로 오는 것이 아니라 온갖 관계(이름, 깨움, 그리움, 사랑)의 총체 속에서 온다는 것을 노래하고 있는 시이다. 봄이 주체이고 인간은 객체라는 이분법이 여기에는 들어설 틈이 없다. 봄과 인간의 주객논리를 확장하면 그것은 자연과 인간의 주객논리가 된다. 시인에게 자연은 관조의 대상도 이념의 대상도 아닌, 마치 들숨과 날숨 같은 생명과 사랑의 대상이다. 봄이 봄인 것은 인간의 정서와 감각과 마음과의 교감을 통해서 이루어지듯이 자연이 자연인 것 또한 그러하다고 할 수 있다. 아득히 누군가와의 교감 속에서 봄이 혹은 자연이 그 존재를 탈각하는 것을 발견하고 그것을 통해 삶과 생명의 진리를 깨닫는 시인의 모습은 소박하지만 평온함과 경건함을 느끼게 한다.

이렇듯 온갖 관계 속에서 끊임없는 교감을 희구하는 시인의 저 온건하지만 흥성스러운 세계는 절제와 균형 속에서 평정심을 찾는 시인의 태도가 정적인 차원에만 머물러 있지 않다는 것을 말해준다. 평정심이란 어느 한쪽에 쏠리거나 집착하지 않는 마음의 상태를 말하는 것으로 그것은 정중동의 상태를 모두 지닌다고 할 수 있다. 이런 점에서 시인의 평정심은 구속이 아니라 자유와 해방을 의미한다. 시인은 "갇혀 있는 영원은 영원이 아니"라고 말한다. 시인은 누구를 가두거나 그 누구 혹은 무엇으로부터 자신이 갇히는 것을 원하지 않기 때문에 "우리 더 이상 서로를 가두지 말자"[281]고 목청을 돋운다. 누구를 혹은 무엇을 가두는 것은 시인이 꿈꾸는 사랑이 아니다. 시인의 사랑은 들숨과 날숨처럼 자유롭게 멀고 아득한 수직과 수평의 어느 지점에 '고운 아지랑이 되어 어른거리는 것'[282]이다.

그러나 시인이 말하는 고운 아지랑이 같은 사랑은 늘 행복한 것만을

280) 오세영, 「아득히」, 『잠들지 못하는 건 사랑이다』, 책만드는집, 2002, pp.70~71.
281) 오세영, 「이별의 날에」, 『적멸의 불빛』, 문학사상사, 2002, p.24.
282) 오세영, 「이별의 날에」, 위의 책, p.24.

의미하는 것은 아니다. 시인은 사랑에게

사랑아,
너는 항상 행복해서만은 안 된다.
마른 가지 끝에 하늬바람 불어
푸르게 열린 하늘,
그 하늘을 보기 위해선
조금은 슬픈 일도 있어야 한다.[283)]

고 고백한다. '항상 행복해서만은 푸르게 열린 하늘을 볼 수 없'고 '조금은 슬픈 일도 있어야 그것을 볼 수 있다'는 시인의 고백은 분명 역설이다. '푸르게 열린 하늘'은 의미상 '슬픔'보다는 '행복'에 가까운 것이 사실이다. 하지만 행복이 더 행복답기 위해서는 슬픔이 있어야 하듯이 푸르게 열린 하늘 역시 마찬가지이다. 이것이 바로 역설의 참 의미이자 사랑의 묘약인 것이다. 푸르게 열린 하늘을 보려는 시인의 의지는 궁극적으로 그가 추구하려는 것이 무엇인지를 잘 말해준다. 푸르게 열린 하늘은 높이와 깊이를 헤아릴 수 없을 정도로 무한하다는 점에서 멀고 아득한 것이 사실이며, 바로 그 점 때문에 그것은 수직의 꿈을 표상한다고 할 수 있다.

그러나 우리가 이 대목에서 간과하지 말아야 할 것은 푸르게 열린 하늘을 보기 위해서는 사랑이 필요하다는 점이다. 이 시에서 시인이 노래하는 푸르게 열린 하늘은 사랑과 하나도 아니고 둘도 아닌 관계를 유지하고 있다. 시의 표층에 드러난 사실만 놓고 보면 푸르게 열린 하늘을 보는 주체는 사랑이다. 하지만 그 사랑을 호명하는 주체는 시인이다. 이것은 비록 사랑을 주체로 내세웠지만 그것의 실질적인 주체는 시인이라는 것을 의미한다. 이런 맥락에서 볼 때 '사랑아'는 시인의 자기 독백이라고 할 수 있다. 그런데 시

283) 오세영, 「푸르른 하늘을 위하여」, 위의 책, p.74.

인이 자기 독백의 대상으로 호명한 것이 사랑이라는 것은 주목에 값한다. 그 많은 호명의 대상 중에 왜 유독 사랑일까? 이 물음에 대한 답은 '관계'에서 구할 수 있다. 관계란 타자에 대한 이해와 배려 같은 사랑이 전제되지 않으면 이루어질 수 없는 것이다. 시인의 푸르게 열린 하늘을 향한 수직의 꿈도 무한한 관계를 통해 이루어지는 것이다. 수직의 정도가 클수록 존재의 관계망 또한 클 수밖에 없다. 하늘은 그 수직의 정점에 놓인 존재이며, 그것은 하늘이 모든 존재와 관계를 가진다는 것을 의미한다. 시인의 푸르게 열린 하늘을 향한 수직의 꿈이 기실 수평의 사랑과 다른 것이 아니라는 것이다.

4. 비존재의 존재, 존재의 비존재

시인은 존재하는 모든 것들과의 관계의 성립을 위해 사랑의 묘약을 찾고 있다. 이 과정을 통해 시인은 자기 자신은 물론 타자, 더 나아가 존재 일반에 대한 통찰을 행한다. 시인의 통찰에 대한 의지와 집념은 완고하며 그것이 그의 시의 길을 만든다. 시인에게는 그의 시쓰기의 오랜 과정을 함께 해 온 말씀이 하나 있다. '화엄경(華嚴經) 보살십주품(菩薩十住品)'이 바로 그것이다. 이 말씀을 시인은 "아, 가슴으로 내리는 썰물소리"284)로 표현하고 있다. 이 말씀의 참뜻을 시인은 단번에 몸(가슴)으로 깨달은 것이다. 그렇다면 시인을 단번에 사로잡은 화엄경 보살십주품의 말씀이란 무엇인가? 시인은 그것을 「새벽 세 시」라는 시속에 고스란히 옮겨 놓고 있다.

> 일一은 다多이고 다多는 일一이며, 가르침에 따라서 의미를 알고 의미에 의하여 가르침을 알며, 비존재는 존재이며 존재는 비존재이며, 모

---

284) 오세영, 「새벽 세 시」, 『무명연시』, 현대문학, 1995, p.83.

습을 갖지 않은 것이 모습이며 모습이 모습을 갖지 않은 것이며, 본성이 아닌 것이 본성이며 본성이 본성이 아니며……285)

말씀이 모두 모순어법이다. 이러한 역논리(逆論理)와 비논리(非論理)는 선적인 어법의 특징이다. 모순된 존재가 융통하고 회감하여 수승된 다른 세계로 나아가는 것이 선의 본래 의미이다. 이것을 수사학적으로 규정하면 'A와 A가 아닌 요소(즉 A)가 서로 상치하고 대립하는 듯하나, 보다 큰 차원에서는 서로 아우르는 것, 즉 A=A의 상태를 의미한다'고 말할 수 있다. 이 모순어법이 목적으로 하는 것이 아우름이라면 그것은 비동일성과 동일성이 교차하는 독특한 세계이다. 순전한 은유도, 순전한 환유도 아닌 이 둘이 교차하고 재교차하는 그런 세계인 것이다. 시인이 지향하는 세계가 여기에 있다면 그것은 분명 파격과 해체를 동반하는 세계이지만 그의 시는 여기까지 나아가지 않고 있다.

그의 시는 존재와 비존재에 대한 온건한 탐색과 통찰에 머물러 있다. 이것은 언어가 하나의 도구이며 그것을 버릴 때 진리에 이를 수 있다는 선불교나 아방가르드식의 과격한 실천이 아니라 언어는 존재의 집이라는 하이데거식의 존재론에 많이 기울어 있다는 것을 의미한다. 언어와 존재를 등가로 보는 시적 논리는 그의 시를 온건한 서정의 범주에 놓이게 하는 계기를 제공한다. 언어가 하나의 도구냐 아니면 그것이 존재냐 하는 문제는 섣불리 단정할 수 없는 난공불락의 딜레마를 제공하는 것이 사실이다. 이 두 입장 중 어느 쪽에 서느냐에 따라 온건과 과격 혹은 서정과 반서정, 정신과 해체, 모더니즘과 포스트모더니즘 같은 이념과 태도의 차이를 드러낸다. 언어에 의한 존재의 탐색이 일정한 깊이와 넓이를 유지하기도 전에 성급하게 언어의 해체를 이야기하는 것이 위험하고 불안할 수

285) 오세영, 「새벽 세 시」, 위의 책, p.83.

도 있다. 언어와 존재, 존재와 선은 여전히 소중하고 매력적인 우리 시의 화두이다. 그의 식으로 여전히 언어가 존재의 집이라면 그 존재로서의 언어는 은폐된 진리나 진실을 얼마나 온전히 드러내고 있느냐 하는 것에 대한 깊이 있는 통찰이 있어야 할 것이다. 그의 시는 비존재조차도 존재의 언어를 통해 아주 절제된 형식으로 투명하게 드러내고 있다. 그렇다면 과연 이런 것은 어떨까? 역으로 존재를 비존재의 언어로 드러내는 것, 물론 이것의 궁극은 불립문자(不立文字)가 되겠지만. 언어에 대한 극도의 절제 혹은 언어의 영점화 같은 것은 어떨까? 존재의 비존재 혹은 비존재의 존재 어느 것 하나 만만한 것이 없지 않으냐? 어쩌면 존재와 비존재 사이에 시 혹은 시인이 있는지도 모른다.

역락비평신서 편집위원

서경석 · 정호웅 · 유성호 · 김경수